Prolog

»Irgendwie ist das alles hier verrückt«, sagte Josephine schüchtern. Schamröte stieg ihr ins Gesicht. Mit dem Auftauchen des Mannes wirkte ihre Wohnung komplett anders. Sein herbes Parfüm war allgegenwärtig. Er war von einer unbeschreiblichen Aura umgeben, die Josephine sprachlos und schwach machte. Zwar hatten sie schon einige Male intensiv miteinander geskypt und waren sich dabei emotional nähergekommen, aber ihn jetzt bei sich zu haben …

Sie drehte sich einmal im Kreis und wurde den Eindruck nicht los, dass jemand all ihre Möbelstücke einen Tick verschoben hatte. Nichts stand mehr auf seinem Platz. »Das ist wirklich verrückt«, brachte sie erneut ihre Nervosität zum Ausdruck und sah den Mann an. Josephine stand bewegungslos da, ihre Fersen berührten sich beinahe. Die Haltung einer Ballerina, die sie sich schon als Kind angeeignet hatte. »Das verleiht einem Mädchen Grazie«, hatte ihre Ballettlehrerin immer gepredigt. Doch nach einem schweren Sturz vom Fahrrad war Josephines Karriere vorbei gewesen, ohne jemals richtig angefangen zu haben.

Der Mann schwieg sie an. Josephine spürte ein leichtes Gefühl des Unwohlseins. Ihr Magen kribbelte wie nach einer viel zu schnellen Karussellfahrt. Sie hasste Kettenkarusselle. Allein bei dem Gedanken verkrampfte sich ihr Magen zu einem harten Klumpen und rief schlimme Kindheitserinnerungen wach.

Sie konzentrierte sich wieder auf den Raum und den herben Geruch.

Schließlich sagte sie bestimmt zu sich selbst, dass niemand in ihr Haus eingebrochen war und die Möbelstücke verstellt hatte. Es war nur ein Gefühl – Einbildung. Ihr überreizter Geist spielte ihr etwas vor, das nicht existierte. »Verrückt.« Sie bewegte stumm ihre Lippen.

»Das ganze Leben kann verrückt sein, man muss es nur wollen«, erwiderte der Fremde betont freundlich.

»Ich habe so etwas noch nie gemacht«, gab sie schüchtern zu und strich eine dunkle Strähne aus ihrem schmalen Gesicht. *Aus mir hätte niemals eine Ballerina werden können, ich war zu groß und zu schwer.* Der Gedanke tauchte in ihrem Kopf auf wie ein schlechter Witz in einem unpassenden Moment und stimmte sie traurig.

»Du siehst hübsch aus«, meinte der Mann, als hätte er ihre Gedanken gelesen. Auch er war groß und schwer, aber nicht dick. Er hatte Muskeln.

»Wollen wir vorher etwas trinken?« Sie blickte kurz über ihre Schulter zum runden Tisch, auf dem eine Flasche Rotwein und zwei Gläser standen.

»Ich trinke keinen Alkohol. Aber ich liebe die Musik.«

»Das ist Mozart, glaube ich.« Josephines Mund war trocken. Zu viele Wahnbilder rasten durch ihren Kopf. Was, wenn der Typ ein Mörder war? Sie kannte ihn doch eigentlich überhaupt nicht. Am liebsten hätte sie dieses Treffen jetzt auf der Stelle abgebrochen. Aber für einen Rückzug war es wohl zu spät. So vermieste sie sich jedes Mal die Dates. *Du wirst als alte Jungfer sterben.* Alt schon, aber nicht jungfräulich. Sie hatte schon Sex

NOAH FITZ

DER TOTENTÄNZER

Ein Stegmayer-und-Greenwood-Thriller

EDITION M

Deutsche Erstveröffentlichung bei
Edition M, Amazon Media EU S.à r.l.
38, avenue John F. Kennedy, L-1855 Luxembourg
Mai 2020

Umschlaggestaltung: semper smile, München, www.sempersmile.de
Umschlagmotiv: © Krasovski Dmitri / Shutterstock; © 62199583 / Shutterstock; © Mandy Erskine / ArcAngel
1. Lektorat: Marketa Görgen
2. Lektorat: Media-Agentur Gaby Hoffmann, www.profi-lektorat.com
Gedruckt durch:
Amazon Distribution GmbH, Amazonstraße 1, 04347 Leipzig / Canon Deutschland Business Services GmbH, Ferdinand-Jühlke-Str. 7, 99095 Erfurt /
CPI books GmbH, Birkstraße 10, 25917 Leck

ISBN: 978-2-49670-319-1

www.edition-m-verlag.de

gehabt – nicht oft, aber so, dass sie Vergleiche ziehen konnte. Genau genommen hatte sie drei Sexualpartner gehabt. Ihre erste Erfahrung in dieser Hinsicht war nicht einvernehmlich gewesen, ihr Onkel hatte sie vergewaltigt. Sie hatte dieses Erlebnis jedoch für sich behalten, weil er sie mit ihrem Fahrrad vor ein fahrendes Auto geschubst hatte. Sie hatte den Aufprall überlebt und sich seine letzten Worte genau eingeprägt: »Wenn du petzt, werfe ich dich das nächste Mal vor einen Zug.«

Jedes Mal, wenn sie daran dachte, sah sie sein böses Lächeln und spürte den warmen, sauren Atem auf ihrem Gesicht – so wie jetzt auch. Die Gänsehaut auf ihren Armen ließ sie frösteln.

»Soll ich dir ein Glas einschenken?« Ihr Date bewegte sich zum Tisch. Obwohl er groß war, waren seine Bewegungen graziös. Seine Schuhe verursachten keine Geräusche auf dem Parkettboden – ein Ding der Unmöglichkeit. Schon wieder fühlte sie sich wie ein übergewichtiges Trampeltier, obwohl sie in den letzten drei Monaten vierzehn Pfund verloren hatte. In Pfund klang die Zahl besser.

»Hast du vielleicht einen Korkenzieher?« Er drehte sich um. Seine saphirblauen Augen schienen wie Edelsteine zu leuchten.

Josephine glühte innerlich. *Ich verbrenne. Bitte geh*, bat sie ihn in Gedanken. *Ich habe Angst, verschwinde*, wollte sie hinausschreien. »Korkenzieher?«, wiederholte sie stattdessen und zwang sich zu einem Lächeln. Ihre Augenbrauen rutschten ein Stück nach oben, sodass ihr Blick fragend wirkte. Sie erblickte sich im Spiegel neben der Tür. Darin sah sie ebenfalls den Mann von der Seite. Auch aus dieser Perspektive wirkte er ziemlich attraktiv. *Warum gibt er sich mit einer wie mir ab?*

»Ich glaube, ich will das nicht mehr«, brachte sie über die Lippen. Ein herber Geschmack legte sich auf ihre Zunge. Unter ihren Achseln lief der Schweiß. Es war ihr unangenehm. Auch ihr Höschen klebte eklig am Po. *Verschwinde, bitte.*

»Wie du meinst. Lass uns ins Schlafzimmer gehen!« Der Fremde stellte die Flasche zurück auf den Tisch.

»Schlafzimmer? Nein, du hast mich nicht richtig verstanden. Ich will nicht nur den Wein nicht, ich möchte das alles nicht. Sei mir bitte nicht böse.«

»Böse?«, echote er und runzelte seinerseits die hohe Stirn, was seine markanten Züge noch mehr unterstrich.

Eine Haarlocke löste sich bei Josephine. Er wischte sie schnell nach oben und lächelte breit. »Mache ich dir Angst?« Er schien es zu genießen. Seine makellos weißen Zähne verwandelten sein Lächeln in ein raubtierhaftes Grinsen. Das Blau seiner Augen wurde dunkler.

Mit den stetig schneller werdenden Klängen der Musik kehrten auch die Warnrufe zurück, die ihr Unterbewusstsein erzeugte.

»Wollen wir das alles vielleicht etwas langsamer angehen lassen? Bin ich dir zu aufdringlich?« Er blinzelte. Sein forsches Gebaren war nicht mehr da. Er wirkte aufrichtig besorgt und streckte seine Arme nach ihr aus. Wie ein Mensch, der einem anderen Trost spenden wollte.

»Ich will einfach allein sein.«

»Mir gefällt dein Kleid.« Das Funkeln in seinen Augen besaß einen anzüglichen Glanz.

Josephine fühlte sich zunehmend unwohler. Er spielte ihr etwas vor, und das tat er sehr gut. Sie war hin- und hergerissen.

»Eigentlich trage ich keine Kleider mehr, seit ich sechs bin«, flüsterte sie und klemmte erneut eine Strähne hinter das linke Ohr. *Seit mein Onkel mich vergewaltigt hat*, fügte sie stumm hinzu und wischte mit dem Knöchel ihres Zeigefingers eine Träne weg, die sich in ihren Augenwinkel verirrt hatte.

»Das hast du nur meinetwegen angezogen? Du schmeichelst mir.« Die Überraschung auf seinem Gesicht wirkte nicht echt.

Er ließ die Maske fallen. »Das finde ich sehr reizvoll, wenn sich Frauen den Wünschen ihrer Männer fügen.« Er lächelte, doch die Freude erreichte nicht seine Augen. Seine Stimme klang kühl und jagte Josephine einen kalten Schauer über den Rücken.

»Kannst du bitte gehen!?« Sie knetete ihre Finger und machte zwei Schritte nach hinten. Sie wollte den Abstand vergrößern. Ihr Handy lag neben der kleinen Anlage. Sie konnte es im Augenwinkel sehen. *Zwei Schritte noch*, versicherte sie sich selbst und hielt kurz den Atem an.

»Dann lass uns tanzen«, fügte sie sich scheinbar und machte noch einen kleinen Schritt auf die Musikanlage zu.

»Ich kann auch gehen.« Seine Arme hingen nach unten. Sein sonst so gerader Rücken bekam eine leichte Wölbung.

Vielleicht interpretiere ich da zu viel hinein, dachte Josephine und versuchte, sich zu entspannen. Dieser Gedanke wog die Gefahr auf. Er war nur ein netter Typ, der keinen Alkohol trank und genauso aufgeregt war wie sie, das war alles. *Du hast diesen Schritt deswegen gewagt, weil du auf der Suche nach einem richtigen Kerl bist*, sprach sie sich Mut zu. *Und jetzt, wo er vor dir steht, willst du kneifen?*

»Du ängstigst dich meinetwegen? Ich bin ein Idiot. Ich mache das zum ersten Mal. Meine Frau starb vor drei Jahren, und ich habe es verlernt, wie man eine Frau für sich gewinnt. Ich wollte dir imponieren und habe wohl zu dick aufgetragen, wollte männlich und selbstsicher wirken.« Er biss sich auf die Unterlippe.

Kann er meine Gedanken lesen? Josephine knetete unschlüssig die Hände und schüttelte den Kopf. »Ich hatte schon seit zwei Jahren keine richtige Beziehung mehr«, gab sie ehrlich zu. Die Schlinge um ihre Brust löste sich. Sie konnte wieder atmen. *Ich benehme mich wie eine dumme Göre. Ich werde in Zukunft weniger Nachrichten schauen.*

»Ich hole schnell den Korkenzieher.« Mit einer kessen Kopfbewegung blies sie die widerspenstige Strähne aus den Augen und verschwand in der Küche. *Jetzt bist du diejenige, die mit ihrem Sex-Appeal zu dick aufträgt. Zügele dich, Josie.* Ihren geheimnisvollen Gast ließ sie in dem kleinen Wohnzimmer zurück.

»Darf ich die Musik etwas lauter stellen?«, rief der Mann Josephine hinterher.

Allein der Klang seiner Stimme erzeugte ein flüchtiges Kribbeln auf ihrer Haut. *Er ist ein netter Kerl, ja, er ist ein netter, verwitweter Mann, basta.*

»Ja, aber nicht zu laut, sonst schimpfen die Nachbarn.« Sie öffnete die Schublade und kramte hektisch darin herum. *Da ist er ja,* freute sich Josephine und erstarrte. Trotz der ohrenbetäubenden Lautstärke war die Präsenz des Mannes überdeutlich spürbar. Sie glaubte, ihn dicht hinter ihrem Rücken zu spüren.

Langsam drehte sie sich um. Tatsächlich, er stand direkt vor ihr. Wieder dieses boshafte Grinsen. Eine diffuse Beklommenheit bemächtigte sich ihrer.

Er hielt die Flasche in den Händen. Seine Haut an den Fingern glänzte.

»Ich habe ihn gefunden«, stotterte Josephine und präsentierte ihm das Küchengerät.

Er öffnete die rechte Hand. Sie legte den Korkenzieher in seine Pranke und schreckte zurück. Seine Haut war eisig kalt. Die Kälte kam von der Flasche.

Wie ein viel zu enges Korsett schnürte die Angst ihre Brust zusammen, da half auch alles positive Zureden nicht. *Er ist gefährlich, sieh zu, dass du ihn loswirst, Josie.*

»Lass uns tanzen«, sprach Josephine das Erste laut aus, das ihr in den Sinn kam. Das Zittern in ihrer Stimme kehrte ihr Inneres nach außen und strafte ihr freundliches Lächeln Lügen.

Der große Mann stellte die Flasche auf die Anrichte, ohne sie zu öffnen. »Geh du schon mal vor. Ich komme gleich nach.«

Wie paralysiert trottete Josephine zurück ins Wohnzimmer. Sich umzublicken traute sie sich nicht.

In der Wohnung brannte kein Licht mehr. Auch in der Küche erlosch das grelle Weiß mit einem leisen Klicken. Nur das scheue Züngeln einer Kerze, die auf dem Tisch stand, warf flackernde Schatten auf ihr Gesicht.

Mit der Kerze hatte sie für eine entspannte Atmosphäre sorgen wollen, nun hatte sie damit das genaue Gegenteil erreicht. Dunkle Schatten tanzten auf hellem Hintergrund.

Josephine ahnte bereits, dass sie etwas Schreckliches in die Wohnung gelassen hatte. Den Teufel in Gestalt eines netten Mannes.

Die Musik verstummte. Schlagartig verlor sie jegliche Zuversicht auf ein gutes Ende dieses Abends. Die erdrückende Stille war kaum zu ertragen. Ihr Herz schlug so heftig in ihrer Brust, dass sie das Pochen überdeutlich laut hören konnte.

Bumm-bumm. Bumm-bumm.

»Du brauchst keine Angst zu haben«, flüsterte er ihr ins Ohr.

Josephine starrte wie gebannt auf die züngelnde Flamme. Unfähig, sich zu rühren, tat sie das, wovor jede Frau bei einem Selbstverteidigungskurs gewarnt wurde – sie ließ es einfach über sich ergehen. Ihre Finger klammerten sich an der Stuhllehne fest. Halt suchend versteifte sich ihr Körper. Sie spürte, wie seine eiskalte Hand einer Schlange gleich ihren Nacken umschloss.

»Lass dich einfach treiben.« Wie einen bösen Fluch hauchte er diesen kurzen Satz. Er ließ von ihr ab.

»Bitte«, flehte sie stammelnd. Zu mehr war sie nicht fähig. Selbst dieses eine Wort kostete sie Unmengen innerer Kraft.

Seine Finger gruben sich in ihr Haar und zogen daran, bis Josephines Kopf tief im Nacken lag. Auch jetzt leistete sie keinen Widerstand, sondern holte Luft. In diesem Augenblick durchfuhr ein sengender Schmerz jäh ihren Körper. Etwas traf sie seitlich im Nacken. Ein dumpfer Schlag, der sie paralysierte. Ihre Beine gaben nach, aber der Mann hielt sie fest und verhinderte den Sturz.

»Du hättest mich nicht reinlassen dürfen. Dein Leben gehört ab jetzt ganz allein mir. Ich werde dich erlösen.«

Hatte sie sich das nur eingebildet? Wirre Gedanken durchfluteten ihren Kopf. *Du musst dich wehren, Josie*, schrie sie sich an. Tatsächlich erwachte Josephine aus der Starre. Ihre Hände schnellten nach oben, hoch zum Schmerz, und bekamen etwas zu fassen. Es war der blöde Korkenzieher. Er steckte bis zum Griff in ihrem Hals.

»Lass uns tanzen, mein Engel«, flüsterte der Mann und hob sie hoch. Er trug sie auf den Händen wie ein Bräutigam seine Braut. Die Musik ertönte wieder in voller Lautstärke, doch statt der klassischen Klänge Mozarts hörte Josephine das Kreischen einer E-Gitarre. Alles um sie herum vermischte sich zu einem einzigen Durcheinander.

Der Mann drehte sich auf der Stelle und wurde immer schneller. Sie saß wieder in dem verdammten Kettenkarussell.

Wie durch einen trüben Schleier sah sie in seine Augen. Sie konnte einfach nicht den Blick von ihm abwenden. »Lass mich bitte los.« Dachte sie das nur oder hörte sie sich tatsächlich beim Reden zu? »Lass mich allein.«

Tatsächlich blieb er stehen und stellte Josephine auf die Füße. Sie kämpfte um ihr Gleichgewicht.

»Du magst es nicht, gedreht zu werden, das habe ich ganz vergessen«, höhnte er. Sie hatte ihm ihre schlimmsten Erlebnisse anvertraut und er ihr seine. *Meine waren echt, seine nur ausgedacht*, vermutete sie und schluckte die bittere Galle herunter.

Er lächelte sardonisch und legte seine Arme auf ihre Schultern. Ohne jegliche Vorwarnung riss er den Korkenzieher aus ihrem Hals.

Josephine kreischte. Der Mann lachte und stach erneut auf sie ein.

»Bitte! Nein!«, schrie sie verzweifelt, doch ihre Rufe spornten ihn nur noch weiter an.

1

Der Anblick der Toten und das süßliche Frauenparfüm raubten Kommissarin Ella Greenwood den Atem.

Eine junge Frau lag in einem schneeweißen Bett. Sie war von einem ebenfalls makellos weißen dünnen Laken bedeckt.

Das Schlafzimmer stand in krassem Kontrast zum Wohnzimmer. Hier war alles penibel aufgeräumt worden, dort herrschte das reinste Chaos.

Ella war auf eine Weise beeindruckt, von der sie selbst schockiert war. Der Raum war von einer unheimlichen Kälte erfüllt, die sich nicht beschreiben ließ. Ella fror, obwohl in der Wohnung angenehme zwanzig Grad herrschten. Das hatte Rechtsmediziner Tom Bär gerade eben bestätigt.

Ella stand einfach nur da und versuchte, sich von der unheimlichen Atmosphäre nicht einschüchtern zu lassen.

Selbst im Angesicht des Todes wirkten die Züge der jungen Frau auf eine seltsame Art stolz.

Wo bleibt Leonhard, ärgerte sich Ella und horchte auf. Durch das gekippte Fenster nahm sie Stimmen wahr. Sie warf einen kurzen Blick durch die nasse Scheibe. Heute Nacht hatte es geregnet. Die Straße glänzte immer noch dunkel. Die Sonne färbte den Himmel gelb.

»Er lässt sich nie aus der Ruhe bringen.« Tom Bär stand neben ihr und folgte ihrem Blick. Der große, blonde Mann trug anstatt seines üblichen Hoodies einen Tyvek-Overall. Sein kantiges Gesicht war von einem Mundschutz verdeckt.

»Kann ich jetzt anfangen?«, fragte er, ohne den Blick vom Fenster abzuwenden. »Der trinkt tatsächlich noch seinen Kaffee aus.«

»Wir warten«, sagte Ella so ruhig, wie sie konnte.

Unten stand Kriminaloberkommissar Leonhard Stegmayer und kaute seelenruhig an einem Croissant. Er war groß, durchtrainiert und trug stets ein teures Hemd, eine Hose mit Bügelfalten und auf Hochglanz polierte Schuhe, deren Preis Ellas Wochengehalt überstieg.

Sie selbst war erst seit Kurzem Kommissarin. Es waren das Kribbeln und der Reiz, aber auch ein schreckliches Erlebnis aus der Vergangenheit, was sie dazu verleitet hatten, sich um eine Stelle bei der Polizei zu bewerben. An Geld mangelte es ihr nicht. Sie war die Tochter eines reichen Vaters, der sich stets sehr liebevoll um sie gekümmert hatte. Ausgerechnet an ihrem achtzehnten Geburtstag hatte er jedoch eine Frau kennengelernt, die ihm den Kopf verdreht hatte. Sie war kaum älter als Ella und für den Ablauf der Party verantwortlich gewesen. Danach trennten sich ihre Wege und Ellas Vater kompensierte seine Abwesenheit mit teuren Geschenken.

Ella fühlte sich oft alleingelassen. Auch der rote Porsche, den sie vor vier Jahren zu ihrem fünfundzwanzigsten Geburtstag bekommen hatte, konnte diese Leere nicht ausgleichen, dennoch hatte sie den schnittigen Sportwagen angenommen.

Leonhard war Mitte vierzig, sah aber trotz seiner grauen Haare, die stets akkurat frisiert waren, sehr attraktiv und jünger aus.

Ella fehlte es nicht nur an Erfahrung, sie war auch lediglich eins sechzig groß, weswegen sie sich in Gegenwart ihres Kollegen manchmal unbehaglich fühlte: zu klein von der Körpergröße her und zu klein in ihrer Gesamterscheinung. Doch sie trug dieses Empfinden nicht nach außen und wusste sich grundsätzlich zu behaupten – das redete sie sich zumindest immer wieder ein. Beinahe jeden Abend vor dem Spiegel im Badezimmer – mit Zahnpastaschaum im Mund.

Leonhard Stegmayer schaute nach oben, als hätte er Ellas Blick bemerkt, hob grüßend die Hand mit dem abgebissenen Croissant und bedachte sie mit einem flüchtigen Grinsen.

Sein markantes Gesicht passte zu seinem Charakter, der Ecken und Kanten hatte. Viele seiner Kontrahenten zogen sich blaue Flecken zu, wenn sie ihm ohne seine Einwilligung zu nahe kamen. Weiter lächelnd schob er sich den letzten Zipfel des Gebäcks in den Mund und spülte ihn mit einem großen Schluck Kaffee hinunter. Der leere Kaffeebecher landete nicht im Mülleimer, sondern in den Händen eines Uniformierten, der vor dem Eingang Stellung bezogen hatte, damit keiner der Gaffer auf die Idee käme, sich durch den Haupteingang zu mogeln.

Der verdutzt dreinschauende Polizist drehte den Becher unschlüssig in der Hand, schaute sich nach einem Mülleimer um, fand keinen und stellte ihn mit einem kurzen Schulterzucken auf den Boden.

Leonhard Stegmayer klopfte dem Mann dankend auf die Schulter und verschwand in der Tür.

Die Wohnung lag im ersten Stock. Es dauerte nicht lange, bis Ella die Stimme ihres Partners vernahm.

Sie drehte sich um und warf einen erneuten Blick auf das Gesicht der toten Frau. Tom streifte sich gerade frische Handschuhe über und bereitete alles für seine Untersuchung vor. Die Spurensicherung war hier vorerst fertig, wie ihr Richie, der Leiter der Kriminaltechnik, versichert hatte.

»Wie ich sehe, habt ihr ohne mich angefangen?«, rief Leonhard von der Tür aus. Er war trotz der schrecklichen Situation gut gelaunt.

Ella wusste nicht, wovor sie sich mehr fürchten sollte – vor der stillen Toten oder dem breit grinsenden Kommissar.

»Habt ihr den Mörder schon schnappen können?«

Ellas Gesicht glühte regelrecht vor Zorn.

»Bekomme ich auch welche?«, fragte Leonhard mit einem Blick auf Ellas Hände.

Tom fischte ein Paar Latexhandschuhe aus seinem Koffer, richtete sich auf und hielt sie Leonhard hin.

Der streifte sie gekonnt über seine manikürten Finger, zog am Gummiband, bis die Handschuhe richtig saßen, und rieb sie leicht aneinander. Er war penibel und arrogant, doch Ella gewöhnte sich so langsam an seine Art. »Wurde die Leiche bewegt?«

Tom schaute ihn leicht säuerlich an. »Wir mussten auf dich warten, Herr Oberkommissar. Du bist hier der leitende Ermittler.«

»Das war eine sehr gute Entscheidung. Fällt euch beiden etwas an der Leiche auf?« Er hob die Brauen und warf einen kurzen Blick auf seine Rolex. »Sieben Uhr dreiundzwanzig«, stellte er fest und wurde sogleich ernst.

»Er hat sie gewaschen. Das Haar wurde mit einem Haartrockner geföhnt und gekämmt. Er hat sie so drapiert, wie er sie sich in seinen Fantasien vorgestellt hat.« Tom ging näher ran und betastete die Wangen der Toten. »Ich vermute, die Frau wurde mit einer Feuchtigkeitslotion eingecremt.« Tom zog an der Haut und ließ sie wieder los. Er zögerte, beugte sich tiefer vor und schnupperte. »Der Duft nach Flieder hat sich noch nicht ganz verflüchtigt.«

»Und was schließen wir daraus?«, wollte Leonhard wissen und blieb bei seinem geschäftsmäßigen Ton.

»Ich will keine voreiligen Schlüsse ziehen«, entgegnete Tom kurz angebunden.

Ella schwieg.

Leonhard rieb wieder die Hände aneinander und versuchte sich an einer ersten Täterbeschreibung. »Unser Mörder ist ungefähr so groß wie du, vielleicht etwas größer, sagen wir mal, so groß wie ich: eins achtzig oder eins neunzig, durchtrainiert und hat ein ruhiges Händchen. Er ist intelligent und liest viel. Vielleicht ein Frauenversteher, was wiederum mehr auf mich als auf dich zutrifft.«

Tom ließ die Bemerkung kalt. Er war schließlich Leonhards bester und einziger Freund, wenn man diesen Begriff bei Leonhard überhaupt anwenden konnte.

»Er kleidet sich gut, das ähnelt wieder mehr meiner Wenigkeit. Der Mann ist ungefähr in deinem Alter, also keine vierzig.«

»Diese Schlussfolgerung ziehst du anhand meiner oberflächlichen Analyse? Nur weil ich an ihrer Haut geschnuppert habe?« Tom war verwirrt.

Ella beobachtete die beiden Männer stumm, ohne dazwischenzufunken.

»Das hättest du wohl gern. Ich wollte dich bloß etwas piesacken, bei Frau Greenwood traue ich mich das noch nicht so richtig. Du jedoch erträgst meine dummen Sprüche schon lange genug und bist trotz allem all die Jahre bei mir geblieben.« Er schenkte seinem Freund und langjährigen Kollegen einen kurzen Blick.

»Wie kommst du also zu diesem Ergebnis? Und sag bloß nicht, dass es sich um die Feststellung von Tatsachen handelt!«, wurde Leonhard von Tom ermahnt.

Leonhard presste die Lippen aufeinander und trat näher ans Bett. »Die junge Dame ist sehr attraktiv. Sie ist allein – keine Fotos von Männern und auch keine zweite Zahnbürste. Ich habe schon mal einen kurzen Blick ins Bad und in den Wäschekorb gewagt. Auch keine Boxershorts. Greenwood, wären Sie so nett und würden nachschauen, ob die Fersen der Frau Abschürfungen aufweisen?«

Ella war irritiert, tat aber wie geheißen. Die Haut an den Fersen war unverletzt.

»Sie ist groß und nicht unbedingt schlank. Trotzdem wurde sie ins Schlafzimmer getragen und nicht hergeschleift«, fuhr Leonhard fort. Er musterte Ella ernst. Sein ausgeprägtes Kinn und die sehr maskulinen Wangen waren von dunklen Stoppeln übersät. »Ich hatte keine Zeit, mich herzurichten«, erklärte er, nachdem er Ellas Blick richtig gedeutet hatte. »Ich würde vorschlagen, wir beide – Sie und ich – gehen ins Wohnzimmer, dort, wo die Tragödie ihren Anfang genommen hat. Herr Bär will bestimmt allein sein.«

»Ganz recht. Deine Anwesenheit lenkt mich ab. Ich untersuche die Leiche erst mal auf äußere Verletzungen«, teilte der Rechtsmediziner ihnen seine Absichten mit und widmete sich seinem Koffer.

»Woher die Sicherheit, dass alles im Wohnzimmer begann?«

»Eine schlichte Feststellung von Tatsachen, werte Kollegin«, entgegnete Leonhard mit fester Stimme und verließ das Schlafzimmer.

Ella folgte ihm. »Oder liegt es daran, dass Richie eine tolle Vorarbeit geleistet hat?« Mit dieser Frage entlockte Ella ihrem Partner ein leichtes Lächeln. Sie bedachte den kleinen stämmigen Mann von der Spurensicherung mit einem fragenden Blick.

Dieser stand ihr direkt gegenüber und wusste nicht so recht, wie er darauf reagieren sollte. Er steckte in einem weißen Overall, der seiner runden Statur nicht gerade schmeichelte. Der Bauch stach heraus und ließ den Mann eher wie eine hochschwangere Frau aussehen.

»Habe ich da etwa meinen Namen gehört?«, wollte er wissen und verschloss etwas in einer durchsichtigen Tüte, die er sogleich mit einer Nummer versah.

»Meine Kollegin zweifelt an meinen übernatürlichen …«

»Da bin ich ganz auf Ellas Seite, du und dein Händchen fürs Detail?« Beim letzten Wort hob er die Stimme an und ließ den Satz zu einer Frage werden. »Wo sind eigentlich meine Notizen?«, fuhr der Kriminaltechniker dem lächelnden Polizisten etwas barscher als beabsichtigt über den Mund. Der Mundschutz blähte sich auf Richies Gesicht leicht auf, als er einmal tief die Luft ausblies.

Leonhard wirkte völlig entrückt. »Wieso schießen immer alle gegen mich?«

»Weil sich dein Charakter am besten mit dem Verhalten eines Kugelfischs beschreiben lässt. Du bist unnahbar, und sobald sich dir jemand nähert, blähst du dich auf und schießt ohne Vorwarnung deine Giftstacheln ab.«

»Kugelfische schießen keine Giftpfeile ab«, empörte sich Leonhard.

»Du bist eben eine besondere Spezies. Her damit!« Fordernd streckte Richie seine behandschuhte Hand aus.

Leonhard schüttelte ungläubig den Kopf, griff in die Innentasche seines Jacketts und reichte dem mehr als einen Kopf kleineren Mann ein zusammengefaltetes Blatt Papier. »Das sind nur stichpunktartige Überlegungen, aus denen ich mir selbst etwas zusammengereimt habe. Außerdem ist das Gekrakel kaum zu entziffern«, fügte Leonhard an.

»Du mich auch«, erwiderte Richie, zupfte an seinem Mundschutz und zwängte sich an Leonhard vorbei. »Wir sind mit dem Wohnzimmer fertig. Passt auf, wo ihr hintretet. Manche Blutlachen sind immer noch feucht, benutzt also die Trittplatten«, warnte er die beiden und verschwand aus Ellas Blickfeld.

»Wollen wir?«, fragte Leonhard seine Kollegin, ohne sie anzuschauen.

»Leonhard, Ella, kommt her! Das müsst ihr euch ansehen«, ertönte Toms Stimme aus dem Schlafzimmer.

Leonhard fuhr auf dem Absatz herum und lief zurück zur Leiche.

2

Ich habe etwas sehr Schlimmes getan, etwas, das ich nicht hätte tun dürfen, doch ich musste es tun. Nur weil ich zu einem Mörder geworden bin, bedeutet es nicht, dass daran allein meine Eltern schuld sind. Meine Mama konnte nichts dafür. Sie war nie übermäßig dominant, sie war ein Engel.

Die Behauptung, dass die Erziehung eine entscheidende Rolle in der psychischen Entwicklung eines Menschen spielt und entscheidend dazu beiträgt, wozu wir uns später entwickeln, ist schlicht und ergreifend falsch. Nonsens.

Ein einziger Schicksalsschlag kann nämlich alles verändern.

Mein Vater ist immer für mich da gewesen. Er arbeitete nachts, um tagsüber Zeit für mich zu haben. Meine Mama gab ihren Job komplett auf und wurde Ganztagsmutter. O Gott, wie ich sie vermisse! Ich war nie ein Sorgenkind, war nie überdurchschnittlich krank und nie wirklich auffällig.

Wäre sie bloß nicht gestorben …

Ich war ein schlanker, blonder Junge mit leicht gewellten Haaren, der nicht größer als der Durchschnitt war. Im Sport gehörte ich zu den Besten, auch wenn ich nie in einer AG oder irgendeiner Sportmannschaft aktiv war.

Das einzige Manko, das man mir anlasten konnte, war der beinahe krankhafte Drang, alle Bücher zu verschlingen, die ich in die Hände bekam, um ganz für mich allein sein zu können.

In der dritten Klasse hatten wir einen dicken Jungen. Er war wirklich dick. Einmal hat er mich einfach so aus dem Weg geschleudert, nur weil er in der kleinen Pause noch schnell etwas essen wollte und seine Dose im anderen Klassenzimmer lag. Er hieß Ludwig, hatte rotes Haar, weiße Haut, winzige, giftgrün leuchtende Augen und fast keinen Mund. Seine von Sommersprossen besprenkelten Wangen vereinnahmten sein komplettes Gesicht und glänzten ständig, als hätte er sie sich vor der Schule mit Butter oder Fett eingerieben.

Er trug stets dieselben Klamotten und hatte ewig Hunger. Auch wenn er aß, und er aß dauernd, hatte er Hunger.

Eines Tages saßen er und ich auf der Treppe, weil wir beide auf unsere Eltern warten mussten. Da fragte er mich, ob er die Reste aus meiner Tupperdose aufessen dürfe. Im Gegenzug sei er bereit, mir ein Geheimnis anzuvertrauen. Ich müsse jedoch schwören, wie ein Grab zu schweigen. Falls ich das nicht täte, würde er mir die Nase brechen oder mir einen Finger abbeißen.

Ich sagte Nein, weil ich das eklig fand. Ludwig nahm mich in den Schwitzkasten und zwang mich zu diesem Eid. Kurze Zeit später saßen wir wieder nebeneinander auf der Treppe. Ich rieb meinen angeschwollenen Hals, der im Nacken sehr wehtat. Ludwig saß schmatzend daneben und beäugte mich finster mit seinen winzigen Schweinsaugen, die stets durch einen hindurchzuschauen schienen und von weißen Wimpern umrandet waren. Seine Locken glänzten in der abendlichen Sonne und hingen feucht über seine Stirn. »Wenn du das, was ich dir jetzt erzähle, jemandem verrätst, werde ich allen sagen, dass du schwul bist«, drohte er mir, ohne dass wir beide recht wussten, was schwul *bedeutete.*

Ich schwieg beharrlich und rieb meinen Nacken. Das Schlucken tat auch weh.

Ludwig nahm mein Schweigen als stummes Einverständnis, schob sich den Rest der Stulle in den Mund und wischte sich die Finger an der Sporthose ab, die an den Knien ausgebeult war und weiße Stellen hatte. Sein grünes T-Shirt hatte einst seiner großen Schwester gehört, aber das war kein Geheimnis.

»Ich hatte eine Ratte«, begann er kauend und verschluckte sich beinahe.

Ich starrte zum Tor, in der Hoffnung, den weißen Golf vorfahren zu sehen, aus dem mir meine Mama entschuldigend zuwinken würde.

»Sie hieß Bob«, hörte ich Ludwig lediglich mit einem Ohr zu und hing meinen Gedanken nach. Das Kinn in die Hände gestützt und die Ellenbogen gegen die Oberschenkel gepresst saß ich einfach nur da.

»Er ist jetzt tot«, erzählte Ludwig weiter und steckte sich den Zeigefinger in den Mund, um den Rest seines Essens aus der Wangentasche herauszukratzen.

»Hörst du mir zu?«

»Ja. Die Ratte ist tot, weil du ihr das Futter weggemampft oder dich auf sie draufgesetzt hast«, erwiderte ich patzig. Ich hatte laut ausgesprochen, was mir als Erstes in den Sinn gekommen war.

Mit der darauffolgenden Reaktion hatte ich jedoch nicht gerechnet. Ludwig brach in schallendes Gelächter aus und grunzte dabei. Es klang eklig. Seine verstopfte Nase machte pfeifende Geräusche und für einen Augenblick hing ihm ein weißer Rotzfaden heraus, den er geräuschvoll wieder hochzog.

»Du bist echt witzig. Nein. Das Futter schmeckt mir nicht. Ich war in den Ferien bei meiner Oma und hatte Bob mitgenommen. Aber da waren so viele Kinder, dass ich ganz vergaß, ihn zu füttern. Er hat sogar seine eigene Scheiße gefressen. Aber Bob starb nicht, weil ich ihn nicht gefüttert hatte, sondern weil ich vergaß, ihm frisches Wasser nachzuschenken. ›Deine Ratte ist verdurstet‹, hat meine Oma gesagt. Wir haben ihn dann bei ihr im Garten

verbuddelt.« Er öffnete seinen Schulranzen, steckte den Kopf tief hinein und holte nach einer Weile ein Orangensaftpäckchen heraus. Für den Strohhalm brauchte er auch ewig lange, weil seine Finger schmierig von der Butter waren.

Ich zählte bis dreißig, bis ich ihn schlürfen hörte. Mit geschlossenen Augen sog Ludwig an dem durchsichtigen Strohhalm, dabei drückte er die Saftpackung zu einem Klumpen zusammen. Nachdem der Saft alle war, warf er die Verpackung vor seine Füße und rülpste einmal tief und laut. »Meine Oma hat mir danach eine neue Ratte gekauft, damit meine Mama nicht mit mir schimpft. Eigentlich hatte ich mehr Schiss vor meinem Vater. Wenn er das erfahren hätte, hätte ich bestimmt den Arsch versohlt bekommen. ›Die Viecher kosten einen Haufen Kohle und scheißen nur den Käfig voll‹«, imitierte er ihn affektiert mit tiefer Stimme und runzelte die Stirn. Umständlich schloss er den Ranzen wieder und lachte dreckig auf. »Mein Alter hat es nie rausbekommen.« Ludwig klatschte zuerst sich auf die Schenkel, danach schlug er mir mit der rechten Hand auf den Rücken.

Mir blieb für einen Atemzug die Luft weg und mir wurde etwas schwindelig, doch ich verzog keine Miene.

Ludwig erzählte mir weitere Geschichten, die allesamt erfunden waren. Er war ein Angeber.

Ich war müde und hatte Durst. Endlich sah ich unser Auto. Mein Papa stieg aus dem Auto und winkte mir mit beiden Armen zu.

Ich sprang auf. Ohne mich zu verabschieden, lief ich aufs Tor zu. Ludwig blieb allein auf der Treppe sitzen.

»Hi, mein Großer.« Mein Papa schloss mich in die Arme und hob mich hoch. Er roch so gut und war so stark. Ich flog durch die Luft und landete wieder in seinen Armen. »Tut mir leid. Deine Mama musste schnell zum Arzt.« Ich stand leicht wankend auf den Beinen. Mir war schwindelig. Ich schloss die Augen, das Schwindelgefühl wurde nur noch stärker.

Ich riss die Augen wieder auf.

»Keine Angst, deiner Mama geht es wirklich gut. Sie ist nur ein bisschen aufgeregt. Deine kleine Schwester kommt vielleicht früher auf die Welt als erwartet. Sie bleibt über Nacht auf der Station. Wir beide werden heute zusammen etwas unternehmen. Nur du und ich. Sohn und Papa.« Er lächelte mich mit seinen müden Augen liebevoll an und boxte mir leicht gegen die Schulter.

Ich wusste nicht, ob ich mich freuen oder mir Sorgen machen sollte, weil meine Mama im Krankenhaus lag.

Das war unser letzter unbeschwerter Abend.

»Kann ich mit euch mitfahren?« Ludwig stand hinter mir. »Du hast deine Dose vergessen.«

»Wir können dich natürlich bei dir zu Hause absetzen. Aber musst du dich nicht in der Schule abmelden?« Papa nahm die Dose entgegen und trommelte schnell mit den Fingern darauf. Er war aufgeregt.

»Frau Kraft, darf ich mit Herrn …« Er ließ den Namen aus und schrie noch lauter: »Darf ich mit Jannik seinem Papa mitfahren?!«

Frau Kraft, unsere Lehrerin, war gerade dabei, die Schule abzuschließen. »Das geht schon in Ordnung. Wenn es Ihnen keine Umstände bereitet«, antwortete sie.

Mein Vater zuckte die Schultern. »Na los, springt rein und schnallt euch an.«

»Weißt du auch, wo du wohnst? Ludwig, stimmts?«

»Ja.« Ludwig grinste breit und fummelte eine Ewigkeit herum, um die Schnalle seines Gurts richtig reinzustecken, bis ich sie ihm entriss und sie richtig herum einrasten ließ. »Danke«, erwiderte er und lächelte mich freundlich an. Die Luft im Wagen, die leicht nach Zitrone roch, nahm einen säuerlichen Geruch an. Ludwig wusch sich ungern. Doch mein Papa und ich waren beide gut erzogen. Mein Papa ließ sein Fenster ein kleines Stückchen nach unten gleiten, ebenso wie meines, damit ich meine Nase in den Schlitz halten konnte.

»Sobald wir deinen Freund abgesetzt haben, gehen wir beide etwas essen.« Mein Papa stellte das Radio etwas leiser, damit ich ihn verstehen konnte. Er sah mich durch den Spiegel an. Sein Mund lachte, doch die Augen blieben voller Sorge.

»Geht es Mama wirklich gut?«, flüsterte ich.

»Darf ich mit?«, warf sich Ludwig dazwischen.

»Ins Krankenhaus?« Stirnrunzelnd starrte ich den rothaarigen Jungen an und presste fest die Lippen aufeinander.

»Nein. Zum Essen.« Er blickte mich verunsichert an und leckte sich über die Lippen.

»Wir fahren aber zuerst zu meiner Mama«, entschied ich.

Ludwig hob enttäuscht einen Mundwinkel und ließ die Schultern nach unten sacken. »Hier müssen Sie rechts abbiegen«, sagte er, nachdem mein Papa an der Kreuzung vorbeigefahren war.

Ich hörte meinen Papa genervt ausatmen. »Das nächste Mal musst du es mir etwas früher sagen.«

»Aber ich weiß doch nicht, wann genau«, verteidigte sich Ludwig.

»Kennst du die Straße?«

»Glaub schon.«

»Kannst du mir den Weg beschreiben?«

Ludwig war sich nicht sicher. Drei Mal korrigierte er seine Beschreibung. Nach dem vierten Anlauf starrte mein Papa ihn etwas verärgert an. Wir waren in Eile. Alles, was Ludwig sicher wusste, war die Farbe des Hauses, in dem er wohnte.

»Wir schauen in dem Täschchen, das für den Namen und die Adresse vorgesehen ist.« Er zwängte sich zwischen die Sitze und zeigte mit dem Kinn auf Ludwigs schmuddeligen Ranzen. Das Schildchen hing an einer Schnur.

Weil wir viel zu lange dafür brauchten, Ludwig nach Hause zu bringen, konnte ich meine Mama an diesem Tag nicht mehr *sehen. Ich sah sie erst nach zwei Tagen. Sie lag in einem weißen Bett. Dünne und dicke Schläuche steckten in ihrem Körper, auch in der Nase und im Mund.*

Meine Schwester war da schon tot. Mein Papa saß die ganze Zeit neben mir und strich sich immer wieder über die Augen.

»Lass uns nach unten gehen. Du musst etwas essen«, flehte er mich an.

Jetzt erst weiß ich, dass er nicht mit mir essen gehen wollte. Er konnte es einfach nicht ertragen, meine Mutter so zu sehen. Wir standen am Fußende des Bettes. Das Zimmer roch sehr unangenehm. Die Luft war stickig und eisig kalt.

»Deine Schwester ist jetzt ein Engel«, flüsterte Papa.

»Sie war bestimmt noch ganz klein«, antwortete ich.

»Ja, wie ein kleines Mäuschen.« Papas Hand lag auf meiner Schulter. Er drückte mich einmal fest an sich.

An diesem Abend war mein Papa ganz anders. Er roch streng aus dem Mund. Ich glaube, er war betrunken. Aber er sagte, es seien die Beruhigungstabletten, die er geschluckt hatte, die seinen Kopf so strohig machten.

Sein Kopf blieb noch ein ganzes Jahr lang strohig und sein Atem stank immer intensiver nach Wodka und toten Menschen. Ich wusste schon als Kind, wie ein toter Mensch aus dem Mund riecht.

Während mein Papa auf dem Klo war und sich übergab, nahm ich einen Stuhl, schob ihn ganz dicht an das Bett meiner Mutter heran, beugte mich über sie und küsste sie auf die Lippen, weil ich mich von ihr verabschieden wollte. Bei der flüchtigen Berührung erschrak ich. Meine Mama war eisig kalt, genauso wie das Bettgestell, an dem ich mich mit einer Hand abstützte. Ich zuckte erschrocken zusammen, taumelte rückwärts über die Rückenlehne und fiel ungebremst mit dem Hinterkopf auf den harten Boden. Ich glaube, an diesem Tag ist in meinem Kopf endgültig etwas kaputtgegangen. Eine Feder oder ein kleines Rädchen. Ich lag danach mehrere Tage im Koma. Meine Gedanken kehrten nur langsam zurück. Lange Zeit wollte ich den Tod meiner Mutter nicht akzeptieren und bildete mir ein, sie sei noch am Leben.

Bis heute weiß ich nicht so recht, ob meine Mama wirklich tot ist. Eins weiß ich jedoch mit Gewissheit. Bei diesem letzten Kuss hat sich mein Leben total verändert. Ich wurde zu dem, was ich heute bin: ein Mann, der sich danach sehnt, von seiner Mutter umarmt zu werden.

3

»Was ist das?« Leonhard stand vor der toten Frau, die nicht mehr von dem dünnen Laken verhüllt war. Brustkorb und Hals waren von pinkfarbenen Wachstropfen übersät, unter denen rötliche Stellen hindurchschimmerten.

»Er hat die Wunden mit Kerzenwachs versiegelt«, lautete Toms kurze Antwort.

»Wollte er seine Tat auf diese Weise rückgängig machen? Darüber habe ich mal etwas gelesen«, mutmaßte Ella und blickte zur Tür.

»Vielleicht ist das Liebesspiel der beiden in der Hitze des Gefechts einfach aus dem Ruder gelaufen. Möglicherweise hielt sich einer der beiden nicht an das vorgegebene Szenario.«

»Szenario?« Ella durchsuchte eine weitere Schublade.

»Ja. Ein bestimmter Ablauf, der in einem tödlichen Durcheinander geendet hat.«

»Wer hat das hier der Polizei gemeldet?« Leonhard wedelte mit dem Finger.

»Eine Freundin der Toten, Katrin Birkenholz. Josephine Bruckner war nicht auf der Arbeit erschienen. Das kam Frau Birkenholz verdächtig vor. Sie rief Josephine ununterbrochen auf dem Handy an und wählte schließlich den Notruf.« Ella betrachtete jetzt eine Box, in der mehrere Uhren aufbewahrt wurden, und öffnete sie. Nachdenklich zog sie die Stirn kraus. »Eine Uhr passt nicht so recht zu den anderen Exemplaren. Ein Erbstück?«

Leonhard stellte sich neben sie und ließ seinen Blick über die geöffnete Schatulle schweifen. »Diese drei sind eher billig von der Ausführung her. Modeschmuck? Was sagt die Expertin?«

»Nur diese hier ist alt und sieht teuer aus. Allerdings scheint sie stehen geblieben zu sein.« Ella deutete mit dem Finger auf eine goldene Uhr.

»Da haben Sie recht. Dieses Schmuckstück ist kein Plagiat, auch wenn sie hässlich ist. Glauben Sie mir, da kenne ich mich aus.« Er warf einen kurzen Blick auf seine Rolex. »Wir sollten ihre Freundin fragen, ob sie von dieser Uhr weiß.«

Leonhard trat wieder ans Bett. »Wurde sie gefesselt?«

»Bondage?« Tom hob grüblerisch die Brauen. Er nahm zuerst die Hand- und dann die Fußgelenke in Augenschein, dabei bediente er sich einer kleinen Taschenlampe.

»Sprich, Tom! Fanden hier erotische Fesselspiele statt oder nicht? Immerhin wurden die Einstichwunden mit heißem Wachs versiegelt.«

»Nein, die Abschürfungen und Einschnürungen stammen von breiten Kabelbindern. Er hat sie womöglich für einen bestimmten Zweck fixiert.«

Leonhard gab einen gedämpften Ton der Empörung von sich. »Warum sind einige Männer solche Feiglinge?«, fluchte er in sich hinein.

»Die weiteren Untersuchungen möchte ich bevorzugt an meinem Arbeitsplatz durchführen. Hilf mir bitte kurz, die Leiche anzuheben und zur Seite zu drehen. Ich will nachsehen, ob sich das Blut ausschließlich an ihrem Rücken und Hinterkopf angesammelt hat. Anschließend werde ich die Körperkerntemperatur messen, um den Todeszeitpunkt eingrenzen zu können. Aber so wie es aussieht, ist sie heute Nacht getötet worden.«

Leonhard stellte sich auf dieselbe Seite wie Tom.

»Auf drei – und bitte nur auf die Seite drehen«, bat der Rechtsmediziner seinen Kollegen.

»Du bist hier der Boss, Tom.«

»Eins, zwei, drei.«

»O Gott!«, entfuhr es Leonhard. Er schluckte schwer. »Greenwood, sehen Sie sich das an.«

Ella lief schnell um das Bett herum. Auch ihr verschlug es bei dem Anblick die Sprache. Sie holte nur einmal tief Luft und bereute es sofort. »Wie das stinkt!«, presste sie hervor.

4

»Wie war deine Nacht, Schatz?« Jannik stand vor der Tür und empfing seine Frau mit einem zarten Lächeln und einer Tasse Tee.

»Ich stinke nach Unrat und ein Kollege hat sich heute mit einer Nadel tief in die Hand gestochen. Ich hoffe, er hat sich nichts eingefangen.« Linda warf ihre Tasche in die Ecke und setzte sich auf den Hocker, die Beine von sich gestreckt. »Ich krepiere noch bei diesem Scheißjob.« Lindas dunkelbraune Locken waren zu einem Pferdeschwanz gebunden. Eine hing nun lose vor ihren Augen. »Jannik, wann willst du dich darum kümmern, wieder arbeiten zu gehen?«

»Und die Kinder?«

Linda schüttelte müde den Kopf.

Jannik drückte ihr die Tasse in die Hand und kniete sich vor ihr hin. Mit seinen schmalen Fingern öffnete er den Knoten ihres linken Schuhs und zog ihn aus.

»Ich hasse meine Arbeit. Zwei meiner Kolleginnen und ich haben die ganze Nacht ein Zimmer geputzt, in dem ein Mann verblutet ist, weil er sich den Bauch aufgeschlitzt hat und sich nicht bändigen ließ. Es sah aus wie in einem Schlachthaus.«

»Dann kündige«, sagte Jannik ruhig und brachte Linda mit seiner besonnenen Art noch mehr aus der Fassung.

»Kündigen? Von was sollen wir dann bitte schön leben?« Ihre ohnehin schon angekratzte Stimmung war nun komplett im Keller. Sie stellte die Tasse auf den Boden, wartete, bis Jannik ihr auch noch den zweiten Schuh ausgezogen hatte, und stampfte ins Schlafzimmer.

»Warte doch«, rief Jannik ihr nach.

»Lass mich in Frieden! Du hattest einen gut bezahlten Arbeitsplatz und hast einfach gekündigt«, schimpfte sie, ohne sich umzublicken.

»Aber ich hatte keine Zeit für euch. Alles, was zählt, ist das Wohl unserer Kinder. Ich will sie aufwachsen sehen. Später ziehen sie weg, und das wars dann.«

Jetzt fuhr Linda herum, die Fäuste in die üppigen Hüften gestemmt. Ihre Augen, die wegen des permanenten Schlafmangels und der zehnstündigen Nachtschichten von roten Äderchen durchzogen und dunkel umrandet waren, füllten sich mit Tränen. »Du hattest aber genug Zeit für Bettina.«

»Da war nichts, wie oft denn noch!« Jannik blickte sich Hilfe suchend um. Er überragte seine Frau um Haupteslänge, darum musste sie ihren Kopf tief in den Nacken legen, wenn er ganz dicht vor ihr stand – so wie jetzt.

Seine Hände ruhten auf ihren Schultern. Linda fror, obwohl sie schwitzte.

Jannik wollte sie an sich drücken und auf den Mund küssen, ließ es aber bei einem zaghaften Lächeln bewenden. »Ich will doch nur das Beste für euch. Ich schreibe vielleicht ein Buch. Das zahlt sich in absehbarer Zeit für uns alle aus. Versprochen.« Die Lüge glitt ihm problemlos über die Lippen.

»Das sind alles leere Versprechungen.« Linda wischte seine Hände grob von sich.

»Bitte sei leise! Kevin hatte heute Nacht Fieber, darum durfte er in unserem Bett schlafen.«

»Und Sonja?«

»Da gibt es eine gute Nachricht. Sie bekommt einen Platz im Kindergarten.« Er lächelte.

Linda lächelte nicht. »Das habe ich nicht dir zu verdanken. Ich habe mir für die Betreuung unserer Tochter den Arsch aufgerissen, damit du endlich arbeiten gehen kannst.«

»Ach komm. Ich habe für dich gekocht, die Wäsche ist auch gebügelt, was verlangst du noch?«

»Ich möchte am Freitag vor dem Fernseher sitzen, ohne dabei denken zu müssen, dass ich in zwei Tagen wieder in dieses beschissene Krankenhaus fahren muss. Ich will nicht mehr die Scheiße und das Blut von den Wänden schrubben mit der Angst im Hinterkopf, dass ich mir dabei etwas einfangen könnte, das nicht nur mich, sondern auch unsere Kinder dahinraffen kann. Hast du schon mal etwas von multiresistenten Keimen gehört?«

Jannik lächelte schwach. Ohne auf die letzte Frage näher einzugehen, lauschte er in die Stille. Tapsige Schritte klatschten auf dem Boden.

»Warum bist du so böse, Mama?« Kevin tauchte mit verkniffenen Augen in der Tür auf. Sein Pyjama war zerknittert, das blond gelockte Haar zerzaust. Er war mit seinen acht Jahren etwas kleiner als der Durchschnitt. Die Eltern sollten sich deswegen keine Sorgen machen, hatte der Kinderarzt versichert. Doch Linda machte sich Sorgen. Nicht nur, weil Kevin kleiner war als alle Jungs aus seiner Klasse, sie wusste auch keinen Rat, warum ihr Sohn so oft krank war und vermehrt von schrecklichen Albträumen heimgesucht wurde.

»Wie geht es dir, mein Schatz?« Linda wollte ihren Sohn in den Arm nehmen, ihm mit ihren Fingern durch das warme Haar fahren und seinen Kopf an die Brust pressen, aber sie konnte es nicht. Sie fühlte sich schmutzig. Allein der Gedanke, was sich alles auf ihrer Kleidung und unter den Fingernägeln … Sie schüttelte sich unmerklich und schob den Gedanken beiseite. »Geh zurück ins Bett, ich springe schnell unter die Dusche und lege mich dann zu dir. Ja?«

»Okay«, fiepte der Junge und verschwand in dem dunklen Zimmer. Die Tür blieb einen Spaltbreit offen.

»Ruf den Kinderarzt an und mach noch für heute einen Termin aus«, befahl sie ihrem Mann mit einem mahnenden Ton, der keine Widerrede duldete.

»Du hast dich verändert. Ich erkenne dich kaum wieder.«

»Dasselbe denke ich über dich, Jannik. Wann hatten wir beide das letzte Mal Sex?« Ihr unheilschwangerer Blick bohrte sich tief in seine Augen.

Er konnte darin kein sexuelles Verlangen erkennen. Linda war sauer. »Das war vor zwei Wochen. Am Sonntag. Weißt du das nicht mehr, Liebes?«

»Führst du darüber etwa Buch?« Sie gab ein halb ersticktes Lachen von sich. Ohne die Antwort abzuwarten, lief sie ins Bad und schloss die Tür hinter sich ab.

»Das ist unfair«, sprach Jannik mehr zu sich selbst und marschierte in die Küche. Er setzte sich an den Tisch und zog den Teller mit den noch warmen Spiegeleiern darauf näher zu sich heran. Mit nach innen gekehrtem Blick stocherte er in der gelb-weißen Masse herum, ohne etwas davon zu essen.

»Papa?« Kevin tauchte hinter ihm auf.

»Ja?« Jannik legte die Gabel auf den Teller und drehte sich zu seinem Sohn um. Er beugte sich nach vorn. Den Oberkörper mit den Unterarmen auf die Knie gestützt lächelte er Kevin sanftmütig an. »Mama kommt gleich, mein Schatz.« Jannik strich dem Jungen über die feuchten Locken. »Das Fieber ist etwas heruntergegangen.« Immer noch lächelnd befühlte Jannik die Stirn seines Sohnes und zog ihn noch näher an sich.

»Papa.«

»Ja?«

»Ich glaube, ich habe ins Bett gemacht.« Kevins Kinn bebte, auch seine Mundwinkel zuckten. Die smaragdgrünen Augen glänzten. Tränen sammelten sich darin.

»Nein, hast du nicht. Du bist klitschnass, weil du Fieber hattest. Du hast das Bett vollgeschwitzt. Das ist gut. Das bedeutet, du wirst bald wieder ganz gesund sein«, munterte er den Jungen auf.

»Kannst du trotzdem das Bett neu machen, solange Mama in der Dusche ist?«

»Natürlich.« Jannik stand auf. »Was hast du da hinter deinem Rücken?«

»Das ist für dich.« Kevin zog ein Blatt hervor, welches er hinter seinem Rücken versteckt gehabt hatte. »Weil du der beste Papa auf der ganzen Welt bist. Ich hab dich lieb.«

Jannik spürte, wie ein dicker Kloß in seinem Hals ihm die Luft abdrückte. Er nahm das Blatt Papier entgegen und faltete es auseinander. Mit der Hand eines Kindes gezogene blaue Linien ergaben eine Botschaft, die an Janniks Seele rührte. »DU BIST DER BESTE«, lautete die Überschrift. Darunter erkannte Jannik drei Strichmännchen.

»Das bist du, das ist Sonja und das hier, das bin ich, wenn ich groß bin«, klärte Kevin seinen Vater auf.

Ein unschönes Gefühl kroch in Janniks Brust und versetzte seinem Herzen einen Stich wie mit einer glühend heißen Nadel. »Bekommt Mama auch eine Zeichnung? Hast du sie deswegen nicht gemalt?« Jannik setzte sich auf die Fersen.

»Nein, weil sie unter der Erde liegt, hier.« Das Kind deutete auf einen Erdhügel mit einer roten Blume. »Ich möchte nicht, dass Mama tot ist. Ich habe Angst, dass Mama stirbt, weil sie das gesagt hat.«

»Was hat sie gesagt?«

»Dass sie stirbt.« Kevins Worte kamen zögernd.

»Wann hat sie das gesagt, Kevin?«

»Fast jeden Tag. ›Ich halte das nicht mehr aus. Wenn es nicht bald aufhört, sterbe ich‹«, ahmte er in affektiertem Ton seine Mutter nach. »Das hat sie gesagt.« Er blickte kurz zu Boden und bewegte leicht die Zehenspitzen. Der Junge holte Luft, hob den Kopf und schaute seinen Vater mit der fragenden Miene eines verängstigten Kindes an. »Wie sieht man denn aus, wenn man tot ist, Papa?«

Ein kalter Schauer lief Janniks Rücken hinunter. »Mama wird nicht sterben«, versprach er schnell und tätschelte die knochige Schulter. »Deine Mama war vielleicht nur sehr müde.«

»Ich habe geträumt, wie sie stirbt. Bitte, Papa, du musst sie beschützen. Ich habe sie auch lieb.«

»Das war bloß ein böser, böser Traum. Mama wird nicht sterben. Ich verspreche es dir.«

»Doch, wird sie wohl! Sie geht oft weg. In der Nacht. Sie ist ganz allein da draußen«, widersprach Kevin, was überhaupt nicht seine Art war. So aufgebracht und aufgelöst hatte Jannik seinen Sohn noch nie erlebt.

»Komm, wir schauen nach dem Bett, und wenn du nicht mehr krank bist, reden wir noch mal darüber.«

»Ich wünschte, dass Mama nie wieder zu dieser Arbeit gehen muss«, flüsterte Kevin. Mit auf die Brust gesenktem Kopf huschte er auf nackten Füßen seinem Vater hinterher ins Schlafzimmer.

5

»Was ist das für ein Tier?« Leonhard rümpfte die Nase und drückte den Mundschutz fester gegen sein Gesicht.

»Eine Farbratte, vermute ich. So eine, die sich manche als Haustier halten.« Tom rupfte die kleinen weißen Maden mit einer langschnäbligen Pinzette vom Bettlaken und verstaute sie alle in einem zierlichen, gläsernen Kolben mit Gewindeverschluss.

»Die Frau kann aber nicht so lange …«, setzte Leonhard an.

»Nein. Das tote Tier hatte er mitgebracht.«

»Warum legt man ein totes Tier unter eine tote Frau?« Ella stand am Bettrand und betrachtete das leere Bettlaken. Vor ihrem inneren Auge krabbelten immer noch die unzähligen Maden. Es kostete sie viel Überwindung, sich nicht an den Unterarmen zu kratzen. Denn bei dieser Vorstellung begann ihr kompletter Körper zu jucken. Sie spürte, wie die Maden auf ihrer Haut krochen. Dieses Kitzeln war haarsträubend. Sie hasste Maden.

»Er ritualisiert seine Morde.«

»Morde?« Ella taxierte ihren Partner mit fragendem Blick.

»Es war vielleicht sein erster Mord, aber in seinem Kopf hat der Kerl schon mehr als nur einmal getötet. Das ist lediglich eine Hypothese, aber ich denke, dass ich nicht sehr weit weg von der Wahrheit liege. Ein Zimmer hat er verwüstet, das andere sieht wie ein Altar aus. Er weiß sich im richtigen Augenblick zu beherrschen und kann die Kontrolle über die Situation wieder an sich reißen. Wurde die Frau vergewaltigt?« Diese Frage galt dem Rechtsmediziner, der die Temperatur der Leiche in eine Tabelle eintrug.

»Das weiß ich noch nicht.«

»Wo ist Leonhard?«, erschallte Richies Stimme aus dem Korridor.

Leonhard und Ella verließen eilig das Schlafzimmer.

Der Leiter der Kriminaltechnik stand neben einer Kommode. »Stellt eure Lauscher auf und passt auf, wohin ihr tretet. Der Tänzer hat für euch …«

»Der Tänzer?« Leonhard starrte den Mann von der Kriminaltechnik entgeistert an.

»Die Blutspuren im Wohnzimmer haben mich dazu verleitet, dem Mörder diesen Namen zu verpassen. Der ist natürlich nicht geschützt und kann geändert werden. Aber falls ihr einen Fallaktentitel braucht, dürft ihr euch gern bedienen.«

»Du meinst, diese spiralförmigen Spritzer entstanden bei einem Tanz?« Leonhard warf einen unsicheren Blick ins Wohnzimmer. Überall auf dem Boden lagen Trittplatten, auf denen sich die Beamten fortbewegen konnten, ohne dabei den Boden unnötig zu verunreinigen.

»Er hat getanzt, während er die noch lebende, aber sehr schwer verletzte Frau im Arm hielt. Nähere Details gibt es später. Der Anrufbeantworter ist jetzt wichtiger – das heißt, nicht das Gerät selbst, sondern das, was darauf abgespeichert wurde. Dieser Tänzer …«, Richie malte zwei Gänsefüßchen in die Luft, bevor er weitersprach, »… hat uns eine Botschaft hinterlassen. Die Stimme ist jedoch verzerrt. Ich denke, dass er mehrere Spuren benutzt hat, sodass man seine Originalstimme nicht wiederherstellen kann. Aber dazu später. Seid ihr bereit?« Er hob eine Braue.

Leonhard und Ella nickten.

»*Ihr alle schiebt den Tod nur hinaus. Ihr wartet auf den richtigen Moment, egal bei welcher Angelegenheit. Ihr schaut lieber Menschen zu, die sich vergnügen, und stopft euch dabei mit Junkfood voll. Ihr habt nicht den Mumm, eure Träume zu leben. Anstatt echte Erfahrungen zu sammeln, versucht ihr, diese durch Simulationen nachzuahmen, weil es weniger gefährlich ist. Ihr führt keine richtigen Gespräche mehr, wisst nicht, wie eure Nachbarn mit Namen heißen, wie sie aussehen, welche Gewohnheiten sie haben. Anstatt die Welt zu erkunden, schließt ihr euch in euren Wohnungen ein und hockt vor der Glotze oder starrt auf eure Handys und seht nach, wer von euren Freunden was gelikt hat, anstatt euch mit echten Menschen zu treffen. Keiner ist mehr bereit, eine vernünftige Diskussion zu führen. Alles soll kalkulierbar und bequem sein. Jedes Risiko muss vorhersehbar sein, damit ihr möglichst früh darauf reagieren könnt. Jede tiefgehende Erfahrung darf keinen Knick in der Psyche hinterlassen, weil ihr Angst habt, euch nicht mehr davon zu erholen. Euer Leben ist so überschaubar. Ihr wurdet von den Medien zu trägen, faulen Konsumenten programmiert. Ihr überlasst das Denken den anderen, weil euch das auf Dauer zu anstrengend ist. Ihr traut einer Studie mehr als euren eigenen Augen und eurem Verstand. Ihr glaubt wirklich, dass eure Rechte unantastbar sind?*« Die blecherne Stimme lachte krampfhaft. »*Macht nur weiter so. Vielleicht ist eine von euch die Nächste.*«

Die Aufnahme war beendet. Es entstand eine Pause. Die Stille lastete auf den Ohren.

»Keine Forderung oder Ähnliches. Er droht explizit ausschließlich dem weiblichen Geschlecht«, konstatierte Ella.

»Er bedient sich eines Ablenkungsmanövers«, erläuterte Richie und hob die Achseln. »Er will damit ein anderes Bild in unseren Köpfen entstehen lassen.«

»Alle Anrufe, eingehende wie ausgehende, müssen akribisch überprüft und erfasst werden. Er kannte Josephine Bruckner und auch ihre Wohnung schon vorher. Da bin ich mir ziemlich sicher.« Leonhard blickte auf den Anrufbeantworter und sortierte seine Überlegungen wie bei einem Tetris-Spiel, sodass möglichst viele Bausteine reibungslos ineinanderpassten. »Er weiß, wie man sich in Diskretion übt. Wir müssen herausfinden, wie er in die Wohnung gelangt ist, weil das für unseren weiteren Ermittlungsablauf sehr wichtig sein könnte. Greenwood, Sie sollten damit beginnen, die Nachbarn zu befragen.«

»Gehe ich recht in der Annahme, dass dieses Vorgehen eher unüblich ist für einen Mörder?« Ella deutete mit dem Blick auf die blinkenden Ziffern des Anrufbeantworters.

»Das ist richtig. Können Sie mit der Bezeichnung ›hochfunktionaler Psychopath‹ etwas anfangen? Sie sind die Einzige, die mal Psychologie studiert hat.«

»Ein hochfunktionaler Psychopath steht mir genau gegenüber und verlangt von mir, dass ich die Nachbarn befrage.« Ella war selbst erstaunt über ihr kühnes Auftreten, verriet ihre Aufregung jedoch mit keinem Muskelzucken.

»Meinen Sie nicht, dass das der falsche Zeitpunkt zum Klugscheißen ist?«

»Sie haben schließlich damit angefangen.« Ella verzog den Mund. »Sie müssen mich nicht wie einen Grünschnabel behandeln. Sie glauben doch selbst nicht, dass er so unvorsichtig war, sich von einem Nachbarn beobachten zu lassen.«

Leonhards Mundschutz baumelte an zwei dünnen Gummibändchen um seinen Hals. Seine Augenbrauen zogen sich zusammen. Eine senkrechte Zornesfalte spaltete seine Stirn. »Darum fühlte er sich ungestört. Okay, Greenwood, aus Ihnen könnte wirklich eine gute Polizistin werden. Das Klinkenputzen werde ich anderen überlassen.«

»Ist die Wohnung von gegenüber nicht spiegelverkehrt?«, fragte sie in den Raum und begab sich Richtung Treppenhaus.

»Ein guter Ansatz, Kommissarin Greenwood. Das wollen wir jetzt zusammen überprüfen. Wie es sich für einen verantwortungsvollen Kollegen gehört, werde ich Ihnen dabei tapfer zur Seite stehen. Ist diese Wohnung leer?«, wandte er sich an die zwei Uniformierten, die zu beiden Seiten der Treppe Stellung bezogen hatten.

»Nein. Frau Blumthaler ist zu Hause. Sie müssen nur klingeln«, wurde Leonhard von einer älteren Polizistin in Kenntnis gesetzt.

Leonhard ließ Ella den Vortritt und zeigte mit einer ausladenden Geste auf die Tür. »Danke schön.« Er schenkte der kleinen Polizistin ein knappes Lächeln und zog derweil die Handschuhe aus. Ella tat es ihm gleich und warf sie in einen blauen Sack. Ihr bärbeißiger Partner verstaute seine in den Hosentaschen.

Ella blieb unschlüssig vor der Tür stehen.

Leonhard zwirbelte an der Oberlippe und bedachte sie mit einem auffordernden Blick. »Sie dürfen ruhig die Initiative ergreifen, nicht, dass es wieder heißt, ich bevormunde Sie und Sie fühlen sich in Ihrer Rolle als Polizistin eingeengt.«

»Sie sind manchmal unausstehlich.«

»*Shit happens*«, flüsterte er in seinem sarkastischen Ton. »Ich will Sie ja nicht heiraten.«

Ella drückte auf die Klingel. »Blumthaler« stand in schwarzen Druckbuchstaben darübergeschrieben. Kurz danach vernahm Ella ein gedämpftes Scheppern auf der anderen Seite der Tür. Es folgte leises Schlappen und Schlurfen von Pantoffeln und das Bellen eines Hundes.

Pause. Dann die krächzende Stimme einer alten Frau: »Sind Sie von der Polizei?«

»Ja, das sind wir«, sprach Ella mit dem Spion und hielt ihren Dienstausweis direkt vor die Linse.

»Warten Sie einen Moment, ich muss den Schlüssel holen.« Das Schlurfen entfernte sich.

Leonhard gab einen genervten Ton von sich. »Das kann ja heiter werden. Speedy Gonzales ist 'ne lahme Ente dagegen.«

»Er ist eine Maus«, verbesserte Ella ihn.

»Müssten Sie nicht schon längst aus dem Alter raus sein?« Er hob provozierend die Brauen.

»Sie hatten wohl eine schlimme Kindheit, wenn Sie eine Maus nicht von einer Ente unterscheiden können«, konterte Ella.

»Sie müssen dauernd das letzte Wort haben.« Leonhard lächelte spitz. In dem Moment hörten die beiden Polizisten, wie ein Schlüssel ins Schloss gesteckt wurde.

»Na endlich, die Maus ist wieder da«, scherzte Leonhard.

Ella konnte sich ein Lächeln nicht verkneifen.

Die Tür ging auf. Die ältere Dame beäugte die beiden skeptisch.

»Guten Morgen. Wir stören Sie nur ungern, wären Ihnen aber sehr zu Dank verpflichtet, wenn Sie uns reinlassen könnten.«

Leonhard spielt seine Rolle als Frauenversteher wirklich gut, dachte Ella und schmunzelte.

»Es ist ja bald Mittag. Aber wir alten Leute …«

»Alt? Sie sind doch nicht alt«, unterbrach sie der Kommissar und ging in die Hocke. Ein Langhaardackel tauchte zwischen den Beinen seines Frauchens auf und ließ sich von Leonhard streicheln. »Ich mag Hunde«, log er und stand wieder auf. »Dürften wir Ihnen ein paar Fragen stellen und uns Ihre Wohnung anschauen?« Leonhard und Ella wiesen sich aus.

»Ist eine reine Routinesache.« Leonhard schenkte der Frau ein strahlendes Lächeln.

Der von unzähligen feinen Fältchen umsäumte Mund der Frau wurde schmaler. Sie zog die Lippen nach innen, schmatzte einmal und leckte sich einem Reptil gleich über den faltigen Mund.

»Aber Sie bringen mir nichts durcheinander«, mahnte die Frau und bedachte Leonhard mit einem herausfordernden Blick.

»Wir sehen uns nur um«, versprach Leonhard.

»Na, dann kommen Sie rein.«

Ella entging nicht, dass die ältere Dame sie beide schnellstmöglich wieder loswerden wollte, weil sie etwas zu verheimlichen versuchte. Hinter ihrem unsteten Blick versteckte sich ein Geheimnis. Mit ihrer knorrigen Hand richtete Frau Blumthaler ihr dünnes lockiges Haar, das einen bläulichen Schimmer hatte. Sie schluckte, sah schnell über die Schulter und strich ihr Kleid glatt. »Sie müssen aber die Schuhe ausziehen.«

Leonhard winkte einen der Polizisten herbei und verlangte nach zwei Paar blauen Schutzüberziehern. »Ist das auch okay?«, erkundigte er sich, während er seinen zweiten Fuß in den Überzieher manövrierte.

Ella streifte wortlos ihre Pumps mit den hohen Absätzen ab und betrat die Wohnung.

»Sie können die hier anziehen.« Frau Blumthaler reichte ihr zwei Hausschlappen.

Ella schlüpfte hinein und folgte der alten Dame.

Leonhard fluchte leise, weil er noch nicht so weit war.

6

Jannik klebte ein leicht verschwommenes Foto in das Buch und strich zärtlich mit den Fingerspitzen darüber. Er hatte sie heimlich mit einer analogen Kamera fotografiert. Er bewahrte bei allem, was er tat, Anonymität, die es ihm erlaubte, unsichtbar zu agieren. Schon als Kind hatte er es geliebt, sich irgendwo in der Bibliothek zu verstecken und Menschen zu beobachten. Er las viel, denn die Welt der Bücher war der einzige Zufluchtsort, an dem er spurlos verschwinden konnte.

Es klopfte an der Tür, gefolgt von einem heftigen Rütteln an der Klinke. Erneutes Klopfen mit den Fingerknöcheln, danach ein heftiges Krachen einer Faust gegen das Türblatt. Ein Buch fiel aus dem Regal. Blätter flatterten.

»Wieso sperrst du dich immer dann ein, wenn ich dich hier brauche?«

Erschrocken klappte Jannik das in Leder gebundene Buch mit dem von Hand genähten Rücken zu, steckte es in einen Plastikbeutel und band ein dickes Gummiband darüber. »Ich bin gleich bei euch!«, rief er schnell und schob den Stuhl zum Schrank, der mit unzähligen Büchern vollgestopft war. Mit laut pochendem Herzen in der Brust stellte er sich auf die Sitzfläche, hob eine lose Diele an der Decke an und ließ sein Geheimnis in dem schmalen dunklen Schlitz, aus dem es nach staubiger Luft roch, verschwinden.

»Komm sofort raus!«, kreischte seine Frau hinter der Tür.

Heftiges Weinen seines Sohnes brachte ihn aus dem Gleichgewicht. Er stürzte zu Boden.

»Was machst du da?«

»Ich habe versucht, mich aufzuhängen«, blaffte Jannik gehetzt, stand auf und rieb sich das angeschlagene Knie. Mit schmerzverzerrter Miene riss er die Tür auf und schob seine Frau beiseite. »Hörst du nicht, dass er weint?«

»Er weint doch ständig. Ganz der Vater, dein Sohn! Ein Waschlappen eben.« Ihre Augen funkelten vor Zorn.

Janniks Hand flog durch die Luft und traf Lindas weiche Wange. Es klatschte einmal laut.

Linda fiel rücklings zu Boden. Erstaunt über die heftige Reaktion ihres Gatten und zu keiner Regung fähig hielt sie sich den Mund mit der Hand zu.

Jannik stapfte ins Schlafzimmer. »Ich bin ja bei dir. Alles ist wieder gut. Du hast nur schlecht geträumt«, ertönten seine tröstenden Worte im nächsten Moment.

»Ich habe wieder davon geträumt, wie du uns verlässt«, wimmerte Kevin mit tränenerstickter Stimme und begann lautstark zu husten.

»Es war bloß ein böser Albtraum. Wir gehen gleich zum Arzt. Du bleibst heute zu Hause. In der Schule habe ich schon Bescheid gesagt.«

Der Junge weinte jetzt lautlos, genauso wie seine Mutter, die auf dem Boden kauerte und sich mit flatternden Fingern den blutenden Mundwinkel betupfte.

Ihre Lippen bewegten sich zuckend, ohne die Worte zu formen – sie blieb stumm.

7

»Wollen Sie Tee?« Frau Blumthaler stand vor ihren ungebetenen Gästen, die auf dem Sofa Platz genommen hatten. Mit in die schmalen Hüften gestemmten Händen bedachte sie zuerst Ella, dann Leonhard mit einem fragenden Blick.

»Kann ich mir vor dem Kuchenessen schnell die Hände waschen?« Leonhard grinste freundlich.

»Ich biete Ihnen einen Tee an und Sie denken gleich an Kuchen. Sie sind mir einer!« Sie lachte heiser. »Wir können zuerst eine rauchen gehen.«

»Ich rauche nicht«, beeilte sich Ella zu sagen und stand auf.

»Und ich rauche nur, wenn Sie welche dahaben.«

»Sie sind ein Schmarotzer, wie ich sehe«, merkte Frau Blumthaler an und schüttelte leicht amüsiert den Kopf. »Aber nur, wenn Sie uns zwei Glimmstängel stopfen.«

»Klar«, erklärte Leonhard sich bereit und sprang auf die Beine. Seine Schuhüberzieher raschelten bei jedem seiner Schritte und machten den alten Dackel nervös.

»Eigentlich rauche ich in letzter Zeit nur vor dem Schlafengehen.« Frau Blumthaler schob die Vorhänge mit der Sorgfalt einer akkuraten Dame beiseite, die offensichtlich unter einem leichten Ordnungszwang litt, und öffnete die Tür zum Balkon.

Es war nicht schwer zu erkennen, dass alles in dieser Wohnung seinen bestimmten Platz hatte. Die Figuren im Regal der rustikalen Schrankwand waren symmetrisch angeordnet und die Bilder an den Wänden mit den schweren Tapeten sorgten für eine harmonische Ausgewogenheit. Alles strahlte eine heimelige Atmosphäre aus.

»Und Sie sind sich ganz sicher, dass Ihnen gestern nichts Ungewöhnliches aufgefallen ist?« Leonhard folgte der alten Dame nach draußen.

»Ich war gestern gar nicht zu Hause. War bei meiner Schwester zu Besuch.«

»Was ist mit den anderen Nachbarn?«

Ella beobachtete die beiden durch ein großes Fenster, das von gelben Vorhängen umrandet war. Ihre Stimmen klangen gedämpft.

»Nein. Herr Morbitsch, der über mir wohnt, ist fast nie da und die andere Familie ist erst kürzlich ausgezogen, die Wohnung wird renoviert. Die veranstalten da einen Lärm, sage ich …«

Ella durchquerte das Wohnzimmer und gelangte in den Flur.

Sie lief zur Tür und spähte durch den Spion zu Josephines Wohnung hinüber.

Wir brauchen einen frischen, substanziellen Ansatz, überlegte sie und benutzte dabei Leonhards Wortwahl. Gedankenverloren beobachtete sie die Kollegen, wie sie ihren Pflichten nachgingen. *Uns fehlt die Objektivität. Wir sind zu sehr darauf fixiert, ihn so zu sehen, dass seine schreckliche Tat zu seinem äußeren Erscheinen passt*, sinnierte sie weiter und lauschte der sonoren, wohlklingenden Stimme ihres Kollegen in ihrem Kopf. Hinter ihrer Stirn flackerte eine Idee auf. *Er könnte ein fürsorglicher*

Vater und auch ein liebender Ehemann sein, attraktiv und charmant. Eine dieser Kreaturen, die sich unter dem Deckmantel der Unschuld verstecken – so lange, bis das wahre Ich die Oberhand gewinnt. Dieser Mann ist kein im Affekt handelnder Mörder. Er hat die Tat präzise geplant und alles akribisch vorbereitet.

Ella wollte sich schon abwenden, als ihr etwas auffiel. Ein in der Luft schwebender Faden, glaubte sie, war sich jedoch nicht sicher. Es war lediglich eine Bewegung. Etwas, das ihr Sichtfeld eintrübte.

Sie konzentrierte sich erneut, schloss das rechte Auge und spähte mit dem linken durch die Linse. Da war es wieder. Ein kaum wahrnehmbares Flimmern.

»Werde mental zu jenen, die du stets bemüht bist zu besiegen«, flüsterte sie und öffnete langsam die Tür. Ella betrachtete den Spion von der anderen Seite und legte den Kopf so an, dass sie das konvexe Glas im Licht betrachten konnte. Die Reflexion der Sonne blendete sie. Im Hintergrund erklangen sanfte Musikklänge aus dem Wohnzimmer. Im Augenwinkel bemerkte Ella wieder dieses Flimmern.

Richie kam auf sie zu. »Haben wir da etwas entdeckt, das uns verdächtig erscheint?« Die Kapuze und der Atemschutz verdeckten nicht mehr sein Gesicht. Er redete, wie es seine Art war – sehr langsam, wie ein geduldiger Psychiater.

»Ich vermute, dass der Typ sich abgesichert hat und den Spion mit einem Klebeband überdeckt hat«, sprach Ella ihre Vermutung laut aus und drehte ihren Kopf Richtung Wohnzimmer. Sie hörte, wie Frau Blumthaler kicherte. Was ging da vor? Ein latenter Geruch nach Haschisch kroch in ihre Nase. *Rauchen die beiden etwa Gras?*

»Ich werde mich darum kümmern.« Richie legte die Stirn in Falten. »Hier riecht es aber sehr eigenartig.« Seine Nasenflügel bewegten sich, er schnupperte. »Gras?«, fragte er ungläubig an niemand Bestimmten gewandt.

»Wann wird der Tatort freigegeben?«, lenkte Ella ab und sah zur Tür, an der sich ein Polizist zu schaffen machte. Er untersuchte das Schloss und leuchtete mit einer starken Taschenlampe hinein.

»Es ist unverkennbar, dass dort ein Wahnsinniger sein Unwesen getrieben hat«, grummelte er abwesend. Er lauschte den rhythmischen Musikklängen. Seine intelligenten Augen wurden zu schmalen Schlitzen. »Walzer?« Er deutete mit dem Kinn über Ellas Schulter.

»Ich schaue mal nach«, versprach Ella schnell, lächelte knapp und eilte zurück ins Wohnzimmer.

Tatsächlich kreiste ihr Kollege mit Frau Blumthaler im Wohnzimmer im Dreivierteltakt über den Teppich.

»Was geht hier vor?« Ella sah die beiden erstaunt an.

»Wenn man zu viel hineininterpretiert, entsteht ein Wirrwarr an Eindrücken, was die Sache zusätzlich erschwert. Dieser Kerl war mindestens so groß wie ich.« Leonhards glasige Augen glänzten.

»Sie haben Gras geraucht?« Ellas Feststellung rief bei den beiden perlendes Gelächter hervor. Sie begriff immer noch nicht, was ihr Kollege da tat.

»Das war nicht ich.« Er nickte zu Frau Blumthaler.

»Ich darf das, das hat mir mein Arzt verschrieben, wegen meiner Hüfte.«

Leonhard blieb nach einer kompletten Drehbewegung stehen, senkte wie ein Gentleman den Kopf und deutete einen Handkuss an.

Frau Blumthaler knickste und schüttelte leicht verlegen den Kopf. »Ich habe mich schon seit Langem nicht mehr so gut amüsiert wie heute. Sie sind ein Charmeur. Kein Wunder, dass Ihre Freundin eifersüchtig wird.«

»Ich bin nicht seine Freundin«, beeilte sich Ella, die Sachlage zu berichtigen. »Wir sind Kollegen«, schob sie nach und kam sich dabei etwas kindisch vor.

Frau Blumthaler wies zum Grammophon und verfiel in ein gekünsteltes, gackerndes Gelächter. »Bei diesem Lied hat mich mein Mann zur Frau gemacht.« Leicht humpelnd steuerte sie auf den Apparat zu und schaltete die Musik aus. »Ich werde uns jetzt Tee kochen«, trötete sie und verschwand in Richtung Küche.

Ella stand ganz nah bei Leonhard. »Was sollte das ganze Theater?«, flüsterte sie. Im selben Moment wurde ihr klar, dass er gelogen hatte. »Sie haben auch geraucht.«

»Nur zwei-, vielleicht dreimal gezogen, mehr nicht. Nicht auf Lunge.« Er lächelte knapp.

»Und diese Tanzeinlage?« Ella hörte sich beim Atmen zu.

»Die Blutspiralen im Wohnzimmer. Sie betrugen einen Meter im Durchmesser, mindestens.«

Ella begriff nicht sofort, worauf Leonhard mit seiner These hinauswollte.

Leonhards Brust blähte sich auf, weil er Ella für begriffsstutzig hielt. »Er tanzte mit der Frau, während sie verblutete. Auch ich habe Frau Blumthaler einmal auf den Arm gehoben. Sie ist ungefähr so groß wie die Tote. Daraus lässt sich schließen, dass der Mörder von großer Statur ist.« Seine Augen weiteten sich.

»Er hat den Spion abgeklebt«, murmelte Ella. Sie begriff zudem, dass Leonhards Heiterkeit nur Fassade war. »Sie haben der Dame ganz schön was vorgespielt.«

»Darauf steht doch jede Frau. Ich habe sie umgarnt und sie hat aus dem Nähkästchen geplaudert, doch nichts war von Belang.«

»Was ist eigentlich passiert?«, platzte Frau Blumthaler dazwischen. »Warum steht da ein Mann an meiner Tür? Wurde bei Josephine eingebrochen oder …?« Sie sprach den

Satz nicht zu Ende und hob ihre Hand vor die Lippen. »Ich war letzte Nacht nicht da, müssen Sie wissen. Wurde Josephine ausgeraubt?«

»Nein. Die junge Frau wurde umgebracht«, rückte Leonhard mit der Wahrheit heraus und rieb sich das Kinn.

Frau Blumthaler schnappte nach Luft und setzte sich auf die wuchtige Armlehne des Sofas. Im Zimmer herrschten Zwielicht und erdrückende Stille.

»Das arme Kind. Sie war so ein nettes Mädchen«, seufzte sie jämmerlich. Ihre Unterlippe zitterte. »Sie ist tot und wir tanzen?« Ihre Augen bekamen augenblicklich einen mürrischen Touch. Ihre noch vor Kurzem gute Laune war getrübt, und das zeigte sie auch sehr deutlich.

Leonhard sah betreten drein. »Tut mir leid, aber diese kurze Tanzeinlage hat ihren Zweck mehr als erfüllt.«

»Nach meiner Einschätzung der Lage verkündet mir Ihr Benehmen, dass Sie bei Ihrer Arbeit überhaupt nicht vorankommen«, gab sich Frau Blumthaler ruppig.

»Wir stehen erst am Anfang unserer Ermittlungen.« Leonhards Antworten waren kurz. Er dichtete nichts hinzu. »Sie haben mir erzählt, dass Josephine ein sehr zurückgezogenes Leben führte.«

Frau Blumthalers Körperhaltung entspannte sich, sie wirkte nicht mehr so reserviert. »Ja. Sie hatte nur selten Besuch. Ich habe nie etwas von ihr gehört. Wir grüßten uns zwar, aber das wars auch schon. Obwohl die Wände sehr dünn sind, hatte ich nie das Gefühl, dass hinter diesem Bild ein Leben stattfand.« Sie deutete mit ihrer knorrigen Hand auf eine Fototapete.

Ella trat näher an das große Bild, auf dem sie ein Meer gelber Sonnenblumen sah, und lauschte. Tatsächlich konnte sie Stimmen und Laute vernehmen.

»Warum waren Sie ausgerechnet gestern bei Ihrer Schwester?«, fragte Leonhard in die angespannte Stille hinein.

»Ich bekam ein Schreiben von meinem Vermieter.«

Leonhard wurde hellhörig. Auch Ella löste sich aus ihrer Starre. »Ein Schreiben?«

»Ja. Es wies darauf hin, dass das Wasser abgestellt werden würde.«

»Haben Sie es noch? Das Schreiben?« Leonhard trat näher zu der Frau und half ihr hoch.

»Ja. Ich hebe alles auf.« Sie schlurfte in den Flur.

»Greenwood, Sie gehen ins Bad. Bitte prüfen Sie nach, ob dort offensichtlich etwas fehlt oder nicht an seinem Platz steht«, raunte Leonhard Ella ins Ohr. »Diese Dame ist ein Freak, was die Ordnung angeht. Schnell.«

»Darf ich kurz Ihre Toilette benutzen?«, improvisierte Ella.

»Ja, natürlich. Bitte verwenden Sie zum Abtrocknen Ihrer Hände ein Gästehandtuch, es hängt direkt hinter der Tür.« Frau Blumthaler schlurfte weiter zur nächsten Tür, vorbei an der Küche.

»Sehr nett von Ihnen.« Ella verschwand im Bad.

Leonhard folgte der Frau ins Schlafzimmer und blieb neben einer Kommode stehen. Das Naturholz war an einigen Kanten schartig und hatte eine Behandlung bitter nötig.

Frau Blumthaler raschelte mit einigen Blättern – Notizen, Parkzettel und gelbe Post-its.

»Da haben wir es ja.« Sie schob die Schublade zu und scheuchte Leonhard in den Flur hinaus. »Hier.« Sie reichte ihm ein kariertes Blatt Papier.

Der kurze Text war maschinell getippt. Das große E war leicht verschwommen. Diese Taste hakte, mutmaßte Leonhard.

»Schreibt der Vermieter seine Nachrichten immer mit der Schreibmaschine?«

»Er hat so ein Faible für ausgefallene Sachen. Aber wenn ich mich recht entsinne …«, sie fasste sich mit dem Zeigefinger ans

Kinn, »… nein.« Die Frau stülpte die Unterlippe nach außen und schüttelte den Kopf.

»Darf ich das behalten?« Leonhard hielt das Blatt nur an der oberen Ecke zwischen Daumen und Zeigefinger fest. Im Hintergrund rauschte das Klowasser.

»Ja.«

Leonhard fischte eine durchsichtige Tüte aus seinem Jackett und schob das Papier hinein. »Wer hat es noch angefasst?«

»Sie meinen doch nicht …?« Frau Blumthaler schnappte erschrocken nach Luft. »Das glaube ich nicht. Herr Kiefer ist ein sehr netter Mann. Er ist Mitte siebzig.«

»Nein, um Gottes Willen«, unterbrach Leonhard sie schnell. »Ich bin mir sicher, dass der Herr unschuldig ist«, betonte er mit Nachdruck. »Wir wollen nur Ihre und die Fingerabdrücke Ihres Vermieters ausschließen.«

»Na denn.« Sie entspannte sich. »Ich habe es gleich in die Schublade gesteckt«, rechtfertigte sich die Frau und presste sich die rechte Hand auf die Brust.

Eine Tür ging auf. Ella erschien im Flur und bedachte die beiden mit einem nicht zu deutenden Blick.

»Wir wollen Sie nicht weiter stören. Wenn das hier alles vorbei ist, werde ich Sie zu einem dieser Tanzabende begleiten. Versprochen.« Leonhard schenkte Frau Blumthaler ein Lächeln.

»Nein. Ich werde Tanzen ab sofort mit einem schlimmen Erlebnis in Verbindung bringen«, schlug die Frau sein Angebot aus. Sie wirkte plötzlich kühl und abweisend. »Sie sollten jetzt lieber gehen.«

Leonhard hüstelte verlegen.

»Und der Mann soll endlich von meiner Tür verschwinden. Ich habe sie erst vor ein paar Tagen mit einem speziellen Tuch gereinigt.« Frau Blumthaler war von einer Aura strenger Autorität umhüllt.

Leonhard fühlte sich wieder wie ein kleiner Junge, der von seiner Klassenlehrerin gerügt wurde. Von dieser Ehrfurcht gepackt bedankte er sich noch mal und verließ die Wohnung. »Die Arbeiten hier sind beinahe abgeschlossen«, erklärte er mit belegter Stimme und deutete auf den Mann im weißen Overall. Richie war gerade dabei, die Fläche um den Türknauf und um das Guckloch abzukleben, um eventuelle Fingerabdrücke sicherzustellen.

»Ich werde dennoch meinen Anwalt konsultieren.«

»Das ist Ihr gutes Recht. Wir wünschen Ihnen einen schönen Tag. Eventuell werden wir Sie ein weiteres Mal aufsuchen.«

»Das nächste Mal nur in Anwesenheit meines Anwalts.«

Über Leonhards Wangen kroch Zornesröte.

»Danke für Ihre Kooperation«, verabschiedete sich auch Ella. In ihrer linken Faust hielt sie offenbar etwas versteckt, stellte Leonhard mit steinerner Miene fest. Doch in Ellas Augen las er, dass er sich getäuscht hatte.

»Wir haben nichts«, flüsterte sie.

»Und was haben Sie da in Ihrer Hand?« Sie standen wieder im Treppenhaus. Frau Blumthaler telefonierte lautstark mit ihrem Anwalt.

Ella öffnete die Faust. Darin verbarg sich nur ein Einweghandschuh. Dieser rutschte ihr aus der Hand und fiel auf die grauen Fliesen.

»Den habe ich der Frau stibitzt, wollte keine Fingerabdrücke hinterlassen. Wieso sollte ich mich im Bad umschauen?« Ellas Augenbrauen wurden zu zwei gleichmäßigen Bogen.

»Weil ich sichergehen wollte, dass der Typ nicht in Frau Blumthalers Wohnung war.«

»Warum sollte er?« Ella blieb in der Hocke und betrachtete ein dickes Haar. »Kann jemand das hier eintüten?« Ella blickte sich um.

Eine Frau im weißen Overall schaute Ella fragend an und setzte sich auf die Fersen.

»Genau das!« Ella zeigte auf das winzige Objekt.

Die Frau tütete es ein und schrieb eine Nummer auf den Asservatenbeutel.

Ella erhob sich. »Warum sollte er in Frau Blumthalers Wohnung gewesen sein?«

»Er hat sie schließlich aus der Wohnung gelockt.«

»Und darum sollte ich mich ausgerechnet im Bad umsehen?«

»Es war das einzige Zimmer, in welchem Sie sich ohne Durchsuchungsbeschluss ungestört umschauen konnten.«

»Ihre Vorgehensweise erschließt sich mir nicht wirklich. Zuerst rauchen Sie eine Tüte …«

»Schon recht. Vielleicht ist der Mörder Josephine nur zufällig begegnet, weil er zuerst hier gewesen ist, in dieser Wohnung nämlich«, zischte Leonhard und hielt Ella am Arm fest, dabei zog er sie mit sanfter Bestimmtheit zur Seite.

In diesem Moment ging die Tür zu Josephines Wohnung vollends auf. Zwei Männer schoben eine Leichenbahre hinaus. Josephines Körper lag in einem schwarzen Sack.

»Wir sind so weit fertig«, sagte Tom und lief den Männern nach. Die Aufzugtüren öffneten sich. Stimmen wurden laut. Sofort versuchten einige Schaulustige, Fotos zu schießen. Blitze leuchteten auf. Es ertönten warnende Rufe der Polizisten. Doch die Gaffer ignorierten sie. Jeder war darauf erpicht, ein Bild von der Toten zu ergattern, um es sofort irgendwo hochzuladen.

»In was für einer Welt leben wir eigentlich?«, empörte sich Leonhard. Seine Kaumuskeln traten hervor. »Greenwood, wir sollten jetzt wieder reingehen. Ich möchte meine Theorie abgleichen. Die Tanzschritte habe ich noch im Kopf. Kommen Sie?«

Ella nickte und holte noch einmal tief Luft, als wolle sie sich für das Bevorstehende wappnen. *Die Uhr,* schoss ihr siedend heiß ein Gedanke durch den Kopf. Im gerade inspizierten Badezimmer befand sich eine Uhrenschatulle, in der ein Fach leer war. Ella hatte sich zuerst nichts dabei gedacht, doch das entsprechende Kissen war nicht ganz hineingedrückt gewesen. Und wenn man Frau Blumthalers Ordnungssinn bedachte …

»Kommissar Stegmayer«, rief sie ihrem Kollegen nach.

Leonhard fuhr herum und sah Ella durchdringend an.

»Die Uhr könnte Frau Blumthaler gehören. In ihrer Uhrenschatulle fehlt ein Exemplar.«

Leonhard kam nicht sofort mit, doch plötzlich klärte sich sein Gesicht.

»Sehr interessant, Greenwood. Damit haben Sie sich heute ein Fleißsternchen verdient.«

Ellas gute Laune erhielt einen Dämpfer. Sie drehte sich um und marschierte wieder hinaus. »Frau Blumthaler!?«, hörte Leonhard ihre Stimme und folgte seiner Kollegin.

»Vermissen Sie eventuell eine Uhr?«

Die alte Dame hielt sich den Hörer an die Brust. Sie hatte den Mund leicht geöffnet und hob den Blick zur Decke, als wäre sie komplett durcheinander. »Ich rufe Sie später wieder an«, stammelte sie in den Hörer und steckte das Telefon in die Ladestation. Erneut öffneten sich ihre Lippen. Sie setzte zu einer Antwort an, entschied sich jedoch anders. Ella betrat die Wohnung der Frau. Leonhard stand dicht hinter ihr. »Bitte schauen Sie nach, ob Ihnen eine Uhr fehlt«, drängte Ella.

Anstatt etwas zu erwidern, schob sich Frau Blumthaler an den beiden Polizisten vorbei und hastete ins Bad. »Ich bewahre meine Uhren hier auf, weil mein Mann, Gott sei seiner Seele gnädig, sich durch das ununterbrochene Ticken der Uhren dermaßen genervt fühlte, dass er nie richtig schlafen konnte. Darum befindet sich die Uhrenschatulle seit jeher im Bad.«

Die beiden Polizisten blieben in der Tür stehen. Im Bad war nicht genug Platz für drei.

Zielsicher griff die betagte Dame nach einer weißen Schatulle. »Die habe ich von meinem Manfred zum Geburtstag bekommen.« Plötzlich stockte sie und schlug sich die Hand vor den Mund. So etwas wie Wehklagen war aus ihren Worten herauszuhören. »Meine schöne Uhr ist weg. Die hat mir mein Mann zu unserem Jahrestag geschenkt. Sie hat damals ein Vermögen gekostet, weswegen wir uns das erste Mal so richtig gestritten haben.« Tränen glänzten in ihren Augen. Ihre Hände zitterten. Sie drehte sich um und setzte sich auf den Rand der Badewanne. Die Box ruhte auf ihren Knien. Mit zittrigen Fingern strich sie über das Kissen, auf dem der Abdruck der Uhr noch deutlich zu erkennen war.

»Sie holen jetzt tief Luft und denken noch einmal ganz scharf nach, ob Sie die Uhr nicht vielleicht zu einem Uhrmacher gebracht haben?«

»Woher wissen Sie, dass die Uhr kaputt gewesen ist?«, fuhr sie Leonhard mit einem erstickten Seufzer an.

8

Linda stand in der Küche und starrte durch das Fenster. In Gedanken versunken hielt sie eine Tasse in den Händen und nippte an dem kalt gewordenen Kaffee.

Sich einzugestehen, vom eigenen Mann nicht mehr geliebt zu werden, für den sie noch vor einigen Jahren bereit gewesen war, alles zu opfern, brachte sie an den Rand der Verzweiflung.

Draußen war der Himmel von dichten Wolken umhüllt. Wie graue Leichentücher hingen sie tief über der Stadt.

Dicke Regentropfen prasselten in polterndem Crescendo gegen die Fensterscheibe.

»Wir gehen zum Arzt«, erklang Janniks Stimme und riss sie grob aus ihrem Zustand der Selbstaufgabe heraus. »Es tut mir leid wegen vorhin. Der Ausrutscher ist mir wirklich unangenehm.«

»Ausrutscher? Unangenehm? Unangenehm? Diese Bezeichnung trifft unsere momentane Situation nicht einmal ansatzweise!« Linda wirbelte herum. Der Kaffee schwappte über. Ihre weiße Socke sog sich voll mit der braunen Flüssigkeit. Mit vor Wut verzerrter Miene knallte sie die Tasse auf die Anrichte und sah ihren Mann zornig an. »Das, was in unserem

Schlafzimmer passiert oder nicht passiert, ist der beste Beweis für das, was zwischen uns läuft.«

»Mami, warum weinst du?« Kevins schmales Gesicht tauchte in der Tür auf. Die Mütze saß schief auf seinem Kopf. »Hast du Papa nicht mehr lieb?«, wollte der Junge wissen und machte ein zerknirschtes Gesicht. »Wir gehen zum Arzt, mein Hals tut mir weh.« Er zupfte an seinem Schal und zog umständlich die Jacke an. Sein linker Arm verfing sich im Ärmel.

»Komm, ich helfe dir«, flüsterte Linda mit klangloser Stimme, ging in die Hocke und zog einen der Ärmel in die Länge.

»Werdet ihr euch wieder vertragen?«, ließ der Junge nicht locker und schluckte einmal. Sein Atem roch nach Pfefferminze.

»Mach mal Aaah«, bat sie ihren Sohn, stand auf und stellte sich unter die Lampe.

Er tat, wie ihm geheißen. Wortlos folgte er seiner Mutter, legte den Kopf tief in den Nacken und riss den Mund ganz weit auf. Linda warf einen prüfenden Blick hinein. »Ich glaube, du hast wieder Angina.«

»Wie jedes Jahr.« Kevin zog am Reißverschluss seiner Jacke und drückte seine Mutter ganz fest an sich. »Deine Wange ist rot. Hast du Mumps? Ich wurde letzte Woche geimpft, da hat mir Doktor Scherz erklärt, was Mumps ist. Man bekommt eine richtige Hamsterbacke.«

»Nein. Ich habe mich nur gestoßen. Warum weinst du jetzt? Tut es so sehr weh, Kevin?« Lindas Augen huschten zwischen ihrem Sohn und ihrem Mann, der immer noch in der Tür stand, hin und her.

»Sandy ist tot«, schluchzte Kevin und presste sein Gesicht in Lindas Bauch. Sie spürte seinen heißen Atem.

»Deine Ratte ist tot?«

»Siehst du, du weißt es nicht, weil du nie zu Hause bist, und wenn du da bist, schläfst du oder bist müde oder streitest mit Papa.« Kevin trat zwei Schritte zurück.

Die Enttäuschung in seinen grünen Augen traf Linda mehr als die Ohrfeige ihres Mannes. »Kevin, es tut mir leid. Ich versuche, für euch da zu sein. Ich hab dich lieb – und deine Schwester auch.«

»Du weißt nicht mal, dass Sandy tot ist.« Dicke Tränen quollen aus seinen Augen und kullerten über die geröteten Wangen.

Linda fühlte sich schrecklich. Wie eine Versagerin. Ihre von wenig Glück begünstigte Kindheit, an die sie sich nur ungern erinnerte, hatte sie zu einer gefühlskalten Person geformt. Selbst jetzt konnte sie ihren Sohn nicht wirklich trösten. Nicht so wie Jannik. Dafür hasste sie ihren Mann.

»Komm, Kevin, wir müssen los, sonst kommen wir zu spät. Es tut mir leid, Linda, das kommt nicht mehr vor.«

Im abgewandten Blick ihres Ehegatten erkannte sie, dass ihm der Ausrutscher überhaupt nicht leidtat.

»Pass bitte in Zukunft auf, was du zu mir sagst. Zieh deine Schuhe an, Kevin.« Sein barscher Ton wurde wieder sanft. Jannik klopfte seinem Sohn auf die Schulter. »Ich komme gleich nach.« Jannik wartete, bis er mit seiner Frau allein in der kleinen Küche war. Sein Zeigefinger stach drohend in die Luft. »Ich bin bereit, das, was du zu mir gesagt hast, zu vergessen. Deine Wange ist nicht mehr so rot. Soll ich dir ein Kühlkissen aus dem Gefrierfach holen?«

Lindas Zwerchfell straffte sich – ihr blieb auf einmal die Luft weg.

»Papa, kommst du?!«, schrie Kevin.

Linda atmete einmal aus. »Geh einfach.« Zu mehr war sie nicht fähig. Etwas in ihr war kaputtgegangen. Sie fürchtete sich vor Jannik. Er mutierte jeden Tag mehr zu einem Fremden.

Jannik zog die Lippen nach innen. »Okay, dann bis später.« Er klang weiterhin versöhnlich und entkrampft, doch zwischen den Worten erkannte Linda eine unterschwellige Drohung. Janniks rechte Hand ballte sich mehrmals zu einer Faust zusammen.

»Papa!«, erschallte erneut Kevins Stimme. Jannik drehte sich um und verließ die Küche, in der der Geruch nach Kaffee und Essensresten von Janniks Anwesenheit übertüncht wurde. Der herbe Duft seines Aftershaves schwirrte in der Luft und bewirkte, dass Lindas Magen sich zu einem Stein verkrampfte. Sie krümmte sich, torkelte herum und beugte sich über die Spüle. Sie würgte und weinte gleichzeitig. Ein gelber Strahl schoss aus ihrem Mund und besprenkelte das blanke Metall. Das konvulsive Zusammenziehen in ihrem Bauch entlud sich in einem verzweifelten Winseln.

Linda drehte das Wasser auf und spülte sich den Mund aus. Im Hintergrund fiel die Tür laut ins Schloss. »Ich werde ihn verlassen«, japste sie und nahm einen großen Schluck. Das Wasser brannte in ihrer Kehle. Nach einem weiteren Schluck rieb sie sich mit dem Handrücken über die Lippen. Mit verschwommenem Blick taumelte sie aus der Küche ins Wohnzimmer, wo sie sich aufs Sofa setzte. Zitternd klaubte sie das Handy vom Couchtisch. Die Unsicherheit wollte einfach nicht weichen, aber so wollte sie nicht weiterleben. Sie senkte die Lider und atmete mehrmals tief ein und wieder aus. Erst nachdem ihr Atem sich wieder beruhigt hatte, öffnete sie die Augen und wählte eine Nummer, die sie auswendig gelernt hatte.

»Hi?«, ertönte die weiche Stimme eines Mannes am anderen Ende der Leitung. Moritz formte das kurze Wort der Begrüßung zu einer Frage. Das tat er immer.

»Können wir uns heute Abend treffen?« Lindas Stimme zitterte wieder.

»Ist was passiert?« Erneut eine Frage. Moritz war das genaue Gegenteil ihres Mannes. Nicht nur sein Aussehen, auch sein Charakter, sein gesamtes Auftreten unterschieden sich komplett von Jannik. Moritz war eher klein mit einem leichten Bauchansatz. Sport war ein Fremdwort für ihn und in seinem Wortschatz nicht zu finden. Er war einfühlsam und charmant. Er interessierte sich für Bücher und nicht für Fußball. Sein schwarzes Haar war dünn, die Gesichtszüge feminin. Er trug eine Brille mit runden Gläsern. Der wichtigste Charakterzug dieses Mannes war die Fähigkeit des Zuhörens. Auch wenn Linda nichts sagte, wartete er einfach, so wie jetzt.

Nach einer Weile des Schweigens sprang Linda über ihren Schatten und fasste einen für sie alles entscheidenden Entschluss. »Ich möchte es tun, noch heute Nacht. Wir treffen uns dort, wo wir uns zum ersten Mal begegnet sind.«

»Wann?«

»Wenn der Mond die Baumwipfel berührt.«

»Ich werde dort sein«, versprach Moritz.

Linda legte auf und löschte sofort seine Nummer. Sie betrachtete das Handy, legte es neben sich auf das Sofa und ließ sich seitlich in die Kissen sinken. Mit angezogenen Beinen schloss sie die Augen und fiel in einen unruhigen Schlaf.

9

»Ist das eine Botschaft?« Ella stand im Schlafzimmer von Josephines Wohnung. Sie drückte Leonhard die Uhr in die Hände.

Er betrachtete eingehend das Ziffernblatt. »Das können wir nicht ausschließen.« Auf der Lippe kauend drehte er an der kleinen Krone. »Die Feder lässt sich nicht aufziehen.« Er hielt sich das teure Stück ans Ohr. »Sie tickt nicht. Und trotzdem bringt sie gute zweitausend Euro.«

»Woher …«

»Ich kaufe oft bei Amazon und E-Bay ein«, unterbrach er sie.

»Das glauben Sie doch selbst nicht.«

»Okay, aber ich vergleiche gern die Preise.«

»Er bricht in Frau Blumthalers Wohnung ein und lässt die Uhr mitgehen. Warum?« Ellas Gesicht glühte regelrecht.

»Weil das hier nicht sein erstes Mal war.« Leonhard packte die Uhr in einen Asservatenbeutel.

»Sie meinen, er hat schon zuvor Frauen getötet, ohne dass es jemandem aufgefallen ist?«

»Das habe ich nicht gesagt.«

»Sie sind unmöglich. Da sollen wir Frauen euch Männer verstehen.«

»Ich bediene gern Vorurteile.« Beim letzten Wort hatte sich der Hauch eines Grinsens auf sein kantiges Gesicht geschlichen. »Er tastet sich heran. Mit dem ersten Mal meine ich, dass er schon mal etwas mitgenommen hat oder sich in die Wohnung von anderen geschlichen hat. Das verschafft ihm einen gewissen Kick.«

»Das war aber sein erster Mord«, spann Ella den Gedanken ihres Kollegen weiter.

»Nun haben Sie schon zwei Sternchen«, zog er sie wieder auf und erntete dafür einen vernichtenden Blick.

»Die Leiche wurde nach ihrem Tod drapiert und zur Schau gestellt.« Leonhard wich Ellas Augen aus und schaute in Richtung Bett. »Was wollte er mit seiner Komposition ausdrücken? Er hat sie gewaschen, ihren Körper mit buntem Wachs verziert.«

»Er hat alles mitgenommen, was ihn verraten könnte. Warum ausgerechnet diese Frau?«

»Ich denke, dass er in der Nähe wohnt. Vielleicht kommt er auf dem Weg zur Arbeit hier vorbei.«

Ella sah wieder auf das leere Bett, die aufgeschlagene Decke und den dunklen Fleck. »Wieso hat er das tote Nagetier mitgebracht?«, sprach sie ihren Gedanken laut aus. »Das ist für mich wirklich unbegreiflich.«

»Er lässt seine kranke Fantasie real werden. Er ist ein Getriebener. Das, was er tut, verleiht ihm ein Gefühl der Macht. Er fühlt sich uns überlegen.«

Ella folgte einem unerklärlichen Gefühl, einer Eingebung. Sie bewegte sich zum Spiegel, der über dem Sideboard hing und in einen massiven Holzrahmen eingefasst war. Ella entging nicht, dass er nicht ganz gerade hing. Die an einer Ecke hellere Tapete bestätigte ihre Vermutung.

Leonhard sprach weiter. Seine Stimme wurde zunehmend leiser, weil sie in Ellas Kopf immer mehr in den Hintergrund gedrängt wurde. Sie konzentrierte sich auf einen bestimmten Punkt. Nun stand sie direkt vor dem Sideboard und beugte sich nach vorn. Sie füllte ihre Lunge mit Luft und hauchte das Glas an.

»Was machen Sie da?« Leonhard hielt mit seiner Unterweisung inne.

Ella hauchte den Spiegel erneut an. »Er hat eine Botschaft hinterlassen«, flüsterte sie.

10

Nach dem Tod meiner Mutter lebte ich einige Jahre in einer Seifenblase. Diesen Begriff hat sich mein Psychiater, an dessen Namen ich mich nicht mehr erinnere, für mich ausgedacht. Jeden Tag hatte ich Angst davor, dass diese dünne, unsichtbare Schutzhülle, die mich vor der Außenwelt schützte, platzen könnte.

Mein Vater trank in dieser Zeit des Schmerzes und überließ mich meinen Gedanken, die mit jedem Tag schwärzer und unerträglicher wurden. Ich verkroch mich stetig tiefer in die Welt hinein, in der meine Mama nach wie vor lebte. Doch täglich wurde ich aus dieser Welt wieder herausgerissen. Ich befand mich in einem Raum und sprach mit einem grauhaarigen Mann, der mir unangenehme Fragen stellte und nach Tabak roch.

»Jannik, wir reden jetzt mal über deine Mutter.« Mit diesem scheinbar einfachen Satz begann jedes Mal die Gesprächsstunde. Es waren immer furchtbar lange fünfundvierzig Minuten.

»Wir alle wissen, wie schlimm es ist, seine Mutter zu verlieren. Vor allem in einem so unschuldigen Alter. Doch glaube mir, dein Papa und ich werden unser Bestes geben, dir dabei zu helfen. Irgendwann wird der Schmerz nachlassen«, höre ich seine rauchige Stimme in meinem Kopf heute noch.

»Das hilft mir tatsächlich, darüber wegzukommen«, versuche ich mir wiederholt einzureden – mit dem Wissen, erneut kläglich zu scheitern.

Meine Mama war unfassbar schön. Sie war keine dreißig, als sie starb. Ist es nicht paradox, dass ich älter bin als meine Mama, als sie starb?

Ich sehe sie vor mir. Ihr dunkelblondes Haar schimmert seidig in der Sonne. Sie läuft über die Wolken und lächelt mich an. Ich spüre die Wärme der gelben Sonne auf meinem Gesicht. Höre ihren Herzschlag. Spüre ihre warme Haut auf meiner Wange, weil ich mich an sie drücke.

»Jannik, du darfst nicht traurig sein.« Mit diesen Worten endet mein Traum jedes Mal. Sie gibt mir einen Kuss auf die Wange und lächelt mich an. In meinen Fantasien trägt sie ein weißes Sommerkleid mit gelben Blümchen.

Ich muss mich beherrschen, Tränen laufen mir über das Gesicht. Mein Herz droht wie ein zu heiß gelaufener Heizkessel zu bersten.

Meine Mama kniet neben mir. Ihr Kleid färbt sich dunkel. Sie hält den Bauch mit beiden Armen fest umklammert. Ihr hübsches Gesicht verwandelt sich zu einer Grimasse. Sie will mir einen letzten Kuss geben. Doch ich weiche zurück. Ihr Atem stinkt. Noch mehr Blut quillt durch ihre Finger. Ich höre ein Baby schreien. Der blutdurchtränkte Stoff reißt. Meine Mama stöhnt. Die feinen Äderchen in ihren Augen schwellen an und pochen. Ich schmecke Blut auf meiner Zunge.

»Jannik.« Ihre aufgeplatzten Lippen entblößen zwei Reihen schwarzer Zähne. Dunkler Glibber fließt aus einem ihrer Mundwinkel. Ihre Stimme wird tiefer. »Deine Schwester. Sandy. Ist sie nicht wunderschön?« Sie nimmt die Hände vom Bauch und faltet sie zu einem kleinen Boot. Darin liegt ein blutverschmierter Klumpen. Weiße Knochen ragen durch das Fell. Maden wimmeln und quetschen sich durch ihre Finger. Eine tote Ratte, die nach Verwesung stinkt.

»Das ist nicht meine Schwester«, stammele ich. »Das ist …«

11

Jannik strich sich die Tränen aus den Augen und klappte das Buch zu. Sein Handy klingelte. Er stand auf, drückte den Rücken durch, schob den Stuhl an die Wand und versteckte das Buch oben in der Decke. Er warf einen prüfenden Blick auf seinen Tisch. Als er davon überzeugt war, dass sich alles an seinem Platz befand, verließ er das kleine Zimmer, das früher nur eine Rumpelkammer gewesen war.

Seine Frau war nicht mehr da.

»Kevin, mach bitte den Fernseher aus. Es ist Zeit fürs Bett.«

Kevin ignorierte seine Bitte geflissentlich. Der Junge starrte wie hypnotisiert auf den flimmernden Bildschirm.

»Warum ziehst du dir wieder diesen Quatsch rein?«, empörte sich Jannik. »Haben wir denn nicht ausgemacht, dass du nur Tierfilme anschauen darfst, nicht dieses Gekreische?«

»Aber, Papi. Die sind langweilig.«

»Warum schreit … was ist das überhaupt?« Jannik runzelte die Stirn und versuchte, in der Zeichentrickfigur etwas zu erkennen. »Ist das etwa ein Stück Käse in Unterhose? Und warum sieht das Eichhörnchen wie ein Astronaut aus?«

»Bob ist ein Schwamm«, erklärte Kevin und versteckte die Fernbedienung hinter seinem Rücken, als Jannik danach greifen wollte. Kichernd schmiss sich der Junge auf das Sofa und strampelte mit den Füßen.

Jannik warf sich auf seinen Sohn. Knurrend packte er das kleine Ohr mit den Zähnen und kaute zärtlich daran.

»Papi, hör auf«, giggelte Kevin. »Ich muss aufs Klo.« Weiterhin lachend boxte Kevin seinen Vater in die Brust.

Jannik hob die Hände in die Luft und ließ sich zu Boden fallen. »Okay, du hast gewonnen. Ich gebe auf. Jetzt aber schnell auf die Toilette! Wenn du gepinkelt hast, solltest du dir die Zähne putzen.«

Kevin lief auf nackten Füßen hüpfend aus dem Wohnzimmer. »Papa, Sonja ist wach«, rief der Junge und knallte die Tür zu.

»Mist!«, fluchte Jannik. Er wischte sich mit der flachen Hand den Schweiß von der Stirn, schaltete den Fernseher aus, löschte das Licht und eilte ins Schlafzimmer, von wo er das leise Quengeln seiner Tochter vernahm.

12

Lindas Gesicht wurde vom kalten Weiß ihres Handys erleuchtet. Sie sah auf den Bildschirm und drückte auf die Wahlwiederholtaste. Moritz war immer noch nicht da. Sie lauschte dem monotonen Tuten und tigerte auf und ab. Der Matsch unter ihren Füßen verursachte schmatzende Geräusche.

Es ist zu viel Zeit vergangen. Dein Mann ist bei den Kindern und du schleichst hier herum wie ein naives Flittchen. Was, wenn Jannik auf der Arbeit anruft? Wird er nicht. Das hat er noch nie getan.

Sie hob den Blick. Eine dunkle Wolke huschte vorbei und ließ die Nacht noch dunkler werden.

Moritz, wo bleibst du?

Sie betrachtete den See. Die halbrunde Scheibe des Mondes spiegelte sich in dem schwarzen Wasser des kleinen Tümpels. Linda hauchte sich etwas Wärme in die Hände, dabei hörte sie das leise Quaken der Enten, die sich durch ihr Auftauchen gestört fühlten. Oder war da noch jemand? Das Federvieh wurde zunehmend unruhiger.

Linda blickte sich um, weil sie glaubte, ein Geräusch vernommen zu haben. Ein leises Plätschern in der Ferne ließ sie zusammenzucken. Irgendwo schrie ein Vogel. Eine Krähe. Die spiegelglatte Oberfläche kräuselte sich. Der Mond im See bekam zackige Konturen. Sie warf einen Blick zum Himmel. »Wo bist du nur?«, flüsterte Linda und schniefte. Die unangenehm feuchte Kälte kroch ihr bis ins Mark.

Knack. Was war das? Sie schnellte herum und spähte zum Gestrüpp. Erneut brachen dünne Äste.

»Moritz?«, flüsterte sie in die Dunkelheit und leuchtete mit der Taschenlampe ihres Handys in die Richtung, aus der sie das trockene Bersten von Reisig vermutete. »Moritz, bist du das?«

Die Wasservögel flatterten und flogen über die Oberfläche zum anderen Ende des Sees. Sie schnatterten und schlugen wild mit den Flügeln.

Linda entschied sich zu gehen. Dieses Unterfangen war eine dumme Idee gewesen.

Pling. Eine Nachricht von Moritz? Sie wischte über das schwarze Display. *Dein Akku ist schwach*, lautete die Warnung. Kurz drauf ging das helle Lämpchen aus. Linda wurde sofort von undurchdringlicher Schwärze umhüllt.

»Ich verschwinde jetzt«, sagte sie zu sich selbst und peilte das entfernte Gelb einer Laterne an. Dort stand ihr Wagen.

Splitt knirschte unter ihren Füßen. Als ihr klar wurde, dass sie nicht allein war, spürte sie die Kälte nicht mehr. Ihre Schritte wurden schneller. Vielleicht war dieses unschöne Gefühl der unsäglichen Panik, die ihr den Atem abschnürte, nur ihrer ausschweifenden Fantasie geschuldet. Sie sprach sich Mut zu. Da war nichts. *Bleib nicht stehen, du dumme Kuh. Nicht nach hinten schauen.*

Ihre Kehle kratzte, als hätte sie Staub geschluckt. Sie zitterte am ganzen Leib. *Ich bin so eine dumme Kuh,* schimpfte sie mit sich selbst und stolperte, fiel beinahe hin. In letzter Sekunde konnte sie sich fangen und fluchte leise.

Jemand pfiff. Nur einmal.

»Moritz, hör auf mit dem Scheiß!« Ihre Stimme zitterte. Die Zähne klapperten aufeinander. Linda blieb stehen. Sie drehte sich um und machte einige Schritte rückwärts.

Plötzlich wurde sie von hinten gepackt. Nase und Mund wurden von einer großen warmen Hand zugedrückt. Ihr Schrei blieb ihr irgendwo im Hals stecken. Sie war wie paralysiert. Ihr Körper schrie nach Sauerstoff.

In heller Panik griff sie nach dem Arm des Mannes. Der Druck wurde stärker. Sie bekam keine Luft und brachte keinen Laut heraus.

Linda ruderte wild mit den Armen und spürte, wie ein heftiger Ruck durch ihren Körper ging. Sie verlor den Boden unter den Füßen und schlug mit dem Kopf auf dem harten Untergrund auf.

Jemand saß rittlings auf ihr und drückte ihr mit beiden Händen die Kehle zu. Der Druck unter ihrem Unterkiefer schnürte ihr den Atem ab. Alles um sie herum verwandelte sich in eine verschwommene Unwirklichkeit.

»Nein«, stöhnte sie. In einem letzten verzweifelten Versuch streckte sie ihre Arme aus und griff nach dem Kopf ihres Angreifers. Aber sie erreichte ihr Ziel nicht.

Es war kein Traum, auch wenn es sich so anfühlte. *Es wird kein Aufwachen geben*, wusste Linda und tastete mit der rechten Hand nach einem Stein. Doch ihre Finger griffen ins Leere. Nur in einem Film oder einem Buch fand das Opfer in allerletzter Sekunde etwas, womit es seinem Mörder auf den Kopf schlagen konnte. Ihre Hand verkrampfte sich zu einer Klaue.

Ein Zischen. Sie sog gierig die Luft durch die Nase ein. Der Druck gegen ihren Hals war weg. Ihre Brust hob und senkte sich heftig. Sie riss den Mund auf, die Hand drückte ihr fest gegen die Lippen. Sie fletschte die Zähne. Doch statt Haut erwischte sie nur das dicke Leder der Handschuhe.

Linda wusste nicht, was sie als Nächstes tun sollte. Tausend Gedanken rasten durch ihren Kopf.

Die linke Hand des Mannes fuhr in die Höhe zu seinem Gesicht, das hinter einer schwarzen Sturmhaube versteckt war. Selbst der Augenschlitz war von einem feinen Netz umspannt. Er hielt den ausgestreckten Zeigefinger dort, wo Linda seinen Mund vermutete. Er richtete sich auf. Seine andere Hand drückte immer noch fest gegen ihren Mund.

Linda rührte sich nicht.

»Schsch ...«, zischte der Mann und nahm seine Hand weg. Eine Dampfwolke stieg in die Luft und verflüchtigte sich im fahlen Schein des Mondes.

Linda atmete zögernd durch den Mund ein. Die kalte Luft, die sie einsog, tat auf ihren Zähnen weh.

Langsam stand der schwarze Schatten auf und verschwand beinahe geräuschlos in der Nacht. Wie ein Geist.

13

Ella schreckte auf. Wie ein Embryo lag sie gekrümmt im zerwühlten Bett. Die Decke hing über der Bettkante. Ihr Kopf dröhnte. Die Kehle war staubtrocken.

Mit kalten Fingern tastete sie ihren Hals ab. Ein Lichtreflex huschte über ihr Gesicht. Mit der rechten Hand strich sie sich eine dunkelbraune Haarsträhne aus dem Gesicht. Ihr von Natur aus etwas dunklerer Teint war von einem dünnen Schweißfilm überzogen. Sie trug nur einen schwarzen Slip, doch trotz der ausgeschalteten Heizung schwitzte sie aus allen Poren. Sie hatte wieder diesen schrecklichen Albtraum gehabt, der sie jedes Mal verstärkt heimsuchte, wenn sie in einem Fall ermittelte, bei dem sich die Suche mehr als kompliziert erwies.

Ella richtete sich auf. Sie starrte vor sich hin, die nackten Füße auf den kalten Boden gedrückt. Die angenehme Kälte kroch ihren Körper empor und vertrieb die Reste ihres Albtraums.

Ihr müder Blick wanderte langsam zur elektronischen Anzeige des Weckers. Die roten Zahlen zeigten, dass sie eigentlich noch drei Stunden schlafen könnte.

Weiterhin flackerten die Zerrbilder ihres Traumes in ihrem Kopf. Sie sah ihre tote Mutter. Sie baumelte an einem Seil. Ihr

Hals war verdreht, die Zunge hing blau aus ihrem Mund. Die Augen starrten ins Leere. Grüne Fliegen mit ihren glänzenden Chitinpanzern umschwirrten das aufgedunsene Gesicht.

Ellas Fingerknöchel schimmerten weiß durch die Haut, die Sehnen an ihren Unterarmen traten hervor, so stark drückten ihre Hände die Bettkante zusammen.

»Starke petechiale Einblutungen, besonders im Augenbereich, sind ein sicheres Zeichen dafür, dass das Opfer über einen längeren Zeitverlauf stranguliert oder gewürgt wurde. Der Angreifer hat Josephines Tod hinausgezögert, indem er die junge Frau immer wieder zu Atem kommen ließ. Die Würgemale am Hals und im Nackenbereich sind ein guter Indikator, dass die Hände des Mannes ziemlich groß und stark sein müssen«, rief sich Ella Toms erste Analyse in Erinnerung und stand auf. Sie ging zum Fenster und riss es auf.

Das monotone Rauschen von Autoreifen auf dem nassen Asphalt wirkte beruhigend auf sie. Das Zittern unter der Haut ließ endlich nach. Sie tat einen langen Atemzug. »Irgendetwas habe ich übersehen«, sprach sie zu sich selbst.

Eine herbstkühle Woge umhüllte ihren nackten Körper, den eine unangenehme Gänsehaut überlief.

Noch heute werde ich Frau Blumthaler erneut einen Besuch abstatten. Sie lief zur Tür, schnappte sich ihren Morgenmantel, der an einem Haken hing, und zog ihn an. Der dünne Stoff spendete ihr den nötigen Trost. *Ich werde ihr auf den Zahn fühlen. Sie verschweigt uns etwas. Rasierklingen!* Wie eine Alarmglocke schrillte das Wort hinter ihrer Stirn. Im Badezimmerschrank hatte eine Ersatzklinge gelegen, doch in dem Alter rasierte man sich sicher nicht mehr die Beine, oder? Rasierklinge, Zahnbürste und Aftershave. Warum bewahrte sie die Sachen ihres Mannes auf, fragte sich Ella. Und die Pantoffeln waren viel zu groß für einen älteren Herrn, es sei denn, er wäre ein Hüne gewesen. Diesen Fragen wollte Ella nachgehen.

Jetzt brauche ich erst mal einen starken Kaffee, damit mein Gehirn wieder auf Trab kommt. So müde, wie ich bin, werde ich mir wohl einen Löffel Pulver in den Mund schieben. Mit diesem Gedanken verließ sie schief grinsend das Schlafzimmer und stakste in die Küche.

Die Kaffeemaschine brummte – *viel zu laut*, dachte Ella. Der herbe Geruch nach frisch gemahlenen Bohnen nistete sich in ihrer Nase ein. Sie drückte auf den Knopf: doppelter Espresso, extra stark. Wozu die anderen Tasten da waren – sie hatte keinen blassen Schimmer. Dunkelbrauner Schaum träufelte in die Tasse. Der Geruch nach frischem Kaffee wurde noch intensiver. Ella befeuchtete ihre Lippen mit der Zungenspitze und dachte über ihren Traum nach.

Das Leben ist nur eine Zeitspanne unseres Daseins, das mit der Geburt beginnt und mit dem Tod endet. Dafür haben sich die Menschen diverse Einheiten ausgedacht. Jahre, Monate, Tage, Stunden, Sekunden. Je weiter wir uns dem Ende nähern, umso wichtiger erscheinen uns die kleinen Einheiten, die wir zu spät zu schätzen wissen. Anfangs schreiten wir mit großen Schritten durchs Leben, bis wir realisieren, wie schnell doch alles vorbei sein kann.

Das Leben ihrer Mutter hatte zu schnell geendet, und das fand Ella unfair. Durch ihren Tod war Ella klar geworden, wie schnell das Leben zu Ende sein konnte. Auch die Entscheidung, Kinder in diese grausame Welt zu setzen, war ihr mit diesem schrecklichen Vorfall abgenommen worden.

Sie schloss kurz die Augen. Noch mehr Erinnerungsfetzen drangen an die Oberfläche ihres Bewusstseins. Sie verscheuchte die Bilder mit einer Handbewegung und drehte sich um. Die Kaffeemaschine gab einen kurzen Warnton von sich. Ella griff nach der Tasse und führte sie an ihre Lippen. Zuerst atmete sie den heißen Dampf ein, erst dann nahm sie einen kleinen Schluck und ließ ihn auf der Zunge zergehen.

Was haben Leonhard und ich übersehen, fragte sie sich aufs Neue und setzte sich auf einen der vier Stühle, die um den kleinen runden Tisch standen. Nicht dass sie hier jemals Besuch empfing, aber nur einen Stuhl zu kaufen, kam nicht infrage. Ella hatte ihre komplette Wohnung so eingerichtet, als lebte hier eine glückliche Familie, allerdings ohne Kinder, Haustiere und Ehemann. An Geld mangelte es ihr nicht. Ihr Vater versuchte, das Vernachlässigen seiner einzigen Tochter mit Schecks zu kompensieren, die er ihr in regelmäßigen Abständen zuschicken ließ.

An dem pechschwarzen Getränk nippend ging sie erneut alles in Gedanken durch und führte sich jedes Zimmer von Josephines Wohnung vor Augen. Ella hatte ein sehr gutes Gedächtnis. Aber sie gelangte zu keinem zufriedenstellenden Ergebnis. Unentwegt tauchte Leonhard vor ihrem geistigen Auge auf und brachte alles durcheinander. Ihr Kollege hatte Ecken und Kanten, an denen man sich verletzen, aber auch festhalten konnte. Er war wie ein Messer, das in einem drinsteckte und das man nicht herausziehen sollte, weil man sonst Gefahr lief zu verbluten.

Sie rief sich eine Szene des Nachmittags ins Gedächtnis. »Greenwood, machen Sie sich nützlich«, hatte er zu ihr gesagt und eine Miene aufgesetzt, die ihr verdeutlichen sollte, dass sie ihm am Allerwertesten vorbeiging.

»Sie können mich auch mal, werter Kollege«, hatte Ella mit gespieltem Zorn gebrummt, doch angesichts der Grausamkeit, mit der Josephine ermordet worden war, fiel ihr diese Scharade schwer. Sie war nicht sehr emotional, doch der Tod eines unschuldigen Menschen ging ihr sehr nah.

Warum mussten immer diejenigen sterben, die keiner Fliege je etwas zuleide getan hatten? *Warum müssen nicht die zuerst gehen, die des Lebens nicht würdig sind?* Egal wie man sich auch anstrengte, selbst wenn man zu hundert Prozent überzeugt war, an alles gedacht zu haben, vergaß man etwas, ein winziges Detail – und der ganze Aufwand war plötzlich für den Arsch. *Das Leben selbst ist ein Arschloch*, dachte Ella und schüttelte den Kopf. Leonhards hämisch lachendes Gesicht löste sich in nichts auf. Die Bezeichnung »selbstverliebter Narzisst« war eine schamlose Untertreibung.

Ella trank den Rest ihres Elixiers und bereute es sofort. Der Kaffeesatz knirschte zwischen ihren Zähnen, dafür war sie jetzt hellwach und entschied sich, eine Runde zu joggen.

14

Linda stand vor der Tür zu ihrer Wohnung und traute sich nicht, diese zu öffnen. Der Schlüssel zitterte in ihrer Hand und wollte nicht recht in das Schloss passen.

Das Licht im Treppenhaus ging aus. Sie drückte auf den Schalter und kniff die Augen zusammen. Tränen hingen an ihren Wimpern. »Was habe ich nur getan«, winselte sie mit kaum hörbarer Stimme. Sie fühlte sich schuldig und irgendwie besudelt. So, als hätte sie ihren Mann hintergangen. Schon seit Monaten vermisste sie den warmen Klang seiner Stimme, in den sie sich damals verliebt hatte.

Nach dem dritten oder vierten Versuch gelang es ihr, die Tür aufzuschließen. Im Inneren der Wohnung herrschten Stille und Frieden. Wie eine Diebin schlich sie hinein und lauschte. Sie schloss die Tür, so leise es nur ging, und blieb einen Augenblick lang im Flur stehen. Das zögernde Leuchten einer Nachtlampe kroch durch den schmalen Schlitz. Die Tür, die zu Kevins Zimmer führte, war einen Spalt offen.

Das leise Ticken der Küchenuhr und das tiefe Brummen des Kühlschrankes waren die einzigen Geräusche, die Linda wahrnahm.

Nachdem sich das Zittern ihrer Hände gelegt hatte, hängte sie die Schlüssel auf und zog die Schuhe aus. Anschließend entledigte sie sich ihrer Jacke und schlich sich ins Bad. Vor dem Spiegel stehend, nackt bis auf die Unterwäsche, betrachtete sie mit erschrockener Miene ihren Hals. Die Haut war violett punktiert, an einigen Stellen beinahe schwarz, aber das lag wahrscheinlich an der Beleuchtung. Erst letzte Woche hatte Jannik alle Lampen ersetzt. Die 10-Watt-Öko-Funzel warf dunkle Schatten auf Lindas Gesicht.

Vor der Heirat hatte es Linda an nichts gemangelt. Sie hatte alles frei entscheiden können, da sie seit dem Tod ihrer Mutter allein lebte. Diese Freiheit war ihr genommen worden, als sie ungewollt von Jannik schwanger geworden war.

Nun stand sie da. Mit zerzausten Haaren, Würgemalen, aschfahler Haut, Speckfalten an der Taille und schartigen Fingernägeln. Sie strich sich über die silberglänzende Narbe. Die zweite Geburt war nicht ohne Komplikationen verlaufen. *Wäre ich bloß dabei gestorben.*

Sie ließ das Wasser in der Dusche laufen, zog sich vollends aus und stellte sich unter den dampfenden Strahl. Die Hitze tat ihr gut. Sie schrubbte ihre Haut so lange mit einem Schwamm, bis sämtliche Stellen ihres Körpers von einem betäubenden Gefühl des Schmerzes durchdrungen waren. Dann stieg sie aus der Dusche und griff nach einem Handtuch. Ihre Haut war rot und glühte, doch das Gefühl, beschmutzt zu sein, war nach wie vor präsent und versteckte sich tief in ihrer Brust. Sie rieb sich zuerst das Haar trocken, später den Rest ihres geschundenen Körpers. Alles tat ihr weh. Sie weinte bittere Tränen der Verzweiflung. Auf nackten Füßen, nur in ein Handtuch gewickelt, lief sie in Kevins Zimmer. Das Bügelbrett stand immer noch vor dem Fenster, auf der rechten Seite in einem Wäschekorb türmte sich die nach Weichspüler duftende Wäsche, die noch gebügelt werden musste. Jannik verbrachte viel Zeit mit den Kindern, die meiste Hausarbeit blieb jedoch an Linda hängen. Sie fischte sich ein langärmliges Oberteil mit Rollkragen und eine dünne Hose heraus, streifte beides über und ging ins Schlafzimmer.

Ihr Mann schlief auf seiner Seite. Ihr den Rücken zugewandt schnarchte er leise vor sich hin.

Linda kroch unter die kalte Decke und zog die Beine an. Sie fror. Die klammen Hände schob sie sich unter die Achselhöhlen und senkte die Lider. Ihre Augen brannten.

Das Bett knarzte leise. Eine warme Hand schob sich über ihre Schulter. »Es tut mir leid«, flüsterte Jannik mit vom Schlaf rauer Stimme. Sich auf den Unterarm abstützend schob er sich in die Höhe. Sein Gesicht schwebte über Lindas Wange. »Ich weiß selbst nicht, was in mich gefahren ist. Aber du darfst eins nicht vergessen: Ich liebe dich.«

Linda war wie paralysiert. Sie bewegte sich nicht.

Seine warmen Lippen berührten ihre Wange. »Du glühst ja förmlich, bist du etwa krank?« Seine Sorge war echt. Er befühlte ihre Stirn. Seine Hand legte sich auf ihre Schulter. Mit sanftem Druck drehte er Linda auf den Rücken. »Bist du deswegen schon wieder zu Hause?«

Linda war dankbar, dass er ihr eine passende Entschuldigung serviert hatte. »Mir geht es nicht gut.«

Er sah sie wieder an. Die Straßenbeleuchtung drang durch das nicht verhangene Fenster, sodass Linda im milchig-trüben Zwielicht, das im Schlafzimmer herrschte und der Situation noch mehr Unheil verlieh, die Konturen seines Gesichtes deutlich erkennen konnte. Mit Daumen und Zeigefinger berührte er sie am Kinn.

Linda bezähmte ihre Angst und gab sich ihrem Instinkt hin. Sie wollte bei ihrem Mann sein. »Ich fühle mich nur etwas kränklich«, krächzte sie. Ihr Hals tat bei jedem Wort weh. Sie verzog das Gesicht.

Jannik küsste sie auf die Stirn.

»Papa?«

»Kevin ist wach«, flüsterte Jannik.

»Papa?«, rief der Junge und hustete.

»Ich mache dir einen Tee und schaue nach, wie es unserem Kind geht. Jetzt habe ich zwei Pflegefälle. Am besten, er legt sich zu dir ins Bett. So muss ich nicht ständig hin und her rennen. Bist du damit einverstanden?«

Das war sie. Darum nickte Linda, ohne etwas zu sagen.

Jannik schälte sich aus dem Bett. »Kevin, ich bin gleich bei dir. Sei bitte leise, sonst weckst du auch noch deine Schwester auf.«

Linda fiel in einen Dämmerzustand und zog die Decke hoch bis ans Kinn.

»Papa, wo bist du so lange gewesen?«

»Bei deiner Schwester. Lauf zu Mama ins Schlafzimmer.«

Kevin kam herein. »Mama, darf ich das Licht einschalten?«, fragte er und drückte auf den Lichtschalter.

»Mach es bitte aus«, flüsterte sie bestimmt. »Draußen leuchtet die Laterne und du bist schon ein großer Junge.«

»Mama, hast du geweint?«

Er kam näher, sie spürte das. Linda zog die Bettdecke höher, ohne die Lider zu heben.

»Mach das Licht aus«, presste sie wie eine Warnung durch die Lippen. Sie lag nach wie vor mit geschlossenen Augen da, aus Angst vor grellem Licht. »Mach es aus!«, ermahnte sie ihren Sohn erneut.

Es klickte wieder. Von der Dunkelheit umhüllt versuchte Linda, wieder zu Atem zu kommen.

»Kevin, wenn du nicht auf deine Mutter hörst, schläfst du heute Nacht in deinem Bett«, mischte sich Jannik ein und stellte etwas auf dem kleinen Nachttisch neben Linda ab. »Hier ist dein Tee. Ich habe gleich eine ganze Kanne voll gemacht. Und du, mein Freund, bekommst dein Wärmekissen. Irgendwie werde ich den Eindruck nicht los, dass du mir hier etwas vorspielst.«

Hat er etwa Verdacht geschöpft, durchfuhr es Linda.

»Kevin?«

Die Frage galt ihrem Sohn. Linda schluckte schwer.

»Nein. Ich fühle mich krank.« Der Junge hustete zweimal theatralisch und kroch ins Bett.

»Na gut. Heute gehen wir in die Apotheke und besorgen für euch beide bittere Pillen. Die helfen immer am besten – auch wenn Doktor Stein bei dir nichts Akutes feststellen konnte. Aber diese Pillen, die so abscheulich schmecken und im Mund brennen, haben auch mir geholfen, als ich ein kleiner Junge war.«

»Nein, keine Pillen«, motzte Kevin.

»Du bekommst etwas für deinen Hals«, hauchte Jannik Linda ins Ohr und drückte ihr sanft einen Kuss auf die Schläfe.

Linda zog scharf die Luft ein.

»Habe ich dir wehgetan, mein Schatz?«, fuhr Jannik erschrocken auf.

»Ich habe bloß Kopfschmerzen«, redete sie sich heraus und bedankte sich für den Tee. »Lass die Tasse einfach da stehen, ich trinke dann, wenn es nicht mehr so heiß ist.«

»Okay.« Jannik füllte die Tasse bis zur Hälfte und ließ die beiden allein.

15

Leonhard rieb sich die müden Augen und drehte sich auf die andere Seite. Sein Schädel brummte, etwas ließ ihm keine Ruhe. Ein Gedanke geisterte in seinem Kopf herum und ließ sich nicht fangen. Er blinzelte gähnend. In seinem trüben Blickfeld kristallisierte sich das schmale Gesicht einer blonden Frau heraus, an deren Namen er sich nicht sofort erinnern konnte. Er überlegte angestrengt und ließ den gestrigen Abend Revue passieren. Sie hieß Marina und war aus der Kriminaltechnik. Er rieb sich die Stirn. Wir haben zusammen auf dem Balkon Gras geraucht. Daher diese Kopfschmerzen. Bin ich noch in meiner Wohnung? Er ließ seinen Blick durch das Zimmer wandern. Ja, das war sein Schlafzimmer.

Marina regte sich im Schlaf und bewegte den Mund. Leonhard schaute ihr dabei zu. Sie sah wirklich gut aus, stellte er fest und wagte einen prüfenden Blick unter die Decke. Seine Vermutung wurde bestätigt: Die Dame an seiner Seite war wie er nackt. Marinas Brüste hatten eine sehr schöne Form. Zu blöd, dass er sich nicht wirklich an den Sex erinnern konnte. Aber würde eine Frau über Nacht bei ihrem One-Night-Stand-Hero bleiben, wenn er mies im Bett gewesen war? Oder hatte er sie in den Schlaf gevögelt?

Leonhard wurde es auf einmal kalt. Hoffentlich nicht. Nein, das war rein technisch gesehen nicht möglich. Oder doch?

Er drückte seinen Kopf noch fester gegen das warme Kissen und starrte zur Decke. Er malte sich aus, wie es wohl wäre, eine feste Beziehung zu haben. Würde da die Luft nicht nach Pfannkuchen riechen, statt nach Frauenparfüm, Alkohol und Hasch? Er stellte sich vor, von Kinderstimmen aufgeweckt zu werden, und lächelte. *Aber wäre ich dazu überhaupt in der Lage?* Wohl eher nicht, beantwortete er selbst die Frage. Anna-Luise, wie würde sie wohl heute aussehen? Erneut musste er an seine ungeborene Tochter denken, die von seiner Frau im fünften Monat ohne sein Wissen abgetrieben worden war. Wobei er bis zum heutigen Tag nicht mit Sicherheit sagen konnte, ob sie wirklich seine Tochter oder nur das Erzeugnis eines Seitensprungs gewesen war. Er hatte sogar einen DNA-Test machen lassen, den er allerdings später ungeöffnet in den Papierkorb geworfen hatte.

Hätte sie blonde Haare gehabt? »Papi«, hörte er eine kindliche Stimme irgendwo in seinem Hinterkopf und spürte, wie sich eine einzelne Träne in sein Auge verirrte. Dieser Gefühlsausbruch war bestimmt der Nachwirkung des gestrigen Alkohol- und Drogenmissbrauchs geschuldet, zwang er sich zur Räson. Eine andere Stimme schob sich in den Vordergrund. Sie gehörte seiner Partnerin. Ella Greenwood. Er sah ihr wohlgeformtes Gesicht ganz deutlich vor sich. »Würden Sie sich einem psychologischen Test unterziehen, könnte Ihnen selbst ein Anfänger eine wahnhafte Selbstliebe und eine paranoide Psychose attestieren«, dozierte Ella und lachte schallend. Leonhard musste grinsen. Sie war schlagfertig. Auch ihre aufbrausende Art gefiel ihm. Greenwood war sein Gegenpol, darum durfte er sie nicht zu nahe an sich heranlassen. Sie war die Einzige in seiner Abteilung, die ihm die Stirn bieten konnte, auch wenn sie mehr als einen Kopf kleiner war als er. »Was genau stellen Sie sich unter einer paranoiden Psychose vor?«, hatte er mit einer Gegenfrage gekontert, in der Hoffnung, ihr die Luft aus den Segeln zu nehmen. Doch Ella Greenwood war wie ein kleiner Bullterrier – hatte sie sich einmal in etwas verbissen, ließ sie nicht mehr los.

Leonhard schloss die Augen, um Ellas Antlitz besser sehen zu können. Das Hologramm wurde ernst. »Schlagen Sie im Lexikon nach, unter dem Begriff ›paranoide Psychose‹ ist nämlich Ihr Gesicht abgebildet.« Sie hob demonstrativ die Augenbrauen und formte sie zu zwei gleichmäßigen Bogen.

»Die richtige Definition ist Ihnen nicht geläufig, Greenwood?«, stellte er sie weiter auf die Probe und schürte ihr aufgebrachtes Gemüt, weil er sie zur Weißglut bringen wollte.

Was hat sie, was andere Frauen nicht haben, fragte sich Leonhard und lauschte weiter ihrer Stimme, die eine Oktave höher wurde. *Du scheinst ihre Nähe zu genießen.*

»Erstens«, Ella hob den Daumen, »Sie haben oft eine falsche Wahrnehmung der Realität.« Ihre linke Augenbraue rutschte dabei einen kleinen Tick weiter nach oben. »Zweitens«, sprach sie in seinem Kopf weiter und streckte den Zeigefinger in die Luft, »Sie sind anderen gegenüber misstrauisch, nehmen alles zu persönlich und interpretieren die Handlungen Ihrer Mitmenschen als abwertend und fühlen sich selbst durch mich immer dann angegriffen, wenn ich nicht Ihrer Meinung bin. Sie sind rechthaberisch.« Weitere Finger reckten sich vor seine Nase. »Ihr Selbstwertgefühl ist so überhöht, dass es irgendwo über den Wolken schwebt. Ihre Aussagen sind ausnahmslos ichbezogen, darum akzeptieren Sie die Meinung der anderen nur in den seltensten Fällen.«

»Treffen diese Merkmale nicht eher auf einen Schwerstkriminellen zu?«

»Genau aus diesen von mir genannten Gründen können Sie sich ja auch perfekt in die Lage eines Psychopathen versetzen, weil Sie ein psychisch kranker Egozentriker sind.«

Leonhards Lippen verzogen sich zu einem Lächeln.

Marina regte sich wieder. Leonhard hob die Lider. Ella war verschwunden, ihre Stimme verhallte in einem Satz ihres gestrigen Wortgefechts: »Es gibt auch erfolgreiche Psychopathen. Dazu bedarf es lediglich einer Komorbidität. Sie haben einen Job, der es Ihnen erlaubt, die Schwächen der anderen zu erkennen und diese zu Ihrem eigenen Nutzen umzupolen.«

»Da haben Sie ausnahmsweise recht, Greenwood«, murmelte er, warf die Decke zur Seite und stand auf. Nackt wie er war schlenderte er zum Fenster. Die Balkontür war gekippt. Sein Haus befand sich in einer Sackgasse, sodass er von niemandem beobachtet werden konnte.

Mit bleiernen Gliedern und pochenden Schläfen suchte er nach seinem Handy. Überall auf dem Boden lagen Klamotten, die Marina und er sich anscheinend am Abend zuvor vom Leib gerissen hatten.

Hat der Psychopath, nach dem wir suchen, auch eine Position inne, die es ihm erlaubt, andere Menschen zu manipulieren, fragte er sich und kniete sich hin, um unter dem Bett nachschauen zu können. *Ist er imstande, die ausweglose Lage der anderen zu seinen Gunsten auszunutzen?* Leonhard zog am Ärmel seines Hemdes. *Der Boden hier müsste auch mal gewischt werden, ich werde mit Philippa ein ernstes Wörtchen sprechen müssen*, dachte er und tastete nach seinem Hemd.

Er stand auf. Just in diesem Moment spürte er ein Vibrieren neben seinem nackten Fuß. Genervt bückte er sich und wischte Marinas Höschen beiseite, unter dem sein Smartphone zum Vorschein kam.

Kann ich meine Mitmenschen allein durch Gedanken manipulieren, überlegte Leonhard stirnrunzelnd. Er musste nur an Ella denken, schon rief sie ihn an. Diese Koinzidenz erfüllte ihn mit Sorge. Er warf einen prüfenden Blick auf die halb nackte Frau in seinem Bett. Marinas Hintern war auch zum Anbeißen, überlegte er und ging dran.

»Stegmayer«, meldete er sich und verschwand auf den Balkon.

»Habe ich Sie geweckt?«, ertönte Ellas Stimme. Seine Kollegin klang munter.

»Ach was, ich stehe immer um halb sechs auf.« Der Ton in seiner Stimme troff nur so von Sarkasmus. Leonhard sah auf die grüne Wiese, die von einem weißen Dampf bedeckt war. Die Kälte auf seiner Haut tat ihm gut.

»Können wir uns wieder bei Frau Blumthaler treffen?«

Es roch nach Tabak. Leonhard drehte sich um. Sein Blick fiel auf mehrere selbst gedrehte Stummel in einem Aschenbecher. Auf dem kleinen Tisch lagen einige Bierdosen und eine aufgeklappte Pizzaschachtel. Leonhard nahm sich das letzte Stück kalte Pizza und biss hinein.

»In zwei Stunden?«, hakte Ella nach.

Leonhard kaute an dem harten Stück Teig. Mit angeekeltem Gesicht warf er den Rest zurück in die Schachtel.

»In zwei Stunden?«, wiederholte er und starrte auf die Stummel. Drei gehörten ihm, drei Marina. Das wusste er, weil die Hälfte der Papiertüten rote Lippenstiftabdrücke aufwies.

Ein kalter Schauer lief ihm den Rücken hinab. »Frau Blumthalers Lippen waren doch geschminkt?«, brachte er hervor. Er verschluckte sich und verwirrte Ella mit dem Wortschwall und dem würgenden Husten komplett. »Ihre Lippen waren doch geschminkt?« Mit der Faust klopfte er sich mehrmals gegen die Brust. Der Krümel flog aus der Luftröhre. Endlich. Er wischte sich die Tränen ab und spülte seinen Rachen mit schalen Bierresten frei.

»Ja?« Die Antwort glich eher einer Frage.

»Verdammt, ich habe da etwas übersehen«, gab Leonhard seinen Fehler zu, warf die Dose zu den anderen, die auf dem Boden verstreut lagen, und fuhr sich durch das zerzauste Haar.

»Was machst du hier draußen?« Marina erschien in der Tür.

Leonhard fuhr erschrocken herum.

Sie war in die Bettdecke gehüllt.

»Kam mein Anruf ungelegen?«, erkundigte sich Ella an seinem linken Ohr.

Zu viele Frauen, meldete sich eine andere Stimme in Leonhards Kopf zu Wort.

»Du ziehst dich an und machst uns bitte einen Kaffee. Und Sie warten auf mich bei Frau Blumthaler vor dem Haus. Habe ich mich deutlich genug ausgedrückt?«, erteilte er seine Anweisungen und wurde von beiden Seiten attackiert. Marinas Schimpftirade und Ellas Beschuldigungen endeten mit demselben Satz: »Typisch Mann!«

»Wenn das so ist, trinke ich meinen Kaffee unterwegs. Kannst du bitte gehen?« Er bedachte Marina mit einem auffordernden Blick, schob sich an der fassungslos dreinblickenden Frau vorbei und hastete ins Bad. »Und Sie, Greenwood, erstellen eine kurze Tathergangsanalyse, während Sie auf mich warten. Ich bin um acht Uhr da. Das ist eine wichtige Voraussetzung bei der Erstellung eines Täterprofils.«

Ella war nicht weniger konsterniert als Marina, das konnte Leonhard an ihrem heftigen Schnauben deutlich hören. Aber wenn Greenwood außer sich war, funktionierte sie am besten, wusste er. Sie benutzte ihre Intuition und verließ sich nicht nur auf ihren scharfen Verstand.

»Ein Psychopath kann seine Opfer fernsteuern. Dazu manipuliert er ihre Denkweise und ändert ihr Verhalten mithilfe des Unterbewusstseins. Er zieht an den richtigen Fäden. Dieser Typus Mensch ist imstande, die Schwächen seiner Opfer präzise zu erkennen und deren Handlungen im richtigen Augenblick zu antizipieren. Waren das nicht Ihre Worte, Greenwood? Finden Sie heraus, ob diese Aussage auch auf den Mann zutreffen könnte, der Josephine Bruckner so bestialisch ermordet hat. Auf diese Weise kann er sie dazu gebracht haben, ihn in ihre Wohnung zu lassen.«

Vielleicht bin ich auch ein Psychopath, der es geschafft hat, unentdeckt zu bleiben, sinnierte Leonhard. »Ach, Greenwood. Da fällt mir noch etwas ein.« Leonhard massierte sich mit Daumen und Zeigefinger die Nasenwurzel. Die Kopfschmerzen wurden auf einmal unerträglich. »Können Sie auf dem Weg an einer Apotheke vorbeifahren und mir etwas gegen Migräne besorgen?«

»Für einen Vorschlaghammer werde ich wohl kein Rezept brauchen, aber muss ich dazu nicht zu einem Baumarkt?«, reagierte Ella spitz.

»Wir sehen uns um acht Uhr«, beendete Leonhard das Gespräch und legte auf.

Womöglich bin ich tatsächlich ein Psychopath. Warum wollen mich alle Frauen umbringen?

Leonhard schloss die Tür ab und lehnte sich mit dem Rücken dagegen. Er musterte sich im Spiegel. *Du siehst scheiße aus, wie ein Serienkiller nach einer Mordnacht.*

»Vielleicht ziehe ich es einfach vor, meinesgleichen zu jagen, statt selbst gejagt zu werden?«, unterhielt er sich mit seinem Spiegelbild. »Vielleicht jage ich einfach gern Mörder. Vielleicht …«

Er wollte das Handy aufs Waschbecken legen, als es erneut zu klingeln begann.

»Was ist?«

»Du bist ein mieser Liebhaber.« Marina stieß ein frustriertes Schnauben aus.

»Deine Unterstellung entbehrt jeglicher Grundlage, ich kann mich an nichts erinnern.« Er hörte sie in seinem Rücken. Sie stand vor der Tür und telefonierte mit ihm.

»Da war auch nichts Erwähnenswertes«, fügte Marina an und würgte das Gespräch ab.

»*Fuck*«, fluchte Leonhard, donnerte das Handy auf eines der Handtücher, die im Regal der Farbe nach aufgeschichtet lagen, und stieg in die Duschkabine.

Die Tür flog auf. »Ich habe sie doch abgeschlossen«, knurrte er.

Marina stand im Badezimmer. Nackt. Sie hielt ihr Handy in der Hand. »Ich habe die Ergebnisse. Das Gras wurde gestreckt. Frau Blumthaler hat es nicht von einem Arzt verschrieben bekommen. Es ist kein medizinisches Cannabis.«

»Es tut mir leid. Manchmal verhalte ich mich wie ein Arschloch«, entschuldigte sich Leonhard kleinlaut.

Marina legte ihr Handy neben den Zahnputzbecher und schenkte Leonhard ein versöhnliches Lächeln. »Kannst du das von gestern auch besser?«, schnurrte sie wie eine Katze.

Bei der Vorstellung spürte Leonhard eine angenehme Wärme in seinen Lenden und eine verräterische Regung. »Ich denke schon.«

»Da musst du dir mehr Mühe geben als letzte Nacht.« Marina strich sich über das Haar und stieg zu ihm in die Duschkabine.

Leonhard ließ das Wasser laufen. Ihre beiden nackten Körper schmiegten sich aneinander.

»Der Anfang ist schon mal nicht schlecht«, raunte sie ihm ins Ohr und ließ ihn in sich hineingleiten.

16

Meine Hände zittern nicht mehr. Der Mann hatte eigentlich überhaupt keine Chance. Er ist der zweite Mensch, dem ich innerhalb einer Woche das Leben genommen habe.

Er war ein Schwächling. Wenn ich in mich gehe, bedauere ich im Nachhinein, was ich angerichtet habe.

Der feste Griff einer eisigen Hand schließt sich immer weiter um mein Herz.

Nein. Nein. Nein! Gefühle sind eindeutige Zeichen für einen Schwächling. Ich bin stark und lasse es nicht zu.

Dieser Kerl hatte etwas mit meiner Frau. Ich bin ein Mann, der seine Familie zu beschützen weiß.

All die Jahre war ich schwach. Hatte jeglichen Antrieb verloren, mich komplett aufgegeben. Hatte nichts, womit ich mich beschäftigen konnte. War nur eine leere Hülle dessen, was ich mir früher als Kind ausgemalt hatte zu werden.

Ich bin mir dessen sehr wohl bewusst, dass das, was ich gemacht habe, falsch war.

All unsere Bedürfnisse können durch eine intensive Interaktion befriedigt werden, es muss nicht unbedingt der perfekte Partner sein. Wenn wir nur auf der Suche nach dem Besten sind, verpassen wir zu viel in unserem Leben, das uns bedeutungslos erscheint. Doch diese Kleinigkeiten sind die Bausteine dessen, woraus unser Leben besteht. Die wenigen Höhepunkte setzen sich nur aus Momenten zusammen. Das, was sich dazwischen befindet, ist das tatsächliche Leben.

Meine Konzentration lässt nach. Ich balle die Hand zur Faust.

Ich hole tief Luft und zerre die Erinnerung wieder herbei. Ich sehe meine Mutter. Sie lächelt: »Du bist vielleicht noch etwas zu klein, um das zu begreifen, was ich dir jetzt sage. Aber später, wenn du groß bist, wirst du den Sinn verstehen, der sich dahinter verbirgt.«

Ich hebe die geballte Faust in die Höhe und spreize die Finger auseinander. Mit den Fingerspitzen berühre ich meine Schläfe. Noch heute spüre ich den letzten Kuss meiner Mama.

»Wenn du durch das Leben schreitest, Jannik, solltest du dich nicht ständig nach einer Abkürzung umschauen, sonst lebst du viel zu schnell.«

Ein neuerliches Klopfen an der Tür bringt mich beinahe zum Schreien.

17

»Papa, wir müssen los«, erklang Kevins Stimme. Er hatte seine Lippen ganz dicht an das Schlüsselloch gepresst, sodass Jannik das Genuschel kaum verstehen konnte.

»Zieh dich an«, knurrte Jannik und stand auf.

»Mama braucht Medizin«, nuschelte der Junge weiter. Jetzt sprach er durch die Ritze unter der Tür.

Deine Mama spielt mir nur etwas vor. Jannik verstaute das Buch wieder an seinem sicheren Platz und warf noch einen prüfenden Blick zur Decke, ehe er die Tür aufschloss.

Kevin stand neben der Tür und rieb sich den Kopf.

»Du hast mir den Kopf angeschlagen!« Der kleine Junge warf seinem Vater einen missmutigen Blick zu.

»Komm!«, erwiderte Jannik, ohne näher darauf einzugehen. Der Spiegel im Flur war von einer dünnen Staubschicht bedeckt. Jannik blieb davor stehen und betrachtete eingehend sein Gesicht. *Woher habe ich diesen Kratzer? Hat mich der Kerl etwa verletzt?* Würde die Polizei unter seinen Fingernägeln winzige Hautpartikel finden und daraus seine DNA …

Er schob den Anflug von Furcht beiseite. Doch gänzlich war das ungute Gefühl nicht verschwunden, etwas flimmerte noch in der dunkelsten Ecke seines Bewusstseins und ließ seinen Magen zu einem harten Klumpen werden.

»Papa, wollen wir später den Käfig sauber machen?«

»Deine Ratte ist doch verreckt?«

»Ninas Ratte hat Babys bekommen und ich kann eins haben. Sie dachten zuerst, es wären zwei Brüder. Einer ist dann sehr fett geworden«, plapperte Kevin in der Manier eines aufgeregten Kindes, das seine Chance auf Sieg wittert.

»Wer?« Jannik war weiterhin mit seinen eigenen Gedanken beschäftigt, darum verfolgte er das Gespräch nur mit halbem Ohr.

»Einer der Brüder!« Kevin atmete leicht genervt aus, weil sein Vater wieder nichts begriffen hatte.

»Ninas Bruder ist fett?«

»Nein, die Ratte. Es war ein Mädchen und die braun-weiße Ratte war ein Junge«, sagte er unwirsch und schüttelte empört den Kopf. Sein kindlicher Blick verriet Jannik, dass Kevin ihn in diesem Augenblick für einen dämlichen Idioten hielt.

»Lass uns gehen. Du erzählst mir einfach alles noch mal von vorn. Einverstanden?« Er strich seinem Sohn über die Locken und half ihm beim Anziehen. Draußen schüttete es wieder wie aus Eimern. »Warum ist Ninas Bruder fett? Sie hat doch keinen Bruder.«

»Papa! Die Ratte, die Babys bekommen hat, war ein Mädchen. Sie war fett, nicht Ninas Bruder. Und sie hat wohl einen Bruder. Er ist schon groß …«

18

Auf dem Weg zu Frau Blumthalers Wohnung fiel Ella ein, dass sie für Leonhard noch etwas besorgen sollte. Sie stellte ihren Wagen auf dem Gehweg ab, schaltete die Warnblinker ein und stieg aus ihrem Porsche. Der Regen prasselte in dicken Tropfen auf sie ein. Sie fluchte und lief zum Kofferraum, weil sie dort einen Regenschirm vermutete.

Tatsächlich, freute sie sich und spannte ihn auf. Der Wind riss daran. Ella blickte sich um und überquerte schnell die Straße. Natürlich musste einer an ihr vorbeirasen und sie mit mehrmaligem Hupen noch mehr in Rage bringen.

Mit klitschnassen Füßen eilte sie weiter auf die Apotheke zu. Der Regenschirm wurde ihr dabei beinahe aus der Hand gerissen und klappte nach oben. Er ließ sich nicht wieder zuklappen. Dabei hatte ihr der Verkäufer versichert, dieses Teil wäre unwettersicher – von wegen!

Doch mehr als den inkompetenten Berater, der ihr dieses Ding angedreht hatte, hasste sie just in diesem Moment ihren Partner. Wegen Leonhard Stegmayer musste sie ja überhaupt bei einer Apotheke vorbeifahren.

»Kommen Sie schnell rein«, riss die angenehme Stimme eines Mannes sie aus ihren unschönen Gedanken. Hinter ihrer

Stirn flehte Leonhard Stegmayer um Gnade, während sie mit dem kaputten Regenschirm auf ihn eindrosch.

»Sie sind ja klitschnass.« Der Fremde hielt ihr die Tür auf und lächelte sie freundlich an.

Die Bilder in ihrem Kopf verflüchtigten sich endgültig.

»Papa, kennst du diese Frau?«, wollte ein blonder Junge von seinem Vater wissen.

»Noch nicht, aber man soll immer nett zu anderen sein«, erklärte der Mann seinem Sohn.

»Aber ich darf nicht mit fremden Leuten sprechen. Das hast du selbst gesagt«, merkte der Junge an. »Die könnten mich kidnappen«, gab er sich neunmalklug und nickte mit ernstem Gesicht.

»Das ist vollkommen richtig. Wenn du allerdings mit mir zusammen unterwegs bist, darfst du auch Hallo sagen«, berichtigte der Mann den Jungen und schenkte Ella ein scheues Lächeln. »Tut mir leid, aber in der heutigen Zeit wissen wir einfach nicht, was wir unseren Kindern beibringen sollen.«

»Hallo«, fiel der Junge seinem Vater ins Wort und streckte Ella seine kleine Hand entgegen.

Ella erwiderte die Geste und drückte die weiche warme Hand des Kindes vorsichtig, die ein wenig klebrig war.

»Ich heiße Kevin, und du?«

»Nicht so forsch, Kevin!«, zügelte der Mann seinen Sohn.

Kevin zog irritiert die Hand zurück und schnaubte verärgert. »Nie mache ich etwas richtig«, brummte er und drehte sich weg.

»Tut mir leid«, wiederholte der Mann und sah etwas betreten zu einem der Regale.

»Das ist schon in Ordnung«, erwiderte Ella. Auch sie fühlte sich unwohl. Sie klappte den Regenschirm zusammen und machte einen großen Schritt zur Seite. »Scheiße«, zischte sie, nachdem sie bemerkte, was für eine Sauerei sie angerichtet hatte. Eine große Pfütze schimmerte auf den hellen Fliesen.

»Sie hat ›Scheiße‹ gesagt!« Kevins Augen funkelten.

Ellas Mund wurde zu einem farblosen Strich.

»Der Nächste bitte«, befreite eine kratzige Stimme Ella aus dem peinlichen Intermezzo. Ellas Kopf fuhr nach rechts. Ein älterer Herr stand hinter der Theke und beäugte sie durch zwei dicke Brillengläser. Er war glatzköpfig, klein und schmächtig.

Ella nickte dem fremden Mann knapp zu. »Sie waren vor mir da«, wandte sie sich an Kevins Vater.

»Wir haben Zeit, Sie müssen es eilig haben, wenn Sie bereit sind, einen Strafzettel zu riskieren. Ich hoffe, die Polizei verteilt bei diesem Sauwetter keine Knöllchen.«

»Papa, sie hat ›Scheiße‹ gesagt«, wiederholte Kevin, den Kopf tief in den Nacken gelegt.

Ella lächelte. »Ich bin selbst Polizistin.«

Kevin protestierte, weil sein Vater ihm mit der rechten Hand den Mund zuhielt.

»Schenken Sie meinem Sohn keine Beachtung. Kevin, nun reicht es aber«, wies der Mann seinen Sohn zurecht. »Wenn du nicht brav bist, wird dich Frau …« Er stockte, bedachte Ella mit einem fragenden Blick. »… Polizistin festnehmen«, fuhr er peinlich berührt fort und nahm dann die Hand vom Mund seines Kindes.

»Aber …«, wollte Kevin erneut auffahren, überlegte es sich aber anders und schnappte nach einer bunten Tüte. »Wir brauchen diese Bonbons für Mamas Hals.«

»Richtig«, bestätigte der Vater und achtete nicht mehr auf Ella.

Der Apotheker hüstelte. »Der Nächste bitte!«

»Das bin wohl ich.« Ella trat vor und wirkte unschlüssig. »Ich bräuchte etwas gegen Migräne.« Ihr Blick ging an dem alten Herrn vorbei.

»Dieses Medikament ist verschreibungspflichtig.«

»Dann etwas gegen starke Kopfschmerzen.«

»Auch dies ist …«

»Geben Sie mir etwas, das Kopfschmerzen lindert und für das ich kein Rezept brauche.« Entgegen ihrer sonstigen Art anderen Menschen gegenüber verhielt sie sich barsch und abweisend.

Der Mund des Mannes wurde zu einer blutleeren Narbe auf einem aschfahlen Gesicht. Er klopfte mit seinen knorrigen Fingern und verschwand leicht schlurfend hinter einer Schwingtür.

Kurz darauf ging die Tür wieder auf. Der Mann stand erneut vor ihr. »Hier.« Er schob eine kleine Schachtel über die Theke.

»Sind die nicht zu schwach?«

»Dann nehmen Sie halt drei auf einmal. Aber nicht übertreiben! Am besten, Sie konsultieren Ihren Hausarzt.«

»Mache ich, haben Sie vielleicht auch etwas für …«, Ella überlegte, wie sie sich am besten ausdrücken sollte, »eigentlich gegen …« Auch jetzt fiel ihr der passende Ausdruck nicht ein. »Für einen weichen Stuhlgang«, sagte sie schließlich und blickte sich um. Sie fühlte, wie ihre Wangen rot anliefen. Der Mann und sein Sohn waren derweil anderweitig beschäftigt und wurden von einer Dame bedient.

»Sind die auch für Sie? Sind diese beiden Zustände irgendwie komplementär?«

Der Mann macht sicher Witze, überlegte Ella und schmunzelte. »Die ganze Situation ist ein wenig komplex«, stammelte sie.

»Insofern geben Sie sich doch einen Ruck und versuchen, die Situation zu simplifizieren. Bei hartem Stuhlgang kann einem der Druck schon mal in den Kopf steigen«, schob der Apotheker einen zweiten Flachwitz nach und hob auffordernd die Brauen.

»Geben Sie mir etwas, das einem den Gang auf die Toilette erleichtert. Meine Oma findet diesen Zustand nicht wirklich komisch.«

Das selbstgefällige Lächeln des Mannes verschwand und er wurde wieder ernst. »Tut mir leid«, murmelte er und reichte Ella eine Packung Abführmittel. Sie bezahlte und verlangte nach dem Kassenbon.

Beim Hinausgehen spannte sie den Schirm auf, der an einer Seite schlapp nach unten hing, und rannte zurück zum Wagen. Es fiel ihr nicht auf, dass sie dabei von zwei Männern beobachtet wurde, die in einem dunklen Ford saßen.

***

»Das ist sie, ich schwöre, Mann. Fahr ihr hinterher, aber halte Abstand. Sie ist clever«, knurrte einer der Männer, zündete sich eine Zigarette an und zog einmal tief daran. Der Rauch waberte durch einen schmalen Schlitz nach draußen. »Was ist los, Stange?«, ereiferte sich der bärtige Mann und zog ungeduldig an seiner Zigarette.

»Der blöde Wagen springt nicht an!«, fauchte dieser, drehte erneut den Schlüssel und schlug mit beiden Händen gegen das Lenkrad. »Die Batterie ist alle.«

»Du bist ein verdammtes Arschloch! Hatte ich nicht gesagt, du sollst den Motor nicht ausmachen?« Seine Augen wurden mörderisch kalt.

»Ja, aber ich verpeste nur ungern die Luft, wenn es nicht nötig ist. Das Benzin ist auch nicht gerade billig.« Sein von Akne vernarbtes Gesicht glich einer Kraterlandschaft, die dunkelbraunen Augen stierten durch die nasse Windschutzscheibe.

Ein leises Zischen zerriss die Stille, gefolgt von einem Laut des Entsetzens. Die Glut der Zigarette erlosch und hinterließ einen dunklen Fleck auf dem Handrücken des Fahrers. Ein erstickter Schrei. »Tut mir leid«, presste der Fahrer durch die Zähne und holte heftig Luft. Der große Mann, der seine Gegner am liebsten mittels eines Rohrs oder Rundstahls ausschaltete – daher auch der Spitzname »Stange« –, ballte die verletzte Hand zu einer Faust zusammen und hob sie an den Mund. Im Wagen stank es jetzt nicht nur nach Rauch und Schweiß, sondern auch noch nach verbranntem Fleisch. Es kostete ihn seine gesamte Willenskraft, dem bärtigen Mann nicht die Nase zu brechen, was er wirklich gern getan hätte, doch die Konsequenzen wären lebensgefährlich, vielleicht sogar tödlich gewesen.

Der Bärtige schniefte. Trotz seiner schmalen Statur strahlte sein gesamtes Auftreten unangefochtene Autorität aus. Er war von Kopf bis Fuß ein Draufgänger, dem man sich nicht traute zu widersprechen, weil er keine Angst hatte, bei den Auseinandersetzungen draufzugehen. »Du kannst von Glück reden, dass ich nicht so dämlich bin wie du«, knurrte der Bärtige und zwirbelte mit Daumen und Zeigefinger an seinem Vollbart.

Stange saugte an seinem Handrücken. »Kommt auch nie wieder vor«, nuschelte er und stieg aus dem Wagen.

»Wo willst du hin, du dämlicher Hund?«, rief ihm der Bärtige nach und schnipste den Stummel aus dem Fenster.

»Ich werde den Typen dort fragen, ob er ein Startkabel dabeihat.«

»Nein!«, schrie der Bärtige drohend. Diesmal klang er mehr als ungehalten. Mitten auf seiner Stirn schwoll eine Ader dick an.

»Keine Bange. Er wird schon nichts merken.«

»Bleib hier …«

Doch der schlaksige Kerl hörte ihn nicht mehr. Er zog an seiner Hose, die ihm ständig von der Hüfte rutschte, und lief dem großen Mann hinterher, der einen Jungen an der Hand hielt. Ungeschickt über die Pfützen springend rief er: »Hey, Sie da, wären Sie so nett? Ich bin liegen geblieben und brauche Starthilfe.«

Der Mann blieb tatsächlich stehen.

Der Regen hatte aufgehört.

Der Bärtige stieg seinerseits aus dem Wagen und zündete sich eine weitere Zigarette an. In gemächlichem Tempo schritt er davon. Der dicke, schwere Qualm quoll aus seinen Nasenlöchern. *Wir sehen uns bald wieder*, versprach er in Gedanken der Frau, die ihnen heute entwischt war. Er kannte Ella, auch wusste er, wo sie wohnte. »Es ist Zeit für einen Besuch, Engelchen«, murmelte er. Sein von dichten Haaren bedeckter Mund verzog sich zu einem zufriedenen Grinsen.

19

Leonhard schenkte Frau Blumthaler das schönste Lächeln, das er aufbringen konnte, als sie ihm die Tür öffnete.

»Sie schon wieder?« Sie wirkte etwas verlegen, sogar ein wenig irritiert. »Und wo ist Ihre Freundin? Ich sagte doch schon, dass ich ohne meinen Anwalt nicht mit Ihnen kooperieren werde.« Sie lugte durch die Tür und linste zuerst nach links, dann nach rechts zur Treppe.

»Sie kommt nach. Ich bin mit einem privaten Anliegen hier. Ich suche nach einem Geschenk für meine Freundin und Sie scheinen einen guten Geschmack zu haben und ein Händchen für schöne Sachen. Sie mag so filigranes Zeug wie Ketten oder Uhren. Auch genieße ich die Gesellschaft einer Dame, die so herrlich nach Flieder duftet.«

»Sie Charmeur!« Die Tür ging weiter auf.

Leonhard trat hinein. Dieses Mal zog er seine Schuhe unaufgefordert aus, weil er Extrapunkte sammeln wollte.

»Sie waren vierzig Jahre mit Ihrem Mann verheiratet, bevor er dann letztes Jahr unerwartet gestorben ist. Da fühlen Sie sich doch jetzt sicher oft einsam?«

Frau Blumthaler stand mit dem Rücken zur Wand und nestelte mit der rechten Hand an ihren Haaren.

Leonhard schnalzte mit der Zunge und holte tief Luft, bevor er zu einer Erklärung ansetzte, die ihn hergeführt hatte. »Verstehen Sie mich bitte nicht falsch. Männer und Frauen verarbeiten die Trauerphase auf ihre eigene Weise. Sie haben Ihren Mann verloren und sehnen sich dennoch nach Nähe und Zuwendung. Das verurteile ich doch gar nicht.«

Tränen schimmerten in den Augen der Frau. Sie schluckte.

»Sie haben einen neuen Mann. Und er hat Sie bestohlen.«

»Woher wollen Sie denn das wissen? Sind Sie einer dieser omnipotenten Kerle, die die Fähigkeit besitzen, im Kopf der anderen zu wühlen?«

Sie verneinte nicht, also lag er mit seinem Verdacht richtig, stellte Leonhard zufrieden fest. Er lief an der Frau vorbei ins Bad. Dort blieb er stehen und wartete, bis auch Frau Blumthaler vor dem Objekt stand, das ihn dazu veranlasst hatte, sie zur Rede zu stellen.

Teuer wirkende Ohrringe, die neben der Schatulle lagen, komplettierten den Gesamteindruck und gaben die Lebenssituation dieser Frau wieder. Ihr mangelte es an nichts.

»Sie sind eine Person, die viel Wert auf Sauberkeit legt. Zudem achten Sie pedantisch auf die Einhaltung einer strikten Anordnung von Gegenständen, die Sie sich selbst vorgeben. Es ist wie ein Zwang.«

»Worauf wollen Sie hinaus?«

»In diesem Kästchen fehlt eine Uhr.«

»Ich habe sie zur Reparatur gebracht.«

»Dann zeigen Sie mir doch bitte mal den Abholschein.«

Frau Blumthaler holte tief Luft und begann zu schluchzen. Aus dem linken Ärmel zog sie ein Taschentuch heraus und tupfte sich die Augen. Die Brille steckte sie sich in das gelockte Haar.

»Ich kann mich nicht daran erinnern, wo ich die Uhr hingetan habe. Ich habe diese Schübe, verstehen Sie? Da vergesse ich alles.« Einen Weinkrampf vortäuschend rieb sie sich mit dem zerfledderten Papiertaschentuch die Nase, schnäuzte einmal heftig und schüttelte sich, um ihrem Auftritt eine besondere Note der Verzweiflung zu verleihen.

»Sie haben einen Freund, einen männlichen Freund? Er besorgt Ihnen das Gras. Er hat die Uhr mitgenommen. Lügen Sie mich nicht an.«

»Sie bedienen sich einer unlauteren Vorgehensweise, denn eine unschuldige Frau einzuschüchtern widerspricht dem Gesetz.«

Leonhard holte eine durchsichtige Tüte aus seinem Jackett und verstaute darin das Uhrenkissen. Er taxierte die Frau mit einem zornigen Blick, der Frau Blumthaler in ihrem Redefluss stocken ließ.

»Ich frage Sie noch einmal. Wer ist dieser Mann? Er besorgt Ihnen Drogen.«

»Ich habe Krebs. Das Gras macht meine Schmerzen erträglicher.«

Sie schwieg wieder.

»Ich bin nicht vom Drogendezernat. Aber wenn Sie nicht kooperieren, sehe ich mich gezwungen, Sie mit aufs Revier zu nehmen. Sie bekommen auch eine richterliche Vorladung, wenn Sie es für nötig erachten.«

Das Gefühl, in allem versagt zu haben, spiegelte sich in ihren Augen wider. Sie sammelte sich und bemühte sich um eine Erklärung: »Entgegen jeder Vernunft …« Sie brach mitten im Satz ab. Der Gefühlsausbruch war echt. Tränen schwammen in ihren Augen. Sie machte jedoch keine Anstalten, sie wegzuwischen. »Entgegen jeder Vernunft …«, nahm sie den Faden wieder auf, »… habe ich zum ersten Mal in meinem Leben auf mein Herz und nicht auf meinen Verstand gehört. Ich habe einen Mann kennengelernt und wir haben uns mehrmals bei mir getroffen. Er hat mich bestohlen, oder?« Sie senkte den

Blick. Ihre Finger zerrupften das durchweichte Papier in winzige Fetzen, die auf die dunklen Fliesen rieselten wie Schneeflocken.

»Wie oft taucht er bei Ihnen auf?«

»Er kommt und geht nach Belieben. Er ist ein junger Mann, der keine Verpflichtungen hat. Er hilft mir im Haushalt. Ich bin für vieles zu schwach. Doch meistens reden und tanzen wir. Er ist wie ein Enkelsohn für mich.«

Sie schwiegen einen Moment. Jeder hing seinen Gedanken nach.

Ein Schellen an der Tür vertrieb die Stille und brachte wieder Bewegung in den Raum.

»Ist er das?« Leonhards Blick wechselte von Frau Blumthaler zur Tür.

Statt einer Antwort hob und senkte die alte Dame die schmalen Schultern. Auch heute trug sie ein Kleid, diesmal ein weißes mit roten Mohnblumen.

Leonhard zwängte sich an ihr vorbei in den Flur.

Ohne zu fragen, drückte er auf den Türöffner und hob sein rechtes Auge an den Spion. Es dauerte nicht lange, bis in seinem Blickfeld eine zierliche Gestalt erschien: Ella. Ihre Miene glich einer Zeitbombe, die jeden Moment in die Luft gehen konnte, und zwar ohne Vorwarnung. Er sog die Luft scharf zwischen den Zähnen ein und ließ der Hausherrin den Vortritt.

Frau Blumthaler bedachte ihn mit einem schwer definierbaren Gesichtsausdruck.

»Ich war nicht ganz ehrlich mit Ihnen. Frau Greenwood ist eigentlich meine Ex-Freundin«, stammelte er und zog am Knoten seiner Krawatte. »Wir arbeiten an einem Fall zusammen. Da sind unnötige Diskrepanzen fehl am Platz.«

»Diese plumpe Ausrede macht Sie nicht gerade sexy. Ihr Männer seid alle gleich. Wenn ihr Gefahr wittert, zieht ihr sofort den Schwanz ein.« Frau Blumthaler machte die Tür auf.

Ella war klitschnass. Das Funkeln in ihren Augen war elektrisierend. »Sie haben es nicht für nötig empfunden, vor der Wohnung auf mich zu warten?« Ella warf die Tablettenpackung gegen Leonhards Brust.

Er fing das durchweichte Päckchen ungeschickt mit beiden Händen auf. »Danke schön«, presste er durch die Lippen und versuchte es mit einem Lächeln. »Wir wären hier so weit fertig. Lassen Sie uns doch in die Wohnung von Frau Bruckner gehen.« Leonhards rechte Hand nahm Ella am Ellenbogen.

»Bitte, machen Sie keine Szene«, raunte er ihr ins Ohr und zog sie mit sich.

Ella widersetzte sich nicht. Auch wenn sie ihm am liebsten gegen das Schienbein getreten hätte, folgte sie ihm ins Treppenhaus.

»Wie geht es Ihren Kopfschmerzen?«, fragte sie ihn mit geheucheltem Interesse.

»Danke der Nachfrage, aber die sind nicht für mich.« Leonhard machte Anstalten, in der Tasche seiner Hose nach dem Schlüssel zur Wohnung zu kramen.

»Können Sie mich aufklären? Was soll das ganze Theater?«

»Die Tabletten …«

»Nein, das hier. Wir waren um Punkt …«

»Das hat alles seine Richtigkeit«, fuhr Leonhard Ella über den Mund.

Sie flüsterten miteinander, während sie mit dem Rücken zu Frau Blumthaler standen. Diese schloss leise die Tür und verschwand in ihrer Wohnung.

Schritte auf der Treppe brachten die beiden dazu, sich umzuschauen.

»Guten Tag«, wurden sie von einem Mann begrüßt.

Sie nickten gleichzeitig. Leonhard verbarg seine behandschuhte Hand hinter dem Rücken und folgte dem Kerl mit den Augen.

Ella tat dasselbe. Er war etwas größer als sie, keine eins siebzig, schätzte Ella. Sein blond gefärbtes Haar war dünn, fettig und zu einem Pferdeschwanz gebunden. Ella konnte sogar seine Kopfhaut sehen, die von Schuppenflechte übersät war. Er hatte eine gedrungene Statur und schien auf der Hut zu sein – *wie ein Dealer*, überlegte sie und spürte Leonhards Atem an ihrem linken Ohr. »Das ist er«, flüsterte er.

Der Mann klopfte mit den Fingerknöcheln gegen die Tür zu Frau Blumthalers Wohnung, zweimal kurz hintereinander.

»Wer?«, flüsterte Ella zurück.

»Frau Blumthaler ist nicht zu Hause«, meldete sich Leonhard zu Wort und schritt auf den Mann zu.

Just in diesem Moment ging die Tür auf. »Emil, lauf, schnell!«, kreischte die alte Dame.

Der kleine Mann fuhr herum, rutschte auf den glatten Fliesen aus und fiel hin. Er rappelte sich schnell auf und stürmte zu den Treppen.

Leonhard lief ihm nach.

Ella verstand zuerst gar nichts, nahm dann aber die Verfolgung auf und rannte den beiden Männern zwei Stufen auf einmal nehmend hinterher. Als sie das Haus betreten hatte, war ihr dieser Mann hinterhergeschlüpft. Er war in ein Telefongespräch verwickelt gewesen. Sie hatte dem Ganzen keine Beachtung geschenkt, weil sie sauer auf Leonhard gewesen war.

Schwer atmend kam sie unten an. Sie hörte Schreie. Immer noch heftig schnaufend bog sie nach links ab und sah, wie Leonhard seinen Gegner an der Schulter riss und zu Boden warf.

Wie ein Käfer lag der verängstigte Mann auf dem Rücken und hob kapitulierend die Hände in die Höhe.

»Wer zum Geier seid ihr?«, zischte der Kerl mit erstickter Stimme, weil Leonhard ihn beidhändig am Kragen festhielt.

»Wir sind von der Polizei!«, schnaubte Leonhard und zeigte dem Mann seinen Ausweis.

Leonhards angesäuerte Miene flößte dem Mann nicht nur Respekt ein, sondern auch Angst. Seine Gesichtsmuskeln zuckten. »Bevor Sie mich verhaften, möchte ich einige Dinge zurechtrücken. Ich bin nicht derjenige, für den Sie mich halten.«

»Netter Versuch!«, knurrte Leonhard.

»Ich habe mich im Haus geirrt.« Schmerzerfüllt verzog der Typ seine Miene. »Ich bin nicht der, nach dem ihr sucht.«

»Sie sind einer von den Schnellen, was? Für wen halten wir Sie denn?«

»Lassen Sie mich los!«

»Wie spät ist es eigentlich? Na, klingelt es jetzt bei Ihnen?« Leonhard lockerte seinen Griff. Und ließ dann ganz von dem Mann ab und stand auf. Dabei schnitt er dem Mann jede Möglichkeit zur Flucht ab, indem er sich breitbeinig vor den Kerl stellte.

»Hat mich meine Oma verpfiffen? Es geht um diese beschissene Uhr, oder? Ich bin bereit, Ihnen alles zu erzählen, was Sie von mir wissen möchten, aber ich weigere mich zuzugeben, was Sie mir in den Mund zu legen versuchen.« Er setzte sich auf, hielt die Hände jedoch immer noch wie ein Torwart vor der Brust ausgestreckt. »Bevor wir uns weiter mit diesem Thema befassen, möchte ich etwas klarstellen. Darf ich bitte aufstehen?«

Leonhard nickte.

»Ich hatte ernste Absichten bei Josephine. Sie war ein hübsches, aber sehr einsames Mädchen. Ich will keinen Ärger. Ja, ich war in ihrer Wohnung. Wir haben nur geredet. Ich kann nicht so mit Frauen … Mir bleibt einfach die Spucke weg und ich bekomme kein Wort heraus. Josephine war lange Zeit allein. Da habe ich gedacht, dass ich bei ihr mit der Uhr punkten könnte.«

»Können Sie das konkretisieren?«

Ella hörte den beiden Männern nur zu und hielt ihren Blick auf die große Eingangstür gerichtet. Diese war nicht ganz zu.

Der kleine Mann sprang plötzlich auf die Füße. Er war flink und quetschte sich zwischen Leonhards Beinen hindurch. Mit dem Schrei eines Verzweifelten hechtete er in einem weiten Sprung zur Tür. Seine Finger streiften den schweren Griff. Doch Ella hatte aufgepasst und war schneller. Sie trat gegen das massive Türblatt.

Im selben Augenblick donnerte der Fremde mit der Schulter gegen das schwere Holz.

Der Mann schrie gellend auf, als er erneut zu Boden ging. Der Polizist drückte ihn ruppig mit seinem rechten Fuß auf die schmutzige Fußmatte. Die glänzende Schuhspitze bohrte sich leicht unter das fliehende Kinn des Mannes.

»Es ist ein erschreckendes Maß an Inkompetenz, was Sie heute an den Tag gelegt haben. Haben Sie nichts anderes vorzuweisen als ständiges Scheitern bei allem, was Sie tun?« Leonhard erhöhte leicht den Druck.

»Josephine war Ihnen in Treue und rückhaltloser Liebe zugetan, vielleicht war das einer der Gründe, warum Sie sie umgebracht haben? Aus Eifersucht?«, intervenierte Ella und ignorierte Leonhards bohrenden Blick.

»Was? Josephine ist tot? Nein, oder? Nicht sie!«

»Stehen Sie auf!« Leonhard packte ihn am Kragen. Die schwarze Jacke aus billigem Kunstleder knackte an den Nähten. Doch das kümmerte den Kommissar nicht im Geringsten.

Ella glaubte zu sehen, wie der schmächtige Kerl für den Bruchteil eines Augenblicks komplett in der Luft hing.

Den Rücken an die Wand gedrückt schluckte der Mann einen dicken Kloß der Furcht herunter. »Wer sind Sie? Ein verdammter Hulk auf Anabolika?«

»Nein, nur ein Mann, der auf seine Ernährung achtet«, erwiderte Leonhard ruhig. »Wir alle gehen jetzt nach oben. Frau Blumthaler hat Tee für uns aufgesetzt.«

»Ist Josephine wirklich tot oder ist das nur ein Bluff? Ich war das nicht.« Er zappelte wieder.

»Keine Mätzchen! Wie heißen Sie?«

»Emil Grau«, stammelte der Mann.

»*Fifty shits* des Grauens, ein netter Titel für ein Buch, meinen Sie nicht?«, fragte Leonhard an niemand Bestimmten gewandt. »Apropos Shit. Haben Sie etwas dabei, was Sie verhökern wollen? Ich könnte jetzt eine Nase voll Schnee oder etwas anderes gebrauchen.« Leonhard zog demonstrativ die Nase hoch.

»Das soll doch wohl ein Witz sein?«

Leonhard trat einen Schritt zurück. »Lache ich, oder was?«

»Nein, aber Sie sind Polizist.«

»Haben Sie etwas bei sich oder nicht?«

»Ja, schon.« Er verzog den Mund zu einem dümmlichen Grinsen und kramte hastig in den Taschen seiner Jacke. »Hier, ein Taschentuch voll Rotze gefällig? Sie können sich das Zeug unter die Nase reiben.« Er lachte dreckig.

»Das reicht jetzt. Sie kommen mit aufs Präsidium. Greenwood, fordern Sie einen Wagen an.«

Ella nickte knapp und wählte eine Nummer.

20

»Er ist ein gewöhnlicher Junkie. Frau Blumthaler hat ihn bloß gedeckt, weil er ihr einziger Enkelsohn ist. Und sie raucht Gras, weil sie Krebs hat. Wir haben zuerst vermutet, sie hätte sich für einen Mann schick gemacht, aber wir haben uns getäuscht. Sie achtet nur sehr auf ihr Äußeres und zieht sich immer so an. ›Ich kann doch nie wissen, wann ich tot umfalle‹, hat sie zu mir gesagt. ›Ich will auch im Tod einen netten Eindruck hinterlassen. Darum trage ich immer ein schönes Kleid und frische Unterwäsche‹«, zitierte Leonhard. Er schritt in dem kleinen Büro auf und ab. »Wir müssen gleich rüber zum Chef. Er hält eine Besprechung ab.«

»Wieso haben Sie nicht auf mich gewartet? Ich dachte, wir wären Partner? Sie ermitteln erneut auf eigene Faust.« Ella nippte an ihrem warmen Kaffee und hielt die Tasse mit beiden Händen fest umklammert. »Wir hatten uns *vor* Frau Blumthalers Wohnung und nicht *in* ihrer Wohnung verabredet.« Ihre Hose und die Haare waren immer noch feucht.

»Wir sollten uns jetzt nicht streiten, Greenwood. Wenn Sie unvorbereitet eine Auseinandersetzung anzetteln, werden Sie sich später bestimmt darüber aufregen, warum Ihnen schon wieder so wenig eingefallen ist, was Sie mir noch alles an Gemeinheiten hätten an den Kopf werfen können. Im Feuer des verbalen Gefechts kommen den meisten nur selten passende Ausdrücke in den Sinn. Spätestens morgen werden Sie wieder nach einem Grund suchen, um einen neuen Streit mit mir anzufangen, und das möchte ich nicht.«

Ella schüttelte grimmig den Kopf.

»Dazu haben wir später Zeit. Nachdem wir diesen Fall ad acta gelegt haben.«

»Und Sie sind der Meinung, dass der Täter erneut zuschlagen könnte?« Ella nahm einen weiteren Schluck von der Plörre. Dieser Blümchenkaffee schmeckte schlimmer als Jasmintee. Und Ella hasste Jasmintee.

Leonhard stapelte die Mappen zu einem schiefen Haufen aufeinander. »Ja, der Meinung bin ich. Es gibt keine Hinweise auf eine Beziehungstat und der Tathergang sagt einiges über die Psyche des Täters aus. Er könnte auf den Geschmack gekommen sein. Darum dürfen wir keine Zeit verlieren. Ein Serientäter fühlt sich nach jeder von ihm begangenen Tat überlegener gegenüber jenen, die nach ihm suchen. Diese vom Herrn, dem Allmächtigen, erschaffenen Kreaturen nehmen für sich das Recht in Anspruch, selbst Gott zu spielen und darüber zu entscheiden, wer als Nächstes auf ihrer Opferliste markiert wird. Die meisten von ihnen sind zwar kranke Geschöpfe, dennoch sind es menschliche Wesen, die an ihre Vorstellungen gebunden sind. Sie sind Sklaven ihres kranken Geistes. Sie bevorzugen meist einen Typus – und genau darauf müssen wir uns konzentrieren. Dabei berufe ich mich auf ein Modell von Joel Norris, wobei ich nicht allen seinen Thesen zustimme. Wenn ich recht habe, dann befinden wir uns momentan in der Auraphase des Mörders. In diesem Zeitabschnitt vermischen sich die Realität und die Fantasiewelt des Täters zu einem einheitlichen Brei.

Alles kommt ihm wie ein dichter Nebel vor, indem er sich nicht wirklich zurechtfindet. Die Depressionsphase ist der Gegenpol seines orgiastischen Empfindens. Dort angelangt, fängt der Mörder sein Spiel von vorn an.«

Ella tat interessiert und wartete auf ihren Moment.

»Etwas zu verwirklichen ist essenziell für jeden von uns. Manchmal kompensieren wir einen Fehlschlag mit etwas Banalem wie Shoppen oder einem kurzen Ausflug, damit wir uns wichtig vorkommen und uns unser Leben nicht ganz so beschissen erscheint, wie es tatsächlich der Fall ist.«

»Darum Ihre teure Uhr?«, konterte Ella und lächelte.

»Oder Ihre Schuhe, die mehr hinderlich als nützlich sind. Aber dadurch wirken Sie zumindest physisch um einige Zentimeter größer, als Sie tatsächlich sind.« Leonhard nahm einen Bleistift und prüfte die Spitze, um ihn kurz darauf zurück in den Becher zu stecken. Im gleichen Zug schnappte er sich einen der Schnellhefter.

»Ist Ihnen der Begriff ›Rabulistik‹ geläufig?« Leonhard grinste und steckte den dünnen Ordner in eine schwarze Ledertasche. »Sie und ich sind aus demselben Holz geschnitzt, allerdings hat Ihr Schöpfer bei Ihnen zu viel weggehobelt. Sie haben weniger Kanten, dafür hat er sich jedoch mehr Zeit für die Feinheiten genommen als bei mir.«

War das jetzt ein Lob oder wieder eine dieser Andeutungen, fragte sich Ella. »Träumen Sie nachts nie von den Toten?« Ella stellte ihre Tasse auf den Tisch.

»Als erfolgreicher Ermittler müssen Sie die Gefühle außen vorlassen. Sie dürfen sich nicht mit dem Opfer identifizieren. Es mag vielleicht etwas brutal und politisch total unkorrekt klingen, aber jedes Opfer ist für uns nur Teil unserer Arbeit.«

»So einfach ist es also? Die Toten sind Ihrer Meinung nach nur Objekte der polizeilichen Ermittlungen?« Ella stand auf.

»Kennen Sie den Unterschied zwischen einem Objekt und einem Subjekt?«

Leonhard hob die Brauen und machte Anstalten zu gehen.

»Sie sind ein attraktiver Mann, rein äußerlich. Ihre inneren Attribute lassen wir jetzt mal außer Acht«, sagte Ella ruhig, jedes Wort einzeln betonend.

Leonhard erstarrte mitten in der Bewegung und drehte sich langsam um. Die Überraschung ob solcher Wortwahl stand ihm ins Gesicht geschrieben.

»Daher nehme ich an, dass Sie schon mal von einer Frau zum Höhepunkt gebracht wurden, ohne selbst viel dazu beigetragen zu haben.«

Leonhards Miene wurde steinern.

»Zwei Personen.« Ella hob Daumen und Zeigefinger in die Höhe. »Beide tun das Gleiche, jedoch nicht dasselbe.«

»Ich verstehe nicht ganz und kann Ihren Worten nicht wirklich folgen.« Leonhard zog am Knoten seiner Krawatte.

»Wenn Sie gebumst werden, spielen Sie dabei eine untergeordnete Rolle. Sie sind nicht Herr der Lage, somit werden Sie zum Objekt degradiert.«

Leonhard verstand immer noch nicht ganz, worauf Ella hinauswollte.

»Frau Subjekt – Mann Objekt.« Ella holte tief Luft. Auch ihr war die Situation nicht wirklich angenehm, aber sie wollte hier und jetzt etwas klarstellen. »Werden die Rollen getauscht« – sie legte eine kurze Pause ein und lächelte dünn –, »wird die Frau zum Objekt.« Sie trat ganz dicht an Leonhard heran und fuhr mit dem Zeigefinger lasziv über seine glatt rasierte Wange. »Der Täter ist immer das Subjekt, das Opfer übernimmt die Rolle des Objekts. Ich hoffe, ich konnte Ihnen diesbezüglich weiterhelfen«, sagte sie mit kühler Schärfe und klopfte Leonhard auf die Schulter.

»So bildhaft hat mir noch keiner etwas erklärt, aber ich habs begriffen«, stammelte er sichtlich geschockt.

»Das hoffe ich. Ich habe es nämlich satt, die Rolle des Objekts in unserem Team innezuhaben. Ich möchte nicht ständig durch Ihre Sprüche ohrgefickt werden.«

»Ohrgefickt …« Leonhard ließ das Wort nachklingen und legte den Kopf leicht schief. »Verstehe«, murmelte er schließlich und blies geräuschvoll die Luft aus. »Nominativ bumst Akkusativ, eine nette Eselsbrücke.«

21

Linda hatte die Zeit des Wegbleibens ihres Mannes dazu genutzt, sich erneut zu duschen und die Hautstellen, die dunkel angelaufen waren, mit einer Abdeckcreme zu kaschieren.

»Liebling, wir sind wieder da!«, rief Jannik fröhlich von der Tür aus. Seine Veränderung missfiel ihr. *Etwas stimmt hier nicht*, dachte sie und zog ein langärmliges Shirt an. Um den Hals legte sie sich ein buntes Tuch und versuchte, kränklich auszuschauen. Unter der Bettdecke lugte nur noch ihr Kopf hervor.

Ihr verängstigter Blick flackerte wie das scheue Züngeln eines Teelichts. Die süßliche Wolke eines teuren Parfüms reizte ihre Atemwege. Angewidert rümpfte sie die Nase und schloss die Lider.

»Wir waren in der Apotheke.«

»Und wir haben in so einem Geschäft alle Düfte ausprobiert, sogar welche für Frauen«, erzählte Kevin mit kindlicher Begeisterung von dem kurzen Ausflug.

Linda traute sich nicht, die Augen zu öffnen. Sie hatte Angst, sich durch ihren Blick zu verraten, also entschied sie sich, so zu tun, als wäre sie immer noch total erschöpft und krank.

»Ich habe bei dir auf der Arbeit angerufen …«

Lindas Herz hörte auf zu schlagen. Ihre Augenlider flatterten, Myriaden von Gedanken surrten wie kleine Insekten in ihrem Kopf.

»Ich habe ihnen die Situation erklärt und dich für die nächsten Tage krankgemeldet. Du musst einen Termin bei deinem Hausarzt ausmachen«, fuhr Jannik weiter fort. »Komm, Kevin, wir lassen Mama schlafen, du solltest deine Medizin nehmen.«

»Ach nö.« Kevins gute Laune war nun im Keller. »Ich mag diese blöden Tabletten nicht, die schmecken scheiße.«

»Was sein muss, muss sein! Du warst ja schließlich dabei, oder nicht? Was hat Alina uns beiden aufgetragen? Ganz besonders dir?«

»Ich weiß«, gab Kevin klein bei.

»Und ›Scheiße‹ sagt man nicht«, rügte Jannik den Jungen.

»Aber diese Polizistin hat auch ›Scheiße‹ gesagt.«

Linda hörte den beiden nicht mehr zu, Schweiß trat auf ihre Stirn. Wer war diese Frau – nicht die Polizistin, sondern die andere, bei der sich Janniks Stimme ganz anders angehört hatte? So, als wäre ihm diese Frau nicht egal.

Alina Kraftschuk, dämmerte es ihr. Das war die junge Frau aus der Apotheke. Warum nannte Jannik sie beim Vornamen?

Die Verblüffung wich einer nüchternen Erkenntnis. Sie bekam eine Gänsehaut. Jannik gefiel diese Frau. Daher auch seine gute Laune. Lindas Kehle schnürte sich zusammen. Mit diesem Zustand tauchten wieder die schrecklichen Erinnerungen der letzten Nacht auf und explodierten in ihrem Kopf. Ein lang gezogenes Keuchen entwich ihrer Kehle.

»Linda?«, vernahm sie die Stimme ihres Mannes. »Hast du Schmerzen?« Er stand ganz nah bei ihr und ging in die Hocke. Seine Finger berührten ihre rechte Hand. Linda zuckte schreckhaft zusammen und bereute dies sofort. Sie hob leicht die Lider und blinzelte ihren Mann durch einen Tränenschleier an.

»Du weinst?« Er strich ihr sanft die Haare aus dem Gesicht und beugte sich über sie, um ihr einen Kuss auf die Stirn zu drücken. »Du glühst ja.«

Linda wurde das Gefühl nicht los, dass das alles nur ein perfides Schauspiel war – eine Show, die ihr Mann sehr gut beherrschte. Von jeher hatte er sie zu manipulieren gewusst. Er spielte stets das Opfer, und dennoch war sie ständig diejenige, die sich unterdrückt und nach einem Streit permanent schuldig fühlte.

»Ich werde dir einen Tee aufbrühen.« Seine Augen glänzten. Aber der Glanz darin galt nicht ihr. Er war verliebt, das konnte sie spüren.

Ihre Kehle wurde noch enger. Sie bekam kaum Luft.

»Ich habe mich entschieden, wieder arbeiten zu gehen. Du bleibst mit den Kindern zu Hause, wie du es dir immer gewünscht hast, Liebling. Vorher musst du aber ganz gesund werden.«

»Nein.« Sie drückte sich unbeholfen in die Höhe. »Das wollte ich nicht«, krächzte sie mit schmerzverzerrter Miene. Heiße Tränen kullerten über ihre Wangen.

»Doch, das wolltest du«, korrigierte er sie und strich ihr erneut die Strähnen hinter die Ohren. Seine Finger wanderten zu ihrem Schal.

Linda erstarrte zu einer Salzsäule. Hatte er doch etwas bemerkt?

»Du wirst dich nun daran gewöhnen müssen, den Haushalt zu schmeißen und mich mit einem Kuss zu empfangen, wenn ich müde von der Arbeit nach Hause komme.« Er schenkte ihr ein Lächeln. Seine makellos weißen Zähne verliehen seinen raubtierhaften Zügen noch mehr Kälte. Er zog das Tuch etwas fester um ihren Hals. Sein animalisches Grinsen jagte ihr eine Gänsehaut ein.

Warst du das? Hast du mich letzte Nacht überfallen, wollte sie ihn fragen, traute sich jedoch nicht.

»Papa!«, rief Kevin aus dem Wohnzimmer.

Linda konnte im Augenwinkel das bunte Flimmern des großen Fernsehers erkennen. »Darf ich ›SpongeBob‹ gucken?«, schrie der Junge nun noch lauter.

»Wir alle brauchen jetzt eine Pause«, flüsterte Jannik und presste Linda beidhändig die Schultern nach unten.

Linda starrte in seine Augen wie eine kleine Maus der Kobra und ließ sich in die Matratze drücken. Er setzte sich auf die Bettkante.

»Liebst du mich noch?« Seine linke Augenbraue zuckte, er war aufgeregt.

Ihre Antwort bestand aus einem verständnislosen Blick. Sie kämpfte mit den Tränen. Seine Arme strichen die Bettdecke glatt. Sie spürte den Druck zuerst auf ihrem Bauch, dann auf dem Brustkorb. Schließlich begann Jannik, ihre Brüste zu massieren. Das tat er, ohne die Bettdecke zurückzuschlagen. Es fühlte sich total schrecklich an. Aber Linda lag einfach nur da und ließ es über sich ergehen. Der Druck seiner Hände wurde stärker.

»Liebst du mich?« Er schloss die Augen und legte den Kopf in den Nacken. Seine starken Finger bohrten sich tief in den dicken Stoff und in ihr Fleisch. Es tat weh, aber Linda gab keinen Laut von sich.

Er verharrte für einen Moment und riss die Augen auf.

Linda blinzelte heftig.

Ohne ein Wort zu sagen, stand er auf und verließ das Zimmer.

Wie eine Ertrinkende schnappte Linda nach Luft und stierte zur Decke. *Was passiert hier gerade mit mir?* Diese Sorge nahm sie vollkommen ein und ließ sie am ganzen Körper erzittern.

22

Leonhard und Ella befanden sich wieder in ihrem kleinen Büro. Die Besprechung war endlich vorbei. Die Ergebnisse waren mäßig, es gab keine neuen Anhaltspunkte.

Leonhard saß in seinem Stuhl, die Beine lang gestreckt, die Füße an die Tischkante gelehnt.

Ella tippte einen Bericht ab. Ihre Finger flogen schnell über die Tasten.

»Bei diesem Lärm kann ich mich nicht entspannen. Eigentlich haben wir uns beide eine Pause verdient.« Leonhard konsultierte seine Uhr.

Ella ignorierte ihn. Sie starrte konzentriert auf den Bildschirm.

Leonhard schien sich zu langweilen. »Wir beide könnten ein unverfängliches Gespräch führen«, durchschnitt er die Stille, die Stimme kratzig vom Schlaf. Ohne es bemerkt zu haben, war er tatsächlich kurz eingenickt. »Sie erzählen mir etwas aus Ihrem Leben und ich höre Ihnen dabei zu. Und glauben Sie mir, mit geschlossenen Augen kann ich mich einfach besser konzentrieren, also lassen Sie sich deswegen nicht verunsichern. Ich bin ein sehr guter Zuhörer.«

»Und das Schnarchen ist nur eine weitere Bestätigung Ihrer Konzentration?« Ella schlug eine Mappe auf und verzog unzufrieden den Mund. Auch hier stand nichts, was ihnen weiterhelfen konnte. »Warum hat dieser …«, sie kramte nach einem Blatt und zog es hervor, »… dieser Emil Grau Josephine eine kaputte Uhr geschenkt?«

Leonhard hob die Arme in die Höhe, streckte sich und nahm die Beine runter. »Er wollte ihr imponieren. Und weil er nicht der hellste Stern des Universums ist, hat er halt nach einer beliebigen Uhr gegriffen. Er war das nicht«, gab Leonhard eine Antwort auf die nicht gestellte Frage. Er lehnte sich in seinem Stuhl zurück und musterte Ella. »Lassen Sie es mich mit den Worten unseres Chefs formulieren.« Leonhard spreizte die Finger und drückte sie, Fingerspitze an Fingerspitze, aufeinander. Er imitierte Reinhold Stettel – ihren Chef. »Alle Fakten müssen den Tatsachen entsprechen, weil sie die Stützpfeiler unserer Ermittlungen sind«, imitierte er die Stimme des Polizeihauptkommissars und machte ein ernstes Gesicht. »Sind es zu wenige, wird das komplexe Gebilde irgendwann wie ein Kartenhaus in sich zusammenbrechen.« Leonhard stand auf. »Alles, was wir gegen den Mann haben, ist diese Uhr«, fuhr er nun mit seiner normalen Stimme fort und steckte die Hände in die Hosentaschen, »der Rest spricht für seine Unschuld.«

»Ich weiß«, resignierte Ella und klappte die Mappe zu.

»Wir sollten für heute Schluss machen«, schlug Leonhard vor und warf einen kurzen Blick auf seine Rolex.

Auch Ella stand auf und griff nach ihrer Mappe.

»Lust auf einen Drink? Das tun die Leute in den Ami-Serien immer. Das festigt scheinbar die Zusammenarbeit und beflügelt die …«

»Nicht mit Ihnen«, schlug Ella sein Angebot aus und klopfte ihm beim Hinausgehen auf die Schulter. »Wir sehen uns morgen. Vergessen Sie nicht, das Licht auszumachen und die Tür abzuschließen«, sagte sie noch und schlüpfte hinaus.

»Wo ist er?« Polizeihauptkommissar Stettel tauchte vor Ella auf. Er stützte sich mit einer Hand an der Wand ab, mit der anderen hielt er sich den Bauch. Er war klein und sah aus wie ein in die Jahre gekommener Ringer.

»Ich vergesse nie, das Licht auszumachen«, rief Leonhard ihr nach und holte tief Luft. »Und wer räumt den ganzen Scheiß hier auf?«, beklagte er sich schlecht gelaunt bei sich selbst und begann, die Blätter zu sortieren. Er hielt inne, als er Reinhold Stettels Stimme vernahm, und lugte nach draußen. »Sind die Kopfschmerzen besser?«, wollte er stirnrunzelnd wissen. Sein Boss trug wie immer einen seiner selbst gestrickten Pullover, der über dem mächtigen Bauch spannte.

»Ich habe so ein ungutes Bauchgefühl.« Der Leiter der Mordkommission verzog sein Gesicht und holte rasselnd Luft.

»Na ja, bei diesem Volumen müsste ja etwas dran sein.«

»Sehr witzig, Leonhard. Aber nachdem ich deine Tabletten genommen habe, fühle ich mich wie aufgebläht«, stöhnte der Mann und tupfte sich mit einem Stofftaschentuch die rot glühende Glatze ab, die von winzigen Schweißperlen bedeckt war. »Was sind das für welche?«

Auch Ella begann zu schwitzen. Sie hatte ja gedacht, die Tabletten wären für Leonhard, und hatte die Blister einfach ausgetauscht, um sich an ihm zu rächen. Sie hatte sich noch gewundert, wie resistent ihr Kollege gegen das Abführmittel war.

»Tut mir leid, Boss«, stammelte Leonhard und linste zu Ella. »Was für ein Glück, dass ich meiner Partnerin mein Leben anvertrauen könnte, wenn es hart auf hart kommen sollte. Habe ich recht, Greenwood? Mit diesen Nebenwirkungen konnte ja keiner rechnen.« Er fuhr sich mit der Zunge über die Innenwange.

»Ja. Aber nur, wenn Sie mich nett darum bitten«, entgegnete sie trotzig.

Reinhold Stettel bedachte die beiden mit dem Blick eines Mannes, der nichts begriff.

»Ich werde mir morgen freinehmen. Das Glück scheint mir gerade nicht hold zu sein. Bleibt nur zu hoffen, dass sich das Blatt endlich wendet und ich wieder einmal durchschlafen kann. Zuerst die Kopfschmerzen und jetzt das hier. Ich werde wohl doch meinen Hausarzt aufsuchen müssen, so kann es nicht weitergehen.« Stettels Magen rebellierte erneut und diesmal war das Gurgeln nicht zu überhören. »Ihr beide solltet für heute Schluss machen«, empfahl er mit piepsiger Stimme und hastete in kleinen Schritten von dannen.

»Das waren gar keine Kopfschmerztabletten? Ich werde Sie nie wieder um etwas bitten.«

»Wir sehen uns morgen, oder wollen wir doch noch zusammen etwas trinken gehen?«, fragte Ella spitz.

»Wollen Sie mich etwa unter Vorspiegelung falscher Tatsachen in eine Bar locken, um mich heimlich zu vergiften? Nein, danke.« Leonhard winkte ab und schloss die Tür zum Büro hinter sich ab.

»Bis morgen, Herr Kollege. Das Licht … Sie haben das Licht angelassen«, erinnerte sie ihn und sprintete in Richtung Treppe. Obwohl Leonhard ein Kotzbrocken war, war sie ihm dennoch dankbar, dass er sie nicht bei ihrem Chef verpetzt hatte.

23

Jannik strich erneut über das Foto. Alinas Gesicht war leicht verschwommen, so wie in seinen Träumen.

Er blätterte einige Seiten zurück und schaute sich die Bilder von Josephine an, die er mit seiner Kamera geschossen und selbst entwickelt hatte. Er traute der digitalen Welt nicht, darum hatte er sich im Keller ein kleines Fotolabor eingerichtet. Die Arbeit bereitete ihm unbeschreibliche Freude. Zu beobachten, wie auf dem weißen Rechteck zuerst nur vage Konturen erschienen, die immer stärker hervorstachen, bis sie ein ganzes Bild ergaben. Das Timing war ein wichtiger Bestandteil des Ganzen, wie auch in seinem Leben. Timing war das A und O.

»Josephine«, flüsterte er und strich zärtlich über ihr bleiches Gesicht. Seine Augen wanderten zum nächsten Bild. Er hatte alles festgehalten. Die Räume abfotografiert. Es war ein kompletter Film, sechsunddreißig Abzüge.

Angesichts der Unmenge von Blut wurde Jannik klar, wie viel von dieser zähen Flüssigkeit im menschlichen Körper durch die Adern floss.

Der Zustand seiner Glückseligkeit war so komplex, dass er nicht imstande war, dieses Befinden in Worte zu fassen. Die Wärme in seinen Lenden krabbelte weiter nach innen und brachte sein Herz zum Rasen. Für dieses Bewusstsein fand er einfach keine Beschreibung. Er zitterte vor ekstatischer Wonne. Die Erregung explodierte in seinem Kopf, er war schwerelos und fühlte sich wie Gott.

Jannik öffnete seine Hose. Seine Hand glitt nach unten und ertastete das steife Glied. Die Bewegung war zuerst zaghaft und wurde mit jedem Bild, welches in seinem Kopf auftauchte, heftiger. Er roch das Parfüm, hörte, wie Josephine schrie, spürte, wie sie sich wehrte. In einem stummen Schrei entlud sich der immense Druck. Der glibberige warme Samen ergoss sich über Janniks Finger.

Er schwelgte noch einen Augenblick lang in dieser rauschähnlichen Schwerelosigkeit. Weiterhin schwer atmend wischte er sich die Hände mit mehreren feuchten Tüchern ab und knöpfte die Hose wieder zu. Wie eine viel zu schwere Rüstung fiel die Enge, die sein Herz mit ihrer eisernen Kralle fest umschlossen gehalten hatte, von ihm ab.

Mit Schweißperlen auf der Stirn klappte er das Buch zu und entschied sich, einen Spaziergang zu machen. Da Linda jetzt glaubte, er habe einen Arbeitsplatz gefunden, würde er mehr Zeit für seine Ausflüge haben.

Josephine war ein verängstigtes Mädchen gewesen und hatte viele ihrer Ersparnisse bei sich zu Hause aufbewahrt. Dieses Geld lag in seinem Versteck und half ihm, seine erdachte Wahrheit aufrechtzuerhalten.

Er schloss leise die Tür und verstaute den Schlüssel hinter der Kommode. »Ich gehe eine Runde joggen, und du, Kevin, machst deine Hausaufgaben. Morgen bringe ich dich zur Schule. Dir scheint es ja besser zu gehen.«

Kevin wollte lautstark protestieren. Der Junge hob sogar die Fäuste in die Höhe und den linken Fuß, um aufzustampfen. Aber dann registrierte er ein unmerkliches Kopfschütteln seines Vaters und besann sich.

»Jannik?«, ertönte Lindas Stimme aus dem Schlafzimmer.

Er stieß einen leidgeprüften Seufzer aus und marschierte zu seiner Frau. »Was ist los?« Er blieb in der Tür stehen. Sonja, seine dreijährige Tochter, spielte in einer Stoffkuhle aus Bettdecke und zwei Kissen mit ihren Puppen.

Linda sah verzweifelt aus. Sie weinte.

»Was ist los mit dir?«

»Ich bin einfach sehr glücklich«, stammelte sie und tupfte sich die Augen mit einem Stoffzipfel trocken. Sie schniefte.

»Warum weinst du dann?« Janniks Kiefermuskeln traten leicht hervor.

»Ich glaube, Sonja hat sich angesteckt. Sie ist krank. Ich behalte sie morgen bei mir.«

»Von mir aus.« Jannik breitete die Arme aus.

»Ist bei dir denn auch alles in Ordnung? Hast du vielleicht etwas auf dem Herzen?«

»Was soll das, Linda? Ist das ein Verhör, oder was? Soll ich meinen Job wieder kündigen?«

Die Aggressivität in Janniks Stimme machte Linda stutzig und warnte sie davor, ihren Mann weiterhin auf diese Weise zu befragen. *Wenn ich weiter so mit ihm verfahre, wird er alles abblocken oder vielleicht etwas merken.*

»Ihr beide bleibt morgen zu Hause«, entschied Jannik und wandte sich zum Gehen. Er stand mit dem Rücken zum Bett.

»Danke.« Zu mehr war Linda nicht fähig. Mit verweinten Augen berührte sie Sonjas warme Wangen. »Ich sollte für morgen einen Termin beim Kinderarzt ausmachen. Ich werde unsere Tochter begleiten. Du musst bestimmt den ganzen Tag arbeiten.«

Jannik drehte sich um und taxierte sie mit seinen eiskalten Augen. Er schüttelte nur leicht den Kopf.

Linda bereute ihre Entscheidung sofort.

»Ich werde mit ihr zum Arzt gehen.« Jannik sagte es mit einer Ruhe, die Linda die Sprache verschlug. Sie war zu keiner anderen Regung fähig, als einmal zu nicken.

»Ich gehe jetzt joggen.« Es klang wie eine Drohung.

Erneut nickte Linda gefügig.

Jannik lief aus dem Haus. Draußen war der Abend schon längst angebrochen. Sein Atem kondensierte in der klirrenden Kälte und formte sich zu einer durchsichtigen Wolke, die sich in nichts auflöste. In gemächlichem Tempo und mit gleichmäßigem Atem joggte er über den Gehsteig. Er hatte ausschließlich ein Ziel vor Augen: Alina. *Alina*, wiederholte er den Namen in Gedanken und versuchte, sich an ihr rundliches Antlitz zu erinnern. Zu seiner Überraschung tauchte statt der jungen Apothekerin das Gesicht der netten Polizistin auf. Er blinzelte heftig und geriet aus dem Takt. Eine neue Idee nistete sich in seinem Kopf ein und nahm skurrile Formen an, die ihm zu gefallen schienen. *Du bist vielleicht die Nächste auf meiner Liste*, frohlockte er und bewegte sich schneller.

24

Ella öffnete die Tür zu ihrer Wohnung und stellte die Aktentasche neben dem Kleiderständer ab. Sie zog ihren Mantel aus und drückte auf den Lichtschalter. In der Diele blieb es auch nach dem dritten Versuch dunkel. Etwas kam ihr dabei nicht geheuer vor. Sie glaubte, nicht allein zu sein. Die Luft roch irgendwie anders. Sie wurde sich der Anwesenheit einer Person bewusst, die sich irgendwo in der Dunkelheit versteckt hielt.

»Ist da jemand?«, rief sie laut und tastete sich langsam vor. »Ich werde Sie auf der Stelle erschießen«, blieb sie nach außen hin souverän. Sie ertastete einen weiteren Lichtschalter und klatschte mit der flachen Hand darauf. Das Licht ging an. Im selben Augenblick sprang ein Mann sie von der Seite an und hob die Hände mit einer Drohgebärde in die Luft.

»Buh!«, stieß er hervor und lachte schallend auf.

Ella kreischte und schlug dem Mann ins Gesicht.

Er wich ihrem Schlag aus und krümmte sich vor Lachen. »Hallo, Schwesterherz«, sagte der bärtige Mann und klatschte vergnügt in die Hände.

»Was machst du hier, Boris?« Dieser Verrückte war ihr Halbbruder. Er hatte sie damals gefunden, kurz bevor sie erstickt war. Unbewusst fuhr ihre Hand zum Hals, um zu prüfen, ob der

Strick auch wirklich nicht mehr da war. Automatisch fassten ihre Finger eine ihrer Haarsträhnen. Ihr Herz machte einen kurzen Sprint, kurz darauf wurde das Pochen wieder gleichmäßiger.

»Du hättest dein Gesicht sehen sollen. Wenn alle Bullen so reagieren, sobald sie die Situation nicht wirklich im Griff haben, dann gute Nacht.« Er lachte schadenfroh.

Ella lachte nicht.

»Hast du mich vermisst, Schwesterherz?« Er gab sich gar keine Mühe, seinen sarkastischen Ton zu unterdrücken, was sich auch deutlich in seiner Mimik bemerkbar machte.

»Wie bist du hier reingekommen?« Ellas Herz schlug nicht mehr so hart gegen die Rippen.

Boris fasste in die Brusttasche seiner Jacke und fischte einen Schlüssel heraus. Er hielt ihn mit Daumen und Zeigefinger an einem Ring fest und wedelte damit in der Luft wie mit einem Glöckchen.

»Wo hast du ihn her?« Ella schnappte nach dem Schlüssel.

Doch auch diesmal wich Boris ihrer Hand geschickt aus.

»Von unserem Papilein. Weißt du, dass er von dem renommierten Arzt, seinem Kumpel Doktor Soundso, Hodenkrebs attestiert bekommen hat?« Er griff sich in den Schoß. »Ich habe meine noch. Ich sorge regelmäßig dafür, dass sie bis auf den letzten Spritzer leer gesaugt werden.«

Ella ignorierte seine dumme Bemerkung. »Das wusste ich nicht«, gab sie mit gedämpfter Stimme zu, die mehr ihr selbst galt als ihrem Bruder.

Boris schniefte und sah sich um.

»Ist das der Grund deines unangekündigten Auftauchens? Wolltest du mit mir über unseren Vater reden? Wohl eher nicht«, beantwortete sie selbst ihre Frage und machte einen weiteren Schritt auf ihren Bruder zu.

»Wir beide müssen uns über Papis Geld unterhalten. Du warst immer sein Liebling. Selbst nachdem ich deinen Kopf aus der Schlinge gezogen habe, hat sich daran nichts geändert. Weißt du eigentlich, wie oft ich mir gewünscht habe, statt deiner an diesem verfickten Baum gehangen zu haben und langsam krepiert zu sein? Vielleicht würde mein Vater dann auch mir so etwas wie Zuneigung schenken.« Geifer entkam seinen Lippen und besprenkelte den dunklen Bart, der ihn viel älter erscheinen ließ.

Er trat näher.

Ella wich instinktiv zurück. »Kann man das nicht irgendwie operativ behandeln?« Obwohl sie und ihr Vater sich nach ihrer letzten großen Geburtstagsparty nicht mehr wirklich nahestanden, wollte sie den Gedanken nicht akzeptieren, ihren Vater ganz zu verlieren.

»Die Ärzte sind da guter Hoffnung, unser Daddy auch.« Er stülpte die Unterlippe nach außen und verkündete mit säuselnder Stimme: »Dein Papi kann auch ohne Eier weiterleben.«

»Das ist nicht lustig. Er ist immerhin auch dein Vater.«

»Von dem ich nie was hatte. Mir machte er keine so teuren Geschenke.«

»Weil du sie gegen Huren und Drogen eingetauscht hättest.«

»Wenn die Operation nicht nach Plan verlaufen sollte, würdest du der Abschaltung der Geräte zustimmen?«

»Warum sollte die Operation schiefgehen?«

Er lachte abfällig. »Mein einziges Kind, das ich nach der Geburt in den Händen halten durfte, ist mit einem Fehler auf die Welt gekommen.« Sein bösartiger Ton wurde sanfter. »Die natürliche Selektion findet ausschließlich in der Tierwelt statt, weil der Mensch sich zu sehr in den Lauf der Dinge einmischt. Das Leben ist nicht immer lebenswert. Die Schwachen werden geheilt, die zum selbstständigen Existieren Unfähigen werden künstlich am Leben gehalten. Doch aus welchem Grund? Nur um des Profits willen! Meine Tochter litt drei Wochen lang.

Hatte Schmerzen, bis ich sie …« Er verdeckte sein Gesicht mit beiden Händen.

»Davon wusste ich nichts.« Ellas Magen zog sich zusammen. Sie fühlte sich schrecklich.

»Ich habe ihr das Kissen aufs Gesicht gepresst und so lange gewartet, bis ihr kleines Herz nicht mehr schlug«, offenbarte er schließlich sein Geheimnis. »Seitdem habe ich Albträume, die mich innerlich zerfressen.«

»Entschuldige, Boris. Das tut mir wirklich leid. Hast du dich nach professioneller Unterstützung …«

»Die brauche ich doch gar nicht.« Er nahm die Hände wieder weg.

»Wie willst du das denn sonst überwinden?«

»Was?«

»Dieses schreckliche Ereignis.«

»Das nie stattgefunden hat.« Er lachte verächtlich auf.

Ella glaubte, sich verhört zu haben.

»Du glaubst auch jeden Scheiß, den man dir auftischt.«

In seinen Augen war ein leises, erniedrigendes Schmunzeln erkennbar. »Ich hatte nie eine Tochter. Wir beide, du und ich, sind nicht fähig, eine Familie zu gründen. Ich möchte das Geld unseres Vaters gerecht aufteilen. Fifty-fifty. Deal?« Er spuckte sich in die rechte Hand. »Schlag ein!«

»Du bist so widerlich. Noch ist unser Vater am Leben. Woher soll ich wissen, dass du auch seine Krankheit nicht einfach erfunden hast? Verpiss dich aus meiner Wohnung, aus meinem Leben. Ich will den Schlüssel wiederhaben.« Sie machte einen Schritt auf ihn zu. Diesmal wich Boris ihr nicht aus.

Ella griff nach seiner Hand und riss ihm den Schlüsselring aus den Fingern.

»Das hat vielleicht wehgetan«, knurrte er und holte zu einem Schlag aus.

»Das wagst du nicht. Du warst von jeher ein Feigling«, sagte sie ruhig und wies mit einem Kopfnicken Richtung Tür.

Je intensiver man sich mit Psychopathen beschäftigte, desto ungezwungener ging man mit ihren Vorstellungen und dem, was um sie herum passierte, um. Boris war ein Psychopath, aber ein harmloser. »Mach, dass du hier verschwindest.«

»Ich brauche Geld.« Boris senkte den Kopf. »Du bist meine Schwester.«

»Deine Halbschwester«, berichtigte sie. »Soll ich die Polizei rufen und einen Einbruch melden? Ich könnte ja behaupten, dass du meine Tür aufgebrochen hast. Die werden später bestimmt etwas in deinen Taschen finden …«

»Okay, okay!«, fuhr er auf und hob kapitulierend die Hände. »Ich gehe ja schon. Wir sehen uns bestimmt wieder. Spätestens bei der Beerdigung unseres Vaters. Bis dahin werde ich mich bemühen, ihn davon zu überzeugen, dass du keinen Cent von seinem Vermögen bekommen sollst.« Mit diesen Worten verschwand er im Treppenhaus.

Ella warf die Tür zu und lief zurück ins Wohnzimmer. Die Leuchte aus dem Flur lag in der leeren Obstschale. »Ich brauche jetzt einen Drink«, sagte sie zu sich selbst. Nur hatte sie keinen Tropfen Alkohol im Haus. Unten an der Ampel gab es eine Bar, die erst letzte Woche eröffnet worden war. Ella ging in die Küche und kam mit einem Stuhl zurück. Sie stellte sich darauf und drehte die Leuchte wieder ein. Nachdem sie den Stuhl zurückgebracht hatte, begann sie in der Schublade zu kramen, wo sie alle Gutscheine aufbewahrte. *Zum Glück habe ich diesen nicht gleich weggeworfen*, freute sie sich. *Sie bekommen einen Cocktail kostenlos, wenn Sie zwei bestellen*, lautete das Angebot. Mit etwas besserer Laune angelte sie nach ihrem Mantel und stürmte nach unten.

25

Alina Kraftschuk stieg aus der Dusche und stockte. Der vom warmen Dampf beschlagene Spiegel des Hängeschränkchens über dem Spülbecken zog ihre gesamte Aufmerksamkeit auf sich.

»Was zum Kuckuck«, flüsterte sie in die Stille hinein.

Alina war nach außen hin eine nette Frau, die etwas zu viel auf den Rippen hatte, wie sie fand, und nicht sonderlich hübsch. Erst letzte Woche hatte sie an ihrem fünfunddreißigsten Geburtstag nichts Besseres zu tun gehabt, als sich den ganzen Tag in einer Anstalt aufzuhalten, wo schwer erziehbare Kinder untergebracht waren.

Schon während ihrer Teenagerzeit hatte sie sich in sozialen Einrichtungen engagiert und den Ärzten und Pflegern dabei geholfen, den Kindern den Weg zur Resozialisierung zu ebnen. Sie wollte ihnen helfen, den Anschluss nicht zu verpassen, weil sie selbst es nie geschafft hatte, ein normales Leben zu führen. Sie war immer eine Außenseiterin gewesen. Vielleicht lag es auch an ihrer Vergangenheit. Alina war in Wirklichkeit eine massiv traumatisierte Person mit multiplen Störungen.

Sie fokussierte ihre Aufmerksamkeit wieder auf den Spiegel. Jemand hatte mit dem Finger ein Herz darauf gemalt. *Und warum spielt das Radio nicht mehr*, fragte sie sich, den Blick unbeirrt auf das verlaufene Herz gerichtet.

Die nach Himbeeren duftende, feuchte Luft kühlte sich schlagartig ab, nachdem Alina die Tür einen Spaltbreit geöffnet hatte, um hinauszuspähen. Nirgendwo brannte Licht. Sie ließ im Wohnzimmer stets die große Leselampe an, die über dem Sofa hing. *Was geht hier vor*, fragte sie sich und griff nach dem Frotteebademantel. Ohne sich trocken zu reiben, zog sie sich diesen über und hielt den Atem an. Nichts. Sie hörte lediglich das laute Tosen ihres Blutes, das in ihrem Kopf einem Wasserfall gleich rauschte. Sie tastete mit der linken Hand die Wand entlang, auf der Suche nach einem Schalter.

Ein Klicken. Die Lampe an der Decke ging sofort an.

Sie spürte die Anwesenheit eines Fremden. Alina drückte vor Schmerz die Augen zusammen. Ihr Herz drohte, aus der Brust zu springen.

Trigger. Das Wort tauchte in leuchtenden Buchstaben vor ihrem geistigen Auge auf. Dieses Herz auf dem Spiegel war der Auslöser für ihre Panikattacke. Ihre Hände verkrampften sich. »O Gott«, raunte sie und drückte sich mit dem Rücken gegen die Wand. Die unzähligen Stunden, die sie beim Psychiater verbracht hatte, waren auf einmal nutzlos.

Sie sah wieder ihren Opa. Er war nackt. Sein Bauch war riesig. Sein ganzer Körper behaart. Sie hörte seinen rasselnden Atem. Ohne jegliche Vorwarnung wurde sie erneut in das Erleben ihrer schlimmsten Zeit hineinkatapultiert. Die traumatischen Erinnerungen waren wieder da. Sie lag in einem Bett. Die Matratze und die Bettdecke waren mit Gänsedaunen gefüllt, wie auch das Kissen. »Hier schläfst du wie auf einer Wolke«, hatte ihre Oma stets freudig gesagt, wenn Alina ihre Winterferien bei den Großeltern verbrachte. Alina hatte das Gefühl gehabt zu ersticken, sobald sie in dem weichen Stoff versank.

Eines Nachts, während Oma nichts ahnend nebenan schlief, war Opa in Alinas Zimmer gekommen – unter dem Vorwand, nicht einschlafen zu können. Er legte sich zu ihr und begann ihr eine Geschichte zu erzählen. Irgendwann spürte sie seine raue Hand auf ihrem Bauch. Sie war schwer und von dicken Schwielen kratzig gewesen. Er erzählte immer weiter. Aber das, was der Prinz und die Prinzessin miteinander taten, gefiel Alina nicht. Das Gefühl der Hilflosigkeit ergriff von dem kleinen Mädchen Besitz und machte es bewegungsunfähig.

Alina wurde vier Jahre lang von ihrem Großvater sexuell missbraucht. Davon hatte bisher niemand etwas erfahren. Selbst nach dem Tod ihrer Großeltern hatte Alina dieses Geheimnis für sich behalten. »Ansonsten werden dein Papa und deine Mama sterben«, hörte sie erneut die vor Erregung keuchende Stimme. Mit einem erstickten Laut riss sie die Augen auf. Die Bilder verschwanden, das hässliche Gefühl blieb jedoch. Sie zog den Bademantel enger und drückte sich von der Wand weg.

Alina wusste, dass sie an einer Persönlichkeitsstörung litt. In ihren Beziehungen geriet sie dauernd an die falschen Männer und lernte nichts aus ihren Fehlern. Sie traf entweder auf sprachgewandte Blender oder auf Typen mit oberflächlichem Charme, die sich später als hirnlose Machos entpuppten. Nach jeder gescheiterten Beziehung aß sie aus Frust alles, was ihr in die Hände geriet, und war danach noch verzweifelter als zuvor.

»Hallo«, stammelte sie und taumelte auf weichen Beinen ins Wohnzimmer. Sie schlug mit der Hand gegen die Wand und verfehlte den Schalter. Beim zweiten Versuch klappte es. Sie schloss die Augen zu schmalen Schlitzen. Die Lampe leuchtete viel zu hell. Mit einem leisen Ploppen ging das Licht plötzlich aus. Sie vernahm das dumpfe Zufallen einer schweren Tür. Jemand war im Keller. Alina drehte sich um und warf einen Blick in den schmalen Flur. Die Vorhängekette hing noch drin.

Trotzdem wurde sie das Gefühl nicht los, dass sie nicht allein gewesen war.

Ein leichter Luftzug streifte ihre Wange. Das Fenster im Schlafzimmer. Sie hatte es offen stehen lassen, damit sie in der Nacht besser schlafen konnte. Das tat sie immer, wenn sie zu Bett ging.

Ich werde nicht die Polizei rufen, sonst sperren sie mich noch ein. In den letzten beiden Wochen hatten die Polizisten von der Streife dreimal bei ihr vorbeischauen müssen, um sie schließlich schlecht gelaunt und mit mahnenden Blicken allein zu lassen – mit der Empfehlung, einen Arzt aufzusuchen.

»Aber da war jemand. Er hat mich durchs Fenster beobachtet«, hatte sie den Beamten gegenüber beteuert, sie wollten jedoch einfach nicht zuhören.

Alina lief in die Küche, kramte hastig in einer Schublade nach der Taschenlampe und schlich sich ins Wohnzimmer. Auf dem zerwühlten Sofa fand sie nach mehreren Anläufen das Telefon und wählte eine Nummer, die sie sich gemerkt hatte, ohne sie abzuspeichern. Der Mann war verheiratet. Seine Avancen waren zwar eindeutig, dennoch wollte sich Alina nicht auf eine Beziehung einlassen, nach der sie wieder nur unnötige Kilos zunehmen würde und ihre Seele weitere Risse bekäme, die mit keinen Medikamenten zu kitten wären. Aber sie brauchte jetzt jemanden, mit dem sie sich unterhalten konnte.

26

Jannik stand unter dem schwach erleuchteten Fenster und beobachtete, wie eine Silhouette vor dem gelben Viereck auftauchte.

Sein Handy vibrierte. Er ließ einige Sekunden verstreichen. Nicht, weil er Alina zappeln lassen wollte. Sein Atem ging immer noch schwer.

Nach dem dritten Summen drückte er auf die grüne Taste.

»Hallo?« Er gab sich Mühe, möglichst gefasst rüberzukommen.

»Herr Steuber?«

»Ja. Sagen Sie Jannik zu mir«, entgegnete er und hielt die Luft an. Nach wie vor brannten seine Lungen.

»Es tut mir außerordentlich leid, dass ich Sie zu solch später Stunde störe …«

»Ach wo. So spät ist es doch gar nicht«, antwortete er freundlich und ließ die Luft langsam durch die Nase entweichen. »Es war schließlich mein Vorschlag, dass Sie mich jederzeit anrufen können. Haben Sie sich ausgesperrt?«

»Nein, Gott sei Dank nicht. Sie haben neulich erwähnt, dass Sie eine Anstellung bei einem Schlüsseldienst bekommen haben?« Ihre Stimme ging in die Höhe. Alina klang panisch.

»Worum handelt es sich, brauchen Sie ein neues Schloss?« Er hoffte, dass seine Inszenierung nicht zu auffällig rüberkam. Alina durfte keinen Verdacht schöpfen.

»Es ist mir etwas peinlich.«

»Sie wurden mit Handschellen ans Bett gefesselt?«

»Nein.« Sie lächelte humorlos. »Sie werden mich für eine Spinnerin halten, aber ich glaube …«

Jannik runzelte die Stirn und starrte auf das grün beleuchtete Display seines uralten Handys. War die Verbindung etwa unterbrochen? Er sah erneut nach oben. Das Fenster ging auf. Ein weißer Vorhang bauschte sich wie ein kleines Segel auf und flatterte im kühlen Wind. Jannik trat hastig in den Schatten. Hatte sie ihn etwa entdeckt?

»Herr …«, erklang Alinas Stimme aus dem Hörer. »Ich meine, Jannik?«

»Ja?« Er senkte die Stimme zu einem Flüstern und deckte die Sprechmuschel mit der Hand ab.

»Hätten Sie eventuell morgen Zeit? Ich bezahle Sie auch.«

Jannik lachte gekünstelt auf und presste hastig die Lippen aufeinander.

Der Vorhang verschwand. Stattdessen lugte nun Alinas Kopf in die sternenlose Nacht hinaus.

»Was ist passiert?«

»Ich möchte, dass Sie sich die Schlösser anschauen.«

»Schlösser?«

Alinas Kopf verschwand. Das Fenster schloss sich wieder. Jannik atmete erleichtert aus.

»Ja. An meiner Wohnungstür und im Keller.«

»Ist etwas damit nicht in Ordnung?«

»Ich weiß es nicht«, gab sie kleinlaut zu. »Sie dürfen dies nicht als Einladung einer alleinstehenden Frau auffassen«, sprach sie nun das aus, was ihrer Stimme eine schüchterne Note verlieh. Er konnte beinahe spüren, wie heiß ihre Wangen geworden waren. Einmal war er ihr bei seinem fast wöchentlichen Auftauchen in der Apotheke mit voller Absicht mit der Hand über den Rücken gefahren, um zu sehen, wie sie auf seinen Annäherungsversuch reagierte. Sie hatte nur den Kopf gesenkt und war rot angelaufen. Sie war eine sehr schüchterne Person, die sogar zu scheu dafür war, ein Nein laut auszusprechen. Alina war ein perfektes Opfer.

»Jannik?«, riss sie ihn aus seinen Gedanken. Er räusperte sich und rieb sich die Augen.

»Ich habe verstanden. Aber einer Tasse Tee und einem Stück Kuchen wäre ich nicht abgeneigt. So gern, wie Sie backen, sind Ihre Kuchen bestimmt köstlich«, schmeichelte er ihr.

»Gut, dass wir das geklärt haben.«

Er konnte die Erleichterung in ihrer Stimme nicht nur hören, er konnte sie förmlich spüren. »Also sehen wir uns morgen. Oder ich könnte noch heute vorbeikommen«, schlug er vor und ließ ihr keine Pause zum Überlegen. »Ich bin sowieso auf dem Sprung. Hatte einen Notfall. Eine ältere Dame hatte sich ausgesperrt. Wollte noch kurz mit ihrem Hund vors Haus gehen.« Er lächelte angesichts seiner Raffinesse.

»Ich weiß nicht. Was wird Ihre Frau dazu sagen?«

»Wenn wir beide darüber Stillschweigen bewahren, wird sie sicherlich gut schlafen können. Sie muss ja nicht wissen, dass ich nachts bei einer attraktiven Frau die Schlösser inspiziere. Und keine Bange, ich habe den Wink mit dem Zaunpfahl verstanden.«

»Na gut. Ich wollte Ihnen keinesfalls drohen«, erwiderte sie zögerlich.

»Ich bin in zwanzig Minuten bei dir, Alina.«

27

Ella saß allein an einem runden Tisch und betrachtete die hübsch drapierten Cocktailgläser. Gedankenverloren kaute sie an einem Stück saurer Ananas und erwog sogar für einen klitzekleinen Augenblick, Leonhard anzurufen. Nach kurzem Zögern verwarf sie die Idee aber sogleich. Seine Anwesenheit würde den Abend auch nicht mehr retten. »Bin ich so verzweifelt?«

»Das weiß ich leider nicht.«

Ella erschrak und hob hastig den Kopf. Sie sah sich einem attraktiven Mann gegenüber, der sie mit einem verdutzt-amüsierten Lächeln bedachte.

»Tut mir leid, jetzt rede ich schon mit mir selbst. Muss wohl an dieser Ananas liegen.« Demonstrativ und mit einem schiefen Lächeln zeigte sie die angebissene Ecke der sauer schmeckenden Frucht. Sie verzog leicht den Mund. »War offensichtlich nicht ganz reif.«

»Darum trinke ich lieber Cognac.« Ostentativ schwenkte er sein Glas und ließ die Eiswürfel darin klimpern.

»Sie trinken ihn auf Eis?« Ella konnte ihre Verwunderung nicht verbergen und lachte auf. Peinlich berührt hielt sie sich die Hand vor den Mund. Sie lugte zu ihrem halb leeren Caipirinha.

»Ich bin ein Rebell.« Er fiel in ihr Lachen mit ein. »Mir schmeckt er so besser als auf Körperwärme gebracht. Ist hier noch frei oder warten Sie auf eine Freundin?« Seine Stimme wurde höher, auch seine Augenbrauen rutschten nach oben. Das dunkelblonde Haar war zu einem Zopf geflochten. Die kantigen Wangen und breiten Schultern verpassten seinem sehr maskulinen Äußeren eine Extranote, die Ella sofort an einen Wikinger denken ließ. Trotz der Kälte draußen trug er ein Holzfällerhemd, dessen Ärmel bis zu den Ellenbogen hochgekrempelt waren. Die dunkel gebräunte Haut war tätowiert.

»War meine Frage zu direkt?«

Erst jetzt fiel Ella auf, dass sie ihn die ganze Zeit stumm anstarrte.

»Sicher. Ich meine, nein. Das ist mir jetzt wirklich peinlich. Sie können sich natürlich setzen.« Sie schenkte ihm ein schüchternes Lächeln, das dämlich wirkte, wie Ella befürchtete, und griff nach dem halb leeren Glas.

»Ich heiße Sixten, was so viel heißt wie ›Sieg‹ und ›Stein‹ oder auch ›Sohn des Volkes‹ – wobei ich die letztere Herleitung bevorzuge. Nichtsdestotrotz finde ich den Namen etwas peinlich, wenn ich mich einer Frau vorstelle.«

»Schottisch?«

»Schwedisch.« Sixten hob den Stuhl an und stellte ihn so, dass er ihr gegenüber Platz nehmen konnte.

Ella hatte mit beiden Händen an der Stuhllehne zerren müssen, so schwer war das Ding, und dieser Kerl hob es in die Luft, ohne dabei mit der Wimper zu zucken.

»Ella.« Und wieder tat sie etwas Blödes. Sie streckte als Erste die Hand aus, was überhaupt nicht ladylike war. Ihre Hand verschwand in seiner Pranke. Seine Hand war angenehm warm und erstaunlich weich.

Im Augenwinkel erhaschte Ella eine Bewegung. Ein Mann, der zwei Gläser in den Händen hielt, stierte sie an. Es war ihr schon beim Betreten der Bar aufgefallen, dass er sie beobachtete. Er sah an Ella vorbei, leerte sein Glas – Martini mit zwei Oliven darin – in einem Zug und stellte es zurück auf die Theke. Das zweite war ein Whiskeyglas.

»Sehr angenehm. Ist das eine Kurzform?«

»Wie bitte?« Ella brauchte einen kurzen Moment, lächelte knapp und sammelte sich wieder. Sie hatte die letzte Frage überhört und wusste nicht, wie sie es Sixten beibringen sollte. Sie stellte das Glas ab und lächelte mit einem Mundwinkel. Ihre rechte Hand steckte immer noch in Sixtens Faust.

»Ella, ist das eine Kurzform?« Er lächelte jetzt auch und legte die Stirn in Falten.

Ella schmunzelte. *Pass gefälligst auf*, ermahnte sie sich und fuhr mit dem Finger ihrer freien Hand eine tiefe Scharte auf der Tischplatte entlang, bevor sie zu einer Antwort ansetzte: »Nicht dass ich wüsste. Ich hieß schon immer so.«

Er ließ ihre Hand los, weil auch ihm aufgefallen war, dass es vielleicht zu viel Kontakt für einen einfachen Händedruck war, und prostete ihr zu. In diesem Moment erklang hinter Ella eine sehr bekannte Stimme.

»Du scheinst dich ja prächtig zu amüsieren, Schwesterherz!« Boris hielt einen Bierkrug in der Hand und hob ihn in die Luft. Bier schäumte über den Rand und klatschte auf den Boden. »Wer ist dieser Wichser an deiner Seite? Ist das eine dieser Schwuchteln, deren bester Freund eine Frau ist?« Er lachte dreckig, nahm einen tiefen Schluck und klatschte mit einem dürren Mann ab. »Hat dir deine Mami den Zopf geflochten?« Boris lachte jetzt noch lauter.

»Deine Freundin ist aber entschieden hässlicher als ich«, entgegnete Sixten lässig mit Blick auf den dürren Kerl, der neben Boris stand. Sixten wirkte total entspannt und machte keine Anstalten, sich einschüchtern zu lassen.

Boris strich sich mit dem Unterarm den Schaum aus dem Bart. Sein Blick wurde finster. »Drücken deine Zähne so sehr? Ich könnte diesem Missstand Abhilfe schaffen.« Er schwang den Krug und stellte Blickkontakt zu seinem Begleiter her, der noch mehr schwankte als Ellas Bruder.

»Kennen Sie diesen Clown etwa?«

Noch immer konnte Ella keinen Deut Besorgnis bei Sixten erkennen. Er nippte seelenruhig an seinem Getränk.

Zu ihrem Erstaunen schüttelte sie verneinend den Kopf.

Sixten saß unbeirrt auf seinem Stuhl, ohne sich zu rühren. Nur seine rechte Hand ballte sich langsam zur Faust.

Die beiden streitsüchtigen Männer kamen noch näher. Boris trat gegen einen leeren Stuhl und spuckte einem dicken Mann vor die Füße. »Verpiss dich!«, blaffte er den glatzköpfigen Mann an und bleckte seine vom vielen Rauchen gelben Zähne.

»Dann werde ich wohl mit den beiden Idioten nach draußen gehen. Sie scheinen besonders begriffsstutzig zu sein, da wird man mit Worten wenig ausrichten können. Aber ein Klaps auf den Hinterkopf könnte so einiges wieder zurechtrücken«, murmelte Sixten und unterstrich seine Absicht mit den dazugehörigen Gesten.

Nach wie vor war Ella nicht imstande, sich einzumischen. Tief in ihrem Inneren wünschte sie sich sogar, dass Boris mal so richtig eine aufs Maul bekam.

Nachdem Sixten seinen Stuhl zur Seite geschoben hatte, fasste Ella sich doch ein Herz und sagte: »Ich stimme Ihnen voll und ganz zu. Aber was, wenn einer der beiden ein Messer dabeihat?«

»Ihre Sorge ist unbegründet. Auch wenn es nicht von der Hand zu weisen ist, dass diese beiden Kerle alles Mögliche versuchen werden, um mich auszuschalten, bin ich dennoch guter Dinge, diese Sache auf meine Weise zu klären.«

Ella war sich da gar nicht so sicher.

»Kommt, Jungs, wir sollten an die frische Luft gehen. Euch beiden ist wohl diese von Alkohol durchtränkte …«

»Lassen wir die Floskeln!«, unterbrach ihn der dürre Kerl und schwang die Fäuste. Seine Schläge waren unkoordiniert. Boris hielt ihn zurück.

»Nicht hier, Stange. Zu viele Zeugen. Steck das Messer weg!«, brüllte er seinen Kumpel an und blickte zur Tür.

»Ich werde diesem Wichser das blöde Grinsen aus der Fresse schneiden«, knurrte der Dürre.

»Zwei gegen einen finde ich fair.« Sixten lugte kurz über die Schulter und zwinkerte Ella aufmunternd zu.

»Dein Lachen wird dir noch vergehen, Schwuchtel«, sagte Boris an den großen blonden Mann gewandt und bahnte sich den Weg zum Ausgang.

»Habt ihr beiden Hübschen keine Angst, von einer Schwuchtel verprügelt zu werden?« Sixten hob die Hose und schnallte den Gürtel enger, dann war er weg.

Ella schaute den drei Männern nach. Gedankenverloren ertastete sie mit den Lippen den Strohhalm und sog daran. *Ein weiterer Grund, sich zu betrinken*, überlegte sie. Sixten verließ als Erster das Lokal. *Wer ist dieser Mann*, überlegte sie. Die Musik aus den kleinen Lautsprechern wurde lauter. Ella sang die Strophen mit und überhörte dabei die leise Melodie ihres Telefons.

28

Jannik stand in Alinas Schlafzimmer und blickte durch das verschlossene Fenster. Der mächtige Baum, den er kurz zuvor benutzt hatte, um in Alinas Wohnung zu gelangen und wieder zu verschwinden, wiegte sich wie ein alter Riese im kalten Wind. »Wenn einen die Gedanken und die unschönen Erinnerungen überwältigen, ist es oft hilfreich, sich einen Tick zuzulegen«, äußerte er bedächtig.

Alina stand schräg hinter ihm. Er konnte ihren durchsichtigen Abglanz in der dunklen Glasscheibe sehen.

Langsam zog er seine Arbeitshandschuhe aus und drehte sich um.

»Ich trage diesen Ring.« Die angespannte Atmosphäre begann zu knistern, das konnte Jannik deutlich spüren. Alina war nur in ihren beigen Bademantel gehüllt. Ihr Haar war immer noch feucht und hing in leicht gewellten Strähnen über ihre Schultern. »Ich drehe daran, dann nehme ich ihn ab und stecke ihn auf die andere Hand.«

Ihr Blick hing an seinen Händen. Wie hypnotisiert blieben ihre Augen an dem goldenen Ring haften.

Er tat es langsam. Der Ring gehörte ihm gar nicht. Er hatte ihn dem toten Mann abgenommen, der danach im kalten Wasser versunken war. Seine Leiche lag jetzt bestimmt auf dem schlickigen Boden.

Er sah Alina an und stellte sich vor, was er mit ihr alles anstellen könnte. »So kann ich all die Last und die schlimmen Gedanken, die mir Kummer bereiten, auf jemand anderen übertragen.« Er gab sich Mühe, ruhig und gelassen zu klingen, auch wenn seine Stimme vor Erregung zitterte.

»Und das wirkt?« Alina nestelte am Gürtel ihres Mantels und band den Knoten neu. Ihre Finger zitterten und verkrampften sich. Das konnte man nur schwerlich übersehen. Empfand sie auch etwas für ihn?

»Natürlich. Willst du es selbst ausprobieren? Wir können uns doch duzen?«

»Ja.« Die Antwort war lediglich ein flüchtiges Flüstern.

Jannik machte zwei Schritte in ihre Richtung.

Alina stand mit dem Rücken zur Wand. Ihre Augenpartie zuckte.

»Darf ich?« Er deutete auf ihre Hand.

»Ja.« Diesmal klang es wie ein leises Stöhnen.

Jannik ergriff ihre Hand. Zärtlich strich er ihr den Ärmel ein Stück weit nach oben. »Du hast sehr weiche Haut.«

»Danke.« Sie schluckte schwer und war im Begriff, die Hand wegzuziehen.

Jannik streifte ihr den Ring über den Ringfinger. »Schon passiert«, sagte er selbstzufrieden und ließ ihre Hand los.

Alina strich sich mit der linken Hand eine Haarsträhne hinters Ohr.

»Nur zu«, ermutigte er sie mit einem Kopfnicken. Gleichzeitig sog er gierig ihren Duft ein.

Alina zog den Ring ab. Ihre Finger waren kurz und dick. Der Ring passte ihr. So, als hätte er ihn extra für sie ausgesucht.

»In einer gewaltbereiten Welt bleibt für die Nächstenliebe nur wenig Raum.« Janniks Mundwinkel zuckten. Die Kakofonie aus hilflosen Schreien in seinem Kopf machte ihn schier wahnsinnig. Josephine flehte ihn um Gnade an. Doch langsam wurde dieses Schreien leiser, war nicht mehr so intensiv.

Hätte ihn seine Frau nicht betrogen, hätte er niemals diesen Schritt gewagt. Er war Linda sehr dankbar dafür, dass sie ihm das Tor in diese neue, viel bessere Welt geöffnet hatte, in der er komplett aufgehen konnte.

Der Ring wechselte die Hände. »Ich bin immer noch genauso aufgeregt wie vor dem Anruf.«

»Weil meine Anwesenheit dich irritiert. Ich werde jetzt gehen.« Jannik lag nicht viel daran, diese Frau zu vögeln. Das befriedigte seine Gier nicht wirklich. »Handwerklich bin ich wohl geschickter als damit.« Er sah auf den Ring.

Alina zog ihn ab und streckte die Hand aus.

»O nein! Den können Sie … ähm, den kannst du behalten.«

»Aber wird deine Frau keinen Verdacht schöpfen?«

»Nein, wird sie nicht. Unsere Eheringe bewahren wir in einer Box auf. Dieser Ring gehört jetzt dir. Ich habe ihn heute auf der Straße gefunden. So ein Zufall aber auch, nicht?«, wich er ihrer Frage aus.

»Wenn Sie schon da sind. Ich meine, du. Wärst du so nett und tauschst bei mir im Wohnzimmer die Glühbirne aus?« Ein verkniffenes Lächeln umspielte ihre vollen Lippen.

»Das bekomme ich wohl hin.« Die Spannung in dem kleinen Schlafzimmer, das von einem großen Kleiderschrank aus dunklem, glänzendem Holz beherrscht wurde, legte sich wieder.

Der weiche Teppichboden unter Janniks Schuhen dämpfte seine Schritte. Er folgte Alina und blieb vor der Tür zum Bad stehen. »Darf ich kurz dein Bad benutzen, um mir die Hände zu waschen?«

»Ja, natürlich. Ich hole solange die Lampe aus meiner Rumpelkammer.«

»Geht es hier lang?«, gab er sich unwissend und hob die Brauen.

»Ja. Die Klospülung hängt leider auch«, fügte sie an und wandte sich um.

»Ich will mir nur die Hände waschen, aber vorher könnte ich mir ja mal den Spülkasten anschauen. Ist bestimmt nur verkalkt«, fügte er im Brustton der Überzeugung hinzu. Schließlich war er derjenige, der für dieses Dilemma gesorgt hatte.

Jannik schloss ab und machte sich daran, den Spiegel sauber zu wischen. Er durfte keine unnötigen Spuren hinterlassen. Seine Hände waren mit einer dünnen Silikonschicht überzogen, sodass er keine Fingerabdrücke hinterlassen würde.

Er durchwühlte ihre Wäsche, fand darin ein Höschen, das nach Alinas Körpersäften roch, und steckte es in eine kleine Plastiktüte. Seine Haut im Nacken kribbelte bei der Vorstellung, wie Alina tot auf dem Bett lag und er sich an ihren kalten Körper schmiegte.

Schnell hob er den Plastikdeckel des Spülkastens an und fischte ein kleines Holzstäbchen heraus, das die einfache Konstruktion blockierte – ein kleiner Trick, um sie dazu zu bewegen, ihn anzurufen.

Er spülte mehrmals und drehte danach den Wasserhahn auf. Demonstrativ ließ er das Wasser länger als nötig laufen und verweilte noch einen Augenblick in dem kleinen, dezent nach Waschmittel und Schimmel riechenden Raum. Seine Füße schwitzten. Die viel zu großen Schuhe rieben am kleinen linken Zeh. Aber das musste sein. Sollte die Polizei irgendwelche Spuren finden, sollte nichts auf ihn hindeuten.

»Ist bei dir alles in Ordnung?«, vernahm er Alinas Stimme.

Er öffnete die Tür. »War nur eine Haarklammer«, antwortete er mit gespielter Heiterkeit. Er nahm eine der Klammern vom Beckenrand und lief in den Flur.

29

»Wie lange liegt er schon hier? Und wer hat den Toten entdeckt?«, wollte Leonhard von Tom wissen, nachdem er von der Leitstelle aus dem Schlaf geklingelt worden und hergeeilt war. Beide Männer kauerten neben der männlichen Leiche, die im Licht der Taschenlampen unnatürlich grau wirkte. Das leicht aufgedunsene Gesicht glich einer Horrorpuppe. »Halt das verdammte Licht woanders hin!«, fuhr Leonhard einen jungen Polizisten an und wedelte energisch mit der Hand. Der helle Strahl streifte mehrmals über Leonhards Augen. »Verflucht, jetzt bin ich auch noch blind«, knurrte der aufgebrachte Kommissar und kniff die Augen zu schmalen Schlitzen zusammen.

»Eine Weile. Der Junkie sitzt in einem Polizeiwagen. Zuerst hat er behauptet, der Typ wäre sein Kumpel Jonny, jetzt bestreitet er das«, entgegnete der Rechtsmediziner mit ruhiger Stimme und zog den Toten am Kiefer. Der Mund ging mit einem leisen Schmatzen auf.

»Was zur Hölle!«, fluchte Leonhard. In dem weit geöffneten Mund bewegte sich etwas.

»Ein kleiner Fisch, der in eine Falle geraten ist«, konstatierte Tom. Auch jetzt blieb er gefasst. Mit einer Pinzette schnappte er wie ein Graureiher nach dem zappelnden Fisch und hielt ihn ans Licht. »Ein kleiner Döbel«, stellte er fest und warf ihn ins Wasser.

»Und den Kerzenstummel habt ihr wo gefunden?« Leonhard blinzelte. Seine Sehkraft kehrte langsam zurück. Die Lichtpunkte vor seinen Augen schwächten sich ab. »Wehe, du blendest mich erneut, Juri«, ermahnte er den jungen Polizisten und deutete zum See. »Geh zum Ufer und frag Tristan, ob er mit seiner Hündin noch mal das Stück ablaufen kann, wo das Schilf wächst.«

Juri nickte knapp und eilte davon.

»In der Reißverschluss-Innentasche seiner Jacke. Das kam mir gleich verdächtig vor. Eine Kerze, die die gleiche auffällige Farbe hat wie das Wachs, mit dem Josephines Wunden verschlossen wurden. Da habe ich mich entschieden, dich hierher beordern zu lassen.«

»Das war eine sehr gute Entscheidung, Tom«, lobte Leonhard seinen Kollegen und Freund. »Wo bleibt Greenwood?«, knurrte er und wählte erneut Ellas Nummer. Endlich ging sie dran.

»Ja?« Ihre Stimme wurde von lauten Musikklängen überlagert.

»Greenwood, wo sind Sie? Jetzt weiß ich, warum Sie nicht ausschlafen können. Bei der lauten Musik könnte ich auch kein Auge zumachen.«

»Ich bin in einer Bar.«

»Ich höre wohl nicht richtig? Meine prüde Kollegin ist in einer Bar?« Er lachte verächtlich auf. »Ich habe da etwas, das besser riecht als die Plörre, die Sie sich da wahrscheinlich hinter die Binde kippen.«

»Ihre Witze sind nicht komisch.«

»Sie hätten den kleinen Fisch sehen sollen, den Tom aus dem Mund des Toten herausgezaubert hat. Wenn das nicht komisch ist, dann weiß ich auch nicht.«

»Sind Sie etwa betrunken? Was reden Sie da für einen Quatsch?«

Trotz der lauten Klänge konnte Leonhard ein latentes Lallen aus Ellas Worten heraushören.

»Können Sie fahren?«

Ella schwieg eine Weile. Die Musik wurde zuerst etwas lauter. Er hörte Männerstimmen, die obszöne Kommentare abgaben. Leonhard kniff die Augen zusammen. Im Hörer knallte es einmal heftig.

»Jetzt bin auch noch taub.«

»Das war die Tür«, entschuldigte sich Ella.

Leonhard lauschte. Er hörte nur ein leises Rauschen. »Greenwood, sind Sie noch dran?«, hakte er nach.

»Ja, ich denke schon?«

»Ich schicke Ihnen die Koordinaten zu.« Mit diesen Worten trennte er die Verbindung und steckte das Telefon zurück in die Jackentasche.

Tom prüfte die Augen des Mannes. Sie waren von weißen Schlieren überzogen. *Wie zu lang gebratene Spiegeleier*, fuhr es Leonhard durch den Kopf. *Na prima, jetzt werde ich wohl eine Weile keine Eier mehr sehen können.*

»Siehst du diese dunklen Stellen hier?« Tom fuhr mit der Pinzette den runzligen Hals des Mannes entlang. Algen und anderes Kraut klebten daran.

»Würgemale?«

»Wie bei Josephine Bruckner.« Tom leuchtete in die Ohren des Mannes. »Die Auflösung der Totenstarre hat bereits begonnen. Ich schätze, dass der Mann seit etwa zwei Tagen tot ist, vielleicht auch länger. Die ungünstigen Umgebungsverhältnisse werden die Feststellung des genauen Todeszeitpunktes erschweren.«

»Warum hat man ihm die Hose ausgezogen?«, wollte Leonhard wissen. Unwillkürlich streiften seine Augen den angeknabberten Penis des Mannes.

»Ist nicht mehr viel übrig geblieben«, merkte Tom an und leuchtete die Stelle erneut ab.

»Fische?«

»Möglich. Wäre der Gürtel nicht gerissen, läge er wohl weiterhin da unten, und wer weiß, was die Wasserwesen ihm noch alles angeknabbert hätten?«

»Du bist also der Überzeugung, dass er auf dem Grund lag?«, vergewisserte sich Leonhard. Er wollte nur eine Bestätigung haben. Ihm war der Schlick zwischen den blau angelaufenen Zehen und in den Haaren des Toten nicht entgangen.

»Ja. Tote gehen im Wasser immer unter.« Tom hauchte sich etwas Wärme in die Hände.

Auch Leonhard fror. Die Kälte drang durch bis zu den Knochen. Er blickte auf die glatte Wasseroberfläche. Der weiße Leuchtkegel seiner Lampe wurde vom trüben Wasser verschluckt. »Wie tief mag dieser Tümpel sein?«

»Allzu tief nicht. Siehst du das Schilf dort?« Tom deutete mit seiner Taschenlampe nach links. Zwei Polizisten in weißen Anzügen schälten sich aus der Finsternis heraus, sobald das weiße Licht auf sie traf.

»Du hast recht. Ein bis zwei Meter?«, schätzte Leonhard.

»So ungefähr.«

»Ich sehe hier keine Brücke oder Ähnliches. Keine Anhöhe. Kein steiles Ufer. Der Täter muss den Toten ins Wasser geschleift haben.«

»Oder der Tote sprang selbst ins Wasser und wollte wegschwimmen.«

Leonhard richtete sein Augenmerk wieder auf den Mann vor seinen Füßen.

»Diese Einstiche …« Leonhard zeigte auf die runden Verletzungen im Brustkorbbereich. Die bläulich schimmernde Haut spannte sich wie ein dünnes Pergament über die Rippen.

Tom hatte kurz zuvor das Hemd und die Jacke aufgeschnitten, um den Toten zu entkleiden. Der Rechtsmediziner schob einen dünnen Stab in die Wunde und zog ihn wieder heraus. Er wiederholte die Prozedur bei den anderen drei Einstichen. »Die Einstiche könnten von einer Schere oder einem Schraubenzieher stammen.« Dampfwolken stiegen aus seinem Mund. »Weitere Details bekommst du nach der Obduktion, Leonhard. Wir sollten für heute Schluss machen. Ruf Ella an und sag ihr, dass sie sich nicht herzubemühen braucht.«

»Sie ist bestimmt schon auf dem Weg. Wie geht es eigentlich Renate? Wollt ihr immer noch heiraten?« Leonhard musste an das fröhliche Gesicht der stets gut gelaunten Polizistin denken, in die sich Tom verguckt hatte. Doch die attraktive Frau war Opfer eines Verbrechens geworden, bei dem sie um ein Haar ums Leben gekommen wäre. Körperlich war sie über den Berg, die emotionalen Spuren der schrecklichen Tragödie würden allerdings wohl für immer bleiben.

»Das weiß ich nicht. Sie kämpft nach wie vor darum, zurück ins Leben zu finden.« Tom stand auf. Leonhard blieb noch einen Moment auf den Fersen sitzen.

»Schafft den Leichnam in den Wagen«, wies Tom zwei mit einer Trage herbeieilende Männer an.

»Wo bewahrst du deine Brieftasche auf, Tom?«

»Im Safe«, scherzte dieser.

»Ich meine, wenn du unterwegs bist?«

»In der Gesäßtasche, wie jeder zweite Mann.«

»Wir werden Taucher brauchen. Noch heute«, sprach Leonhard wie zu sich selbst. »Der Tote weist keine sichtbaren Abwehrverletzungen auf, oder?«

»Bisher konnte ich jedenfalls keine signifikanten Hinweise darauf finden. Wolltest du das von mir hören?«

Leonhard nickte nur und machte Platz, damit die Männer den Toten auf die Bahre legen konnten.

»Und die Schuhe?«, schob Leonhard seine nächste Frage nach.

»Was?«

»Die Schuhe? Der Tote trägt keine Schuhe. Die hat ihm wohl der Junkie ausgezogen.«

Tom stutzte.

»Wir haben da was!«, rief eine Stimme aus der Dunkelheit, die vom freudigen Bellen eines Hundes unterstützt wurde.

Leonhard beeilte sich, achtete jedoch darauf, wohin er trat. Das flache Ufer war von dichtem Wurzelgestrüpp durchsetzt. Äste knacksten unter seinen schnellen Schritten.

»Was habt ihr?«, rief er voll Ungeduld.

»Sieht nach einem Schuh aus, der im Wasser treibt.«

Leonhard passte einen Augenblick nicht auf und stolperte. Er konnte seinen Sturz zwar rechtzeitig abfangen, schürfte sich aber das Knie auf. »*Fuck.*« Die Taschenlampe war ihm aus den Händen gefallen. Fluchend klaubte er sie von der Erde, richtete sich auf und trat gegen einen der Brocken. Jetzt tat ihm auch noch der große Zeh weh. In einiger Entfernung entdeckte er eine Bank. Und etwas, das ihn den Schmerz vergessen ließ. In leicht humpelndem Gang bewegte er sich auf die Bank zu. »Tom, komm her.«

»Was ist?« Der Rechtsmediziner nahm eine Abkürzung und bahnte sich den Weg durch dorniges Gestrüpp.

»Fällt dir da etwas auf?«

Tom verengte die Augen, ging langsam in die Hocke und leuchtete den Untergrund ab. »Sieht ganz nach einem Schuhabdruck aus. Der Abdruck ist tief abgesunken, er muss hier längere Zeit auf jemanden gewartet haben.«

»Nicht er, SIE«, verbesserte ihn Leonhard und hob beim letzten Wort die Stimme an. »Der Boden war zu dem Zeitpunkt aufgeweicht. Es hatte ja tagelang geregnet. Sieh her!« Leonhard ließ den Leuchtkegel weiter zur Bank gleiten. »Hier hat eine Frau gewartet. Für einen Mann ist der Schuh viel zu klein. Außerdem hat er einen ziemlich kleinen Absatz. Eine heimliche Liebe? Eine flüchtige Affäre? Wurde der Mann vielleicht aus Eifersucht getötet?«

»Hey, du da!« Leonhard winkte einen Uniformierten herbei, der damit beschäftigt war, die Gegend weiträumig abzusperren. »Sorg dafür, dass Richie mit seinem Equipment hier erscheint, und zwar unverzüglich. Er muss mir einen Schuhabdruck ausgießen.«

»Wird gemacht«, erklärte sich der Mann bereit, ohne zu widersprechen. Er wusste, wie Leonhard tickte, wenn er auf eine heiße Spur gestoßen war. Darum ließ er das Absperrband fallen und griff nach seinem Funkgerät.

Leonhard vernahm ein mechanisches Knistern. Anweisungen wurden erteilt. »Du, Tom, bleibst solange hier, ich schaue dort nach dem Rechten.«

»Ich bin nicht dein Handlanger«, muckte Tom auf.

»Aber ein guter Freund.«

»Die Leiche …«

»Läuft nicht davon«, unterbrach ihn Leonhard und bewegte sich zum Hundeführer. Leonhard vernahm ein leises Plätschern.

»Was ist los?«, wollte er von dem Polizisten wissen, als er sich dem Mann anschloss. Sie beide sahen zum See. »Lenni holt den Schuh.« Er leuchtete auf das sich kräuselnde Wasser und visierte mit dem Lichtstrahl das schwimmende Objekt an. »Braves Mädchen«, lobte er den Hund, nachdem dieser nach dem Schuh geschnappt hatte und nun zurück zum Ufer schwamm. »Wir brauchen eine warme Decke!«, rief der Hundeführer über die Schulter und streckte seinen linken Arm aus. In der Hand hielt er einen gelben Ball. »Komm zu mir, mein Mädchen. Hier ist dein Ball.« Der Hund wurde tatsächlich schneller.

Am Ufer angelangt ließ Lenni den Schuh einfach fallen und schüttelte sich einmal kräftig. Unzählige Wassertropfen trafen Leonhards Gesicht. Er unterdrückte ein Fluchen und holte den Schuh mithilfe eines Stocks näher zu sich heran. *Die Größe könnte zu dem Toten passen*, überlegte er. »Danke«, sagte er zu dem Hund und packte den Schuh in eine große Tüte, die ihm von einer Polizistin gereicht wurde. Lenni wurde von zwei Beamten mit einer grauen Decke abgerieben.

»Hat jemand ein Tuch? Ich stinke jetzt nach Hundegeifer.« Von derselben Polizistin bekam Leonhard die Decke gereicht, mit der der Hund abgerieben worden war.

»Sehr witzig, Aylin, sehr witzig.« Mit noch schlechterer Laune schritt er zurück zu Tom, der vor Kälte von einem Bein auf das andere sprang.

»Nun geh schon«, maulte Leonhard. »Kann ich vielleicht deinen Schal haben?«

Tom hob die Brauen, gab aber der Bitte nach und öffnete vor Verblüffung den Mund. Leonhard wischte sich damit das Gesicht sauber und reichte den Schal zurück.

»Du bist ein wahrer Freund«, murmelte Leonhard und bedeutete Tom mit einem Wink, dass er verschwinden könne.

Der Rechtsmediziner lief zu den blinkenden Lichtern eines Einsatzwagens, ohne sich zu verabschieden.

30

»Du kannst nicht fahren. Du hast getrunken«, sagte Ella und stieg trotzdem in den Wagen. Sie ließ sich einfach in den Beifahrersitz sinken. Sixten saugte am aufgeschürften Knöchel seiner rechten Faust.

»Das war nur Eistee. Ich vertrage keinen Alkohol«, wiegelte er ab und schnallte sich an.

»Leben die beiden noch?« Ella war nicht wirklich betrunken, trotzdem schwirrte ihr der Kopf. Die angenehme Schwere in ihren Füßen kroch weiter hinauf und breitete sich in ihrem Bauch aus.

»Ich habe den beiden bloß eine Lektion erteilt. Wo soll es denn hingehen?« Er bedachte sie mit einem fragenden Blick. Ella hielt ihm das Handy vor die Nase. Schweigend las er die Nachricht und nickte lediglich.

»Wieso fährt ein großer starker Mann wie du einen Fiat Punto?« Der Alkohol hatte Ellas Zunge gelockert. Sie ermahnte sich, mehr darauf zu achten, was sie von sich gab. In diesem Zustand entkamen die Worte meist ungefiltert ihrem Mund.

Sein Lächeln war reizend und sardonisch zugleich. »Und wieso jagt eine attraktive, zierliche Frau wie du Mörder?«

»Weil sie mich faszinieren.« *Scheiße. Ella, denk nach, bevor du etwas sagst.* »Ich will sie verstehen.« Das war einer dieser Sätze, der von ihrem Hirn nicht ausgefiltert wurde.

»Du stehst also auf böse Jungs?« Sixten startete den Motor, ließ ihn einmal aufheulen und trat das Gaspedal durch. »Mein kleiner Punto sieht vielleicht unschuldig aus, aber unter der Haube verstecken sich hundertsechzig Pferde. Auch im wahren Leben kommt es stets auf die inneren Werte an.« Der Wagen raste davon.

Ella wurde in den Sitz gedrückt. »Wenn wir geblitzt werden, kann ich nicht dafür sorgen, dass du den Lappen zurückbekommst. Ich arbeite im Morddezernat und verteile keine Knöllchen.«

»Ich weiß, wo die Dinger stehen«, rief Sixten und riss das Lenkrad nach rechts. Die Räder quietschten über den feuchten Asphalt.

»So eilig haben wir es auch wieder nicht. Der Kerl ist schon tot.«

»Aber es macht mehr Spaß, oder nicht?«

»Ja!«, rief Ella und entspannte sich wieder. Der blonde Riese nahm den Fuß vom Gas. »Bitte lächeln.« Seine Lippen verzogen sich zu einem breiten Grinsen.

Der Wagen machte einen kurzen Schwenker. Tatsächlich wurden sie von einem kurzen grellen Aufleuchten geblendet.

»Unser erstes gemeinsames Foto«, freute sich Sixten. »Keine Bange. War unter zehn Kilometer. Dafür bekomme ich nicht mal einen Punkt.« Den Rest der Fahrt legte Sixten in gemächlichem Tempo zurück und hielt den Wagen schließlich neben mehreren Einsatzfahrzeugen an. Die stroboskopischen Blaulichter waren schon von Weitem zu sehen.

Ella stieg aus und bedankte sich bei Sixten mit dem Versprechen, ihn morgen anzurufen.

»Wenn man es ganz genau nimmt, dann schon heute.« Sixten klopfte auf seine Uhr. Es war halb zwei.

»Okay. Versprochen.« Ella winkte ihm zum Abschied und lief zum Absperrband.

Leonhard empfing sie mit ernster Miene und vor der Brust verschränkten Armen. »Während ich mich bei Kollegen unbeliebt mache, haben Sie nichts Besseres zu tun, als sich zu betrinken?«

»War das nicht Ihre Idee?« Ellas Kopf war wieder ganz klar. »Und unbeliebt waren Sie schon, bevor ich dazu verdammt wurde, mit Ihnen zusammenzuarbeiten.«

»Wie dem auch sei. Ich möchte Sie mit einem Mann bekanntmachen, der unsere Leiche für seinen Kumpel hält. Er schwingt auf derselben Welle wie Sie. Seine Aussprache ist auch etwas lallend.«

Ella begriff nicht, was ihr Kollege von ihr wollte, aber dass es ein Wink mit dem Zaunpfahl war, war ihr mehr als bewusst. »Es war nur ein Lady-Cocktail.« Die halbe Wahrheit war immerhin keine Lüge. »Ist das eigentlich der wahre Grund, warum ich hier zu erscheinen hatte – damit Sie mich ungestört runtermachen können?«

»Das hätten Sie wohl gern.« Leonhard grinste schmallippig.

»Ist ja auch nicht so wichtig. Wo ist dieser Mann?«

Leonhard zeigte mit der Hand nach rechts.

»Wir fahren jetzt. Hallo, Ella.« Tom schenkte Ella ein müdes Lächeln. Er wirkte beklommen. Kein Wunder bei der täglichen Sorge um seine Freundin, die sich nur langsam von ihrem Trauma erholte.

»Hallo, Tom. Grüß Renate von mir.« Ella lächelte zurück. Tom sah nicht aus, wie man sich gemeinhin einen typischen Rechtsmediziner vorstellte. Sein dunkelblondes Haar war modisch frisiert und stand in krassem Kontrast zu seinen dunklen, ständig lauernden Augen. Auch bei diesen Temperaturen trug er nur einen gelben Hoodie, eine dünne Jacke und rote Chucks. Seine dunkle Hose saß tief wie bei einem Skater.

»Wir arbeiten an unserer Zukunft. Ich hoffe, der Weg wird nicht allzu steinig werden. Aber Renate schlägt sich tapfer«, bekundete er, senkte kurz den Blick und winkte zum Abschied. »Ich muss mich noch mehr in Geduld üben.«

»Lass uns uns demnächst mal treffen, dann kannst du mir davon erzählen. Ich kann auch sehr gut zuhören!«, bot ihm Leonhard an.

»Ich streiche dich von meiner Freundschaftsliste. Ein Freund würde sich niemals die Hunderotze mit meinem Lieblingsschal vom Gesicht wischen.« Toms Worte wurden vom kalten Wind weggetragen. Er warf sich die Kapuze über den Kopf und stapfte von dannen, ohne sich umzudrehen.

Ella schmunzelte.

»Das ist nicht lustig, Greenwood! Kommen Sie mit.«

Ella folgte Leonhard zu einem Kleinbus.

Ein Mann saß darin und unterhielt sich mit zwei Polizisten. Die Schiebetür wurde von einem Rottweiler bewacht, der nicht zur Polizeistaffel gehörte. Er hatte ein breites Halsband mit spitzen Spikes und kaute an einem von Sabber glänzenden Hundespielzeug, das wie ein dreifacher Dildo aussah. Als das Tier das Kommen der beiden Kommissare bemerkte, hob es lauernd den mächtigen Kopf und fing an zu knurren.

Leonhard ignorierte die Warnung. Er hielt dem Hund seine Hand vor die feuchte Nase und stieg ein. Ella hingegen gab sich die größte Mühe, um nicht laut aufzuschreien, als das Tier sich erhob und ihr entgegentrottete. Seine Vorderbeine waren nach außen geknickt.

»Sie tut Ihnen nichts«, rief der Mann aus dem Inneren des Wagens und gab einen kurzen Pfeifton von sich. Der Hund ließ seine Zunge zur Seite raushängen und blickte zu seinem Herrchen. »Stella, Platz!«

Tatsächlich gehorchte der vierbeinige Muskelprotz sofort und kaute weiter an seinem Spielzeug, doch diesmal lag er mit dem Rücken zu Ella.

»Ist diese Madam etwa eine Bullin?«, wurde Ella von dem Mann mit einem abschätzigen Grinsen in Empfang genommen.

»Eine Bullin? Wie lautet dann die männliche Form für eine Kuh?« Leonhard sah sein Gegenüber ernst an.

»Hä?«, kam die kurze Antwort. Der Mann war keine vierzig, sah aber aus wie einer, der kurz vor der Rente steht. Sein schwarzes Haar war verfilzt. Er trug eine Mütze, die schief auf seinem Kopf saß und nur bis zu den Ohrenspitzen reichte. Er kratzte sich ständig am Kinn, das von grauen Bartstoppeln überwuchert war.

»Wann haben Sie Ihren Kumpel Jonny das letzte Mal gesehen?«, fragte ein Polizist, der Protokoll führte und mit dem Kugelschreiber ungeduldig gegen die Schreibunterlage schlug.

»Lass mal überlegen«, sagte der Mann mit starkem Berliner Zungenschlag. Er zog die Mütze vom Kopf und kratzte mit seinen schmutzigen Fingernägeln über die gerötete Kopfhaut.

»Letzte Woche erst. Ja.« Er trommelte mit dem verkrümmten Zeigefinger gegen den kleinen Tisch. »Wir waren in diesem Park. Er schuldet mir noch zehn Mäuse, der Drecksack. Marga, meine Freundin, hatte mich gewarnt. Sie sagte: ›Er taucht mit deinen Mäusen ab.‹ Er hat sie auch mal sitzen lassen. Obwohl sie ihm einen geblasen hat.« Er lachte auf und entblößte seine Zahnstümpfe. »Sie hatte recht.«

»Und Sie sind sich sicher, dass dieser Mann im See Ihr Kumpel ist?« Ella stand an die Tür gelehnt da, ohne in den Wagen einzusteigen, und atmete durch den Mund. Der Mann verströmte einen Cocktail aus Erbrochenem und vergorener Milch.

»Mit einer Schlampe wie Ihnen rede ich nicht.«

»Wie ist Ihr Name?«, griff Leonhard ein. Er hielt sich ein parfümiertes Taschentuch vor Mund und Nase. Das tat er gewohnheitsmäßig, wenn er mit Menschen sprach, die nicht täglich eine Dusche nahmen – selbst bei manchen Kollegen, die nicht immer frisch nach Deodorant rochen.

»Sigismund Lauber. Meine Freunde nennen mich Siggi.«

»Also, Sigismund, entweder Sie reißen sich ab jetzt am Riemen und zeigen sich in Anwesenheit einer Dame respektvoll, oder Sie werden Ihrem Kumpel Gesellschaft leisten müssen.«

»Was?«

»Sie gehen baden. Habe ich mich klar und deutlich ausgedrückt?«

Sigismund nickte.

»Beantworten Sie nun die von Kommissarin Greenwood an Sie gerichtete Frage.«

»Kommissarin was?« Der Obdachlose kratzte sich am Hemdkragen.

Leonhard rutschte ein Stück weiter von ihm weg.

»Ich weiß nicht … Es war ja auch dunkel. Hätte Stella …«

Stellas Kopf schnellte in die Höhe. Sie sah auf und gab ein kurzes Kläffen von sich.

»Sie hat den Toten am Ärmel gepackt und fast bis ans Ufer gezerrt. Ich habe ihn mit dem Stock näher herangezogen und vollends aus dem Wasser ins Trockene geschleift. Danach habe ich die Notrufnummer gewählt. Ich habe ein Handy, das mir gehört, für Notfälle. Heutzutage ist es gang und gäbe, dass wir von Halbstarken verprügelt oder sogar angezündet werden. Eine Scheißwelt, sage ich Ihnen. Uns wurde alles weggenommen. Wir haben keine Winterquartiere mehr. Wenn man einen Hund hat …«

»Sie haben sich also den Toten noch gar nicht so genau angeschaut?«, intervenierte Ella.

»Nee.«

»Und dieser Schuh? Der gehört doch nicht Ihnen.«

»Was?« Siggi stierte Ella entrüstet an.

»Ich sehe da einen Schuh in Ihrem Rucksack. Scheint aber nicht Ihre Größe zu sein. Sie haben Größe fünfundvierzig bis sechsundvierzig. Dieser ist deutlich kleiner und nass.« Ella deutete mit dem Finger nach unten, zwischen die Beine des Mannes, wo er seinen Rucksack abgestellt hatte. »Der scheint immer noch nass zu sein. Und die Pfütze wird ständig größer.«

Sigismund sprang auf. In seiner Kehle gurgelte es verdächtig. Er war schon im Begriff, Ella anzuspucken, als Leonhard ihn unsanft zurück in den Sitz warf.

»Sie haben die Hose des Toten entwendet«, stellte Leonhard fest.

»Das war Stella«, krächzte der Befragte und klopfte sich mit der Faust gegen die Brust.

Der Hund sprang auf die Beine und blickte irritiert hoch in den Wagen.

»Ich hätte euch nicht anrufen sollen. Ich gebe zu, ich habe die Sachen an mich genommen und ihn wieder ins Wasser geschoben. Mit einem langen Stock. Ich habe der Wasserleiche ins Gesicht geleuchtet. Es war nicht Jonny. Doch dann bekam ich Panik und habe den Notruf gewählt. Ich habe noch nie eine Wasserleiche gesehen. Deswegen weiß ich nicht, ob es nicht doch mein Kumpel Jonny ist. Hier.« Er griff in die Innentasche seiner Jacke. »Ich habe nichts rausgenommen.« Er klatschte ein Portemonnaie aus braunem Leder auf ein Blatt, das mit der krakeligen Handschrift des Schriftführers vollgekritzelt war.

»Passen Sie doch gefälligst auf«, empörte sich der Polizist und zog das Blatt schnell aus dem Hefter heraus. Die Tinte war nicht wirklich wasserfest, die einzelnen Wörter fingen an zu verlaufen.

»Sie haben überhaupt keinen Freund, der Jonny heißt, stimmts?«

Der Mann schniefte und starrte auf die Tischkante.

Leonhard verlor keine Zeit, streifte sich schnell zwei Gummihandschuhe über und griff nach dem Geldbeutel.

»Moritz Bierstorfer«, las er mit leicht zusammengekniffenen Augen laut vor. »Sie müssen mit aufs Revier. Die beiden Herren werden Sie begleiten«, wandte er sich an Sigismund und gab den beiden Polizisten zu verstehen, dies unverzüglich zu veranlassen.

Siggi stieß eine Salve von Verwünschungen aus. »Ihr Frauen seid alles Hexen.«

»Kommen Sie, Greenwood.« Leonhard sprang aus dem Wagen. »Ihr Rucksack ist bis auf Weiteres konfisziert«, klärte er den aufgebrachten Mann auf, der sich vehement dagegen wehrte, sich Handschellen anlegen zu lassen.

»Ich bin ja schon ruhig«, schrie er und warf sich auf den Boden.

Die beiden Polizisten standen breitbeinig über ihm.

»Wenn du Mätzchen machst«, knurrte einer der beiden, »wirst du deinen Hund nie wiedersehen.«

»Ich mache alles, was ihr von mir verlangt«, sagte Siggi kleinlaut und streckte brav seine Arme aus.

Stella fing an zu bellen. Leonhard hielt sie am Halsband fest und sprach beruhigend auf sie ein.

Sigismund wurde abgeführt. Er wehrte sich nicht mehr.

»Kommen Sie, wir bringen diesen Hund weg, schauen kurz bei Richie vorbei und fahren dann nach Hause. Doch vorher müssen Sie sich eine Stelle anschauen und mir erklären, warum eine Frau dort auf ihre heimliche Liebe zu warten bereit war. Ich kann mir das nicht wirklich erklären.«

»Vielleicht war der Mann nicht so ein Kotzbrocken wie Sie.«

»Sehr lustig, Greenwood, machen Sie in dieser Manier einfach nur so weiter. Ich mag diese Art von Schmeicheleien.«

Leonhard hatte große Mühe, den Hund unter Kontrolle zu halten, und stolperte beinahe über seine eigenen Füße, als er sich in Bewegung setzte. Stella scharrte mit ihren Krallen über den Untergrund und zerrte an dem Halsband, weil sie ihr Herrchen nicht im Stich lassen wollte.

»Sie müssen mich nach Hause fahren.« Ella lief den beiden hinterher.

»Nur, wenn Sie mir versprechen, mit mir irgendwann etwas trinken zu gehen.«

»Okay. Einen Kaffee beim Bäcker.«

»Greenwood, hören Sie auf, mich so doof von der Seite anzugrinsen. Wissen Sie eigentlich, wie viel PS diese Kampfmaschine hat? Stella, du reißt mir noch den Arm ab.«

Endlich waren sie an dem Einsatzfahrzeug angelangt, vor dem Sigismund mit gesenktem Kopf stand und auf weitere Anweisungen wartete.

»Wir haben einen Tierarzt kontaktiert.« Eine ältere Dame in Polizeiuniform hielt eine Leine in ihren behandschuhten Händen und ließ den Karabiner zuschnappen. »Ich kann jetzt übernehmen«, sagte sie mit wohlklingender Stimme und tätschelte dem Hund die Flanke. An den schwarzen Lefzen zogen sich Geiferfäden in die Länge. Der Hund beruhigte sich wie auf Kommando. »Du hast bestimmt Hunger. Wie heißt der schöne Hund?« Sie sah zuerst Leonhard, dann Ella an.

»Stella«, kam Sigismund den beiden zuvor. »Sie mag am liebsten Kaninchenfleisch mit Mohren.«

»Mal sehen, ob sich das bewerkstelligen lässt. Sie können den Hund jederzeit wiederbekommen.«

Ein hoffnungsvolles Lächeln zog sich über die vom Leben gezeichneten Gesichtszüge des Mannes.

»Das hängt jedoch von Ihrem Willen ab. Wenn Sie kooperieren, sind Sie in Nullkommanix wieder ein freier

Mann. Wenn nicht, kommt Stella in ein Tierheim und Sie in Untersuchungshaft.«

Das Lächeln gefror auf den schartigen Lippen. »Ich habe doch schon alles gesagt.«

»Das werden wir noch überprüfen. Und Vorsicht beim Umgang mit Frauen. Ansonsten buchte ich Sie wegen Beleidigung …«

»Ich gebe mein Bestes. Ehrenwort«, beeilte sich Siggi zu versprechen und stieg in den Wagen.

»Achten Sie auf Ihren Kopf«, warnte einer der Polizisten und half dem Obdachlosen beim Einsteigen.

31

»Zuerst die Hausaufgaben, danach darfst du etwas fernsehen«, trug Jannik seinem Sohn auf. Er stand in der Tür und sprach gedämpft. Linda und Sonja schliefen.

Kevin saß an seinem Tisch und kaute an einem Bleistift. »Ich hasse die Schule.«

Kevins finstere Miene entlockte Jannik ein flüchtiges Lächeln. Er erkannte in seinem Sohn immer mehr seiner Charakterzüge.

»Warum muss ich Deutsch und Mathe lernen? Ich will doch Archkologe werden.«

»Du meinst Archäologe?«

»Ja. Da muss ich nix lesen oder schreiben. Die Ägypter haben Bilder benutzt.«

»Und wie willst du später in deiner Liste vermerken, was du alles ausgegraben hast? Du musst doch die Brillanten und anderen Schätze wiegen und deren Wert in Geld umrechnen können.«

»Hm«, machte der Junge, sprang vom Stuhl und warf sich aufs Bett. »Ich bin müde.«

Jannik betrat das Zimmer und schloss leise die Tür.

»Ich hasse Schule«, motzte Kevin weiter.

Jannik ging auf seinen Sohn zu und zerzauste ihm das Haar. »Ich muss ein bisschen arbeiten. Wenn du Fragen hast, klopf einfach leise gegen die Tür. Okay? Jetzt steh auf und mach die Aufgaben fertig.«

Kevin drehte sich auf den Bauch und drückte sein Gesicht gegen das Kissen. »Ich hasse Schule!«, schrie er in das Kissen hinein.

Wie lange kann so ein Kampf dauern, fragte sich Jannik. Wie lange kann ein Mensch dagegen ankämpfen, wenn man ihm ein Kissen auf Mund und Nase drückt? Auf seiner Netzhaut kristallisierte sich der verschwommene Nachglanz einer Frau heraus. In dem lächelnden Antlitz erkannte er Alinas Züge. Das glatte, wohlgeformte Gesicht dicht vor seinem. Er spürte ihre Lippen auf seiner Wange. »Danke«, hörte er ihre zarte Stimme. Ihr Atem hatte die Härchen in seinem Ohr gekitzelt. Das einschnürende Gefühl in seiner Brust verstärkte sich.

»Papa, lass mich los!«, schrie Kevin panisch auf.

Jannik schreckte zurück. Ohne es zu merken, hatte er den kleinen Kopf seines Sohnes fest gegen das Kissen gepresst. Kevin strampelte und wand sich.

Jannik drehte den Jungen auf den Rücken und presste ihm die Hand gegen den Mund. »Schsch! Sei leise, sonst weckst du noch deine Mutter.«

Kevins Augen weiteten sich. Er wimmerte.

Janniks Handfläche wurde nass, er spürte die kleinen Zähnchen, wie sie ihn zu packen versuchten. Er lockerte den Griff. »Du machst deine Hausaufgaben und hörst sofort auf, dich zu benehmen, als wärst du wahnsinnig.« Janniks Blick wanderte rastlos von Kevins schreckgeweiteten Augen zur offen stehenden Tür und wieder zurück zu seiner Hand. »Ich lasse dich jetzt los.«

Kevin jammerte. Seine kleinen Hände krallten sich in die Bettdecke.

Jannik nahm die Hand weg.

Kevin brach in Tränen aus. »Wieso hast du das gemacht, Papa?«

Jannik hob seinen Sohn vom Bett und schloss ihn in die Arme. »Du hast dir da nur etwas eingebildet. Du musst lernen, Dinge zu erledigen, die ich dir auftrage, ohne dabei so ein Theater zu veranstalten.«

»Aber ich habe keine Luft bekommen.«

»Das stimmt nicht. Ich habe dich bloß wecken wollen, weil du eingeschlafen bist. Du hast es nur geträumt.«

Kevin drückte sein Gesicht gegen Janniks Hals. Der Junge schluchzte weiter. Sein kleiner Körper erzitterte.

»Was ist hier passiert?« Linda tauchte in der Tür auf. Sie bedachte Jannik mit einem schläfrigen Blick.

»Papa hat mich in das Kissen gedrückt.« Trost suchend streckte Kevin die Ärmchen nach seiner Mama aus.

Wut stieg in Lindas müde Augen.

»Er hat wieder schlecht geträumt. Willst du vielleicht etwas fernsehen? Die Hausaufgaben machen wir später zusammen. Und morgen gehen wir in ein Zoogeschäft und kaufen dir eine neue Ratte. Ich weiß auch nicht, woran deine – wie hieß sie noch – gestorben ist.«

»Babsi.«

»Babsi hat vielleicht was Falsches gegessen. Manche Ratten sind da sehr empfindlich. Vor allem die, die du dir immer aussuchst. In wilder Natur gibt es eigentlich keine Farbratten.«

»Okay.« Kevin strich sich mit beiden Händen über die Augen, lächelte, küsste Jannik auf die Wange und löste sich aus seinen Armen.

»Papa, was passiert, wenn man stirbt? Und warum werden die Ratten so steinhart und kalt, wenn sie tot sind?«

Bei diesem Gedanken verspürte Jannik erneut ein leises Kribbeln auf seinem Rücken. Er sog die Luft ein und schloss die Augen. Er lag wieder in Josephines Bett. Sie regte sich nicht. Lag einfach nur da. Die kalte weiche Haut der toten Frau – diese Vorstellung brachte sein Blut in Wallung.

»Jannik, was machst du da?«

Jannik riss die Augen auf. »Schau mich nicht so an«, fuhr er seine Frau an und ging zum Angriff über. »Woher stammen eigentlich diese blauen Flecken an deinem Hals?«

Er ging auf seine Frau zu und kämpfte das Verlangen nieder, ihr ins Gesicht zu spucken. Dieser Ausrutscher würde nur unnötige Konsequenzen nach sich ziehen.

Linda nestelte am Halstuch und blieb ihrem Mann die Antwort schuldig.

»Was ist passiert?«, wollte Linda wissen und wich ihrem Gatten aus. Sie lief rückwärts zurück in den Flur.

»Denkst du, ich bin blind? Kevin stellt mir andauernd unschöne Fragen. Er sprach von einem Mann. Betrügst du mich, Linda?«, erfand er einen Vorwand für diesen Vorwurf, um seine Frau in die Enge zu treiben. Somit musste er ihr auch nicht erklären, wie er darauf gekommen war.

Sie schüttelte zaghaft den Kopf.

»Du weißt, dass ich dich liebe.« Seine Finger berührten ihre Wangen.

Linda verkrampfte sich. »Warum hat Kevin geweint?«

»In Anbetracht der Umstände kann ich seine Ausbrüche nur so erklären …«

»Papa, wo ist die Fernbedienung?«, grölte Kevin aus dem Wohnzimmer.

»Schau unter dem gelben Kissen nach!«

»Danke, hab sie gefunden.«

»Er muss euch beobachtet haben«, fuhr Jannik fort. Er sprach leise, trotzdem taumelte Linda rückwärts und stieß mit dem Rücken gegen die Kommode. Eine Keramikfigur fiel um und polterte zu Boden.

»Da ist nichts.« Sie stolperte über ihre eigenen Worte.

Janniks linke Hand schloss sich wie das Maul einer Riesenschlange um Lindas Oberarm. »Wer ist dieser Kerl?«

Linda fasste sich ein Herz und verpasste ihrem Mann eine Ohrfeige. »Ich war dir stets treu. Lass mich los, du tust mir weh, Jannik. Ich erkenne dich kaum wieder. Mal bist du ein liebenswerter Ehemann und fürsorglicher Vater, mal mutierst du zu einer herzlosen Bestie. Was geht in deinem Kopf vor?« Sie kniff vor Schmerz die Augen zusammen.

»Du triffst dich mit einem Mann und ich soll tatenlos dabei zuschauen, wie unsere Familie den Bach runtergeht?«

»Lass los«, winselte sie.

»Wie wollen wir jetzt die Sache angehen?« Er verstärkte den Griff.

»Welche Sache?«, wimmerte Linda und stellte sich auf die Zehenspitzen, weil sie so die Schmerzen besser ertragen konnte.

»Unsere Ehe. Ich bekomme Kevin.«

»Was?« Ihr Kinn zitterte. »Nein!«

Jannik zog Linda zu sich heran und küsste sie grob auf den Mund.

Sie erwiderte seinen Kuss. Ihre freie Hand legte sich auf seinen Nacken. Auch nachdem er sie in die Lippe gebissen hatte, lockerte sie ihre Umarmung nicht. »Ich liebe dich«, stammelte sie. Ihre blutroten Lippen glänzten.

»Du hältst mich für einen Versager, der seine zahlreichen Unzulänglichkeiten durch …«

»Nein, du bist kein Versager.« Sie schob ihm ihre Zunge zwischen die Lippen. »Ich liebe dich. Du bist mein Mann, ich habe niemanden sonst.«

Jannik schob seine Frau von sich. »Ich muss noch etwas erledigen.«

»Ist gut.« Sie taumelte rückwärts ins Schlafzimmer.

Jannik wartete, bis sie hinter der Tür verschwunden war, und eilte dann in sein Zimmer. Er stellte sich auf den Stuhl, nahm den Notizblock und die SIM-Karte an sich, die er aus Moritz' Smartphone herausgenommen hatte.

Erst gestern hatte sich Jannik ein Wegwerfhandy besorgt, das er jetzt einschaltete. Er tippte eine kurze SMS, die an seine Frau adressiert war.

»Hallo. Ich fasse mich kurz. Es war ein Fehler. Du bist verheiratet. Ich mache Schluss. Gruß, Moritz.« Er drückte auf »Senden«. Irgendwo erklang ein kurzes Signal.

Er öffnete die Tür und spähte durch den schmalen Spalt in den Flur hinaus.

Linda schlich sich aus dem Schlafzimmer und begann, in ihrer Handtasche zu kramen, die Jannik absichtlich auf die Kommode gestellt hatte. So konnte er ihre Reaktion ungestört hautnah miterleben.

Sie fischte das Handy aus der Tasche, sah kurz in Janniks Richtung, ohne ihn dabei zu bemerken, und las die Nachricht. Ihr Mund klappte auf. Ihre Daumen huschten über das Display.

»Verdammt«, fluchte Jannik leise und drückte sich das alte Ding reflexartig gegen die Brust. Es machte leise *Pling*.

Linda schöpfte keinen Verdacht. Sie wartete auf die Antwort.

»Das kannst du mir nicht antun«, las Jannik.

»Tut mir leid. Aber ich habe mich endgültig für diesen Schritt entschieden.« Erneut drückte er auf »Senden«. Dieses Mal schaltete er das Handy ab und brach die SIM-Karte in zwei Teile.

Linda hob erneut den Blick. Jannik konnte sie sehr deutlich sehen. Sie weinte stumme Tränen. Nach kurzem Zögern steckte sie das Smartphone zurück in die Tasche und lief ins Schlafzimmer.

Jannik schloss die Tür ab und setzte sich an den Schreibtisch.

32

Um das Erlebte zu verarbeiten, sollte man seine Ängste der Reihe nach aufschreiben. Nur so entkommt man den wiederkehrenden Albträumen, die einen nachts heimsuchen.

Doch wie soll ich meine Gelüste loswerden? Ich spüre eine Angst, die mich innerlich auffrisst. Ich werde von Vorstellungen getrieben, die mich nicht nur in der Nacht aufsuchen, sondern immer dann, wenn …

Nein.

Ein Wenn existiert nicht. Ich wurde von diesem innerlichen Trieb verschlungen.

Ich erkenne mich selbst kaum wieder.

Alles, was von mir geblieben ist, ist eine leere Hülle, die äußerlich meinem früheren Ich entspricht.

Erst heute habe ich meinen Sohn gegen das Kissen gedrückt, und das macht mir Angst.

Ich bin zu einem Gefangenen meiner Vorstellungen geworden.

Obwohl ich mein Kind sehr liebe, könnte ich mir vorstellen, ihn dieser Prüfung zu unterziehen. Er ist noch so klein und unschuldig. Klein und unschuldig.

Nein. Das werde ich mir niemals verzeihen können.

Sonja. Auf Sonja kann ich verzichten. Sie ist erst drei.

Wie riecht eigentlich ein totes Kind? Genauso intensiv wie eine tote Ratte?

Ich muss aufhören. Sonja ist mein Kind.

Ich werde mich auf Alina konzentrieren.

Alina. ALINA!

33

»Jetzt müssten alle Kollegen anwesend sein, die mit diesem Fall betraut sind.«

Polizeihauptkommissar Reinhold Stettel, der Leiter der Berliner Mordkommission, sah die Anwesenden prüfend an. Er strich sich mit beiden Händen über den Bauch und ging zur Tafel.

»Herr Bär?«, wandte er sich an Tom und griff nach einem roten Stift. »Was hat die Untersuchung der Fingernägel des getöteten Moritz Bierstorfer ergeben?«

»Leider nichts, was uns weiterbringen könnte. Das Wasser hat alle Spuren aufgelöst, die uns Hinweise gegeben hätten. Der Mann wurde von hinten angegriffen und hatte keine Zeit, sich zur Wehr zu setzen«, schloss Tom seinen dürftigen Bericht mit einem matten Gesichtsausdruck ab.

»Greenwood?« Reinhold Stettel deutete mit dem Stift auf Ella.

»Es scheint ein Zusammenhang zum Fall Josephine Bruckner zu bestehen. Wir haben in seiner Jackentasche eine Kerze gefunden, deren Zusammensetzung und Farbe identisch mit dem Wachs auf Josephines Körper sind.«

Leonhard pflichtete ihr bei. »Entweder war dies nur ein Ablenkungsmanöver und der Mörder will uns zum Narren halten, oder Moritz Bierstorfer war der Mörder von Josephine Bruckner. Wobei ich von der ersten Variante überzeugt bin. Dank der vorbildlichen Arbeit unserer Kollegen aus der Kriminaltechnik ist es uns gelungen, einen Schuhabdruck sicherzustellen. Wir konnten ihn zwar bisher niemand Bestimmtem zuordnen, dennoch könnte dies ein kleiner Schritt in die richtige Richtung sein. Wir vermuten, dass der Mörder eine Verabredung mit einer Frau hatte. Das plötzliche Auftauchen von Herrn Bierstorfer brachte den ausgeklügelten Plan des Gesuchten wahrscheinlich dermaßen durcheinander, dass er diesen Mann im Affekt erstochen und in den See geworfen hat.«

Leonhard legte eine Pause ein. Er stand ohne Eile von seinem Stuhl auf und schritt nach vorn. »Darf ich?« Er nahm dem Polizeihauptkommissar den Stift aus der Hand und stellte sich vor die Tafel. Alle Blicke waren auf ihn gerichtet.

Mit einer einzigen und sehr routinierten Bewegung malte er einen beinahe perfekten Kreis.

»Die meisten Psychologen sprechen von einem Kreislauf, den ein Täter durchläuft.« Er schrieb drei Begriffe in den Kreis hinein.

Angriff
Abkühlphase
Reiz

»Können Sie das Gekritzel näher erläutern?«, brummte Reinhold Stettel.

»Dazu komme ich gleich.« Leonhard ließ seinen Blick über die Gesichter seiner Kollegen gleiten. »Zuerst spielt sich alles nur in seinem Kopf ab. Doch irgendwann reichen die Fantasiebilder nicht mehr aus. Seine Vorstellungen fangen an zu verblassen. Es verschafft ihm keine Befriedigung mehr.« Leonhard malte ein Emoji mit einer kaputten Glühbirne auf der Stirn. »Damit versuche ich zu versinnbildlichen, dass Psychopathen nicht ganz helle im Kopf sind.«

Verhaltenes Gelächter schwang durch den Raum. Weitere Begriffe folgten.

Planung
Erneutes Zuschlagen

»Wir dürfen die emotionale Indifferenz eines möglichen Serientäters nicht mit einem gewöhnlichen Mörder vergleichen. Diese Männer sind erpicht darauf, ihre Taten zu planen, sie handeln sehr selten im Affekt und lassen sich nicht von ihren Gefühlen leiten. Das Wort ›Empathie‹ existiert für diese Spezies Mensch nicht.« Leonhard hob den Zeigefinger in die Luft und wartete, bis die Lautstärke abebbte.

»Das sind keine Menschen, das sind Monster«, rief eine junge Polizistin in die Stille hinein.

»Das ist der alles entscheidende Punkt. Ihre Taten sind die eines Monsters, da stimme ich Ihnen zu. Aber diese Männer sind gleichzeitig liebende Väter, hilfsbereite Nachbarn, verlässliche Kollegen. Sie sind zwar nicht immer superintelligent wie Doktor Lecter, haben aber die Fähigkeit, in der Anonymität der Mitmenschen abzutauchen und unsichtbar zu werden.«

»Herr Bär, Sie wollten noch etwas hinzufügen?«

Tom sah von seiner Akte auf, räusperte sich, blieb aber sitzen. »Angesichts der Schwere der Verletzungen gehe ich stark davon aus, dass derjenige, der dem Toten das angetan hat, sehr kräftig ist.«

»Richie?« Leonhard zeigte mit dem Stift auf den Leiter der Kriminaltechnik.

»Aus der Tiefe des Stichkanals kann nicht unmittelbar auf die Klingenlänge der Waffe geschlossen werden, weil die weichen Strukturen des Körpers durch die Wucht des Zustoßens nachgeben können. Unsere Taucher konnten allerdings das hier aus dem See bergen.« Er reichte Leonhard ein DIN-A4-Blatt. Darauf war eine handelsübliche Schere zu sehen.

»Er bediente sich also einer langen und spitzen Schere, die er mitgebracht haben muss. Was bedeutet, dass er die Tat zwar geplant, sich jedoch nicht darum geschert hat, wie er den Mann tötet. Er war nicht sein wirkliches Ziel, sondern die Frau, die die Schuhabdrücke hinterlassen hat. Das alles spricht für einen eifersüchtigen Ehemann oder Freund, der seine Lebensgefährtin mit niemandem teilen will. Oder die beiden sind in Streit geraten und der Tote wollte die Frau lediglich vor ihrem eifersüchtigen Partner schützen und wurde selbst zum Opfer? Womöglich wurde er nur deswegen getötet, weil er Zivilcourage gezeigt hat. Aber das ist Spekulation.« Leonhard sah wieder zum Leiter der Kriminaltechnik, der ihm daraufhin drei Fotoabzüge reichte.

»Schuhgröße achtunddreißig. Leider gibt es keinen Hinweis auf das Fabrikat.«

»Können wir uns vielleicht wieder auf das erste Opfer konzentrieren? Was ist das Vordringliche, was bewegt den Mann dazu, eine Frau auf diese Weise zu töten? Was will er uns damit sagen? Er erwürgt sie und perforiert ihren Körper mit einem spitzen Gegenstand, danach verplombt er die Wunden mit dem heißen Wachs einer Kerze, die er in der Innentasche seiner Jacke bei sich trägt? Warum?«, riss Reinhold Stettel die Gesprächsführung wieder an sich.

Leonhard nickte Ella aufmunternd zu und klopfte mit dem Stift sachte gegen die Handfläche.

»Egal wie banal ein Mord auf den ersten Blick erscheinen mag, er trägt stets eine Botschaft des Mörders in sich. Der Mann im See war wahrscheinlich nur ein Zufallsopfer. Sie haben völlig recht, wir sollten uns vorerst auf das erste Tötungsdelikt fokussieren. Wir wissen leider noch nicht, welcher Art von Zwang ihn dazu treibt, die Leiche so zu drapieren.«

»Sie meinen, dass das bloß der Anfang war? Welche Bedürfnisse werden beim Täter durch diese Art der Tötung befriedigt?« Reinhold Stettel ließ seinen Blick durch den Raum schweifen. Doch keiner der Anwesenden traute sich, sich zu melden.

»Er reagiert seine Wut ab«, sagte Ella mit fester Stimme.

Leonhard schrieb das Wort »Wut« an die Tafel.

»Vielleicht findet er keinen Anschluss in der Gesellschaft. Wird nicht so akzeptiert, wie er ist.«

»Außenseiter«, kritzelte Leonhard darunter und fügte in Klammern ein weiteres Wort hinzu: »(introvertiert)«.

»Er ist womöglich sexuell frustriert?«, rief ein junger Mann aus der hinteren Reihe.

Mit »Impotenz« oder »Sexsucht« folgten weitere Begriffe.

»Er ist nicht impotent«, widersprach Ella. »Er kannte den Tagesablauf dieser Frau. Er konnte sie nicht haben. Da spielt auch der psychologische Aspekt eine sehr entscheidende Rolle. Es gibt Täter, die ihre Wut, die sie gegenüber ihren autoritären Müttern oder auch Frauen empfinden, auf andere lenken.«

Leonhard klammerte »Impotenz« ein und fügte »verheiratet?« hinzu.

»Wie weit sind die forensischen Fortschritte bezüglich des angeblichen Briefs der Hausverwaltung?«, wechselte Stettel das Thema.

»Wir haben den Zettel vakuumiert und mit Grafitpulver beschichtet, des Weiteren –«

»Keine Details zum Vorgehen«, unterbrach Leonhard die Beamtin mit den grellroten Haaren und dem bunt tätowierten Hals. Sie nickte knapp und reichte Leonhard eine dünne Mappe.

Leonhard pinnte zwei weitere Fotoabzüge an die Wand neben dem Whiteboard. »Eine Kinderskizze?« Leonhard betrachtete das linke Blatt etwas genauer.

»Ja. Das Blatt, auf dem später der Brief geschrieben wurde, wurde zuvor als Unterlage genutzt und der offenbar junge Künstler hat sich ungewollt auf dem obersten Blatt verewigt. Mithilfe eines Spezialverfahrens ist es uns geglückt, die Vertiefungen sichtbar zu machen.«

»Gibt uns die Zeichnung irgendwelche Hinweise auf das Alter des Zeichners?«

»Ja. Ich bin selbst Mutter und würde das Alter des Kindes auf sechs bis neun schätzen.« Die Frau mit den knallroten Haaren lächelte. »Manchmal passieren die entscheidendsten Dinge rein zufällig. Das war eine Standardprozedur – und siehe da, wir haben womöglich einen weiteren Hinweis. Das bedeutet, der Verfasser des Briefes hat ein oder mehrere Kinder oder Enkel.«

»Mädchen oder Junge?« Leonhard hob fragend eine Braue.

»Ich tippe auf einen Jungen. Mädchen malen keine Autos, zumindest nicht in diesem zarten Alter und nicht so detailliert wie auf diesem Bild.«

»Ein Sportwagen?«, fragte der Leiter der Mordkommission grüblerisch und trat näher.

»Ich erkenne da nur ein Fahrzeug mit vier Rädern«, fügte Leonhard an.

Ella konnte in dem Gekritzel ebenfalls nicht viel erkennen. *Es könnte auch ein Tretauto sein*, dachte sie, behielt ihre Meinung aber für sich.

»Sehr gut«, lobte Leonhard die Rothaarige und schrieb ein weiteres Wort an die Tafel: »Familienvater.«

»Was haben Sie noch?«, wandte sich Reinhold Stettel erneut an Richie.

»Am ersten Tatort wurden zwei Fasern gefunden. Die eine hat Frau Greenwood am Türspion an der Außenseite von

Frau Blumthalers Wohnung entdeckt. Sie stammt von einem handelsüblichen grauen Paketklebeband. Der Täter wollte wohl sichergehen, nicht gesehen zu werden, und hat den Türspion abgeklebt. Beim Ablösen muss ein hauchdünnes Stück haften geblieben sein. Die andere Faser, die in Josephines Schlafzimmer gefunden wurde, ähnelt einem Nähgarn, besteht aber aus Schafsdarm. Wir haben sie jetzt einem bestimmten Produkt zuordnen können.«

»Komm schon, Richie, spuck es aus«, drängte Leonhard den kleinen Mann zur Eile.

»Bei dem Gewebe handelt es sich um Catgut. Das hat man früher in der Uhrmacherei verwendet, um die Lederarmbänder zu vernähen. Der Mann interessiert sich womöglich für Uhren.«

»Emil Grau, Frau Blumthalers Enkel kommt da wohl nicht wirklich infrage. So verkrümmt, wie seine Finger sind, bekommt er nicht mal seine Schnürsenkel zu«, witzelte Leonhard.

»Er könnte sich verstellt haben«, merkte Tom an.

»Das wäre schwierig«, sprach Leonhard seine Bedenken laut aus.

»Ausgeschlossen«, bestätigte Richie Leonhards ersten Gedanken. »Dazu wäre dieser Mann nicht in der Lage. Er ist ein Junkie.«

»Kann man dieses Catgut auch für andere Zwecke verwenden?«, wollte Ella wissen.

»Früher hat man damit Wunden zugenäht, heute wird es noch bei Saiteninstrumenten eingesetzt«, zählte Richie auf.

»Ich denke, wir haben nun einiges an Eckpunkten gesammelt.« Reinhold Stettel klatschte lobend in die Hände. »Herr Stegmayer, möchten Sie abschließend noch etwas hinzufügen?«

»Wie ich schon erwähnt habe, neigen die meisten Täter dazu, ihre Verbrechen in einer Umgebung zu begehen, die ihnen vertraut ist. Dort fühlen sie sich, so absurd es auch klingen mag, geborgen und vor fremden Blicken geschützt. Wir alle können unser emotionales wie auch substanzielles Verlangen nur durch eine intensive Intervention befriedigen. Was bedeutet, der Mörder wird erneut versuchen, Kontakt aufzubauen. Er kann seine Triebe erst dann bändigen, wenn er jemanden tötet. Dabei werden die Zeitspannen zwischen den Morden häufig stetig kürzer. Die Normalität kehrt irgendwann zurück, und er spürt den Kontrast zu jenem Moment, an dem er ein Leben ausgelöscht hat, ohne dabei viel Aufmerksamkeit zu erregen, noch deutlicher. Er hat Blut geleckt. Das Verlangen wird von ihm Besitz ergreifen.

Okay, das wars von meiner Seite. Noch Fragen? Will jemand etwas ergänzen?«

Zuerst herrschte betretenes Schweigen. Anschließend wurden die Stimmen nach und nach deutlicher. Leonhard setzte sich auf seinen Stuhl und überließ die Führung wieder seinem Chef.

Reinhold Stettel zog die etwas zu kurz geratenen Ärmel seines grob gestrickten Pullovers in die Länge und bat um Mäßigung.

»Was ist jetzt mit den von Ihnen aufgeschriebenen Stichpunkten?«, wollte ein junger Polizist mit Blick auf Leonhard wissen.

»Angriff, Abkühlphase, Reiz, Planung, erneutes Zuschlagen«, las Leonhard die wichtigsten Begriffe vor. »Das ist der Kreis, den der Mörder dauernd durchläuft. Der Angriff erfolgt jedes Mal dann, wenn der Reiz seiner Erinnerung an den Mord nicht mehr die gewünschte Wirkung zeigt. Die Abkühlphasen werden von Tat zu Tat kürzer, die Planung wird ausgereifter, weil er ständig dazulernt.«

»Das bedeutet …«

»Dass wir alle auch heute Überstunden schieben müssen«, hörte Ella eine gedämpfte Stimme und stimmte in Gedanken zu.

»Frau Greenwood, möchten Sie sich nicht an der Diskussion beteiligen?«, riss Reinhold Stettel Ella aus ihren Gedanken. Sie setzte sich gerade hin. Auf einmal herrschte im Raum Totenstille.

»Er hat die Frau womöglich verehrt, darum hat er sie auch nicht vergewaltigt. Diese Art von Triebtätern verliebt sich in die Frauen. Auf eine für uns nicht akzeptable Art. Aber das, was diese Typen empfinden, ist keine Liebe. Sie wollen sie besitzen, darum nehmen sie ihnen das Leben.«

»Weil sie keinen hochbekommen?«, erklang eine belustigte Stimme Beifall heischend. Sie gehörte einem jungen Polizisten mit sonnengebräunter Haut und akkurat frisiertem schwarzem Bart, der in der hintersten Ecke saß. Seine Füße waren an die Tischkante gelehnt.

»Genau. Ein Triebtäter steht bei seinen Taten unter enormem Druck. Sie würden auch auf Knopfdruck keinen hochbekommen, wenn ich Sie herausfordern würde«, konterte Ella.

Das selbstzufriedene Lächeln des Mannes gefror. Die makellos weißen Zähne schlossen sich. »Stets zu Ihren Diensten.« Er fand seine Fassung wieder, strich seine gegelte Mähne nach hinten und breitete die Arme aus. Grinsend klopfte er sich gegen die muskulöse Brust und kaute schmatzend weiter an seinem Kaugummi.

»Sie sind nicht omnipotent. Könnten Sie mich vor der gesamten Belegschaft sexuell befriedigen?« Ella kämpfte mit sich selbst, aber sie musste diese Wand aus dummen Sprüchen endlich durchbrechen.

»Was?« Der Kaugummi blieb ihm im Hals stecken. Seine Augen begannen zu tränen.

»Genau das. Der Gesuchte bekommt kalte Füße, wenn es wirklich drauf ankommt. Selbst bei einer toten Frau hat er Angst zu versagen.«

»Oder er fürchtet sich, dabei erwischt zu werden, weil er sich seiner nicht sicher ist. Und du, Francesco, solltest deinen Mund nicht zu voll nehmen«, warnte Leonhard den jungen Polizisten mit gespielter Ernsthaftigkeit. »Ansonsten werde ich deine Freundin anrufen. Ich will gar nicht wissen, was deine Mama zu deinen Sprüchen sagen wird, wenn sie erfährt, wozu du so kurz vor deiner Hochzeit bereit wärst.«

Francesco lief rot an und senkte den Blick.

»Ich gehe dann mal.« Ella stand auf.

»Ich begleite Sie«, beeilte sich Leonhard zu sagen. »Tom?« Er sah seinen Kollegen fragend an.

»Ja, ich komme auch mit.«

»Alle anderen bleiben auf ihren Plätzen!« Reinhold Stettel hob klatschend die Hände und zwang so die kleine Gruppe zur Ruhe.

34

Das alles verzehrende Begehren, dieses Verlangen, diese unerschöpfliche Sehnsucht aus dem tiefsten Inneren seines Selbst, kombiniert mit dem latent flackernden Gefühl der Verzweiflung, brachte ihn an den Rand des Verstands.

Jannik lag im Bett neben seiner Frau. Das Schlafzimmer war von einem dissonanten Crescendo erfüllt und ließ ihn nicht einschlafen. Linda schnarchte. Er drehte sich auf die Seite und starrte in die Dunkelheit. Nach einer Weile wälzte er sich erneut auf die andere Seite und sah sich das schlafende Gesicht neben ihm genauer an. Seine Hand kroch unter der Decke hervor und schloss sich um Lindas Hals.

Sie riss im Schlaf die Augen auf. »Was ist los?«, fragte sie entsetzt.

Janniks Finger drückten fester zu. »Ich will dich«, keuchte er und stemmte sich mit dem linken Ellenbogen in die Höhe. Er schaute Linda durchdringend an.

Angst kroch aus ihren von Tränen verschleierten Augen. »Jannik, ich liebe dich. Warum tust du mir das an?«

»Ich will das mit dir tun, was du diesem Mann versprochen hast.«

»Wovon redest du?«

»Denkst du, ich bin so blind? Ich habe deinen Provider angeschrieben und die Anruflisten erhalten.«

»Da war nichts. Er war nur ein Kollege. Ich habe die Beziehung …« Lindas letzte Worte wurden zu einem Röcheln. Ihre Augen traten hervor. »Bitte.«

»Beziehung?« Jannik ließ von Linda ab. »Beziehung?« Er schlug ihr ins Gesicht.

»Bitte, hör auf. Da war nichts.«

»Ihr habt euch also heimlich getroffen?«

»Nein. Ich habe ihn sitzen lassen. Ich liebe nur dich.«

Erneut packte er sie am Hals. Nun mit beiden Händen.

»Fick mich, Jannik. Ich will dich. Jetzt! Mach mit mir, was du willst«, stöhnte Linda. Ihr Gesicht lief dunkelrot an. Die Halsschlagader unter Janniks Daumen schwoll dick an. Feine Äderchen platzten auf dem Weiß ihrer Augen. Wie von einem roten Spinnennetz umwoben pulsierten ihre Pupillen.

»Liebst du mich noch?«, flüsterte er und setzte sich rittlings auf sie.

»Ja!« Lindas Hände liebkosten sein Gesicht. »Ich will noch ein Kind von dir, das deinen Namen tragen soll, wie du es dir immer gewünscht hast.« Linda rang nach Luft, trotzdem strich sie ihrem Mann zärtlich über die eingefallenen Wangen. »Wenn es ein Junge wird, soll er Jannik heißen …« Ihre Worte stockten. Sie schluckte und schloss kurz die Lider. »Wenn es ein Mädchen wird, soll sie Janna heißen.«

Jannik ließ von ihr ab und zerrte ihr grob die Kleider vom Leib. Linda ließ es geschehen.

»Liebst du mich wirklich?« Janniks Finger zappelten über ihre Brüste. Mit Daumen und Zeigefinger kniff er ihre Brustwarzen zusammen. Sie gab ein leises Stöhnen von sich.

»Sei leise. Beweg dich nicht«, flüsterte er drohend.

Linda gehorchte und blieb reglos liegen.

»Ich darf wirklich alles?« Seine Augen wurden groß, der Blick gierig. »Warum ausgerechnet jetzt?« Er rutschte zum Bettende und spreizte ihre Beine auseinander.

»Ich habe mich seit gestern nicht gewaschen.« Linda hob leicht den Kopf an. Sie spürte seine Zungenspitze auf ihrer Scham.

Er sog gierig die Luft ein. »Ich mag diesen Duft.«

Durch Lindas Kopf rauschten Tausende Gedanken, wie scharfkantige Scherben hinterließen die Bilder puren Schmerz hinter ihrer Stirn. Aber sie gab sich stoisch.

»Warum dieser Sinneswandel?«, fragte Jannik erneut und hob den Kopf.

»Weil mir nach diesem kurzen Ausrutscher klar geworden ist, wie sehr ich dich liebe.«

Janniks Finger drangen in sie ein. »Ausrutscher?«, echote er und stieß noch fester zu.

Linda biss die Zähne zusammen, ohne sich zu rühren. »Unsere Liebe ist uns durch den ganzen Stress irgendwie abhandengekommen.« Sie bemühte sich um einen zärtlichen Ton.

Jannik gab ein leises Stöhnen von sich und legte sich auf sie. Sie spürte seinen Penis.

»Ich habe mich all die Jahre allein gefühlt. Ich gebe nicht dir die Schuld für diese Entfremdung.« Sie grub ihre Finger in sein Haar.

»Hör auf damit!« Er zitterte am ganzen Körper. »Du darfst zwar reden, sollst dich aber nicht bewegen.« Erneut durchfuhr ein konvulsives Zittern Janniks Körper. Er holte Luft und warf den Kopf in den Nacken. Er röchelte. »Du sollst dich nicht bewegen.« Auf zittrigen Armen schwebte sein Oberkörper über ihren Brüsten, dann ließ er sich auf Linda sinken. Er begrub sie unter sich.

Unter der Schwere bekam sie keine Luft, wagte jedoch nicht, sich zu rühren.

»Bleib einfach liegen.«

Sie hörte, wie er weinte. Sie spürte seine Tränen auf ihrer Wange. Er schluchzte und rollte sich zur Seite. Linda starrte zur Decke.

»Jannik? Schatz?«

»Halt einfach deine blöde Fresse. Bist du begriffsstutzig?« Er sprang vom Bett und stand jetzt über ihr. Mit der Rechten holte er zu einem Schlag aus.

»Papa?« Kevin tauchte in der Tür auf. »Mein Bett ist ganz nass.« Er schluchzte. Der Junge hatte wieder ins Bett gemacht. Er trug nur ein Unterhemd.

»Geh zurück in dein Zimmer, ich komme gleich nach.«

»Papa, hast du auch ins Bett gemacht oder warum bist du nackt?«

»Ich wollte mich gerade schlaffertig machen und deiner Mama einen Gutenachtkuss geben.« Er beugte sich demonstrativ langsam nach unten und drückte sein Gesicht an Lindas Ohr. »Du hättest dich nicht bewegen sollen«, hauchte er und verließ das Schlafzimmer, nachdem er sich eine Unterhose übergezogen hatte.

35

»Deine Suggestivfragen sind nicht gerade gesprächsfördernd.« Sixten griff in die Innentasche seiner Lederjacke und holte einen Briefumschlag heraus. Er grinste schelmisch und nahm einen großen Schluck Bier. »Soll ich dir noch etwas bestellen?« Er blickte auf das leere Martiniglas.

»Du willst mich doch nicht betrunken machen?«

»Nein. Es ist nur so: Nach langer Zeit sind wir mal wieder ungestört.« Er schob den Briefumschlag über den schartigen Tisch. Der Irish Pub war voll. Ella hatte Mühe, Sixten zu verstehen, als er sagte: »Ich habe ein Geschenk für dich.« Seine Finger berührten die ihren. »Mach es bitte auf.«

Er sah sie abwartend an.

Ella zögerte. »Ich habe aber kein Geschenk für dich.«

»Das macht nichts.«

Ella riss die Seite des Kuverts auf und zerrte an dem Foto, das sich darin verbarg. Sie schmunzelte und wischte sich mit der Hand hastig eine Träne weg. Ihr Kinn zitterte.

»Ich habe ganz schön blechen müssen und habe jetzt einen Punkt in Flensburg. Dafür haben wir ein gemeinsames Bild von uns als Paar.«

Ella betrachtete das schwarz-weiße Foto und fühlte sich zum ersten Mal seit Langem geliebt. Nach kurzem Zögern stand sie auf, umrundete den Tisch und gab Sixten einen zärtlichen Kuss auf die Lippen.

»Sixten, willst du dich wirklich auf eine richtige Beziehung einlassen, mit allem Drum und Dran? Mein Leben hat mehr Tiefen als Höhen.« Ella klang ernst. »Das bedeutet dann nicht nur Sex und leckeres Essen.«

»Wir könnten es doch zumindest versuchen. Dein Job ist zwar anstrengend und dein überheblicher Kollege taucht immer dann auf, wenn ich mit dir allein sein möchte. Außerdem bist du starrköpfig, und ich habe keine Ahnung, wie eine Beziehung funktioniert, weil ich nie eine richtige geführt habe. Aber du bist es mir wert. Vielleicht sind meine Ansprüche zu hoch und du verpasst mir jetzt einen Korb. Dennoch möchte ich um deine Gunst kämpfen … Jetzt rede ich schon wie ein Volltrottel.«

»Ich bin gar nicht starrköpfig«, erwiderte Ella und blinzelte die Tränen weg. Sie war sichtlich gerührt. »Ich bin einfach zielstrebig und erfolgsorientiert.«

»Ich weiß, aber es kommt auf die richtige Dosierung an. Wenn man nicht weiß, wann man loslassen muss, kann man auf dem Weg nach oben ziemlich schnell nach unten fallen und zerschellen. Was begeistert dich so sehr an dem, was du tust? Hast du keine Angst, irgendwann selbst in die Fänge eines Wahnsinnigen zu geraten?«

»Mich fasziniert diese Arbeit, das habe ich dir schon oft gesagt. Auf eine subtile Art verspüre ich einen Reiz, es ist wie eine Droge. Aber es gibt da noch einen anderen Grund.«

»Und der wäre?«

»Das werde ich dir irgendwann erzählen, aber nicht heute. Lass uns bitte gehen. Ich habe Lust auf eine Pizza.«

»Um ein Uhr nachts?« Sixten schob zwei Geldscheine unter sein halb leeres Bierglas und lief Ella folgsam zum Ausgang nach.

Sie schnappte nach seiner Hand und zog den großen Mann in die kühle Nacht hinaus. Vor der Eingangstür bog sie nach links ab und verschwand in einer dunklen Gasse.

»Hast du Angst im Dunkeln?«, rief sie. Ella hörte ihn lachen. Sie sah nur die große Silhouette auf sich zukommen.

»Und du?«, erwiderte er und packte sie an den Schultern. »Bekomme ich noch einen Kuss?«

»Wer weiß, was du noch alles bekommen kannst, wenn du dich geschickt anstellst, mein Wikinger.«

Sixten hob sie in die Luft und drückte Ella fest an sich. Ihre Lippen trafen sich. Ella gab sich einfach hin und schloss die Augen. Sie ließ sich von dem überwältigenden Gefühl berauschen, endlich aufrichtig geliebt zu werden.

36

Alina vernahm ein leises Klimpern wie Steine auf Glas. Sie schlief seit ein paar Tagen unruhig. Das Gefühl, beobachtet zu werden, verließ sie selbst im Schlaf nicht.

Sie warf die Bettdecke zur Seite und schaltete das Licht ihrer Nachttischlampe ein.

Erneutes Klimpern.

Alina schälte sich vollends aus dem Bett heraus und schob ihre nackten Füße in die Pantoffeln, die sich ungewöhnlich kalt anfühlten. Auch sonst hatte sie den Eindruck, dass eisige Luft über den Boden strich. *Irgendwo steht ein Fenster offen*, überlegte sie und schlich sich auf müden Beinen zu den Vorhängen.

Klack.

Schon wieder prallte etwas Kleines gegen das Glas. Alina stand hinter dem dünnen Stoff und spähte nach draußen. Die Straße wurde vom gelben Schein einer Laterne beleuchtet.

Egal wie sehr sich Alina auch anstrengte, sie konnte da unten niemanden ausmachen.

Klack. Sie bewegte den Kopf nach links und wieder nach rechts.

Klack. Das Glas bekam einen Riss. Alina stolperte rückwärts. Was ging hier vor?

Das Licht der Nachttischlampe erlosch. Sie stand nun völlig im Dunkeln.

Klack. Ein weiterer Riss.

Das laute Schellen, das aus der Sprechanlage drang, entlockte ihr einen erstickten Schrei purer Panik.

Alina lief in den Flur und suchte nach ihrem Handy. Sie hatte es gestern zum Aufladen auf die Kommode gelegt.

Ihre Finger drückten mehrmals auf den Lichtschalter. Nichts.

Mit vor der Brust ausgestreckten Armen tastete sie sich vorwärts und stieß mit dem Knie gegen eine Kante, wobei etwas mit einem Scheppern herunterfiel. Der Schmerz jagte durch ihren Körper. Sie tastete mit den Fingern über den Boden nach ihrem Handy. Das Display war bei dem Sturz offensichtlich zu Bruch gegangen. Und jetzt? Ein Festnetztelefon hatte sie nicht.

Es schellte wieder. Diesmal lang anhaltend. Alina zitterte am ganzen Körper.

Das Klingeln endete abrupt. Trotzdem hörte sie den Nachhall klar und deutlich in ihrem Kopf. Sie lehnte sich an die Wand und starrte zur Tür.

Schritte im Treppenhaus. Ein Klopfen. Stille.

Diffuse Beklommenheit bemächtigte sich ihrer und drückte ihren Brustkorb zusammen.

»Wer ist da?«, rief sie und klatschte verzweifelt abermals auf den Lichtschalter.

Es kratzte am Türschloss.

»Wer ist da?« Alinas Stimme klang schrill.

Die spürbare Gegenwart des unsichtbaren Eindringlings raubte ihr den Verstand.

»Bitte, lass das nur ein böser Traum sein«, beschwor sie sich selbst und lief zurück ins Schlafzimmer.

Sie kroch über das Bett und fiel auf der anderen Seite auf den Boden. Sie blieb liegen und lauschte. Das eine Ohr auf den Boden gedrückt, wartete sie auf Schritte. Nichts geschah.

Ich dumme Kuh brauche ein Messer oder etwas, womit ich mich verteidigen kann.

Sie rappelte sich auf die Füße, schob umständlich die Vorhänge beiseite. Die feinen Risse waren noch da, schienen sie zu verhöhnen.

Alina drückte ihr Gesicht gegen die kühle Scheibe. Ihr heftiger Atem kondensierte und wurde zu einer weißen Schleierwolke, die ihr die Sicht nahm. Alina wischte mit der Hand darüber und sah nach unten. Weiße Schneeflocken wirbelten in einem wilden Tanz an ihr vorbei. Der Boden war von jungfräulichem Weiß bedeckt. Alinas Herz stolperte. Mit lautem Pochen in der Brust sah sie die Schuhabdrücke, die zur Eingangstür führten.

»Ich habe es mir nicht eingebildet.« Alina suchte in ihrem Kopf nach einem Ausweg. Mit starren Fingern umklammerte sie den Fenstergriff und drehte daran. Sie war so in Panik, dass sie es nicht schaffte, das Fenster zu öffnen. Es tat sich nichts – egal wie viel Mühe sie sich gab und wie heftig sie daran zerrte.

Ich muss hier weg, schrie sie sich in Gedanken an, ließ vom Fenster ab und blickte sich in der Dunkelheit nach einem schweren Gegenstand um.

Ein leises Knacken ließ sie aufmerken. Jemand hatte die Tür ihrer Wohnung geöffnet. Und dieser Jemand kam in der Nacht, weil er sie töten wollte. Alina konzentrierte sich auf das stetig lauter werdende Geräusch. Es war ein Schaben, als zöge jemand einen schweren Hammer über den Boden hinter sich her.

In ihrer Verzweiflung sprintete sie zur Tür, um sie zuzuwerfen, da vernahm sie eine ihr sehr vertraute und in den letzten Tagen lieb gewordene Stimme, die ein wenig ängstlich klang.

»Alina?«

Es ist Jannik, rauschte es durch ihren Kopf.

»Alina?! Wo bist du?«

»Jannik, bist du das?«, stammelte sie hysterisch.

»Alina? Warum stand bei dir die Tür offen?«

»Jannik?«

»Ja. Wo bist du?«

Traumähnliche Bruchstücke einer Erinnerung aus ihrer Kindheit tauchten vor ihrem inneren Auge auf. Sie hielt die Luft an. Alina war damals elf Jahre alt gewesen. Auch damals hatte sie hinter einer Tür gestanden. Es war eine dunkle Nacht im Winter. Jemand hatte die Fensterscheibe eingeworfen. Die Scherben lagen überall im Zimmer verteilt und schimmerten wie winzige Eiskristalle auf dem toten Körper ihrer Mutter. Diese Geschichte kannte nur der Polizist, der sie befragt hatte – und Jannik. Ihm hatte sie sich anvertraut und alles über ihre schlimmsten Erlebnisse erzählt.

Alina sah die toten Augen ihrer Mutter deutlich vor sich. Der gebrochene Blick starrte in ihre Richtung. Ein Schrei.

Alina schlug heftig um sich. Jemand griff nach ihren Händen.

Die Erinnerung und die Gegenwart vermischten sich zu einem betäubenden Durcheinander aus Bildern und Gefühlen. Eine Hand legte sich auf ihren Mund.

»Schsch …«

Alinas Körper verkrampfte sich. Janniks beruhigendes Geflüster drang noch nicht ganz zu ihrem von schrecklichen Bildern verschleierten Verstand hindurch, der sich nur langsam klärte.

»Jannik, Jannik …« Sie begann zu hyperventilieren. Alles um sie herum verschwamm in einem trüben Schwarz.

»Tut mir leid. Ich wollte dich nicht erschrecken«, sprach er weiter und drückte ihr etwas gegen den Mund. »Eigentlich wollte ich dich mit einem späten Besuch überraschen und habe uns Burger besorgt.«

Alina ruhte mit dem Rücken an ihn gelehnt auf seinem Schoß. Erst jetzt nahm sie den eigenartigen Geruch wahr. Sie atmete in eine braune Papiertüte. Die in Papier eingewickelten Burger lagen auf dem Boden neben ihr. Jannik lächelte sie sanftmütig an. Sie blinzelte heftig und starrte in Janniks Gesicht. Er sah anders aus als sonst. Etwas in seinen Augen bereitete ihr Sorgen.

Alina schob Janniks Hand, in der er die Papiertüte hielt, beiseite. Der erste tiefe Atemzug war kühl und frisch. Immer noch verspürte sie ein leises Kribbeln der Panik in ihrer Brust. Sie blickte noch tiefer in Janniks glänzende Augen.

Er schwieg und sah sie einfach nur an, ohne dabei zu blinzeln. Auf seiner Stirn glänzten winzige Schweißperlen. Ganz langsam beugte er sich nach unten, drückte ihr seine warmen Lippen auf die Stirn und richtete sich wieder auf.

»Glaubst du an Gott, Alina?«

Hat er mir da gerade ein Kainsmal aufgedrückt, überlegte sie hastig. Sie hatte den Verdacht, dass er ihr damit etwas Bedeutsames sagen wollte, ohne sie dabei jedoch direkt anzusprechen.

»Was ist los, Jannik? Warum diese Frage? Ich bin abergläubisch, das weißt du ja, und das ist ein sehr schlechtes Omen.«

Er lächelte stumm und half ihr auf die Beine. Alinas Knie waren butterweich und knickten wieder ein. Er fing sie auf und drückte sie fest an sich. Den Mund dicht an ihr Ohr gedrückt, stellte er ihr eine weitere Frage: »Glaubst du an Schicksal?«

Sie wollte sich losreißen, doch Jannik war viel stärker als sie. Seine Arme spannten sich an.

»Jannik, du tust mir weh!« Vergeblich versuchte sie, sich aus der Umarmung zu befreien.

Der Griff lockerte sich etwas. »Ich habe dich ausgesucht.«

»Jannik, du machst mir Angst.« Alina wand sich aus seiner Umklammerung und fiel rückwärts hin. Dieses Mal fing er sie nicht auf. Alina landete auf dem Bett.

»Es kommt immer ein Tag im Leben, an dem klar wird, welche Funktion uns auf dieser Welt vom Schicksal zugeteilt wurde. Es gibt das Gute und das Böse – und dann gibt es mich.« Er beugte sich nach unten und hob einen der Hamburger auf, der in Papier eingewickelt war. Der helle Strahl einer Taschenlampe blendete Alina und brannte sich in ihre Netzhaut ein. Weiße Punkte schwammen vor ihren Augen.

»Jannik, ich habe Angst.« Sie strampelte mit den Füßen und kroch rückwärts über das Bett.

Das dünne Lächeln auf Janniks Lippen verwandelte sich in einen weißen Strich. Sein Gesicht wurde zu einer Fratze. Er trat näher, wickelte den Burger aus und warf den Inhalt in Alinas Schoß.

Auf ihrem weißen Nachthemd landete ein dunkler Klumpen, der sich bewegte. Das Gewusel aus undefinierbarer Masse zersetzte sich vor ihren weit aufgerissenen Augen. Ein ekelerregender Gestank kroch in Alinas Nase. Sie würgte.

Es wurde wieder stockdunkel.

Alina war wie paralysiert und traute sich nicht, sich zu bewegen. »Jannik?« Er war nicht mehr da. Alina wartete auf eine Antwort. Er blieb verschwunden.

Zögernd rutschte sie auf die Bettkante zu. Während ihr linker Fuß in der Schwebe hing, ging die Deckenbeleuchtung an und tauchte alles in ein grelles Weiß, nur der Klumpen in Alinas Schoß blieb dunkel.

Nein! Kleine gelbe Maden wuselten … O Gott!

Alina übergab sich und schrie.

Die Würmer krochen aus der Augenhöhle eines kleinen Nagers. Der aufgeblähte Bauch des Tieres platzte mit einem leisen Plopp, nachdem eine glänzende Messerspitze sich in das angespannte schwarz-graue Fell hineingebohrt hatte. Eitrige Flüssigkeit quoll aus der Wunde und ergoss sich über Alinas Bein. Der Saum ihres Nachthemdes war nach oben gerutscht. Ihr weißes Höschen färbte sich dunkel. Sie hatte sich vor Furcht in die Hose gemacht.

»Ich möchte, dass du tot bist«, sagte Jannik und schritt zum Fenster.

»Nein. Das ist nur ein böser Traum. Ich will hier weg. Lass mich bitte allein. Du machst mir Angst, Jannik. Ich will allein sein.«

»Du musst dich nur tot stellen. Ich will bloß neben dir liegen. Mehr nicht.« Er kam zurück und schloss die Tür. Danach öffnete er eine der Schubladen der Kommode und holte ein Feuerzeug heraus.

»Was machst du da?«

Alina sah, wie Jannik eine Kerze anzündete. Seine Hände zitterten und die Flamme ging mehrmals aus.

»Diese Duftkerze habe ich in der Apotheke ausgesucht, als wir uns das erste Mal begegnet sind. Weißt du es noch?«

»Ich will es gar nicht hören.« Alina klang heiser. Ihre Aussprache war feucht. Ihre Lippen bebten. Ein dünner Speichelfaden hing an ihrem Kinn.

»Sei still, Alina!« Er stand weiterhin mit dem Rücken zu ihr.

Alina strich sich über die Augen. Sie hob den Blick und suchte nach einem Ausweg. So sehr sie sich auch wünschte, hier so schnell wie möglich zu verschwinden, so wagte sie doch nicht, sich zu rühren. Die kleinen Viecher krabbelten über ihre Beine. Das Kitzeln auf der Haut war ekelerregend, genauso wie der Gestank.

»Geh weg, Jannik, lass mich allein!«

Mit einem Laut der Empörung drehte er sich auf dem Absatz um und zeigte ihr unmissverständlich, dass ihm ihr Gebaren missfiel. »Dein kindisches Getue geht mir auf die Nerven. Ich habe mir unser erstes Mal etwas anders vorgestellt.«

Alina traute ihren Ohren nicht.

»Leg dich auf den Rücken!«

Sie schüttelte den Kopf.

Er stand direkt vor ihr. »Leg dich hin!«

»Du hast vom Schicksal und von Gott gesprochen!« Alina fand wieder neuen Mut. »Lass uns doch bitte ins Wohnzimmer gehen. Ich will mit dir Sex haben. Aber nicht so. Das Schicksal hat uns vielleicht zusammengeführt, aber das, was du von mir verlangst, entspricht nicht meinen Vorstellungen. Bitte. Lass uns wie zwei vernünftige Menschen darüber sprechen.« Ihre Stimme klang sanftmütig. Sie wischte sich mit dem Unterarm über die Lippen.

»Die Abläufe erschließen sich einem nicht sofort und mögen einem zuerst wie eine grausame Fügung des Schicksals erscheinen, jedoch nur auf den ersten Blick. Du und ich …« Er ließ den Satz in der Schwebe, weil er den Text vergessen hatte. Dabei hatte er sich diesen Abschnitt doch genau eingeprägt und für diesen Moment aufgespart. Er wollte die Frauen mit seinem Geist beeindrucken, ihnen imponieren.

Er drehte das Messer und ließ das Licht sich auf der Schneide spiegeln.

Alina registrierte, wie seine Hand mit der Klinge nach oben schwang. »Das tut nicht wirklich weh«, sagte er leise und zog das Messer aus ihrem Hals heraus. »Jetzt lass uns tanzen.« Blut benetzte sein Gesicht.

Alina starrte ihren Peiniger ungläubig an und stützte ihren Oberkörper mit beiden Armen ab.

»Komm mit mir.« Ein weiterer Stoß traf ihre Arterie. Er zog sie aus dem Bett. Alinas Augen flackerten. Alles um sie herum wurde von einem milchig-trüben Schleier verdeckt. Sie sackte in sich zusammen, doch er fing ihren Sturz auf.

»Siehst du? Ich bekomme immer, was ich will«, flüsterte er ihr ins Ohr.

37

Das Wohnzimmer sah aus wie nach einem Massaker. Wieder diese kreisförmigen Blutspuren, die auf dem Boden und an den Wänden verteilt waren.

Ella und Richard folgten dem Rechtsmediziner ins Schlafzimmer.

»Alina Kraftschuk«, setzte Tom die beiden Kommissare in Kenntnis.

»Ich kenne diese Frau«, erklärte Ella mit nachdenklicher Stimme. Allerdings konnte sie sich nicht erinnern, woher.

»Sie kennen sie?« Leonhard bedachte sie mit einem abwartenden Blick.

»Ich bin mir ziemlich sicher, dass ich die Tote schon mal gesehen habe«, rückte Ella ihre Aussage zurecht. Leonhard schaffte es dauernd, sie wie eine Anfängerin aussehen zu lassen.

»Gerade eben haben Sie behauptet, diese Frau zu kennen, und …«

»Sie arbeitete in der Apotheke, in der ich die Schmerztabletten für Sie besorgt habe.« Gott sei Dank war es ihr wieder eingefallen. Sie verspürte eine Woge der Erleichterung.

»Die Sie später sehr zum Leidwesen unseres Chefs gegen Abführmittel ausgetauscht haben«, vervollständigte Leonhard Ellas Satz. Sein finsterer Blick wurde noch kühler.

»Dieses Mal hat das kranke Schwein eine beinahe perfekte Enukleation durchgeführt und beide Augäpfel komplett entfernt«, fuhr der Rechtsmediziner zwischen die Streithähne.

»Waren ja auch für Sie und nicht für Polizeihauptkommissar Stettel gedacht«, nuschelte Ella und spähte zu dem Leichnam.

»Wieso hat er die Augen herausgeschnitten?«, fuhr Tom unbeirrt fort.

»Er sammelt Trophäen, damit er sich später daran aufgeilen kann.«

»Ihm reicht der Kick nicht mehr aus«, murmelte Tom.

»Und auch dieses Mal hat er die Leiche gewaschen«, konstatierte Leonhard ruhig. Seine Stimme klang wieder sachlich. »Was hat die Wasserleiche mit diesen beiden Morden zu tun? Warum hatte der Tote die Kerze bei sich?«

»Weil er uns damit etwas sagen wollte? Oder uns auf eine falsche Spur locken. Sein Plan ist aber nicht aufgegangen.« Ella wartete, bis die beiden Männer sie anschauten. »War der Tote im See eventuell einfach ein Ablenkungsmanöver oder gehörte auch sein Tod zum perfiden Plan des Mörders?«

»Habt ihr schon einen Namen für ihn?«, fragte Tom interessiert.

»Für den Mörder?« Leonhards Stirn wurde kraus, die Frage erschien ihm deplatziert.

»Ja, klar. Für wen denn sonst?«

»Richie hat ihn ›Tänzer‹ genannt, passt ja auch irgendwie: der Totentänzer.« Leonhard zog seine Gummihandschuhe zurecht und wartete auf eine Antwort. »Er hinterlässt keine Spuren. Trotz des wilden Tanzes, bei dem er das ganze Wohnzimmer in ein Blutbad verwandelte, hat die Spurensicherung keine brauchbaren Fußabdrücke sicherstellen können. Ich nehme an, hier verhält es sich nicht anders?«

Tom schüttelte frustriert den Kopf. »Bisher wohl leider nicht.«

Alina lag auf dem Bett, die Beine weit auseinandergespreizt.

»Wer hat die Leiche entdeckt?« Ella sah zu Leonhard.

»Die Polizei. Und Sie hatten recht, Greenwood, Frau Kraftschuk arbeitete tatsächlich in einer Apotheke. Nachdem sie zwei Tage lang nicht auf der Arbeit erschienen war, hat Alinas Chef ihre Mutter angerufen. Sie konnte sich das unentschuldigte Nichterscheinen ihrer Tochter auch nicht erklären. Am nächsten Tag wurde die Polizei alarmiert. Auch dieses Mal wurde die Tür nicht aufgebrochen.« Leonhard zog erneut an dem Gummihandschuh. »Ich habe ein Foto von ihr, welches in der Apotheke an der Wand neben denen der anderen Mitarbeiter aufgehängt war. Das hat mir der nette Mann via WhatsApp zugeschickt.«

Ella wartete auf die Pointe, ohne ihren Kollegen zu unterbrechen.

»Auf dem Porträt ist mir eine feingliedrige Kette mit einer Blume aufgefallen. Frau Kraftschuks Chef hat behauptet, dass Alina das Medaillon nie abgenommen habe. Es war wohl das letzte Geschenk ihres Vaters.« Leonhard legte eine Pause ein, um das Gesagte wirken zu lassen.

Ella schwieg.

Leonhard wartete.

»Er hat ihr die Kette abgenommen. Oder worauf wollen Sie hinaus?«, hielt sie es schließlich nicht länger aus und tat Leonhard den Gefallen, ihn danach zu fragen.

»Ganz genau. Er sammelt Trophäen.« Leonhard Stegmayer musterte Ella auf eine Art, die sie so von ihm noch nicht kannte.

»Will sich das jemand mal ansehen?«, erklang eine Stimme aus der Küche. Ella und Leonhard machten sich sofort auf den Weg.

Eine zierliche Gestalt im weißen Overall hielt eine Lampe in der Hand.

»Das?« Leonhard schaute die Beamtin skeptisch an und wirkte enttäuscht.

»Ja, das! Ich weiß nicht, wie ich das erklären soll, aber es passt nicht wirklich in das Gesamtbild.« Sie ließ sich von Leonhard nicht einschüchtern.

»Wenn das so ist, erleuchten Sie uns doch bitte«, bat Leonhard sie in seinem sarkastischen Ton.

»Überall in der Wohnung sind Energiesparlampen eingebaut, bis auf diese hier.«

»Vielleicht war das die letzte oder er hat diese Lampe für seine Spielchen mitgebracht? Als Sexspielzeug oder was auch immer?«

»Das wäre möglich. Der Glühfaden hat einen Riss«, erwiderte die Frau.

»Eintüten«, befahl Leonhard.

»Noch nicht.« Auch jetzt zögerte die Frau. Sorgfältig breitete sie auf der Anrichte eine weiße Unterlage aus. Behutsam legte sie die Glühbirne darauf, ohne sich dabei von Leonhards Anwesenheit beeinflussen zu lassen. »Machen Sie bitte das Licht aus«, bat sie den leitenden Ermittler, nachdem sie die Birne für die weitere Untersuchung sorgfältig und ohne jegliche Eile präpariert hatte.

Leonhard tat, wie ihm geheißen. Ella freute sich über so viel Frauenpower. Zuerst herrschte völlige Dunkelheit. Ein leises Summen ertönte.

Ella hielt für einen Augenblick die Luft an und starrte auf die graue Silhouette, die im weißen Tyvek-Overall steckte.

Kurz darauf leuchtete ein violettes Licht in den Händen der Frau auf, die das durchsichtige Objekt mit dem UV-Licht abscannte.

»Ist doch echt erstaunlich, dass die Lampe keine Fingerabdrücke aufweist. Die hat wohl jemand vorsorglich abgewischt … Aber schauen Sie hier«, murmelte sie. »Leider nur ein Segment, aber immerhin. Sie können das Licht wieder einschalten. Wir haben den Teilabdruck eines Daumens, wenn ich mich nicht täusche.«

Leonhard schnaubte verärgert und schlug auf den Lichtschalter. »Alles, was wir bisher haben, sind zwei Fasern und ein partieller Fingerabdruck.«

»Er geht zwar methodisch vor, dennoch verrät uns seine Vorgehensweise mehr über den Mörder, als er selbst vermutet.« Ella lief ins Wohnzimmer.

Leonhard folgte ihr. »Die Frauen, die er tötet, sind verzweifelt und leben allein. Er nutzt dies zu seinem Vorteil aus. Er hat die Lampe ausgewechselt, ohne dabei wirklich Spuren zu hinterlassen.«

»Die meisten Serienkiller achten darauf, möglichst wenig von sich preiszugeben.«

»Er begehrt diese Frauen nicht tatsächlich, er begehrt nur eine, der er all das nicht antun kann, obwohl er das sehr gern möchte.«

Ella drehte sich zu Leonhard um. »Das ist vergleichbar mit dem, was wir beide füreinander empfinden.«

Leonhard räusperte sich. »Ach ja? Ich bin ganz Ohr, Greenwood.«

»Ich meine, Sie und ich würden uns am liebsten an die Gurgel gehen.« Leonhard reagierte mit einem abfälligen Grinsen, das aber eher verängstigt rüberkam. »Doch stattdessen gehe ich oft nach Feierabend nach unten in den Trainingsraum und lasse meine Wut an einem Boxsack aus. Sie etwa nicht?« Sie hob eine Augenbraue.

»Ich schlage keine Frauen. So schlimm finde ich Sie nun auch nicht. Aber ich weiß, was Sie mir zu sagen versuchen. Er lebt seine Fantasien aus, ohne sein Familienheil zu zerstören.«

»Genau. Er hasst seine Frau, doch gleichermaßen vergöttert er sie auch.« Ella blickte sich im schmalen Flur um.

»Hier hat er sie angegriffen.« Leonhard zeigte auf ein Bild, dessen Rahmen an zwei Stellen tiefe Risse hatte, das Glas war zersprungen. »Sie wollte zum Handy greifen …«, spann er den Gedanken weiter und sah zu Richie, der gerade dabei war, das Gerät – oder das, was davon übrig geblieben war – einzutüten.

»Die Vermutung liegt nahe, dass Frau Kraftschuk das Gerät heruntergefallen ist«, klinkte sich der Kriminaltechniker ins Gespräch ein und verpasste dem Objekt eine Nummer.

»Sie wusste zwar, wo es liegt, konnte es jedoch in ihrer Panik nicht sofort finden.« Leonhard kniff die Augen zusammen. »Hat sich schon jemand den Sicherungskasten angeschaut?« Leonhard Stegmayer wartete vergeblich auf eine Antwort. »Nehmen wir einfach mal an, er hat das Licht ausgeschaltet.«

Ellas Augen scannten den Boden ab. Sie ging in die Hocke und linste unter das Sideboard. »Hier ist was.«

Ein Mann von der Spurensicherung wirkte interessiert und kam näher.

Leonhard stand direkt hinter ihr.

Ella zog sich schnell einen Einmalhandschuh über und zerrte an der Ecke eines weißen Blattes. »Sieht ganz nach einer Kinderzeichnung aus. Wieder ein Sportwagen, dieses Mal in Farbe.«

»Frau Kraftschuk hat aber keine Kinder, soweit ich weiß.«

»Können Sie das hier bitte eintüten?«, bat Ella den Mann im weißen Overall.

»Natürlich«, antwortete dieser und nahm die Zeichnung an sich.

»Wäre es möglich, anhand der chemischen Zusammensetzung den Papierhersteller herauszufinden?«

»Könnte schwierig werden, aber nicht unmöglich«, entgegnete der Kriminaltechniker und packte das Papier in eine Tüte.

»Gott, verdammt!«, war Toms Stimme zu vernehmen.

»Was ist los?« Leonhard schob Ella zur Seite. Sie folgte ihm ins Schlafzimmer und sah Toms weiße Miene. Er atmete heftig.

»Ist euch der Kadavergestank aufgefallen?«

Beide nickten. »Tote haben das so an sich.« Leonhard steckte das Notizbuch zurück.

Ellas Magen krampfte sich zusammen.

»Wollt ihr auch wissen, woher dieser Gestank kommt?«

Ella bewegte sich nicht.

Leonhard rümpfte die Nase. »Sind die Arbeiten hier abgeschlossen, Richie?«

»Ja, wir sind hier fertig.«

»Ich nehme an, die Maden sind ein eindeutiger Hinweis.« Er trat näher ans Bett.

»Ihre Schamlippen und der Anus wurden vernäht«, erklärte Tom. Er hielt eine Pinzette und eine Schere in der Hand. »Ich wollte nur schnell die Temperatur messen.«

»Catgut«, murmelte Leonhard und schluckte schwer. Die weißen Würmer krochen zwischen den Beinen der Frau auf die weiße Bettdecke. Unter der Leiche bildete sich ein Meer aus zuckenden Larven.

»Ich werde die Untersuchung in meiner Abteilung fortsetzen. Die Frau starb vor mehr als achtundvierzig Stunden. Die Totenstarre beginnt sich schon wieder zu lösen. Der Kadaver steckt immer noch in ihrem Körper. Dieser Kerl ist wirklich krank. Meine Arbeit ist hier fürs Erste abgeschlossen.

Nach der Öffnung der Bauchhöhle kann ich vielleicht mit mehr Informationen dienen. Wer weiß, was er noch alles in die Frau hineingesteckt hat.«

Hier in diesem Raum war der Tod überall präsent. Es war ein Gefühl, eine vage Ahnung des Grauens, die sich wie ein kühler Schleier auf Ellas Haut legte. Sie mochte sich nicht vorstellen, was die Frau in den letzten Stunden ihres Lebens hatte über sich ergehen lassen müssen.

»Hat sich schon jemand im Vorgarten umgeschaut?« Leonhard zeigte sich unbeeindruckt. Er schob die Gardine mit einem Finger zur Seite und warf einen kurzen Blick nach draußen, gleichzeitig inspizierte er die Scheibe. »Ich sehe kleine Steineinschläge und Risse. Die sind frisch. Das Wasser ist noch nicht ganz durch die Ritzen hindurchgedrungen«, stellte er mit der monotonen Stimme eines abgebrühten Ermittlers fest. »Warum macht er das?«

»Er spielt womöglich mit ihren Ängsten.«

»Sehr gut, Greenwood«, lobte Leonhard Ella und wandte sich wieder vom Fenster ab. »Er kennt nicht nur den Tagesablauf seiner Opfer, er weiß viel mehr über sie, als wir bisher angenommen haben. Er gewinnt ihr Vertrauen und missbraucht ihre Schwäche für seine Spielchen. Er ist ein Spielmacher.« Leonhard warf einen kurzen Blick auf seine Rolex. »Kommen Sie, Greenwood, wir haben einen Termin. Ich habe Frau Birkenholz zu einem Gespräch vorgeladen. Wir werden diese Wohnung später genauer unter die Lupe nehmen. Momentan herrscht hier zu viel Betrieb, sodass ich mich nicht auf das Wesentliche konzentrieren kann. Wir sehen uns später, Tom. Frau Greenwood wird dir morgen früh einen Besuch abstatten.«

»Haben Sie Katrin Birkenholz nicht schon mal vernommen? Sie war doch Josephine Bruckners Freundin?« Ella war froh darüber, nicht länger in der Wohnung bleiben zu müssen.

Leonhard nahm die Treppe. Der Aufzug wurde von zwei Polizisten bewacht.

»Ja, aber ich werde das Gefühl nicht los, dass diese Dame uns nicht die ganze Wahrheit gesagt hat. Dieses Mal werden Sie mir zur Seite stehen müssen. Hey, Serhat, komm mal kurz her«, winkte Leonhard einen Polizisten mit dichtem schwarzem Bart herbei.

»Ja?«

»Du gehst nach unten in den Garten und sicherst die Stelle unter dem Fenster ab, von wo aus du imstande wärst, dieses besagte Fenster mit einem kleinen Stein zu treffen.«

»Wie klein soll der Stein denn gewesen sein?«, wollte der Polizist wissen.

Leonhard holte tief Luft. »Etwas größer als dein …« Der leicht genervte Kommissar sprach die beleidigende Bemerkung nicht komplett aus. »… dein Daumennagel«, beendete er den Satz nach einer kurzen Überlegung.

Serhat fuhr sich mit der Zungenspitze über die Oberlippe und nickte knapp. »Wonach soll ich Ausschau halten?«

»Nach Fußspuren und allem, was nicht unbedingt dorthin gehört.«

»Und das wäre?«

Leonhard schnaubte verärgert.

»Zigarettenkippen, Kaugummipapier, Haare.«

»Tote Maden«, fügte Ella hinzu.

»Tote Maden?« Der junge Polizist hob verblüfft seine buschigen Augenbrauen.

»Ja. Larven.«

»Aber bei dem Scheißwetter halten doch die Fliegen Winterschlaf, oder nicht?« Serhat stierte zuerst Ella, dann Leonhard an. Sein Blick verriet seine Verzweiflung.

Leonhard schnipste mit den Fingern, als wäre ihm eine Idee gekommen. »Du bist ein Genie, Serhat. Sehr gut! Larven brauchen Fliegen. Und Fliegen halten Winterschlaf, zumindest verschwinden diese Viecher im Winter. Wo bekommt man die kleinen Biester her, wenn es in der Nähe keine Fliegen gibt?«

»Angelgeschäft.« Alle Blicke fuhren zur Seite.

»Wie heißen Sie und was machen Sie hier?«, sprach Leonhard den großen Mann an, der sich der Gruppe unbemerkt genähert hatte. Er trug einen Blaumann, der an seinem Bauch spannte und an mehreren Stellen geflickt war.

»Bin Hausmeister hier. Alle nennen mich Joschi. Ich gehe oft angeln, daher ist die naheliegendste Antwort auf Ihre Fragen ein Angelgeschäft. Die meisten Larven stammen aus Italien. Werden importiert. Im Winter sind sie etwas teurer als im Sommer.«

»Serhat, du schaust dich im Garten um und klapperst dann alle Geschäfte in Berlin ab, die Larven verkaufen.«

»Auch in Zoogeschäften gibt es welche«, fuhr der große Mann mit seiner monoton klingenden Stimme fort, die tief und feucht klang. Seine Aussprache war undeutlich.

»Serhat, du meldest dich nachher bei mir, okay? Du klapperst die Angel- und Zoogeschäfte ab. Ich werde zusehen, dass ich dir zwei weitere Kollegen zur Verfügung stelle, die dir bei deiner Aufgabe helfen werden. Ich brauche folgende Informationen: Namen der Käufer, falls möglich, oder deren Beschreibung. Versucht herauszubekommen, ob diese Kunden regelmäßig vorbeischauen und an welchen Tagen.«

»Fragt nach einem Mann, der in Begleitung eines Kindes erscheint«, schob Ella dazwischen.

»Konzentriert euch auf einen Mann, der zwischen Ende zwanzig und Anfang fünfzig ist«, sagte Leonhard.

»Vergesst Angelgeschäfte.« Ella wartete auf eine Rüge, die nicht kam. Stattdessen ließ Leonhard ihr Zeit für eine Erklärung. »Er kauft auch Farbratten.« Ella sah zu ihrem Kollegen.

Seine Augen weiteten sich. »Greenwood, Sie überraschen mich ständig aufs Neue. Das hätte auch von mir kommen können. Serhat: Zoogeschäfte, Nagetiere und Larven.«

»Alles klar«, erwiderte der Mann knapp und wandte sich zum Gehen.

»Und Sie, Joschi, gehen bitte diese Treppe da hoch und melden sich bei meiner Kollegin. Sie wird Ihnen einige Fragen stellen. Eine dunkelhaarige Frau mit großen Augen und einem Schreibblock in der Hand. Sie nimmt Ihre Aussage auf.«

»Aber ich bekomme keinen Ärger oder so?«

»Haben Sie mit kleinen Steinchen auf ein Fenster geworfen?«, nahm Leonhard den Mann auf den Arm.

Dieser schüttelte entschieden den Kopf. »Habe ich nicht. Welches Fenster denn?«

»Vergessen Sie's. Kommen Sie, Greenwood, wir dürfen Frau Birkenholz nicht länger warten lassen. Das wirft ein schlechtes Licht auf unsere Reputation.« Leonhard schritt durch die Tür. Eine heftige Windböe schlug ihm ins Gesicht. »Bleiben Sie dicht hinter mir im Windschatten«, rief er ihr über die Schulter zu und stellte den Kragen seines Jacketts hoch. Der Wind zerrte an seinen Hosenbeinen.

Ella schritt ihrem Kollegen hinterher und gab sich Mühe, in kurzen Stößen zu atmen. Die eisige Luft verklebte ihre Nasenflügel.

»Hat Ihr Schlitten Winterreifen?«

Ella blieb Leonhard die Antwort schuldig und betätigte den Knopf des Funkschlüssels. Die Warnlichter ihres Sportwagens blinkten zweimal auf.

»Wir treffen uns im Präsidium«, rief Leonhard ihr nach und eilte zu seinem BMW. Leonhards Gang glich einem Pinguin auf einer Eisscholle. Auch Ella hatte Schwierigkeiten, nicht auszurutschen. Zum Glück stand ihr Porsche direkt vor dem Eingang. Irgendwo knackten dicke Äste.

»Achtung!«, schrie eine tiefe Stimme.

Ella schnellte herum und beobachtete, wie ein großer Ast sich aus der mächtigen Baumkrone einer knorrigen Eiche löste und zu Boden stürzte. *Ich muss hier schnell weg,* dachte sie und warf sich in den Sitz. Die Tür ließ sich nicht sofort schließen. Einige Schneeflocken landeten auf dem Armaturenbrett und wurden zu kleinen Tropfen. Ella startete den Motor. Die Scheibenwischer kratzten wild über die vereiste Windschutzscheibe. Das Gebläse pfiff aus allen Löchern und vertrieb allmählich den Raureif. Eine warme Woge umwehte Ellas Wangen. Die angenehme Schwere kroch ihr durch sämtliche Glieder. Ella musste heftig blinzeln, weil sie mehrmals geblendet wurde, während sie einen prüfenden Blick in den Rückspiegel warf. Leonhards BMW stand dicht hinter ihr.

Mit mürrischer Miene schnallte sie sich schnell an. Im selben Moment ertönte ein zweimaliges Hupen. *Dieser Kerl ist einfach unmöglich*, dachte sie und lenkte ihren Wagen auf die Straße.

38

Linda rang nach Atem. Das einschnürende Gefühl auf ihren Rippen ließ etwas nach. Der Strick, mit dem sie gefesselt war, hatte sich gelockert, ein Ende hing lose über die Bettkante. Sie löste sich aus den Fesseln und betastete ihren Hals. Sie spürte nach wie vor die Hände ihres Mannes dicht unter ihrem Kinn. Er hatte ihr immer wieder die Luft abgedrückt, während er stetig tiefer in sie eindrang. Er war wie ein Tier. Ohne Vorwarnung war er zu einer Bestie mutiert und hatte sie vergewaltigt.

Die Geräusche um sie herum erstarben. Sie zog die Decke hoch bis ans Kinn. Sie roch nach Janniks Aftershave. Wie benommen starrte sie zur Decke und fiel in ein tiefes dunkles Loch. In einem wiederkehrenden Traum brüllte sie ihren Mann aus voller Lunge an, so lange, bis ihre Stimme zu einem heiseren Kreischen abebbte. Sie schlug Jannik ins Gesicht, weil sie wissen wollte, warum er sich so verändert hatte, doch irgendwo tief in ihrem Inneren wollte sie gar keine Antwort darauf bekommen.

Ihre Brust hob und senkte sich gleichmäßig. Sie war eingeschlafen, doch ein plötzlicher Schrei zwang sie dazu, die Augen aufzureißen. Sie hörte Kevin weinen. Weiterhin leicht benommen quälte sie sich aus dem Bett, griff nach dem Morgenmantel, der an der Tür hing, und taumelte in den Flur.

***

»Wer hat dir das erlaubt?« Janniks Hand brannte. Er fixierte seinen Sohn mit finsterer Miene.

Kevin hielt sich die linke Wange und zuckte erneut zusammen. Die verängstigten Augen blinzelten. Tränen kullerten über das Gesicht des Jungen, der seinen Vater voller Furcht anstarrte.

In Kevins rechter Hand raschelte ein Blatt Papier, das ihm aus den Fingern zu gleiten drohte.

»Woher hast du den Schlüssel zu meinem Zimmer? Und wie konntest du dich erdreisten, es zu betreten?« Jannik packte seinen Sohn mit Daumen und Zeigefinger am Kinn und hob sein Gesicht in die Höhe, sodass Kevin ihm direkt in die Augen schauen musste.

Kevin wimmerte.

Jannik tat sein Ausrutscher leid, doch nur so konnte er seinen Sohn davon abhalten, ungehorsam zu sein. »Ich habe es dir verboten, oder nicht?« Er spürte, wie sein Sohn schluckte. Das kindliche Gesicht, das an einer Seite angeschwollen war, und die weinende Stimme trafen Jannik tief in der Seele. Er sah statt seines Sohnes sich selbst.

»Ich habe dieses Bild für dich gemalt«, riss Kevins weinerliche Stimme Jannik aus seiner Erinnerung. »Papa, du tust mir weh.«

»Jannik, was ist passiert?« Linda tauchte hinter ihm auf und versuchte, sich an ihm vorbeizuschieben. Er verpasste ihr einen kurzen Hieb mit dem Ellenbogen und traf sie in den Magen. Seine Frau keuchte und taumelte rückwärts.

»Gib das her!«, befahl er barsch und entriss Kevin das Blatt grob aus den zitternden Fingern. »Ich will dich nie wieder hier erwischen. Hast du noch mehr solcher Bilder?«

Kevin senkte den Kopf.

»Jannik!«, kreischte Linda und klammerte sich an seinem Arm fest, den er zu einem weiteren Schlag gehoben hatte.

»Lass mich los!«, knurrte Jannik und hörte seine kleine Tochter rufen.

»Jetzt hast du Sonja geweckt«, fuhr er seine Frau an und packte sie an den Haaren.

»Papa!« Kevin schlug seinen Vater mit den kleinen Fäustchen auf den Rücken und warf sich zwischen seine Eltern. »Du tust ihr weh!«

»Das wäre alles nicht passiert, würdet ihr nicht ständig Sachen tun, die ich euch nicht erlaubt habe.« Er schleuderte Linda gegen die Wand. Dabei schlug sie heftig mit der Schläfe gegen die Kommode.

Kevin fiel ihr um den Hals und schützte seine Mutter so vor weiteren Schlägen. Beide weinten heftig.

»Jannik, warum bist du so?« Linda hielt Kevin wie einen kleinen lebenden Schutzschild fest an sich gedrückt. Einerseits war sie froh darüber, dass sie sich hinter Kevin verstecken konnte, andererseits schämte sie sich dafür. Sie dankte Gott im Stillen, dass weitere Schläge ausblieben. Stattdessen warf Jannik die Tür hinter sich ins Schloss und versteckte sich in seinem Zimmer.

***

Jannik lehnte sich mit dem Rücken gegen die Tür.

Warum waren sie alle gegen ihn? Er wollte seiner begriffsstutzigen Frau doch nur deutlich machen, wie wichtig ihm die Familie war.

Er senkte die Lider und ließ sich langsam zu Boden gleiten. Ein von einem feinen Spinnennetz aus rötlichen Adern überzogenes Gesicht kristallisierte sich vor seinem inneren Auge heraus.

Ihr dunkles Haar war wie Seide. Sie arbeitete bei der Polizei. Janniks Atem ging stoßweise. Wie würde sich ihr kalter Körper wohl anfühlen?

Er spürte Erregung. Diese Frau würde er gern näher kennenlernen, doch davor türmte sich ein großer Berg von Komplikationen. Sie war keine leichte Beute, aber Jannik würde es dennoch probieren.

39

Ella stieg aus dem Wagen und eilte zum Eingang des Präsidiums. Der Wind hatte endlich nachgelassen, der Himmel war nicht mehr von dichten schwarzen Wolken verhangen. Sogar die Sonne blitzte hin und wieder zwischen den verbliebenen Wolken hindurch. Dicke Schneeflocken hatten das winterliche Grau unter einer makellos weißen Decke begraben.

»Hey, wohin des Weges, hübsches Ding?«

Ella kannte diese Begrüßung, darum blieb sie sofort stehen und blickte sich um. Auf ihrem Gesicht tauchte ein fröhliches Lächeln auf. Sie fühlte sich auf einmal erleichtert, beinahe beflügelt.

Sixten hüpfte von einem Bein aufs andere. Ella winkte ihm zu und lief ihm entgegen.

Ein kleiner Junge tauchte hinter Sixten auf. Damit war Ellas gute Laune dahin. Hatte Sixten ihr etwa verschwiegen, dass er einen Sohn hatte? Ihre Schritte wurden langsamer.

Sixten musste die Veränderung in ihrem Gesicht bemerkt haben, denn auch auf seinem Antlitz gefror das Lächeln zu einem schiefen Strich. »Freust du dich etwa nicht, mich zu sehen? Deine Arbeit …«

»Nein, nein«, winkte sie ab und ließ sich einen flüchtigen Kuss auf die Wange drücken. Sixtens Lippen waren weich, die Berührung zärtlich.

»Und wie heißt du, junger Mann?« Ella ging leicht in die Knie. Der kleine blonde Junge blickte nach unten, den Kopf ein wenig zur Seite geneigt.

»Black Tiger«, antwortete Sixten anstelle des Jungen und visierte Ella prüfend an.

Sie schnappte nach Luft. Ihre Augen wurden groß.

Sixtens schallendes Lachen trieb ihr warme Röte ins Gesicht. »Er heißt Emanuel.« Sixten hatte Mühe, sich wieder einzukriegen. »Tut mir leid, aber du hättest dein Gesicht sehen müssen. Und, nein, Emanuel ist nicht mein Sohn. Ja, das konnte ich von deinen Augen ablesen. Du bist so leicht zu durchschauen.«

Ella spürte, wie die Erleichterung ihr durch sämtliche Glieder kroch, selbst ihre Knie wurden für einen Augenblick etwas weicher.

»Ein schönes Gefühl, wenn einem ein Stein vom Herzen fällt«, murmelte Sixten und küsste sie erneut, diesmal auf die Lippen.

»Greenwood, wir haben noch etwas zu erledigen.« Leonhard tauchte wie aus dem Nichts auf.

»Kann er sich deinen Namen nicht merken?«, flüsterte Sixten ihr ins Ohr und legte demonstrativ seinen linken Arm um sie.

Leonhard trat näher und reichte Sixten die Hand.

Sixten erwiderte die Geste mit einem festen Händedruck, der besagte: *Diese Frau gehört zu mir.*

Leonhard schien diese Botschaft richtig gedeutet zu haben. »Keine Angst, ich sehe nur so aus, in Wirklichkeit bin ich ein ganz Netter. Kommen Sie, Greenwood. Auf der Arbeit gehören Sie mir und nicht Ihrem hübschen Freund.«

»Ich gehe wohl lieber.« Sie löste sich aus der Umarmung.

»Können wir heute etwas zusammen unternehmen, Ella?«

»Es wird spät werden«, riss Leonhard das Wort an sich und verursachte damit bei Sixten ein mürrisches Aufschnaufen.

»Komm heute Abend um neun bei mir vorbei.«

»Besser um halb zehn«, mischte sich Leonhard erneut ein und verschwand hinter einer gläsernen Tür.

Ella drehte sich einmal kurz um, winkte Sixten zum Abschied und schlüpfte durch den Türspalt ins Innere des Gebäudes. Hier war die Luft warm und roch nach Kaffee und Reinigungsmitteln.

Vor dem Eingang schrubbte eine Frau mit blauer Schürze die schmutzigen Pfützen weg.

Ella huschte schnell an der älteren Dame vorbei und schämte sich ein wenig dafür, dass auch sie schmutzige Schuhabdrücke hinterließ.

»Greenwood, wir treffen uns in zehn Minuten in Raum Vier! Ich hole in der Zeit Kaffee für uns, und Sie kümmern sich darum, alle Informationen zusammenzutragen, die wir über Josephine Bruckner gesammelt haben. In zehn Minuten, Raum Vier«, wiederholte Leonhard und klopfte sich an das linke Handgelenk. Er war schon an der Treppe angelangt und rannte jetzt zwei Stufen auf einmal nehmend nach oben.

40

Andrea wagte nicht, sich zu rühren. Ihre Lunge pfiff. Das Atmen fiel ihr schwer. Ihre Nase war zugeschwollen. Das Klebeband auf ihrem Mund ließ sich nicht lösen. Der Mann hatte es mehrmals um ihren Kopf gewickelt.

Sie saß in einem dunklen Raum. Das bisschen Licht, das sich durch schmale Schlitze hindurchzwängte, blendete sie. Sie musste mehrmals blinzeln. Ihre Augen tränten.

Der maskierte Mann stand mit dem Rücken zu ihr. Er brummte vor sich hin. Andrea hörte das leise Klappern von Metall. Er hantierte mit Instrumenten, die allesamt sehr gefährlich aussahen.

Andrea fror. Sie war nackt und an einen Stuhl gefesselt. Ihre Haut zog sich zusammen.

Weiße Dunstwolken umhüllten den Mann. Er goss heißes Wasser in eine blecherne Wanne. Sein Brummen ging in ein fröhliches Summen über.

Andrea zerrte an den Fesseln, die sich tief in ihr Fleisch gefressen hatten. Erneut floss frisches Blut aus den aufgescheuerten Wunden und tröpfelte geräuschlos auf den kahlen Boden. Sie drückte mit der Zunge gegen das graue Klebeband. Prüfend sog sie jetzt die kühle Luft durch den Mund. Tatsächlich schmeckte sie sogar eine leichte Frische in ihrer Mundhöhle. Der erste Atemzug durch die winzige Öffnung fühlte sich wie ein kleiner Sieg an. Sie triumphierte innerlich und schob die Zungenspitze noch etwas weiter zwischen die klebrigen Schichten, die nach Plastik schmeckten.

Bei Andreas nächstem Atemzug ertönte ein leises Pfeifen. Der Mann verharrte mitten in der Bewegung. Sein Summen erstarb. Tödliches Schweigen legte sich über den dunklen Raum, in dem die eisige Luft nach altem Gewölbekeller roch. Der Wind trieb einige Schneeflocken durch die morschen Bretter, mit denen das kleine Fenster zugenagelt war.

Der Maskierte bewegte zuerst nur seinen Kopf. *Wie eine Eule*, dachte Andrea. Ihre Augen wurden groß. Sie vergaß zu blinzeln. Tränen legten sich wie ein trüber Schleier über ihre Augen und vernebelten ihr die Sicht.

Andrea war Ende zwanzig. Seitdem sie bemerkt hatte, dass sie schwanger war, gingen mit ihr oft die Nerven durch. Nach dem letzten Streit hatte sie ihren Partner als impertinenten Egoisten beschimpft und war gegangen. Auf seine verzweifelten Versuche, den Streit zu beenden, hatte sie nicht reagiert. Beim Verlassen der Wohnung hatte sie angekündigt, die nächsten Tage bei ihrer Freundin zu verbringen. Doch Magdalena war seit zwei Wochen in Amerika. An demselben Abend hatte Andrea sich in einer Bar von einem Mann zu einem Drink einladen lassen. Nach dem zweiten »*Sex on the Beach*« hatte sie einen Filmriss. Sie konnte sich nur noch vage an einen schwarzen Wagen erinnern und daran, wie sie auf den Rücksitz geschoben wurde.

Als sie zur Besinnung gekommen war, hatte sie zuallererst die Kälte und den Schmerz in ihrem Unterleib gespürt. Sie war sich sicher, dass sie von dem Mann vergewaltigt worden war. Bei diesem Gedanken schnürte sich erneut ihre Kehle zu und sie vergaß zu atmen.

Der Mann drehte sich jetzt auch mit dem Oberkörper zu ihr um. War das nicht ein gutes Zeichen, dass er sein Gesicht verbarg? Sie hatte mal im Fernsehen gesehen, dass die Opfer nicht immer getötet wurden, wenn ihre Peiniger sich hinter einer Maske oder einer Sturmhaube versteckten.

»Dein Haar gefällt mir wirklich gut, schade …« Er ließ den Satz in der Schwebe. In Andreas Ohren dröhnte es. Wie nach einem Autounfall. Sie nahm alles, was um sie herum geschah, wie einen Film wahr, wie einen surrealen Traum. So, als gäbe es hinter all diesen schrecklichen Bildern eine andere Welt – eine, die real war und mit diesen schrecklichen Gefühlen nichts gemein hatte.

Andrea musste an ihren Vater denken. Er war ein herzensguter Mensch. Und sie, seine einzige Tochter, hatte nichts Besseres zu tun, als seine Güte auszunutzen. Eigentlich liebte sie ihre Eltern, doch sie hielt es nicht für nötig, ihnen das zu zeigen. Sie waren bemüht, den Familienfrieden zu wahren. Allerdings ergriff Andrea jede Gelegenheit, um ein scheinbar harmloses Thema in eine Auseinandersetzung ausarten zu lassen, die in einem heftigen Streit endete.

Würde sie hier in diesem Gewölbekeller sterben?

Noch immer nahm sie nicht viel um sich herum wahr. Sie versteckte sich hinter ihren Gedanken und schirmte sich vor dem Grauen ab. Sie wollte es nicht wahrhaben, dass sie sich von einem fremden Mann zu einem Drink hatte einladen lassen. Sie hätte es besser wissen müssen. Es war töricht und total bescheuert gewesen.

Ich habe alles im Griff, hatte Andrea immer von sich gedacht. Jetzt saß sie auf einem Stuhl – nackt, gefesselt und … das Wort »vergewaltigt« klang wie blanker Hohn in ihrem Kopf. War das der Preis für ihre Hochnäsigkeit?

Wenn sie hier sterben sollte, würden Papa und Mama sie jemals finden? Sie wusste aus Fernsehdokumentationen, wie schlimm der Zustand der Ungewissheit für Hinterbliebene war. Die Ungewissheit quälte die Angehörigen. Nicht zu wissen, ob es den eigenen Kindern gut geht. Das hatte ihr einmal ihre Mama gesagt, nachdem sie sich zwei Tage lang nicht zu Hause gemeldet hatte, da war sie gerade sechzehn gewesen.

Ein heftiger Schlag ins Gesicht ließ Andreas Halswirbel knacken. Ihr Kopf schnellte zur Seite. Wie durch eine durchsichtige Wand drang die Stimme des Mannes zu ihr durch. Schmerz durchfuhr sie. Etwas explodierte in ihrem Kopf. Der nächste Hieb brach ihre Nase. Andrea würgte. Das heiße klebrige Blut rann ihr in den Hals und drohte, sie zu ersticken. Dann wurde ihr das Klebeband grob von der Haut gerissen.

Etwas von ihren Lippen blieb daran haften. Auch Haare wurden ihr in ganzen Büscheln vom Kopf gerissen.

Sie war wie betäubt. Sie wollte schreien, doch dazu fehlte ihr der Mut.

Eine starke Hand packte sie am Unterkiefer. »Mach dein Maul auf!«, knurrte der Maskierte und trieb seine Fingernägel in ihre Wangen. Sein Daumen und sein Zeigefinger gruben sich in ihre Haut und drückten die Zähne auseinander.

Andrea nuschelte, gab dem Druck jedoch nach. Blut rann in Bächen aus ihren Nasenlöchern.

»Ich werde jetzt deinen Schädel rasieren, weil ich weiß, wie wichtig für euch Frauen das Haar ist«, lachte der Mann dreckig und drückte ihren Kopf tief in den Nacken. Erneut knackten ihre Halswirbel.

Andrea blinzelte ununterbrochen. Auf einmal klärte sich für einen winzigen Augenblick die Sicht. In dem schwachen Licht sah sie eine Rasierklinge aufblitzen. Im nächsten Moment spürte sie schon das ekelerregende Schaben auf ihrer Kopfhaut. Ihr Peiniger gab sich überhaupt keine Mühe, sie dabei nicht zu verletzen. Andauernd schnitt die Klinge in ihre Haut.

»Ich mache dich schön hässlich, bevor ich dich an einem Strick baumeln lasse und dir den Bauch aufschlitze«, knurrte der Mann.

Bei diesen Worten betete Andrea zu Gott, an den sie nicht glaubte, sie möge das Bewusstsein verlieren. Doch der Allmächtige ließ sie auch dieses Mal im Stich.

Die Eindrücke intensivierten sich. Das scharfe Messer schnitt ihr das linke Ohr ab. Der nächste Schlag traf sie an der Schläfe. Ihre Wahrnehmung trübte sich, ohne jedoch ganz zu verschwinden.

Andrea biss sich auf die Zunge. Etwas legte sich um ihren Hals und wurde enger.

»Das wird Ella sicher sehr gut gefallen«, murmelte der Mann und löste die Fesseln.

Andrea glaubte zu schweben.

»Freust du dich auf unsere kleine Spritztour?«

41

Ella betrat den winzigen Raum, in dem Kommissar Leonhard Stegmayer an einem kleinen Tisch Platz genommen hatte. »Sie können sich hier hinsetzen, ich werde die Befragung im Stehen durchführen. Besser gesagt: Anstatt meiner werden Sie die Führung übernehmen, ich agiere heute ausnahmsweise im Hintergrund.«

Die Akte unter Ellas Arm fühlte sich auf einmal doppelt so schwer an. »Was?«

»Bei unserem ersten Treffen lief das Gespräch nicht gerade zu meiner Zufriedenheit. Diese Frau scheint grundsätzliche Aversionen gegenüber dem männlichen Geschlecht zu haben.«

»Vielleicht mag sie auch schlicht und ergreifend Ihre Eigenart nicht, wie Sie mit Menschen umzugehen pflegen.«

Leonhard nahm diesen Seitenhieb mit einem schmalen Grinsen hin und spreizte die Finger. »Die Bühne gehört ganz Ihnen.«

Ella legte ihre Akten auf den Tisch und befreite sich aus ihrem Mantel, den sie über die Rückenlehne des Stuhls warf.

»Darf ich?« Leonhard nahm den Mantel und lief damit zur Tür. Mit der Präzision eines Butlers hängte er das feuchte Kleidungsstück neben seinem Trenchcoat auf. Der Garderobenständer neigte sich zur Seite. Leonhard verweilte einen Augenblick, um sich zu vergewissern, dass das billige Möbelstück nicht in sich zusammenbrach. Nach kurzem Zögern klopfte er mit den Fingerknöcheln gegen die Tür. Ein Polizist öffnete sie und ließ eine junge Frau eintreten.

Katrin Birkenholz war Mitte zwanzig, dennoch schnaufte sie schwer.

»Warten Sie kurz«, sagte Leonhard schnell und verschwand durch die Tür. Kurz darauf kam er mit einem stabilen Stuhl herbeigeeilt und bot ihn der übergewichtigen Frau an.

Man konnte der Frau die Verlegenheit vom Gesicht ablesen, aber auch einen Hauch von Erleichterung.

Leonhard ergriff den freien Plastikstuhl und setzte sich darauf. Das rechte Bein schlug er lässig über das linke und grinste charmant. »Dieser hier ist meiner, weil er unbequemer ist.«

Katrin nahm Platz und nestelte an einem Taschentuch. Ihr kurzes, schlecht blondiertes Haar war im Nacken feucht. Sie wischte sich mit dem weißen Tuch darüber und wartete geduldig.

Ella sortierte die Akten.

Leonhard saß links von ihr und tippte sich ans Kinn. Seine Augen wurden eng. »Wo waren wir stehen geblieben?« Er lugte kurz zu Ella. »Ach ja«, sprach er weiter, bevor Ella etwas erwidern konnte, »wir müssen davon ausgehen, dass Josephine und der Mann, der ihr das Leben genommen hat, sich irgendwo begegnet sind.«

Ella sortierte weiterhin die Blätter und schaute erst nach einer längeren Pause hoch.

Katrin rutschte ungeduldig auf ihrem Stuhl herum und zupfte an ihrem Oberteil.

»Sie und Josephine Bruckner waren beste Freundinnen?«, las Ella den ersten Satz des letzten Gesprächsprotokolls vor.

Katrin nickte.

»Dürfen wir dieses Gespräch aufnehmen?« Ellas Hand rutschte über den Tisch zum Aufnahmegerät.

»Ich habe nichts dagegen, solange ich deswegen nicht vor einem Richter lande und Sie mich ins Gefängnis stecken.«

»Gäbe es dafür einen Grund?« Leonhard schenkte der Frau ein kühles Lächeln.

Katrin schüttelte den Kopf. Ihr blondiertes Haar, das eher gelb wirkte, war jetzt auch noch an den Schläfen feucht. Ihr graues Strickhemd bekam unter den Achselhöhlen dunkle Flecken.

»Na, in dem Fall haben Sie nichts zu befürchten«, mischte sich Ella ein und lenkte die Aufmerksamkeit der Frau wieder auf sich, indem sie Katrin Birkenholz ein Foto zeigte. Darauf war sie mit Josephine abgebildet. Beide lachten in die Kamera. »Wer hat dieses Foto aufgenommen?«

»Das weiß ich nicht.« Es klang nicht wirklich überzeugend.

»Im Hintergrund ist eine überdimensional große Digitaluhr eines Uhrengeschäfts …«

»Das war irgendeine Frau«, schoss es aus Katrin heraus. Sie rückte sogar etwas weiter nach vorn, um das Foto genauer zu betrachten. »Es war im Herbst. Josephine und ich hatten uns damals zu einem Eis verabredet, weil ich an diesem Tag Geburtstag hatte.«

»Sie und Frau Bruckner hatten einen Pakt geschlossen. Habe ich das Ihrer Aussage richtig entnommen?« Ella wartete die Antwort erst gar nicht ab, sondern stellte gleich die nächste Frage, während sie ein weiteres Blatt aufschlug. »Sie haben beide geschworen, keinen Sex vor der Ehe zu haben.« Ihr Finger klopfte leicht auf eine Zeile, die mit einem gelben Marker unterstrichen war.

Katrin Birkenholz senkte den Kopf. Ihr Kinn ruhte auf der üppigen Oberweite. Sie schwieg und kaute dabei auf der Unterlippe.

»Hat Frau Bruckner ihren Teil des Paktes erfüllt?«

Leonhard bewunderte die Art, wie Ella das Gespräch führte. Sie stellte die Fragen so, dass Katrin Birkenholz genügend Freiraum hatte, sich in jedem Moment zurückzuziehen, um sich nicht komplett zu verschließen. Der Fokus lag auf Josephine, ohne Katrin komplett auszugrenzen. Ella ging peripher vor, ohne dabei das Wesentliche außer Acht zu lassen. Leonhard übersah nicht, dass Katrin tief Luft holte, um ihren aufwallenden Zorn zu bezähmen.

Ella stellte weitere Fragen, die allesamt nicht mit einem Nein oder einem Ja beantwortet werden konnten.

Die Stimmung lockerte sich. Katrin ging in einen Plauderton über.

Ellas Stimme klang sanft. Trotz ihrer direkten Fragen blieb sie zurückhaltend. Mit der Knappheit ihrer Wortwahl bewies sie Professionalität. Sie wählte ihre Worte mit Sorgfalt und gab lediglich das Nötigste preis, den Rest der Informationen behielt sie für sich.

Es entstand wieder eine Pause. Leonhard rührte sich nicht.

»Hatte Josephine einen männlichen Partner, von dem Sie nichts wussten?« Ella schloss die Mappe und legte ihre Hände darauf.

»Das glaube ich nicht. Sie hatte mir hoch und heilig geschworen, auf Sex zu verzichten.«

»Und Sie dabei angelogen, wie bei der Obduktion festgestellt wurde.« Das war der Moment, auf den Leonhard die ganze Zeit gewartet hatte. Er streckte seinen Rücken durch und wartete auf eine Reaktion, die prompt kam.

Katrin begann zu schluchzen und hielt sich mit Daumen und Zeigefinger die Nase zu. Ihr ganzer Körper bebte. »Ich habe sie geliebt. Aber sie hat meine Liebe nicht erwidert. Sie wurde oft von Männern enttäuscht«, sprudelte es aus der Frau nur so heraus.

»Wir haben bei Josephine Bruckner kein Handy und keinen Computer gefunden.«

»Sie hatte ein Handy, das war zur Reparatur.«

Leonhard wurde hellhörig. Auch Ellas Gesicht bekam ernstere Züge.

»Hatte sie in der Zeit ein Ersatztelefon?«

»Ja. So ein altes Teil. Aber sie hat auch meins benutzt.«

Noch ein Treffer, jubilierte Leonhard, seine Miene blieb dabei ausdruckslos. »Haben Sie es dabei?«

Ein Nicken. »Aber sie hat immer sofort alles gelöscht.«

»Dürfen wir uns Ihr Handy borgen? Dafür bekommen Sie ein neues Teil.«

Katrin zögerte. »Das Display ist kaputt, und da sind Fotos drauf, die ich nicht bereit bin zu zeigen.«

»Wir werden die Sache vertraulich behandeln und die Fotos auf einem Stick abspeichern. Meine Kollegin wird das Ganze überwachen – in Ihrem Beisein. Ich verspreche Ihnen, nichts dringt an die Öffentlichkeit. Alles bleibt diskret.«

»Bekomme ich ein Samsung oder ein iPhone?«

»Das liegt ganz bei Ihnen.«

Das von zu viel Talg glänzende Gesicht der Frau erhellte sich. »Es liegt in meinem Wagen.«

»Dann lassen Sie es uns holen. Mögen Sie Kaffee?« Leonhard sprang beinahe auf, sodass der Stuhl gegen die Wand krachte.

»Tee wäre mir lieber.«

»Das ist gut. Ich mag auch eher Tee als Kaffee. Frau Greenwood, wären Sie so freundlich und würden Frau Birkenholz zu ihrem Wagen begleiten? Ich werde in der Zeit Tee für uns aufsetzen.«

Ella traute ihren Ohren nicht und hob die Brauen.

»Wir treffen uns in unserem Büro«, sprach Leonhard in gedämpftem Ton und reckte lobend unbemerkt den Daumen in die Höhe.

Ella musste schmunzeln.

»Ihr Wikinger wird wohl länger auf Sie warten müssen.«

Dieser Wermutstropfen schmeckte Ella besonders bitter, doch sie verzog nicht einmal den Mund, stattdessen blieb sie in der Tür stehen und zauberte ein keckes Lächeln auf ihr Gesicht. »Ich mag meinen Tee nicht zu heiß und mit einer Zitronenscheibe.«

»Für mich auch.« Katrin verschränkte ihre Hände ineinander und blickte verlegen zu Boden.

»Zitrone?« Leonhard legte die Stirn in Falten und neigte den Kopf leicht zur Seite.

»Danke«, entgegnete Ella und schlurfte hinaus in den Flur, in dem reges Treiben herrschte. »Kommen Sie, Katrin, wir gehen da entlang.« Ella wies nach links und wartete, bis Katrin sich ihr anschloss. Schweigend steuerten die beiden Frauen die Aufzüge an.

Leonhard begleitete sie mit einem stummen Blick und holte tief Luft. In den letzten Jahren hatte er sich einen unsichtbaren Panzer zugelegt, der jegliche emotionale Annäherung verhinderte. Doch bei Ella bekam dieser Panzer Risse. »Diese Frau ist nichts für dich, Leonhard, an ihr wirst du dir die Zähne ausbeißen«, flüsterte er sich selbst zu.

»Wie bitte?« Ein junger Mann in Zivil starrte ihn leicht verdutzt an.

»Was hast du da?«

»Die Auswertung der Fußspuren, die wir vor Alina Kraftschuks Haus gefunden haben. Nicht die gleiche Schuhgröße wie die am See. Dieses Mal gehörte der Fuß einem Mann. Der Größe nach zu urteilen, müsste er ungefähr Ihre Statur haben«, erläuterte er und händigte Leonhard eine dünne

Mappe aus. Seine dunklen Augen streiften Leonhards glänzende Lackschuhe.

»Danke. Schuhmarke?«

Leonhards Gegenüber fuhr sich mit der Hand über die Glatze und schüttelte sacht den Kopf. »Wir haben bloß die ungefähre Größe«, betonte er. »Die Bedingungen waren auch dieses Mal wirklich sehr schlecht.« Erneut fuhr er sich über die blanke Haut und hinterließ dabei drei rote Striemen.

Ich hätte den Verlust meiner Haare sicherlich nicht einfach so akzeptieren können, überlegte Leonhard und strich die aschgrauen Strähnen, die ihm ins Gesicht fielen, mit den Fingern hinters Ohr. *Ein Friseurtermin ist auch längst wieder fällig,* schwirrte ihm durch den Kopf.

»Okay. Danke«, sagte Leonhard knapp und ließ den jungen Kriminaltechniker einfach stehen, wie es seine Art war.

42

Lindas dunkle Locken klebten feucht am Kissenbezug.

»Nicht bewegen«, keuchte Jannik ihr ins Ohr.

Der pulsierende Schmerz hinter ihrer rechten Schläfe machte sie wahnsinnig. Ihr Mann lag auf ihr. Sie waren nackt. Jannik lag einfach nur da.

Sie wollte sich endlich waschen. Aber Jannik hatte es ihr verboten.

Seit mehreren Tagen schon war sie im Schlafzimmer eingesperrt. Nur wenn sie aufs Klo musste, durfte sie schnell raus, bei offen stehender Tür. Einmal hatte sie versucht, sich klammheimlich die Achselhöhlen mit einem feuchten Tuch zu reinigen, und war dabei von Jannik erwischt worden. Die Schläge ins Gesicht konnte sie immer noch spüren.

Jannik begann zu keuchen und rutschte leicht zur Seite.

Lindas Lungen füllten sich mit abgestandener Luft. Alles hier roch modrig und faulig. Sie wagte nicht, sich zu rühren. Ihr entging nicht, wie ihr Mann sein Gesicht in ihrem Haar vergrub. Sie spürte seinen heißen Atem.

Janniks linke Hand tastete sich von ihrer Scham nach oben. An ihrem Hals verkrampften sich die starken Finger und drückten zu.

Auch jetzt rührte sich Linda nicht.

Jannik hatte sich in der letzten Zeit stark verändert. Er war aufbrausend und verlor oft die Fassung. Alles, was nicht exakt seinen Vorstellungen entsprach, machte ihn rasend. Nach mehreren gescheiterten Anläufen, Jannik auf sein Befinden anzusprechen, musste Linda feststellen, dass jeder Versuch in einer heftigen Auseinandersetzung endete, in der sie zwangsläufig die Opferrolle übernahm.

Jannik röchelte. Seine Atemzüge wurden kürzer und abgehackter. Er krümmte sich, seine Finger schlossen sich fester um Lindas Hals.

Gleich wird alles vorbei sein, sprach sie sich Mut zu und lag einfach nur da. Nicht Janniks explosive, cholerische Art machte ihr Angst, sondern das, was er von ihr verlangte.

»Ich schaffe das nicht«, keuchte er. Seine Worte klangen bitter, als wollte er sich bei ihr für etwas entschuldigen, doch gleichzeitig war diese Entschuldigung nicht wirklich an sie gerichtet. Es klang eher so, als spräche er mit sich selbst und suchte bei ihr nach dem Grund seines Scheiterns.

Eine Armee von winzigen Ameisen kroch über Lindas Körper. Sie fröstelte. Ihre Augen wurden größer und traten leicht hervor. Ihre Lippen liefen blau an. Alles um sie herum wurde zu einem eintönigen Brei. »Bitte«, flüsterte Linda. Ihre Finger bekamen die Hand ihres Mannes zu fassen. Aber sie war zu schwach, um sie von sich wegzureißen. Der Albtraum, vor dem sie sich so sehr gefürchtet hatte, war Realität geworden. »Bitte, Schatz«, raunte sie.

Tatsächlich lockerte sich der Griff. Lindas Lunge pfiff wie eine kaputte Orgel, als sie einmal tief Luft holte. Sie begann zu husten und verschluckte sich dabei. Ihre tauben Fingerkuppen tasteten ihren Hals ab. Sie bekam die feingliedrige Kette zu fassen, die sie von ihrem Mann vor wenigen Tagen geschenkt bekommen hatte.

Das kleine Medaillon, eine Blume, klebte an ihrer feuchten Haut. Linda rieb daran. Erneut wurde ihr Körper von einem konvulsiven Zucken erfasst. Ihre ausgedörrte Kehle war verklebt. Wie durch ein winziges Nadelöhr sog sie die Luft ein. Sie schmeckte Blut und Erbrochenes. Der trübe Schleier vor ihren Augen lichtete sich mit jedem Zwinkern. Doch die heißen Tränen konnten die schrecklichen Bilder nicht wegspülen.

Sie senkte und hob erneut die Lider. Das, was sie jetzt sah, trieb ihr noch mehr Kälte unter die Haut. Janniks Gesicht schwebte direkt über ihr. Das Weiß seiner Augen war rot. Die dunklen Ringe und die Bartstoppeln ließen ihn viel älter wirken. Sein Mund bebte. Weinte er etwa? Lindas Gedanken ließen sich nicht fassen. Zu viel ging ihr im Moment durch den Kopf. Von Janniks breitem Kinn hing ein Speichelfaden herunter wie eine schimmernde Perlenkette.

»Das reicht nicht, das reicht nicht, reicht nicht, REICHT NICHT!«, schrie er. Spucke flog aus seinem Mund. Seine Faust donnerte dicht neben Lindas Kopf in das nass geschwitzte Kissen. Sie spürte den dumpfen Schlag und zuckte unmerklich zusammen. Jannik taxierte sie mit einem Blick, der nur schwer zu deuten war. Darin verbargen sich Furcht, Zorn und Verzweiflung zu gleichen Teilen.

»Du bist nicht genug«, flüsterte er heiser.

»Jannik, lass uns bitte darüber reden. Du brauchst Hilfe. Ich werde deine Stütze sein. Wie in guten, so in schlechten Zeiten, das habe ich vor Gott geschworen«, versuchte sie, ihn von seinem Psychotrip abzulenken.

Seine Miene nahm für einen winzigen Moment einen entrückten Ausdruck an. »Ich bin nicht krank«, sagte er nach einem Moment des Schweigens. Seine linke Hand tastete über das Bett.

Linda hörte das leise Klopfen direkt neben ihrem Ohr. Janniks Mund wurde zu einem unsichtbaren Strich. Ihr Kopf wurde zur Seite bewegt.

Jannik saß nun rittlings auf ihr. »Es tut mir leid«, sagte er.

Das Kissen in seinen Händen ließ Linda nichts Gutes ahnen.

Zu spät hatte ihr zermartertes Gehirn begriffen, dass sie sich in tödlicher Gefahr befand. Janniks Knie drückten fest auf ihre Handgelenke.

Linda starrte auf das Kissen und sah, wie es sich auf sie zu bewegte. Lindas Nasenflügel blähten sich auf. Sie holte noch einmal tief Luft. Schlagartig wurde es dunkel. Eine heiße Welle grenzenloser Wut über ihre eigene Feigheit, diesen Mann nicht verlassen zu haben, vermischt mit Ohnmacht, schwappte über sie und raubte ihr erneut die Sinne. In einem letzten Akt der Verzweiflung sammelte sie ihre restlichen Kräfte und bäumte sich auf.

Jannik war groß und schwer. Doch Lindas Entschiedenheit wurde von Wut und Überlebenswillen genährt. Ihre Zähne verbissen sich in dem Stoff. Sie wälzte sich hin und her. Gleichzeitig riss sie an dem Kissen und warf den Kopf von links nach rechts.

»Papa, was macht ihr da?«

Hatte sie sich verhört? Hatte sie sich die Stimme ihres Sohnes nur eingebildet? Linda hielt kurz inne. Das Blut rauschte wie ein wilder Wasserfall durch ihre Gehörgänge und ließ sie beinahe taub werden.

Janniks rechtes Knie rutschte von Lindas Handgelenk. Sie nutzte die Gelegenheit sofort, drehte sich zur Seite und zog ein Bein an. Mit dem Knie drückte sie gegen seine Genitalien.

Sie hörte ein leises Aufstöhnen.

»Mama und ich spielen bloß«, presste Jannik hervor und ließ sich zur Seite fallen.

Linda zitterte am ganzen Leib, gleichzeitig legte sich ein dichter Schweißfilm aus winzigen Perlen über ihren nackten Körper.

»Darf ich mitspielen?« Kevin trug lediglich einen Pyjama. Mit einem schüchternen Lächeln fingerte er an einem der oberen Knöpfe.

»Nein.« Jannik klang entschieden.

»Aber ihr seid nackt«, bekundete der Junge verwundert und beäugte seine Eltern mit fragender Miene. Sein Haar war vom Schlaf zerzaust. Ein Hauch der Enttäuschung spiegelte sich in seinen traurigen Augen wider.

Linda nutzte dieses kleine Zeitfenster und erhob sich. Sie durfte auf den Wahnausbruch ihres Mannes nicht panisch reagieren. Ihre Zehenspitzen berührten den Boden. Sie schob sich immer weiter über die Bettkante. Endlich stand sie auf wackeligen Füßen, dabei vermied sie jeglichen direkten Blickkontakt zu Jannik. Unsicher wankte sie zur Tür und nahm den Morgenmantel vom Haken. Der dünne Stoff kühlte ihre Haut.

»Am besten, du verschwindest aus meinem Leben«, flüsterte Jannik mit kratziger Stimme.

»Ich mache es. Dürfen unsere Kinder mich dabei begleiten?« Sie blickte sich auch jetzt nicht um. Tränen rollten über ihre glühenden Wangen. Sie gab sich Mühe, aufrecht zu stehen. Mit dieser Frage wollte sie ihrem geistesgestörten Ehemann klarmachen, wie wichtig ihr Kevin und Sonja waren.

»Wohin gehen wir, Mama?« Kevin legte den Kopf tief in den Nacken und starrte Linda abwartend an.

Linda vernahm dumpfe Schritte. Jannik stand nun direkt hinter ihr. »Du gehst nirgendwohin«, belehrte er ihn in einer Art, die keinen Widerspruch duldete.

Linda kämpfte gegen die Tränen an.

Ihr kleiner Junge sah sie nach wie vor fragend an. Sie ertrug diesen flehenden Blick ihres Kindes nicht mehr und drückte seinen Kopf gegen ihren Bauch.

»Mama, du riechst nicht mehr so gut«, beklagte Kevin sich, schlang aber dennoch seine dünnen Ärmchen fester um ihre Taille.

»Deine Mama riecht wunderbar«, widersprach Jannik und streckte sich einmal kurz. Als sei nichts geschehen, holte er sich eine frische Unterhose aus dem Schrank, schlüpfte hinein und entriss Kevin Lindas Umklammerung.

»Komm, mein Junge. Ich habe ein Geschenk für dich.«

Linda wollte protestieren, doch Janniks mahnender Blick nahm ihr den Mut, ihm zu widersprechen.

»Deine Mama muss sich reisefertig machen.« Er schob Kevin aus dem Zimmer. »Warte vor meinem Büro, ich komme gleich nach.«

Kevin gehorchte widerspruchslos.

Die Tür ging langsam zu und knackte einmal leise, nachdem sie ins Schloss gefallen war. Linda zuckte wie nach einer heftigen Ohrfeige zusammen.

»Du packst deine Sachen und tauchst für mindestens zwei Wochen unter. Ich darf nicht wissen, wo du dich aufhältst.« Jannik öffnete die obere Schublade der Kommode und entnahm ihr eine kleine Schatulle, die Linda zum ersten Mal zu Gesicht bekam. Der Deckel klemmte. Janniks Fingerknöchel wurden weiß vor Anstrengung. Endlich bekam er die kleine bunte Blechdose auf. Grüne Geldscheine lagen darin. »Das sollte dir für die Verpflegung genügen«, sagte er und schob ihr mehrere Scheine in die linke Hand. »Ich gehe jetzt in mein Büro. Später bringe ich Sonja in den Kindergarten und fahre Kevin zur Schule. Wenn ich zurück bin, bist du nicht mehr hier. Ich werde dich als vermisst melden. Du lässt dich nicht blicken. Nach zwei Wochen meldest du dich wieder bei mir. Wir fangen ein neues Leben an. Du darfst dich wieder waschen. Wenn du dich benimmst, werde ich dir kein Haar krümmen.«

Linda traute ihren Ohren nicht. Janniks Stimme war von einer Sanftheit umhüllt, die Linda so nicht kannte.

»Du darfst nur das Nötigste mitnehmen.«

Linda blieb steif. Sie wartete auf einen Stimmungsumbruch, der nicht kam.

Er stellte die Dose zurück, ohne die Schublade zu schließen. »Du weißt, dass ich als Kind viel durchgemacht habe. So wie du auch.« Seine Finger fuhren sanft über ihre Wange. Linda zuckte unter dieser zärtlichen Berührung zusammen. Ihre Gedanken kreisten unentwegt um ihre Kinder. Die Sorge fraß sie innerlich auf. *Was wird aus ihnen werden, wenn ich nicht mehr da bin? Kann eine Mutter ihre eigenen Kinder einem solchen Vater überlassen?*

Er küsste sie auf den Mund.

Linda biss ihm dabei auf die Zunge, weil sie nicht mehr klar denken konnte. Jannik stöhnte auf.

Linda schloss die Augen und wartete auf seine Reaktion. Sie rechnete mit einer Ohrfeige oder einem Fausthieb. Doch stattdessen presste Jannik seinen Mund noch fester auf den ihren. Sie schmeckte sein Blut. Jannik stöhnte erneut auf.

Zwei starke Hände hielten Lindas Kopf. Jannik keuchte.

Linda hob langsam die Lider. Ihr Mann starrte sie an.

Sie erwiderte den Kuss und spürte, wie Janniks Zähne tief in ihre Oberlippe fuhren. Noch mehr Blut gelangte in ihren Mund. Der metallische Geschmack ließ sie würgen.

Janniks Griff lockerte sich. Seine Augen wurden wieder eisig. Er schob Linda von sich. Rückwärts taumelnd fiel sie aufs Bett. Ein dünner roter Faden lief ihr aus dem Mundwinkel.

»Zwei Wochen!« Diese zwei Worte klangen wie ein Todesurteil. Linda schloss die Augen und bemühte sich, die Realität auszublenden. Doch die schrecklichen Bilder ließen sich nicht vertreiben.

Leise quietschend ging die Tür wieder auf. Linda sah vor sich hin. War wie so oft machtlos.

Jannik stand im Türrahmen. »Wenn du auch nur daran denkst, die Polizei einzuschalten, wirst du unsere Kinder nie wiedersehen.« Er lächelte sanft und wischte sich das Blut von den Lippen.

Linda stand auf, wankte zum Schrank und nahm das Nötigste heraus, so wie Jannik es ihr aufgetragen hatte. Sie war weiterhin nicht imstande, diese unerwartete Wende in ihrem Leben einfach so hinzunehmen, aber sie war sich sicher, dass sie keine andere Wahl hatte. Schon immer hatte sie gewusst, dass die Götter es oft nicht gut mit ihr meinten, ihre Kindheit war kein Ponyhof gewesen. Manche Tage waren wie ein endloses Horrorszenario aus einem schlechten Film gewesen. Ihr Vater hatte sie oft zum Angeln mitgenommen, ohne dabei die Angelausrüstung aus der Garage zu holen. Würde ihre Tochter das gleiche Schicksal ereilen?

Sie vernahm Sonjas piepsige Stimme. Sie lachte. Auch Janniks schallendes Gelächter war zu hören. Lindas Haare im Nacken und auf den Unterarmen begannen sich aufzurichten.

»Linda, Schatz, wenn du dich nicht beeilst, werde ich mein Vorhaben ändern!«, rief Jannik ihr lachend zu.

Im nächsten Moment überfiel sie heftiger Schüttelfrost. *Reiß dich zusammen*, zwang sie sich zur Räson und konzentrierte sich auf das Wesentliche. Die Stimmen im Wohnzimmer verebbten. Die Stille war ohrenbetäubend.

Linda hörte nur ein leises lang anhaltendes Pfeifen in ihrem rechten Ohr. »Ich werde meine Kinder zurückholen«, schwor sie sich. »Ich werde meine Kinder nicht im Stich lassen.« Ihre Stimme wurde lauter und schraubte sich zu einem panischen Schrei hoch. Linda verkrampfte und brach weinend in sich zusammen.

43

Andrea kam langsam wieder zu sich. Sie versuchte, sich das Erlebte in Erinnerung zu rufen und sich den einen Moment zu vergegenwärtigen, der sie in diese ausweglose Lage gebracht hatte. Doch alles, woran sie sich erinnern konnte, waren Bildfetzen, die sich nicht aneinanderreihen ließen.

Sie fror immer noch. Ihre Schultern taten höllisch weh. Der Kopf hing schlaff nach unten. Sie sah ihre nackten Füße, wie sie über der weißen Erde schwebten.

»Na, wieder wach?«

Der Albtraum war also noch nicht vorbei. Andreas rechtes Auge war zugeschwollen. Das Atmen fiel ihr zunehmend schwerer. Die gebrochene Nase pfiff und schmerzte. Sie nuschelte und bat den Mann, sie loszulassen.

Etwas drückte gegen ihr Kinn.

Sie erkannte wieder den Maskierten vor sich. Ihre Sinne entschwanden erneut. Eine undurchdringliche Schwärze machte sich breit und spendete ihr etwas Trost.

»Du bleibst schön bei mir«, befahl der Maskierte herrisch. Eine harte Ohrfeige ließ ihren Kopf zur Seite schnellen. Andrea kam wieder zu sich.

Das zufriedene Lachen des Mannes und das stetige Pfeifen in ihrem Kopf waren für einen Moment die einzigen Geräusche, die sie wahrnahm.

»Du brauchst dir keine Vorwürfe zu machen. Du warst einfach am falschen Ort zur richtigen Zeit«, scherzte der Mann böse und lachte dabei noch lauter. Die Tortur bereitete ihm Spaß. »Manchmal schwelge ich in den Erinnerungen und lasse mich von den Bildern in meinem Kopf treiben. Schon einmal habe ich eine Frau auf diese Weise über die Regenbogenbrücke auf die andere Seite unseres Daseins gebracht. Genau an diesem Ort. Ich war damals sehr jung und habe dieses Gefühl der Wollust tief in mir eingeschlossen. Mit den Jahren schwächte sich dieses kleine Feuer in mir ab. Es loderte zwar stets in meiner Brust, aber es drohte mit der Zeit zu verlöschen. Du wirst diese Glut erneut zu einer Flamme entfachen. Aber du bist nicht der Grund, warum ich dies tue. Du bist erst der Anfang.«

Der Mann stand vor ihr.

Andrea konzentrierte sich auf seine Stimme. Sollte sie diese Hölle doch überleben, wollte sie der Polizei so viele Hinweise wie nur möglich liefern. Sie prägte sich alles ein, was von Belang war. Gleichzeitig musste sie feststellen, wie aussichtslos ihre Situation war, und entschied sich, ihr Vorhaben aufzugeben. Sie konzentrierte sich stattdessen darauf, wie sie den Mann dazu überreden könnte, sie nicht zu töten.

»Glaubst du an ein Leben nach dem Tod?«

Andrea schluckte schwer. Ihr Mund war zugeklebt. Etwas Hartes drückte ihre Zähne auseinander. Sie schaute mit ihrem unverletzten Auge zu, wie ihr Gegenüber ein Messer in die Luft hielt. Er hielt sich die glänzende Klinge dicht vor die Augen, als wollte er sich darin betrachten. Andrea starrte auf die behandschuhte Hand.

»Du bist einfach ein Mittel zum Zweck«, redete der Mann unbekümmert weiter und ritzte ihr mit der scharfen Schneide die Haut auf. Eine schmale rote Linie auf ihrem linken Oberschenkel begann zu bluten. Ein heiseres Gurgeln drang aus dem mit grauem Panzerband verklebten Mund.

»Weißt du, dass im Leben auch dann viel falsch laufen kann, wenn man der Überzeugung ist, alles richtig gemacht zu haben?« Der Mann war ein Sadist. Erneut fuhr die Klinge in Andreas Bein und hinterließ eine weitere Fleischwunde.

Andreas Blick huschte über die Landschaft. Ihr Verstand spielte ihr bestimmt nur einen Streich. Sie sah nackte Bäume. Sie glaubte, diesen Park zu kennen, glaubte, irgendwo am Rand ihres Sehfeldes menschliche Silhouetten zu erkennen.

Sie schrie um Hilfe, doch ihre Rufe verklangen in ihrem Kopf.

»Alles Leben beginnt mit der Geburt.« Während der Mann weitersprach, legte er Andrea eine Schlinge um den Hals. Er überragte sie jetzt um eine Haupteslänge.

Wie ist das möglich, fragte sie sich und blinzelte einmal. Ihr verletztes Auge explodierte vor Schmerz. Der Mann stand auf einem Gegenstand, auf einer Kiste oder etwas Ähnlichem. Diese Kiste hatte die Form eines Sarges. »Nein, bitte nicht«, flehte sie ihn an und drehte den Kopf hin und her. Doch ihre Gegenwehr tat er mit einem Lächeln ab. Seine Augen glänzten. Das war alles, was sie von ihm sehen konnte: die Augen und den Mund.

»Wir leben, um zu sterben. Beides gehört zu diesem Kreislauf, den wir als Existenz bezeichnen. Wir werden alle auf dieselbe Art geboren, wir werden durch die Muschis unserer Mütter in diese schreckliche Welt hineingepresst.« Seine kühlen Finger gruben sich tief zwischen ihre Beine. Er sog genüsslich die Luft ein. »Nur das Sterben unterscheidet sich. Auf den Tod können wir uns verlassen, nur nicht auf seinen Ablauf.«

Er zog die Hand wieder weg und leckte sich über die Finger.

Andrea weinte stumme Tränen und wünschte sich den Tod. Er sollte schnell kommen und sie mitnehmen.

»Du möchtest auf der Stelle tot sein, nicht wahr?« Lachend zog er die Schlaufe fester um ihren Hals und stellte sich auf die Fußspitzen. Die Messerklinge durchschnitt das Seil, an dem sie mit den Händen an den dicken Ast gebunden war. Ihr linker Arm fiel wie ein Fremdkörper nach unten. Der sengende Schmerz in der Schulter trieb ihr noch mehr Tränen in die Augen.

»Wenn du Glück hast, dauert dein Todeskampf nicht länger als eine halbe Stunde«, raunte er ihr ins Ohr.

Erneut durchtrennte das scharfe Messer ein Seil. Dieses Mal fiel Andrea zu Boden. Der Sturz dauerte lediglich einen winzigen Augenblick. Der Fall wurde abrupt gestoppt. Die Schlinge zog sich weiter zu und drückte Andrea die Luft ab. Der dünne Strick riss ihr die Haut auf und schnitt sich immer tiefer ins Fleisch. Andreas Hals schwoll an. Blut schoss ihr aus der Nase. Sie trat um sich.

Der Mann sprang leichtfüßig auf die Erde. Der weiße Schnee wurde von winzigen Blutstropfen besprenkelt. Er hielt ein Rohr in der Hand, schlug ihr damit auf den Kopf und gab ein lautes Jaulen von sich. Andreas Zuckungen wurden heftiger.

Der Maskierte packte seine Utensilien in eine Tasche. Als er fertig war, kam er zurück und betrachtete die nackte Frau.

Sie zappelte nicht mehr. Ihr gesundes Auge starrte in die Weite. Andrea merkte nicht, wie das Messer zum letzten Mal durch die Luft pfiff. Auch spürte sie nicht mehr wirklich, wie ihre Bauchdecke aufgeschnitten wurde. Alles, was sie wahrnahm, war Leere.

»Diese Ruhe und Abgeschiedenheit sind perfekt, genauso perfekt wie dein Tod.« Er genoss den Augenblick in vollen Zügen. Er stand noch eine Weile einfach nur so da und wartete, bis Andrea ihren letzten Atemzug getan hatte. Danach hob er die Sporttasche vom Boden auf und schlenderte in gemächlichem Tempo zu seinem Wagen zurück.

44

In eine weiche Decke gehüllt trank Ella ihren letzten Schluck Kaffee und lief zurück ins Wohnzimmer. Ihr Gang war unsicher. Sie fühlte sich hundemüde, doch an Schlafen war nicht zu denken. Auch morgen würden sich die Kollegen stumme Blicke zuwerfen. Manche bemitleideten sie, die anderen empfanden nichts als Schadenfreude. Schließlich arbeitete sie mit Leonhard Stegmayer zusammen. Ella wusste auch, dass einige der männlichen Kollegen Wetten darüber abgeschlossen hatten, wie lange sie noch da wäre. Die Zeitspanne erstreckte sich zwischen zwei Wochen und einem Jahr.

Ella war es schon immer ziemlich gleichgültig gewesen, was die anderen über sie dachten. Nur bei Sixten war es anders. Ihre Gefühle zu ihm waren besonders. War das Liebe? Wie lange hatte sie dieses seit einer Ewigkeit vergessen geglaubte Gefühl vermisst? Nach dem tragischen Tod ihres Mannes war sie sich sicher gewesen, nie wieder glücklich sein zu können. Aber Sixten und sie verband etwas, das sich so anfühlte.

Obwohl Sixten gerade all ihre Anrufe ignorierte. Kein Wunder, hatte sie ihn doch in den letzten Tagen viermal versetzt. Leonhard trug einen nicht unwesentlichen Teil dazu bei, dass diese Beziehung, die ohnehin auf einem wackeligen Fundament aufgebaut war, der Belastung nicht länger standhielt und drohte, in die Brüche zu gehen. Leonhard Stegmayer brummte ihr Überstunden auf bis tief in die Nacht, insbesondere dann, wenn sie sich mit Sixten zu einem Versöhnungsessen verabredet hatte.

Jetzt saß sie im Schneidersitz auf einem weichen Hochflorteppich mitten im Wohnzimmer, um sie herum lagen Akten verstreut.

Ellas Augen brannten. Sie überflog erneut die Bilder und machte sich Notizen. Ein Gedanke, eine Idee glomm irgendwo in der hintersten Ecke ihres Verstandes auf, während ihr Blick an der Kinderzeichnung hängen blieb, die sie in Alina Kraftschuks Wohnung gefunden hatte. Diese ähnelte der ersten Skizze, die auf dem Brief des Hausverwalters entdeckt worden war. Darum ging Ella davon aus, dass es sich beim Zeichner des Bildes um ein und dasselbe Kind handelte.

Sie nahm das Blatt in die Hände und hielt es hoch über ihren Kopf ans Licht.

Verdammt, sie hatte noch eine Kopie in ihrer Regenjacke, fiel ihr ein, aber sie war zu faul, diese jetzt zu holen.

Der Wagen hätte auch ihr Porsche sein können, überlegte Ella und gähnte.

In diesem Moment ertönte ein kurzes Piepen. Es war ihr Handy, das sie Tag und Nacht eingeschaltet hatte, um ja kein Lebenszeichen von Sixten zu verpassen.

Ella spürte, wie ihr Herz einen Sprung nach oben machte und in ihrem Hals stecken blieb. »Bitte, lass es Sixten sein und nicht Leonhard«, wünschte sie sich mit belegter Stimme und warf die Zeichnung zurück auf den Boden.

Sie wartete noch einen Moment und sah in der Zeit auf die Uhr. Die kleine Digitalanzeige des DVD-Players verschwamm zu einem roten Fleck. Ella wischte sich mit Daumen und Zeigefinger über die müden Augen und massierte sich das

Nasenbein. Der rote Fleck wurde zu leicht verschwommenen Zahlen. Es war drei Uhr dreiunddreißig.

Ella ließ noch eine Minute verstreichen, holte tief Luft und zerrte das Handy unter einem Stapel hervor, auf dem sich Blätter türmten, die sie für weniger wichtig hielt.

Sie wischte über das Display und drückte auf das Icon.

Ich wurde einer Gruppe auf WhatsApp hinzugefügt, wunderte sie sich und legte die Stirn kraus.

Der Administrator dieser Gruppe, die nur aus zwei Mitgliedern bestand, war ihr bekannt. Die Nummer gehörte Sixten. Ein ungutes Gefühl nistete sich in Ellas Brust ein und ließ ihr Herz erkalten. Das schnelle Pochen ging in ein heftiges Poltern über.

Ellas Finger schwebte unschlüssig über der Videodatei. Warum schickte Sixten ihr eine Videobotschaft? Wollte er etwa auf diese Weise mit ihr Schluss machen? Warum richtete er extra dafür eine Gruppe ein? »*Brother and sister*« las sie und hob die Finger zur Schläfe. Wie benommen wickelte sie unbewusst eine Haarsträhne um ihren Finger und zog einmal daran. Das Handy erwachte zum Leben und begann zu vibrieren. Ella erschrak und gab einen kurzen Schrei von sich. Eine Textnachricht ploppte auf. Ein Smiley mit einer Sonnenbrille streckte den Daumen in die Höhe.

Ich liebe dich. Ich vermisse dich. Ich möchte wieder mit dir zusammen sein. In diesem Video habe ich mir ein Herz gefasst, um dir zu sagen, wie sehr ich dich liebe.

Ich bin mir nicht sicher, ob das, was uns beide verbindet, ewig halten kann.

Ich habe mir mehr erhofft. Aber du verschließt dich vor mir und erzählst mir nichts aus deiner Vergangenheit. Deine Mutter erwähnst du nie. Du sprichst immer nur von deinem Vater. Auch hast du mir verschwiegen, dass du einen Bruder hast, der mehrere Jahre im Gefängnis verbracht hat.

Ella stutzte. Dies war nicht Sixtens Art. War er vielleicht betrunken? Warum dieser verdammte Smiley? Nichts passte wirklich zusammen.

Was sollte das alles bedeuten? Es klang nach einem blöden Scherz. Was sollten all diese Andeutungen? Worauf wollte er hinaus?

Wenn es tatsächlich Sixten war, würde sie die Beziehung beenden. Ihr schwirrte der Kopf. Ella wählte Sixtens Nummer und drückte sich das Handy ans Ohr. Sie lauschte dem Freizeichen. Er ging nicht ran. Sollte sie es erneut versuchen? Sie grübelte, während sie auf das Telefon starrte. Diese blöde Nachricht irritierte sie und brachte ihr Blut in Wallung, zumal sie nicht wusste, ob sie tatsächlich von Sixten abgeschickt worden war.

Ella verspürte ein unangenehmes Frösteln. Spielte ihr da irgendeiner bloß einen Streich? Hatte jemand Sixtens Handy geklaut und erlaubte sich, Ella aufs Korn zu nehmen? Das würde einiges erklären.

Ella atmete tief ein und wieder aus. Vielleicht hatte Sixten tatsächlich sein Handy verloren. Er hatte ja ihre Nummer lediglich eingespeichert und nicht auswendig gelernt. Aber er hätte bei ihr vorbeikommen können.

Ella fiel auf, dass er noch nie bei ihr gewesen war, wie sie auch sonst noch nie ein Mann in ihrer Wohnung besucht hatte. Sie kannte seine Wohnung ebenfalls nicht. Sie trafen sich meistens im Restaurant oder im Park. Nur einmal hatten sie sich ein Hotelzimmer geteilt. In dieser Nacht waren sie beide betrunken gewesen und hatten Sex gehabt.

Ella wickelte sich noch enger in die Decke, die sie sich über die Schultern geworfen hatte, und drückte auf das verschwommene

Bild. Die Videodatei ließ sich schnell runterladen. Ella drückte erneut darauf und erhöhte die Lautstärke.

Die Aufnahme stammte von einem billigen Handy. Derjenige, der diesen Film gemacht hatte, zitterte. Dementsprechend waren auch die Bilder verwackelt. Zuerst war nichts als ein leuchtender Kreis zu erkennen – so, als hielte jemand das Gerät auf eine graue Wand gerichtet, von der das schwache Leuchten des kleinen Lämpchens reflektiert wurde. Der weiße Fleck bewegte sich im Kreis.

Plötzlich tauchte im Display ein Gesicht auf. Ella vergaß bei dem Anblick zu atmen. Lang vergessen geglaubte Gefühle brachen sich Bahn und ergriffen von Ellas Körper Besitz. Ihre Finger schlossen sich fest um das Handy. Die Knöchel schimmerten weiß unter der blau angelaufenen Haut hindurch. Ellas kurz geschnittene Fingernägel liefen rot an.

»Was zur Hölle«, würgte sie hervor und schaute sich entgeistert um. Wie ein in die Enge getriebenes Tier stierte sie in den schwarzen Flur. Sie glaubte, Schritte vernommen zu haben. Doch da war niemand. Diese Sinnestäuschung war ihrem überstrapazierten Verstand geschuldet.

Ella startete die kurze Aufnahme erneut und konzentrierte sich auf die Bilder. War das etwa eine Frau? Die Szene schien ihrer Erinnerung entrissen worden zu sein. Die Unbekannte hing an einem Seil, ihr Kopf war kahl geschoren und schräg zur Seite geneigt.

Bittere Galle verbrannte Ellas Kehle. Nur mit Mühe konnte sie den Mageninhalt bei sich behalten. War dieses Video etwa echt und nicht nachgestellt? »O nein!«, stammelte Ella und ballte die linke Hand zur Faust, die sie sich zwischen die Zähne schob. Sie biss sich in die Knöchel. Der Schmerz half ihr, nicht den Verstand zu verlieren.

Ein Klingeln an der Tür entlockte ihr einen kehligen Schrei. Das Telefon fiel ihr aus der Hand. Sie rappelte sich hoch. Beim

Versuch, das Wohnzimmer zu verlassen, rutschte sie auf einem der Fotos aus und stürzte zu Boden.

Grrr! Grrr! Grrr! Wer immer das war, gab keine Ruhe.

Auf wackeligen Beinen, unentwegt über die eigenen Füße stolpernd, schaffte sie es endlich in den Flur. Ihre Hand klatschte gegen den Lichtschalter.

Ella schoss so viel durch den Kopf, dass sie nicht wusste, wo er ihr stand. Sie schnappte sich den Hörer der Haussprechanlage, hielt ihn zögernd ans Ohr.

Grrr! Grrr! Grrr! Ella kämpfte das Verlangen nieder, den Hörer gegen die Wand zu pfeffern.

»Ja«, bekam sie endlich heraus und lauschte dem elektrischen Rauschen. »Hallo?«, fügte sie nach einem weiteren Schellen hinzu. Endlich lösten sich die Krämpfe. »Sixten, bist du das?«

»Ja.« Es war nur ein Flüstern, trotzdem glaubte Ella, die Stimme zu erkennen.

Sie drückte auf den Öffner und vernahm an der Tür unten ein kurzes Scheppern.

Die Schritte im Treppenhaus kamen näher. Ella warf einen kurzen Blick durch den Spion. Zuerst war alles dunkel. »Bist du das, Sixten?«, wiederholte sie ihre Frage durch die Tür und presste ihr Gesicht noch fester gegen das kühle Holz.

Sie hörte ein Lachen. Das Licht ging an. Sie sah Sixtens Gesicht direkt vor sich. Im selben Moment vernahm sie ein Kratzen im Schloss. Die Sicherheitskette war nicht vorgelegt. Der Schlüssel auf der falschen Seite der Tür bewegte sich hastig. Sixtens Gesichtszüge glichen einer Maske.

»Hau ab!«, schrie sie ihn an und warf sich gegen das Türblatt. Sie hatte Mühe, die Kette in die Finger zu bekommen. In einer Hand hielt sie immer noch das Handy.

Ohne es wirklich zu begreifen, wurde sie zur Seite geschleudert. Sie knallte mit dem Hinterkopf gegen eine scharfe Kante der Garderobe. Ihre Hände bekamen etwas zu fassen und rissen die Kleider mit sich zu Boden. Die Halterung löste sich aus der Wand. Ella wurde unter den Mänteln und Jacken und dem schweren Holz begraben.

Sie nahm den Duft ihrer Jacke wahr. Ein herbes Männerparfüm kroch ihr in die Nase. Ihre gelbe Jacke roch nach Leonhard und ihrem gemeinsamen Büro.

Der Druck auf ihrer Brust wurde stärker. Jemand drückte mit seinem Fuß gegen das Möbelstück und presste sie fester gegen die kalten Fliesen. »Sixten«, stammelte sie und fuchtelte verzweifelt mit den Armen.

Ein heftiger Tritt gegen ihre Beine ließ sie scharf die Luft einsaugen.

»Sixten, lass uns bitte darüber sprechen«, bat sie den Mann, dem sie ihr Vertrauen geschenkt hatte, darum, vernünftig zu sein.

Eine Hand packte sie an den Haaren. Ella schrie. Eine schwere Faust traf sie im Gesicht. Der Widerstand war gebrochen. Das Letzte, was Ella zu Gesicht bekam, war ein kantiges Gesicht. »Sixten, nicht«, hauchte sie und spürte eine kalte Hand auf ihrem Gesicht. Nein, es war keine Hand, es war ein Lappen.

Ella überlief ein eiskalter Schauer der Furcht. Das Licht ging aus. Panisch schlug sie um sich und ignorierte den Schmerz. Sie holte mit dem Ellenbogen aus und vollführte eine halbe Umdrehung mit dem Oberkörper. Dem Schmerzenslaut nach zu urteilen, traf sie ihr Ziel.

Der Handgriff erschlaffte. Ella war im Vorteil, weil sie sich in ihrer Wohnung auch ohne Licht auskannte. Auf allen vieren kroch sie Richtung Schlafzimmer. Nach wie vor wollte sie die Tatsache nicht akzeptieren, dass dieser Mann Sixten war.

»Lass mich los!«, röchelte sie mit zugeschnürter Kehle, als sie am Fuß gepackt wurde, und trat mit dem freien Fuß dagegen. Erneut vernahm sie ein gepresstes Keuchen. Der nächste Schlag ging ins Leere. Noch zwei Schritte und sie könnte sich hinter der Tür ihres Schlafzimmers verstecken. Genau dort verbarg sich ein Baseballschläger, den sie sich für den Fall der Fälle angeschafft hatte.

Wie töricht von ihr zu glauben, der Täter würde nur darauf warten, von dem Ding gestoppt zu werden. Sie schrie und sah nichts als Schwärze, als ein heftiger Hieb sie an der Schläfe traf. »Sixten, nicht.« Ellas Lider senkten sich. Sie lag auf dem Boden und fühlte die eisige Kälte, die sich wie ein kalter Nebel um sie legte, danach sank sie in ein schwarzes Loch. Bodenlose Leere tat sich unter ihr auf.

45

Reinhold Stettel blickte sich auf die Brust und rieb mit einem Papiertaschentuch an seinem weißen Strickpullunder herum. Der rote Ketchupfleck wurde zu einem hellen Klecks. Das in braunes Vesperpapier eingewickelte angebissene Brötchen lag an der Tischkante neben dem Familienfoto.

Leonhard wartete geduldig und schwieg.

»Der geht nie mehr raus«, murmelte der Leiter der Mordkommission und rieb noch heftiger daran. Seine Glatze färbte sich rot. »Und genau aus diesem Grund erlaube ich euch nicht, die Dokumente mit nach Hause zu nehmen – nicht, weil ich mich bekleckert habe«, fuhr der Mann übergangslos fort.

Leonhard wusste, dass nicht der Fleck der wahre Grund seines Zornausbruchs war, sondern Ellas plötzliches Verschwinden und mit ihm das Fehlen einiger wichtiger Ermittlungsakten. Sie hatte sie einfach mitgenommen – ohne Leonhard Bescheid zu sagen.

Reinhold Stettel gab sein Vorhaben auf und warf Leonhard einen fragenden Blick zu. Leonhards Chef war kein Ausbund ausgelassener Fröhlichkeit. Aber er war korrekt, und dieser Charakterzug zählte für Leonhard mehr als alles andere. Und er behandelte Leonhard wie einen Freund, wenn sie unter sich waren.

»Ich habe mehrmals versucht, sie auf dem Handy zu erreichen«, sagte Leonhard mit hörbarer Sorge in der Stimme und hüstelte sich die Stimme frei. Der Stuhl unter ihm knarzte.

Reinhold Stettel rupfte kleine Fetzen des Taschentuchs ab und legte sie gedankenverloren zu einem kleinen Haufen aufeinander.

Sie schwiegen eine Weile, beide darauf bedacht, einander nicht anzuschauen. Jeder hing seinen Gedanken nach und konzentrierte sich auf einen imaginären Punkt.

»An ihrer Wohnungstür gab es keine Einbruchsspuren«, durchbrach Leonhard als Erster die Stille.

»Das weiß ich«, entgegnete der Leiter der Mordkommission, wischte die Taschentuchfetzen vom Tisch in den Papierkorb, quälte sich auf die Beine, nahm erneut das Brötchen in die Hand und biss appetitlos hinein. Den Blick zum Fenster gerichtet kaute er auf dem Bissen und kratzte sich an den Bartstoppeln. »Wir haben wieder eine Frauenleiche«, sagte Reinhold Stettel tonlos, schluckte den Klumpen herunter und warf den Rest zu den Papierfetzen in den Mülleimer.

Leonhard glaubte, sich verhört zu haben.

»Harald Mittnacht vom KDD war vor Ort. Es ist nicht Kommissarin Greenwood«, beantwortete Reinhold Stettel hastig die nicht gestellte Frage, ohne sich umzudrehen. Er schaute weiterhin zum Fenster und beobachtete die feinen Schneeflocken.

Leonhard ließ seinem Chef Zeit.

»Sie wurde erhängt, ihr Bauch aufgeschlitzt. Die Innereien lagen auf dem Boden verteilt zu ihren Füßen.« Erst jetzt wandte er sich Leonhard zu.

»Modus Operandi?«, fragte Leonhard.

»Es sieht nicht danach aus, als handele es sich um denselben Täter wie bei den jüngsten Frauenmorden. Die junge Frau wurde aufgehängt, zuvor vergewaltigt und zusammengeschlagen. Ihre Identität konnte noch nicht geklärt werden.«

»Wo wurde die Leiche entdeckt?«

»Im Park neben einer Ruhestätte für gefallene Soldaten.«

Leonhard drückte sich die Hände aufs Gesicht, um die Müdigkeit wegzuwischen – ohne Erfolg. Seine Augen brannten und die Haut an den Wangenknochen fühlte sich taub an.

Reinhold setzte sich auf die Tischkante und betrachtete die Bilder, die an der gegenüberliegenden Wand auf einer Tafel aufgehängt waren – Gesichter von Menschen, deren Mörder noch auf freiem Fuß war.

Leonhard stand auf und streckte seinen müden Rücken durch.

Reinhold Stettel gähnte. »Du hast gleich ein Gespräch mit Ellas Bruder. Er hat sie heute Morgen als vermisst gemeldet. Wir haben entschieden, ihn zu einer Befragung ins Präsidium zu bestellen. Er sitzt in Raum Drei.«

»Wer kümmert sich um die neue Tote?«, wollte Leonhard wissen.

»Zuerst wird sie von Tom untersucht. Danach wird recherchiert, ob es einen ähnlichen Fall schon einmal gegeben hat. Das altbekannte Prozedere. Ihr Körper gleicht einem Holzschnitt, starr wie eine Statue. Es wird längere Zeit dauern, um sie aufzutauen. Ich kümmere mich darum, dir einen neuen Partner herbeizuzaubern, auch wenn ich mir den aus den Rippen schneiden muss. Ich brauche einen Kaffee. Komm, lass uns nach unten gehen. Während ich mir die Lippen verbrenne, kannst du mich auf den neuesten Stand bringen. Schließlich muss ich für euch meinen Kopf in die Schlinge stecken.«

»Wir können gern die Plätze tauschen«, schlug Leonhard vor.

Beide lächelten humorlos, während sie das kleine Büro verließen.

»Ich weiß nicht, wer schlimmer dran ist.« Reinhold Stettel klopfte Leonhard freundschaftlich auf die Schulter und schloss die Tür hinter sich ab.

46

Jannik lief an den großen Vogelkäfigen mit den laut kreischenden Wellensittichen entlang und hielt seinen Blick streng nach vorn gerichtet. In dem Zoogeschäft roch es dezent nach Vogelkot, trockenem Gras, diversem Trockenfutter und Flüssigseife.

»Papa, die kleine Ratte ist wirklich süß«, trällerte Kevin fröhlich und lief seinem Vater leicht hüpfend hinterher. Das junge schwarz-weiß gefleckte Nagetier befand sich in einer kleinen Transportbox und schabte leise quiekend über den braunen Karton. Kevin beobachtete seinen neuen Freund durch die runden Öffnungen und achtete nicht auf den Weg.

»Pass doch gefälligst auf«, fuhr Jannik seinen Sohn an, nachdem dieser einen Stapel Hundefutterschachteln angerempelt hatte und damit die schiefe Pyramide, die zu Werbezwecken aufgetürmt war, beinahe umgestoßen hätte. Jannik konnte die Lawine gerade noch mit beiden Händen stoppen.

Ein junger Verkäufer eilte herbei. Er sagte kein Wort. Schnell, mit routinierten Handgriffen, warf er die Hälfte der bunten Schachteln in einen leeren Einkaufswagen.

»Tut mir leid«, entschuldigte sich der Junge und zog eine Schnute. Sein Kinn zitterte. Die Entschuldigung galt nicht dem blass wirkenden Verkäufer, sondern seinem Vater.

»Hätte auch schiefgehen können«, scherzte der junge Mann und schenkte dem Jungen ein flüchtiges Lächeln. »Steht ja auch mitten im Weg«, schob er nach und machte sich daran, die Pyramide wiederaufzubauen.

»Besser, wenn ich dein neues Haustier trage, und du gibst ab jetzt auf deine Füße acht!« Jannik streckte den rechten Arm aus.

Kevin, der glücklich über die ausgebliebene Standpauke war, händigte ihm bereitwillig die Box aus. Mit seiner rechten Hand klammerte er sich an Janniks linke und hüpfte noch fröhlicher an Vaters Seite. Er erzählte ununterbrochen, was er mit Baxi, so hatte er die neue Ratte getauft, alles anstellen wollte. Jannik hörte nur mit halbem Ohr zu. Ab und zu äußerte er ein Ja oder ein Nein oder auch ein Hm. So war sein Sohn zufrieden und konnte weiterplappern, ohne Jannik von seinen Gedanken abzubringen. Auch jetzt hielt Jannik Ausschau nach einer Frau.

Sie waren auf dem Weg zur Kasse. Der Weg war von weiteren, etwas größeren Volieren flankiert. Papageien und anderes Federvieh flatterten darin herum und gaben ohrenbetäubende Laute von sich. Jannik bog nach rechts ab und blieb vor einem Kühlschrank stehen.

Die Fliegenmaden waren alle, stellte er mit einem leichten Ziehen in der Brust fest.

»Kann ich Ihnen irgendwie behilflich sein?«, meldete sich eine Frau mit Dauerwelle und pummeligem Körperbau. Ihre schmalen Lippen glänzten genauso rot wie ihr Haar. Die kleinen Schweinsaugen saßen zu dicht aneinander. Ihr aufgesetztes Lächeln war Essig mit einem Schuss Blütenhonig – sauer und bittersüß zugleich.

»Maden«, presste er nur das eine Wort durch die Lippen. Er fühlte sich auf eine unerklärliche Weise bei seinen unschönen Gedanken ertappt und schaute sich einmal kurz um.

»Der Lieferant hat wieder Engpässe, aber nächste Woche bekommen wir noch welche. Damit wollen Sie aber nicht das kleine Tierchen füttern?« Sie hob ihre aufgemalten Augenbrauen zu zwei ungleichmäßigen Bogen.

»Nein. Wir haben …« Jannik stockte, weil ihm so auf die Schnelle keine Lüge einfiel. Er wusste auch nicht, welche Hausbewohner mit diesen Kriechtieren gefüttert werden konnten. Zum Angeln war es noch zu kalt.

»Eidechsen?«, half ihm die Frau auf die Sprünge und schaute nach unten zu Kevin, der versuchte, sich hinter seinem Vater zu verstecken.

»Ja, zwei«, stotterte Jannik und kam sich selbst dabei sehr verdächtig vor.

»Sie können solange auch Grillen nehmen. Ich zeige Ihnen den Weg« erklärte sie sich bereit, Jannik nicht nur die Richtung zu weisen, sondern auch etwas über diese Insekten zu erzählen. »Kommen Sie.« Erneut zeichnete sich dieses Lächeln auf ihren Lippen ab. »Eins müssen Sie wissen …«

»Ich habe schon ein Dutzend dieser Viecher«, stoppte Jannik sie bei ihrer Erzählung. »Wir kommen nächste Woche wieder. Danke«, schob er schnell nach und drehte sich um.

»Aber …«, rief ihnen die Frau noch nach, doch Jannik war schon weitergelaufen.

»Lass uns zur Kasse gehen.« Jannik zog seinen Sohn an der Hand und beschleunigte seinen Gang.

»Ja. An einen Kunden, der in den letzten Wochen Ratten in Kombination mit Maden eingekauft hat, kann ich mich erinnern.«

Jannik blieb wie angewurzelt stehen. Zwei Uniformierte unterhielten sich mit einem grauhaarigen Verkäufer, der die beiden um eine Kopflänge überragte, obwohl sein Rücken stark gekrümmt war. Die Frau schrieb etwas auf und ihr Kollege fragte nach einer Beschreibung des Kunden.

»Ich habe kein gutes Personengedächtnis. Ich glaube, er war groß und dunkelhaarig.«

»Wir wären Ihnen zu Dank verpflichtet, wenn Sie in naher Zukunft mehr darauf achten und uns Bescheid geben würden, wenn er wieder herkommt. Ist das nicht eine ungewöhnliche Zusammenstellung, Ratten und Maden?«

»Nicht unbedingt. Kommt darauf an, welche Haustiere man hält.«

Jannik überlegte, wie er weiter verfahren sollte. Kevin sah zu ihm auf. »Papa, warum sind wir stehen geblieben?«, flüsterte der Junge mit verängstigtem Blick.

Seine dunkelblauen Augen, die bei einem bestimmten Lichteinfall manchmal auch flaschengrün wirkten, funkelten vor Furcht und Missfallen, so genau konnte Jannik es nicht deuten. Er sah aus, als litte er unbändige Schmerzen.

»Hast du Bauchweh?« Jannik ging in die Hocke.

»Ich muss aufs Klo. Ganz dringend«, wimmerte der Junge und schlang seine Ärmchen um den Bauch. Seine gelbe Daunenjacke raschelte. Jannik richtete die Mütze auf Kevins Kopf zurecht und erhob sich. Die Box mit dem Nager ließ er auf dem Boden stehen. Das kleine Tier quiekte. Die Polizistin horchte auf. Der Stift in ihrer Hand bewegte sich nicht mehr. Ihr Kopf drehte sich langsam zu den Regalen, hinter denen Jannik sich versteckt hielt.

Kevin würgte. »Papa, mir ist schlecht«, keuchte der Junge und würgte erneut.

Jannik presste mit Daumen und Zeigefinger die Nasenwurzel zusammen, holte tief Luft und hob seinen Sohn auf den Arm.

Das Tier quiekte erneut. Der Kopf der Polizistin bewegte sich weiter in Janniks Richtung. Das Regal war nicht hoch genug.

»Papa, du hast Baxi vergessen«, jammerte Kevin.

»Wir kaufen dir morgen eine andere Ratte. Diese ist krank«, flüsterte Jannik und verlagerte sein Gewicht auf den rechten Fuß. Der harte Karton unter seinem Schuh gab nach.

Er hörte das leise Knacken von winzigen Knochen.

Seinen Sohn fest an sich gepresst, eilte er auf den Ausgang zu.

»Entschuldigung«, erklang eine Frauenstimme. »Sie haben da etwas vergessen … Hey, Sie da! Warten Sie!« Das war die Dicke mit der Dauerwelle. Jannik beschleunigte seinen Schritt.

Sie hatte das zerquetschte Tier entdeckt. *Lauf schneller, sonst bist du geliefert*, schrillten die Alarmglocken hinter Janniks Stirn.

»Hey, Sie da. Sie haben Ihren Schal verloren!« Die Stimme der Frau klang mahnend.

Jannik ignorierte die Rufe und stürmte nach draußen.

»Papa, ich muss kotzen«, keuchte Kevin und wand sich in Janniks Umklammerung hin und her.

Er ließ den Jungen los. Ein gelber Schwall schoss aus dem Mund des Jungen.

»Armes Kind.« Die Verkäuferin sah zuerst Jannik, dann den Jungen an. In ihren Händen hielt sie den weiß-rot gestreiften Schal und gab ihn Jannik.

»Danke«, murmelte er und tätschelte seinem Kind den Rücken.

»Geht es wieder oder soll ich …« Sie zeigte mit dem Daumen zum Laden.

»Wir kommen schon zurecht. Der Burger von heute war einfach zu fettig.«

Die Frau nickte verständnisvoll. »Ich geh dann wieder rein und schicke jemanden her, der das hier wegmachen …«

»Das war keine Absicht«, winselte Kevin. Er war kreidebleich.

»Du kannst doch nichts dafür.« Ihre Hand verschwand in der Tasche ihres grünen Kittels und förderte einen Lutscher zutage. »Hier.«

Der eingeschüchterte Junge schaute zu seinem Vater hoch und bat mit einem stummen Blick um Erlaubnis. Dieser nickte. Der Lutscher verschwand in der gelben Daunenjacke.

»Ich gehe wieder rein, ist wirklich sehr kalt heute.« Die Verkäuferin schüttelte sich einmal demonstrativ, wünschte den beiden alles Gute und verschwand hinter der gläsernen Tür.

»Papa, warum hast du das gemacht?«

»Was?« Jannik setzte eine Unschuldsmiene auf und ging in die Hocke. Fürsorglich, wie es sich für einen Vater gehört, legte er seinem Kind den Schal um und zog den Reißverschluss zu.

»Du hast Baxi totgemacht.«

»Nein, da irrst du dich. Ich habe nur die Schachtel kaputt gemacht, damit Baxi frei sein kann.«

»Echt?« Kevins Gesicht hellte sich auf.

Die Tür schwang auf. Die beiden Polizisten schenkten Jannik und seinem Kind keine sonderliche Aufmerksamkeit. Sie unterhielten sich.

»Igitt«, regte sich die Frau über den beißenden Gestank auf und schüttelte angewidert den Kopf, nachdem ihr Blick kurz die gelbe Pfütze gestreift hatte.

Jannik lächelte seinen Sohn an. »Das waren wir nicht«, flüsterte er Kevin zu und zog eine lustige Grimasse. »Du darfst den Lutscher jetzt schon aufessen, damit du nicht so streng aus dem Mund riechst.«

Die Polizisten liefen weiter.

Jannik musste seinem Sohn beim Abmachen der widerspenstigen Folie helfen. Nachdem der Lolli zwischen Kevins Lippen verschwunden war, setzten auch sie ihren Weg fort. Ein beunruhigender Gedanke krallte sich in Janniks Kopf fest und fuhr seine giftigen Tentakel aus: *Die Polizei sucht nach dir und kennt deine Gewohnheiten.*

47

Ellas Augenlider flatterten wie die Flügel eines sterbenden Nachtfalters auf feuchtem Glas. Nichts als Finsternis waberte um sie herum. Wie ein giftiger Nebel verschluckte die Schwärze alle Farben. Die tintige Leere, die sie verschlungen hatte, raubte ihr nicht nur die Sicht, auch das Denken fiel ihr schwer, weil die Dunkelheit ihre Gedanken im Keim erstickte. Heiß fuhr ihr die Angst in die Glieder und jagte ihr ein unangenehmes Kribbeln über den gesamten Körper. Sie fror trotz der Hitze, von der sie umgeben war. Selbst ihre Handflächen waren feucht. Sie befand sich in einem Zustand beängstigender Schwerelosigkeit, als würde ihr Körper in einem tiefen Gewässer versinken.

Ein unangenehmes Jucken am Rücken zwang sie dazu, sich zu bewegen. Erst jetzt fiel ihr auf, dass sie an Händen und Füßen gefesselt war. Das Klappern von Ellas Zähnen in der Stille klang wie das Rasseln einer Klapperschlange. Ihr von Wut und Schmerz befeuerter Körper verkrampfte sich. Sie lag wie ein Embryo auf dem nackten Boden. Die rechte Seite ihres Kopfes pochte. Winzige Steinchen bohrten sich in ihre Kopfhaut. Ella atmete durch die Nase. Das Klebeband auf ihrem Mund blieb hartnäckig an den Lippen kleben. Die Luft roch staubig.

»Wenn du dich übergibst, erstickst du an deiner eigenen Kotze.«

Ella riss die Augen noch weiter auf. Spielte ihr Verstand ihr wieder etwas vor? Die Stimme kam wie aus dem Nichts. Der Klang war ihr vertraut – oder bildete sie sich das nur ein?

Ella bog die Arme in den Ellenbeugen nach oben. Ihre Fingerspitzen ertasteten zuerst die feuchte Stirn und krabbelten wie Spinnenbeine weiter hinauf bis zum Haaransatz. Ein erstickter Schrei drückte gegen das Klebeband. Ihre Finger zappelten.

»Die Glatze steht dir.« Die Stimme lachte und klang dabei wie trockener Kies. »Damit hast du wohl nicht mehr gerechnet? Manchmal holt einen die Vergangenheit doch ein!«

In dem Zustand, in dem sie sich befand, konnte sie ihren diffusen Eindrücken nicht wirklich vertrauen. Die Stoppeln unter ihren Händen stachen leicht gegen ihre Fingerkuppen. Ella ging davon aus, dass ihr zermarterter Verstand ihr nur etwas vorgaukelte, was so nicht stattfand. *Das kann einfach nicht sein*, redete sie sich ein.

Sie versuchte verzweifelt, sich zu erinnern. Sixten. Sie sah sein Gesicht vor sich. Ella begann zu zittern. Die Kälte, die durch sie hindurchging, potenzierte das Schütteln ihrer sämtlichen Glieder. *Wenn man zu viel hineininterpretiert, bekommt man ein sehr verzerrtes Bild vom Ganzen, was die Sache noch mehr verkompliziert*, hörte sie Leonhards mahnende Worte in ihrem Kopf.

Ella bemühte sich, die Erinnerung hervorzukramen und sich zu vergegenwärtigen, was sie in diese missliche Lage gebracht hatte.

»Werden die Bilder aus deiner Vergangenheit wieder in dir wachgerüttelt? Weißt du noch, wie alt du damals gewesen bist? Deine Mutter war nicht diejenige, für die du sie gehalten hast. Sie war keine Heilige. Was glaubst du, warum sie sterben musste?« Die Fragen prasselten wie großkantige Hagelkörner auf sie ein.

Ella konnte der Stimme kaum folgen. Sie klang blechern und verzerrt. Warum tat ihr Peiniger das? *Wie soll ich dir mit zugeklebtem Mund eine Antwort auf deine blöden Fragen geben*, dachte sie.

Ein Summen, gefolgt von einem metallischen Klacken drang an Ellas Ohren. Sie wurde für einen Moment des Augenlichts beraubt, als das gleißende Weiß den Raum flutete. Ella wand sich und schrie ihren Schmerz in das Klebeband.

Der unsichtbare Mann lachte auf. Wieder vernahm Ella ein metallisches Schaben. Ein kalter Luftzug streifte zuerst ihr Gesicht, im nächsten Moment umwölkte die kühle Brise ihren ganzen Körper. Erst jetzt begriff sie, dass sie nackt war.

Ein Schatten kroch über den steinigen Boden. Ella hob den Kopf an und erblickte zuerst zwei auf Hochglanz polierte Schuhe. Ihr Blick wanderte weiter nach oben. Die Gestalt stand dicht vor ihr. Es war ein schwarz gekleideter Mann. Sein Gesicht hielt er hinter einer Sturmhaube versteckt. Er setzte sich auf die Fersen. Zu dem staubig-modrigen Geruch mischte sich auch noch der leichte Duft von Moschus. Das Parfüm – er roch wie Sixten. Aber das konnte nicht sein.

Sixten, bitte nicht, flehte sie den Mann in Gedanken an und verdrängte die schreckliche Vorstellung, sich dermaßen in einem Menschen getäuscht zu haben. *Nein. Du bist es nicht, oder?* Das durfte einfach nicht sein.

»Ich kann von deinem Gesicht ablesen, wie sehr du dich fürchtest. Ist dir Kinesik ein Begriff?« Er sprach so, als müsste er die Worte erst in seinem Kopf in die richtige Reihenfolge bringen. Seine Stimme kam nicht direkt von ihm, sondern von oben aus den Lautsprechern. Warum spielte er solch ein makabres Spiel mit ihr? Ella starrte den Mann einfach nur an. Schmutzige Tränen liefen ihr über die Wangen.

»Du willst diesen Gedanken nicht wahrhaben, dich in mir getäuscht zu haben.« Die Stimme wartete ihre Antwort gar nicht ab, sondern sprach in belehrendem Ton weiter: »Es ist eine Wissenschaft, die sich mit dem nonverbalen Verhalten beschäftigt. Unsere Körpersprache verrät oft mehr über den Zustand einer Person, als uns lieb ist. An deinem Gesicht kann ich vieles ablesen.« Seine behandschuhte Hand strich Ella über den kahl rasierten Schädel. »Du fragst dich wohl, wer ich bin?«

Ella biss die Zähne zusammen.

»Ich bin der Mann, der deine Mutter getötet hat.« Er beugte sich tief über sie. So, dass Ella ihm in die Augen schauen konnte. Doch Ella sah nicht viel. Immer wieder verschwamm die Umgebung und wurde zu einem schwammigen Aquarellbild.

Etwas Lauerndes lag in seinem scheinbar ausdruckslosen Blick. »Erkennst du mich wieder?«

Ella blinzelte erneut.

»Versuchst du, mir etwas zu sagen?«

Ella drückte die Zähne auseinander und schob ihre Zunge dazwischen. Die Überwindung, sich selbst Schmerzen zuzufügen, kostetet sie all ihren Mut – sie tat es trotzdem.

»Was hast du getan?«, echauffierte sich der Mann, dabei klang er mehr hysterisch als drohend. Er fiel auf die Knie.

Ella spürte, wie ihr Mund mit warmem Blut volllief. Die glibberige Flüssigkeit, die nach Kupfer schmeckte, bahnte sich den Weg und tropfte aus einem der Mundwinkel auf den Boden. Das Klebeband begann sich langsam zu lösen.

»Du blöde Fotze!«, brüllte der Mann sie an und riss ihr das Tape mit einem heftigen Ruck ab.

Ella grinste.

Der Mann schob seine Hände unter ihren Kopf und hob sie an.

Röchelnd saß sie da, den Rücken gegen die raue Wand gedrückt. Die Augen matt. Sie hatte Durst und wollte einfach nur sterben. Die Konturen wurden unscharf, die Silhouette des Mannes verformte sich zu einem trüben Fleck. Ella wartete darauf, dass die selige Finsternis sie von ihren Qualen befreite.

Ein kalter Schwall traf sie im Gesicht. Wasser.

»So einfach werde ich dich nicht gehen lassen.« Starke Finger pressten ihre Kiefer auseinander. Etwas traf hart gegen ihre Zähne. Eine Wasserflasche oder ein Schlauch, Ella war es egal. Sie weigerte sich zu schlucken.

Ein elektrisches Knistern dicht neben ihrem Ohr ließ sie hochschrecken.

»Ich werde dich mit Stromstößen durchbohren und danach deinen zuckenden Körper mit meinen Füßen bearbeiten, wenn du nicht trinkst«, raunte er ihr ins Ohr.

»Du bist also nur sein Handlanger«, stellte Ella fest. Ihr Plan war aufgegangen. »So viel zur Kinesik«, spie sie ihm den letzten Satz ins Gesicht und besprenkelte seine Augen mit winzigen Blutstropfen. »Willst du mich auch dann noch ficken, wenn ich dir verrate, dass ich Aids habe?«

Der Mann schreckte vor ihr zurück und fiel auf den Hintern. Hastig rieb er sich über die Augen. »Das hast du nicht!«, stammelte er und klang dabei nicht wirklich überzeugt.

Erneut verzog Ella ihren blutverschmierten Mund zu einem hässlichen Grinsen. »Ich bin in der Interpretation von Körpersprache ausgebildet. Du bist ein Feigling und hast dir in die Hose gemacht.«

»Du Hure.«

»Wessen Handlanger bist du?«

»Du glaubst mir also nicht?« Er klang gereizt. Seine Hand traf Ella im Gesicht. Ihr Kopf wurde zur Seite geschleudert.

»Deine Mutter war damals schwanger.«

Erinnerungsfetzen schossen ihr durch den Kopf. Trotzdem blieb sie stoisch und starrte den Mann unverwandt an. Der Kinderpsychologe hatte sich seinerzeit sehr viel Mühe gegeben, die schlimmen Erinnerungen in Ellas Kopf zu löschen und einige der Bilder durch andere, schönere Erlebnisse zu ersetzen.

Ihr Peiniger schnalzte mit der Zunge und lachte kurz auf. Das Geräusch verursachte ihr Gänsehaut. Etwas wurde in ihr wachgerufen. Die Gerüche kamen wieder zurück. Sie hörte das Rascheln der Blätter. Die Schutzwand, die der Psychologe mit viel Finesse aufgebaut hatte, bekam Risse und fing an zu bröckeln. Die Worte trafen sie wie ein Vorschlaghammer.

»Deine Mama hat mich angefleht, dich am Leben zu lassen. Ich war damals jung. Du hattest an diesem Tag Geburtstag, deinen elften«, sagte er, als hätte er ihre Gedanken gelesen.

Er spritzte ihr erneut etwas Wasser ins Gesicht und wartete, bis Ella wieder halbwegs bei Verstand war. »Er sucht nach dir, dein Bruder. Macht sich Sorgen um dich. Auch dieser Kommissar Stegmayer kann sich dein Verschwinden nicht wirklich erklären.«

»Sixten, das bist du doch nicht wirklich?« Ella traute ihren Ohren nicht. Seine Körperhaltung und sein Gang waren anders. Vielleicht bildete sie sich das aber auch alles ein, weil sie es sich nicht eingestehen wollte. *Wer bist du, verdammt noch mal, und warum sprichst du so komisch?*

Der Mann sagte nichts mehr. Er stand auf und verließ den kleinen Raum.

Ella schloss die Augen. Das Licht ging aus. Sie wurde wieder von der Dunkelheit übermannt und von den schrecklichen Bildern, die sie nicht wegblinzeln konnte.

48

Ellas elfter Geburtstag

»Mama, da ist ein Mann, er winkt uns beiden zu.« Ella hüpfte auf einem Bein und konzentrierte sich auf die Linien. Sie durfte sie nicht berühren, sonst war sie verbrannt. Das war ein lustiges Spiel.

»Wo?« Ellas Mama hielt sich die Hand an die Stirn und spähte in die Richtung, in die Ella kurz zuvor gezeigt hatte.

»Ich sehe ihn nicht.«

»Mama, warum sind wir eigentlich hier? Ich habe doch heute Geburtstag.«

Ellas Mutter nahm die Hand von der Stirn und setzte ihre Sonnenbrille wieder auf. »Du bekommst noch dein Eis, versprochen.« Ihre Mama wirkte auf einmal nervös.

»Aber ich will kein Eis mehr. Es ist zu kalt. Ich möchte lieber ins Kino.«

Ellas Mutter strich sich über die kleine Bauchwölbung. »Ich habe dir gleich gesagt, dass es für ein Eis zu kalt ist. Und du wolltest unbedingt ein Kleid und diese Sandalen anziehen. Du bist sturköpfig wie dein Vater.« Ihre Mama war schwanger. Vielleicht war sie deswegen so leicht reizbar geworden.

»Mama, lass uns hier verschwinden.« Ella zupfte ihre Mutter am Ärmel und vergaß dabei das Spiel. *Verbrannt*, ärgerte sich das Mädchen, als ihr Blick nach unten auf ihre Sandalen fiel. Ihr rechter Fuß stand mitten auf einem Spalt.

»Ist das ein Friedhof? Liegen hier all diese toten Soldaten?«, fragte Ella und zeigte auf einen grauen Granitstein.

»Nein, tun sie nicht. Es ist nur ein symbolisches Mahnmal, das zu Ehren der Soldaten aufgestellt wurde und uns an die schreckliche Zeit erinnern soll.«

»Mama, ich habe heute Geburtstag. Ich will nicht an die schreckliche Zeit erinnert werden.«

»Schsch«, machte ihre Mutter und legte sich den Zeigefinger auf die Lippen.

Ella verstummte und kniff die Augen zu schmalen Schlitzen zusammen.

Es war noch recht früh am Morgen. Nebel stieg auf. Die Erde schien zu atmen. Bunte Blätter lagen auf der grünen Erde verstreut.

Ella sah nur die vielen Bäume und hörte ein leises Knacken von trockenen Zweigen.

»Bleib du hier stehen. Ich bin gleich wieder da. Danach gehen wir ins Kino«, versprach Ellas Mutter und schob ihre Tochter von sich weg.

»Weißt du, was du mir an meinem letzten Geburtstag versprochen hast?«

Ihre Mama blieb stehen und drehte sich um.

»Wir drei, du, Papa und ich fahren an meinem nächsten Geburtstag zusammen zum Bauernhof. Das hast du mir hoch und heilig versprochen und mir dein Indianerehrenwort …«

»Das werden wir alles nachholen.«

»Mein zehnter Geburtstag war der beste Tag in meinem Leben. Den habe ich mit Papa auf dem Ponyhof verbracht. Du bist zu Hause geblieben. Ich wünschte, du wärst auch heute zu Hause geblieben.«

»Lass uns das bitte später klären.« Ihre Mama klang gehetzt. »Dieser Ausflug bleibt unser Geheimnis. Papa darf nichts davon erfahren.«

»Mama!«

Ellas Mutter blickte zu den Bäumen und ignorierte ihre Tochter komplett. Jemand rief ihren Namen. Ihr Augenmerk galt einer Gestalt, die sich aus dem Schatten der Bäume herausschälte.

Ella presste die Lippen aufeinander und kreuzte bockig die Arme vor der Brust. Sie war kein kleines Kind mehr.

»Ella! Wenn du nicht tust, was ich dir sage …«

»Jaja, dann bekomme ich nichts. Ich weiß«, äffte sie ihre Mutter nach und stapfte auf den großen Stein zu. Darauf waren viele Namen eingraviert. Die goldenen Lettern waren verblichen. Ella fuhr mit dem Finger die Einkerbungen entlang, ohne die Buchstaben laut auszusprechen.

»Nein, was soll das, lass mich los!«, schrie ihre Mutter aus dem Dickicht.

Ellas Finger verweilte auf einem T und ertastete den nächsten Buchstaben – H. Theodor. Der Name des gefallenen Soldaten brannte sich für immer in Ellas Gedächtnis ein.

Das Knacken von Ästen wurde lauter.

»Mama?« Ellas Stimme klang angsterfüllt.

»Ella, lauf weg! Lauf, Kind!«

»Was?« Ella wagte nicht, sich zu rühren. Ihr schmutzig gewordener Zeigefinger rieb gegen den Stein. Ihr kleiner Nagel kratzte über die Kerbe, ihr Blick irrte auf der Suche nach ihrer Mutter zwischen den Bäumen hin und her.

Sie nahm eine Bewegung wahr. Doch wer da auf sie zusteuerte, war nicht ihre Mama.

»Mama?«

Der Mann kam näher und zerrte ihre Mama hinter sich her. Er hielt sie an den Haaren.

Noch immer rührte sich das Mädchen nicht.

»Ella, lauf weg!« Dem Warnruf folgte ein erstickter Aufschrei.

Ella war wie elektrisiert und vor Angst gelähmt.

Ihre Mutter riss sich los und taumelte blutüberströmt auf sie zu. Ella wusste nicht, vor wem sie sich mehr fürchtete. Vor dem Mann, der ihrer Mutter folgte, oder vor ihrer Mama. Sie sah wie ein Zombie aus.

Der Mann bückte sich nach unten und hob einen Stein auf. Sein rechter Arm schnellte nach vorn. Der Stein traf Ellas Mutter im Rücken.

Sie fiel vornüber zu Boden, stemmte sich aber wieder hoch. Der Mann packte sie erneut an den Haaren und schleifte sie über den Boden.

»Ella, lauf!«, stöhnte ihre Mutter und streckte den linken Arm aus.

Als Ellas Füße sich in Bewegung setzten, ließ der Mann von ihrer Mama ab und nahm die Verfolgung auf. Er holte sie nach wenigen Schritten ein.

»Nein!«, kreischte das Mädchen und stürzte zu Boden, weil sie mit einem Fuß an einem Erdhügel hängen geblieben war. Sie fing den Sturz mit vor sich gestreckten Armen ab und spürte, wie die scharfen Kanten der Steine ihre Handflächen aufschlitzten. Ein Ruck ging durch ihren Hals. Ihr Kopf wurde in die Höhe gezerrt. Die Finger des Mannes gruben sich tief in ihr Haar. Sie kratzte den Mann am Arm und bekam dafür einen heftigen Schlag gegen die Schläfe. Für einen Augenblick verlor Ella das Bewusstsein.

Als sie wieder zu sich kam, hörte sie sich schreien. Ihre Fersen schleiften über den nackten Boden und taten höllisch weh.

Ein feuchter Stoffstreifen wurde ihr über die Augen gelegt. Die Welt verschwand hinter dem schwarzen Nichts. Sie schnappte nach Luft und merkte, wie es um ihren Hals eng wurde. Ihre Kehle wurde zugedrückt.

Die Binde rutschte herunter. Ellas Atem ging keuchend. Sie bekam mit jeder Sekunde weniger Luft. Die Beine hingen in der Leere. Sie blinzelte erneut. Der Stoffstreifen, mit dem ihre Augen verbunden gewesen waren, hing nun schlaff an ihrem Hals herunter. Ella hob den Blick. Ein dicker Strick ragte gen Himmel. Sie entdeckte einen Ast, an dem das Seil festgemacht wurde. Ella röchelte.

Ein Schrei riss sie aus ihrer Lethargie. »Mama?« Ella starrte vor sich hin. Da war ein Umriss, er baumelte an einem Seil. Der Umriss wurde zu ihrer Mutter. Ella traute ihren Augen nicht. Ihre Mama hing an einem Seil, so wie sie auch. In ihren Händen hielt sie einen Klumpen. Dieser Klumpen bewegte sich.

»Deine Mutter ist eine Hure«, sprach die Stimme zu Ella. »Sie hält ihr Balg schützend in den Armen, die blöde Hure.«

Ein erneuter Ruck durchfuhr Ellas zappelnden Körper. Ein letzter Atemzug, dann riss die bodenlose Leere sie mit sich in die abgrundtiefe Finsternis.

49

Leonhard ließ sich extra viel Zeit, bevor er den Verhörraum betrat. Boris Greenwood sah nicht so aus, als wäre er zu einem konstruktiven Gespräch bereit. Der mürrische Blick des bärtigen Mannes bestätigte seine schlechte Laune. Aggression und Wut spiegelten sich darin.

Aber auch Leonhard war momentan nicht zu Scherzen aufgelegt. »Sie müssen Boris Greenwood sein«, begrüßte er den Mann in einem geschäftigen Ton und warf eine dicke Akte auf den Tisch.

»Ja, der bin ich. Warum muss ich so lange auf einen wie Sie warten?«

»Wir haben viel zu tun.« Leonhard setzte sich auf den Stuhl neben dem Fenster und schlug die Mappe auf.

»Und ich? Denken Sie, ich hatte nichts zu tun?«

Leonhard überging die Frage. »Sie haben ausgesagt, dass Ella in einer Bar Stress mit einem Mann hatte. Können Sie mir den Mann näher beschreiben?«

»Er sah aus wie ein verdammter Wikinger«, schnaubte Boris und strich sich über den Bart.

»Geht es etwas konkreter?«

Boris Greenwood schloss die Augen und schwieg eine Weile. »Man muss das Bild, das in unserer Fantasie entstanden ist, ausblenden, damit es einen nicht irritiert. Denn die Beschreibung und das, was wir uns darunter vorstellen, koalieren nicht wirklich miteinander. Und oft entspricht beides nicht dem tatsächlichen Erscheinen«, schiss er klug und trommelte mit den Fingern auf der malträtierten Tischplatte herum.

Leonhard runzelte die Stirn. »Sie meinen, man soll sich sein eigenes Bild machen?«

Boris sah jetzt wieder zu Leonhard. »Ja. Schließen Sie die Augen und konzentrieren Sie sich nur auf das, was ich sage. Meine Schwester hat mir diesen Trick beigebracht, sie ist sehr wortgewandt.« Ohne den Blick von Leonhard zu nehmen, umkreiste er mit dem Zeigefinger einen Fleck auf dem Tisch.

»Darf ich rauchen?« Boris sah ihn fragend an.

Leonhard saß ihm gegenüber und machte sich Notizen. »Koalieren«, dieses Wort unterstrich Leonhard mehrmals. Ellas Bruder war nicht die hellste Kerze in ihrer Familie, das war dem Kommissar nun klar. Dieser Mann machte von Worten Gebrauch, die er irgendwo aufgeschnappt hatte, ohne deren Bedeutung wirklich verstanden zu haben.

»Wo waren Sie vorgestern Abend?«, wollte Leonhard wissen, ohne von seinem Block aufzuschauen.

»Warum?«

»Wir vermuten, dass Ihre Schwester …«

»Meine Halbschwester«, berichtigte Boris schroff. Diese Tatsache schien ihm sehr wichtig zu sein.

»In Anbetracht der Umstände ist Ihre Reaktion mehr als verständlich. Jeder würde ausrasten, wenn er zu Unrecht beschuldigt wird, in etwas verwickelt zu sein. Ich glaube Ihnen, dass Sie mit dem Verschwinden Ihrer Schwester nichts zu tun haben«, versicherte Leonhard ruhig und taxierte den Mann, den er zwar vom Hörensagen kannte, heute jedoch zum ersten Mal zu Gesicht bekam.

»Sie sehen ziemlich fertig aus.« Boris beugte sich über den Tisch. »Sie sollten sich mal aufs Ohr hauen. Aber erst, nachdem Sie Ella gefunden haben.« Ella hatte Leonhard einmal wenig enthusiastisch von ihrem Halbbruder erzählt. Sie hatte unter anderem erwähnt, dass er ein notorischer Lügner sei.

Leonhard sah nicht mehr so frisch aus wie noch vor zwei Tagen. Wie auch, hatte er doch in der letzten Nacht kein Auge zugetan – der Fall verlangte ihm alles ab. Und jetzt war auch noch Ella wie vom Erdboden verschluckt. Alles blieb nun an ihm hängen. »Beantworten Sie bitte meine Fragen.«

»Ich war bei meinem Vater. Er ist krank. Hat Krebs. Und Ella hat es nicht für nötig befunden, ihn zu besuchen.«

»Hat sie nicht?« Leonhards Augen wurden eng.

»Nicht oft genug«, knurrte der Mann mit zusammengepressten Lippen. Boris stand auf und stellte sich hinter den Stuhl. Seine Hände umklammerten die Stuhllehne.

»Nehmen Sie Drogen?« Auch jetzt blieb Leonhard ruhig.

»Ich bin seit drei Jahren clean. Ich bin hier fertig. Ohne meinen Anwalt sage ich nichts mehr.«

»Haben Sie denn einen, den Sie anrufen wollen?«

Boris wirkte zunehmend nervöser. »Wenn Sie nichts gegen mich in der Hand haben, kann ich jetzt wieder gehen?« Er fuchtelte mit dem Finger in Richtung der Akten. »Streichen Sie mich von der Liste. Ich bin auf Ihrer Seite.« Er schob den Stuhl beiseite und kratzte sich im Nacken.

»Haben Sie nun einen Anwalt oder sollen wir Ihnen einen …?«

»Denkst du, ich kann mir keinen Schlipsträger leisten?«

»Das habe ich nie behauptet.«

»Ich habe mehr Geld, als du denkst, Herr Oberhauptkommissar.«

»Bitte, lassen Sie uns wie zwei vernünftige Menschen miteinander reden. Setzen Sie sich hin. Dabei sollten wir uns beide bemühen, uns in Zimmerlautstärke zu unterhalten.« Leonhards linkes Auge zuckte nervös. Er strich darüber. Das Augenlid zitterte unter seinen Fingerkuppen. »Wir alle kriechen auf dem Zahnfleisch.«

Boris fuhr sich mit der Zunge über die Innenseite der Oberlippe, die von einem tiefen Schnitt verunstaltet war. Die Schramme war schlecht verheilt.

»Sie und Ella standen sich nie wirklich nahe. Obwohl Sie ihr damals das Leben gerettet haben, hatten Sie keinen Draht zueinander. Ihr Vater liebt seine Tochter mehr als seinen Sohn. Ist das der Grund, warum Sie Ella nicht mögen?« Leonhard musterte sein Gegenüber forschend.

»Darf ich das Fenster aufmachen?« Boris stierte an Leonhard vorbei. Er zerrte am Kragen seines Hemdes, das bis zum letzten Knopf zugeknöpft war. Sein stark ausgeprägter Adamsapfel hüpfte und rieb am Stoff.

Leonhard nestelte am Revers seines dunklen Jacketts. »Wir beide holen uns einen Kaffee und fahren zu Ellas Wohnung«, beschied er ihn und zeigte mit ausgestrecktem Arm zur offen stehenden Tür.

»Hm«, machte der Bärtige.

Leonhard erhob sich.

Boris versperrte ihm kurz den Weg. »Ist meiner Schwester etwas zugestoßen? Ich kann meine Gefühle nie richtig zeigen. Mein Vater war streng zu mir. Alte Schule. Sie wissen schon: Jungs weinen nie. Ella war meine kleine Schwester. Das ist sie immer noch.«

»Wir fahren zu Ellas Wohnung.«

»Hören Sie mir überhaupt zu?« Der Gefühlsausbruch kam plötzlich.

Leonhard machte einen kleinen Schritt nach hinten. »Ich bin nicht taub. Bitte.« Er hob kurz die Hände vor die Brust. »Wir gehen jetzt nach unten und gönnen uns einen Kaffee. Ich lade Sie ein.«

Boris senkte den Blick und tat einen Schritt zur Seite.

»Kommen Sie.« Leonhard lief zur Tür.

»Aber …«

»Nix aber«, schnitt Leonhard dem Mann das Wort ab. Er blieb kurz vor dem Waschbecken stehen und wusch sich die Spucke vom Gesicht. Dieser Boris hatte eine sehr feuchte Aussprache. Sein Spiegelbild starrte ihn an. *Ich sehe wirklich beschissen aus.* Er drehte den Hahn wieder zu, zog zwei Papiertücher aus dem Spender und rieb sich damit das nasse Gesicht ab. Winzige Papierfetzen blieben an seinem stoppeligen Kinn hängen, die er mit einer hastigen Handbewegung wegwischte. Der Papierballen landete neben dem Mülleimer. »Scheiße«, flüsterte Leonhard und ließ den Klumpen auf dem Boden liegen. Mit einem raschen Blick über die Schulter knurrte er: »Kommen Sie, Boris. Sie haben bestimmt einen Ersatzschlüssel zu Ellas Wohnung? Vielleicht hat Ihre Schwester etwas dagelassen.«

»Meine Halbschwester«, entgegnete Boris, jetzt mit weniger Nachdruck, und setzte sich mit einem leichten Kopfschütteln in Bewegung.

50

Jannik saß in seinem Zimmer und blätterte in seinem Notizbuch. Mit dem Finger fuhr er über Alinas Haarsträhne und hielt sie sich an die Nase. Er sog den Duft der toten Frau in sich ein. Als Nächstes rieb er über den feinen Stoff. Es war ein kleines Viereck, das er aus dem Schritt ihres Höschens ausgeschnitten hatte. Er schnupperte an seinen Fingern, dabei versuchte er wiederholt, die Gefühle wiederzubeleben. Zu seiner Enttäuschung blieb es bei dem Versuch. Das Verlangen wurde mit jedem vergangenen Tag unerträglicher. Seine Hand fuhr nach unten in die Hose hinein. Das erschlaffte Glied regte sich nicht.

Eine böse Vorahnung ergriff von ihm Besitz. Die Vorstellung, irgendwann in einer Zelle zu landen, raubte ihm die Luft, drohte, ihn zu ersticken. Mit einem kurzen Aufschrei der Verzweiflung riss er mehrere Seiten aus seinem Block und stopfte sie in den Mülleimer.

Hastig steckte er den Stofffetzen in den kleinen Zip-Beutel, den er ans Blatt getackert hatte, und verschloss ihn.

»Ella Greenwood«, sagte er laut und schrieb den Namen auf ein leeres Blatt Papier. Der Kugelschreiber kratzte und hinterließ tiefe Spuren.

Er wollte sie besitzen. Angestrengt dachte er darüber nach, ob sie sein Eigentum werden könnte, ohne dass er sie töten müsste. Die Schlichtheit ihrer natürlichen Schönheit war betörend. Ihr Körper, ihr Gesicht, ihr ganzes Erscheinungsbild war wie seiner Fantasie entsprungen. All die Jahre war er blind gewesen und hatte gedacht, er begehre seine Frau. Sie war für ihn die absolute Perfektion. Doch da hatte er sich geirrt. Sex und Liebe lagen nahe beieinander, waren aber nicht ein und dasselbe. Man konnte Sex haben, ohne die Frau zu lieben, aber man konnte eine Frau nicht lieben, ohne mit ihr Sex haben zu wollen. Die Verliebtheit war eine der gefährlichsten Phasen. Man sah die Welt in Regenbogenfarben, doch wenn die Liebe nicht erwidert wurde, verwandelten sich die bunten Lichter in die schwärzeste Finsternis.

Darum hatte er diese Frauen getötet. Linda hatte ihre Liebe zertrampelt. Sie hatte ihn betrogen.

Trotz aller Differenzen über die Jahre hatte er Linda vergöttert, auch wenn das Feuer vom Anfang ihrer Ehe mit der Zeit in eine kleine, aber stetig lodernde Flamme übergegangen war. Doch Linda hatte sie ausgetreten und nun war nur noch Asche übrig.

Er war leer und konnte diese kalte Leere nicht mehr füllen.

Er schlug das Notizbuch zu, lehnte sich zurück und legte den Kopf tief in den Nacken. Seine Augen brannten. Er schloss die Lider. Diffuse Beklommenheit hatte sich seiner bemächtigt und legte sich wie ein breiter Gürtel um seine Brust. Wie einer jener Gurte, die einen in der Psychiatrie ans Bett fesseln.

***

Nach dem Tod meiner Mutter hatte man mich nicht selten ans Bett gefesselt. Ich lag manchmal mehrere Tage allein in einem Zimmer auf dem Bett und hatte nichts anderes zu tun, als gegen die Decke zu starren.

Meistens war ich nackt, unter mir waren nur metallene Federn, die leise quietschten, wenn ich mich aus meinen Fesseln befreien wollte. Selbst jetzt spüre ich das kalte Metall auf meinem Rücken. Der spitze Draht fuhr mir in die Haut. Nicht selten entzündeten sich die Stellen und waren voller Eiter. Auch jetzt rieche ich wieder den beißenden Uringestank und höre das leise Plätschern meiner warmen Pisse.

An diesen Tagen bekam ich nichts zu essen. Aber Limonade durfte ich trinken, so viel ich wollte. Zitronenlimo aus einem Strohhalm. Meine Augen waren vom vielen Weinen verkrustet. Ich vermisste meine Mama. Ihr Name war Linda. Vielleicht habe ich meine Frau deswegen geheiratet. Vielleicht nur ihres Namens wegen. Meine Mama hatte auch dunkelbraune Locken und war groß.

Wenn ich so ans Bett gefesselt dalag und weinte, kam manchmal in der Nacht eine Frau zu mir, die Papa ein Jahr nach dem Tod meiner Mama kennengelernt hatte. Anfangs war sie nur meine Pflegerin. Eines Nachts blieb sie bei uns und schlief in Mamas Bett.

Nach einem meiner Anfälle kam sie zu mir. Sie wusch mir die harte Kruste mit einem feuchten, warmen Tuch vorsichtig von den Augen ab. Sie redete nicht mit mir, denn das blieb ihr verboten.

Mein Papa trank viel. Auch seine Freundin roch streng nach Alkohol. Eines Nachts legte sie sich zu mir ins Bett, ohne meine Fesseln zu lösen. Sie ließ ihre feuchte Hand über meine Brust zum Bauch wandern und weiter nach unten. An diesem Abend roch die Frau nicht nach Alkohol. Sie stank wie die tote Ratte, die ich einmal im Kuhstall meiner Großeltern in einer Falle entdeckt hatte. Genauso stank Papas Freundin aus dem Mund – wie eine tote Ratte, die von gelben Maden befallen war, die aus den toten Augen eines Nagers herauskrabbeln.

Die warmen Finger der Frau rieben an meinem kleinen Penis. Sie flüsterte mir Worte ins Ohr, die ich nicht verstand. Aber das, was danach kam, ließ mich alles vergessen. Nach diesem Erlebnis stellte ich oft schlimme Sachen an, damit mich mein Vater wieder ans Bett fesselte. Wartend lag ich da und lauschte in die Stille hinein. Papas Freundin, ihr Name war Josephine, hatte einen leicht schlurfenden Gang. Sie kam öfters zu mir. Eines Nachts hat sie die Gurte abgenommen und sich nackt ausgezogen. Zuerst haben wir zusammen getanzt, später hatten wir Sex. Ich wusste nicht, dass das verboten war. Josephine ließ mich schwören, das Geheimnis für mich zu behalten. Ich habe mein Versprechen nicht gebrochen.

Nach zwei Jahren trennten sich unsere Wege. Mein Vater trank nur noch und starb daran. Josephine habe ich nie wiedergesehen.

Ich habe mich bemüht, ein guter Mensch zu sein. Doch die Vergangenheit hat mich eingeholt. Linda hätte mich nicht betrügen dürfen. Sie hätte mich nicht belügen dürfen. Sie hätte mich nicht im Stich lassen dürfen. Sie ist schuld daran, dass herausgebrochen ist, was ich all die Jahre versucht habe, tief in mir drin zu verbergen.

51

Leonhard inspizierte Ellas Wohnung, ohne auf etwas zu stoßen, was ihm verdächtig vorkam. Die Kollegen von der Spurensicherung hatten zuvor schon alles auf den Kopf gestellt, ohne etwas Brauchbares zu entdecken.

»Wie oft haben Sie Ihre Halbschwester besucht? Hatten Sie in letzter Zeit einen guten Draht zu Frau Greenwood?« Leonhard blieb auf Distanz. Seine Stimme klang sachlich, er sprach in kurzen Sätzen.

Boris Greenwood neigte den Kopf zur Seite und verzog den Mund. »Ich war letzte Woche hier. Wir redeten über unseren Vater. Er hat Krebs, wie gesagt. Ella wollte sich nicht zu sehr in die Sache einmischen, das habe ich Ihnen doch schon alles im Präsidium erzählt.«

»Sache? Sagten Sie ›Sache‹?« Leonhard wirkte verwirrt und zog die Stirn kraus.

Boris hielt seine Hände in den Hosentaschen versteckt und sah sich gelangweilt in Ellas sehr funktional eingerichtetem Wohnzimmer um, ohne auf Leonhards Frage zu antworten.

Leonhard machte Boris' Gelassenheit wütend. Ihn kümmerte es einen Scheiß, dass seine Schwester unauffindbar war. »Welche Sache?«, bohrte Leonhard und versperrte Boris die Sicht.

Der bärtige Mann schniefte und drückte mit der Zungenspitze gegen die Innenseite seiner linken Wange. »Mein Vater wollte das Testament neu aufsetzen. Verstehen Sie? Ich stand da nicht wirklich gut da. Aber ohne Ellas Zustimmung wollte er nichts tun. Und jetzt taucht mein Schwesterchen einfach ab.«

»Ich dachte, Ella und Sie seien nur Halbgeschwister.«

Boris schüttelte genervt den Kopf. »Sie machen auf mich nicht gerade den Eindruck, als hätten Sie Ahnung von Ihrer Arbeit.«

»Wie bitte?«

»Eine gewünschte Wirkung erzielt man durch das Aufbringen von Energie innerhalb einer bestimmten Zeitspanne. Für Sie scheint diese physikalische Größe nicht zu existieren. Arbeit entsteht durch Weg und Zeit!«

»Reden Sie immer so einen Quark? Kein Wunder, dass Ella Sie nicht mag. Arbeit berechnet sich aus Strecke mal Kraft und nicht Zeit, Sie Schlaumeier«, entgegnete Leonhard. Er schob den Mann mit sanfter Bestimmtheit zur Seite und lief in den Flur, weil ihm etwas aufgefallen war. Einer Kratzspur folgend kniete er sich hin und beugte sich schließlich nach unten. Seine rechte Wange berührte beinahe den Boden. Er linste unter die Kommode. Darunter fand er keine staubigen Wollmäuse, der Boden war frisch gewischt. Das entsprach Ellas Naturell. Sie achtete penibel auf Sauberkeit.

»Suchen Sie da unten nach Ihrem Enthusiasmus?«

Auch jetzt reagierte Leonhard nicht. Ein frischer Kratzer verlief durch mehrere Fliesen. Er fuhr mit dem Finger darüber. Die schartige Schramme stammte von einem harten Gegenstand. Leonhard betastete den metallenen Fuß der Kommode und wurde fündig. Er bemerkte eine verbogene Holzschraube. Ein Stück eines Dübels hing noch daran. Der Kopf der Schraube war mit gelber Farbe übermalt. Wie die Wand vor ihm.

Leonhard stand auf, klopfte die Hose an den Knien ab und betrachtete die schmale Garderobe. Hier stimmte etwas nicht.

Draußen herrschten eisige Temperaturen. Warum hing dann eine dünne Jacke zuoberst?

»Ist das hier Ellas Jacke?« Leonhard sah zu Boris. Der Mann lehnte mit der Schulter am Türrahmen und zuckte leicht zusammen.

»Ja oder nein?«

»Woher soll ich das wissen, ich war nur einmal hier!«, empörte sich Boris und drückte sich von der weiß lackierten Zarge weg.

»Der Lack hier ist noch ziemlich frisch.« Leonhards Augen wurden eng. Erst jetzt nahm er den latenten Geruch nach Lösungsmitteln wahr.

»Warum erzählen Sie mir das?«

»Weil Sie einen triftigen Grund hatten, Ihre Schwester loszuwerden. Den unbekannten Fremden haben Sie einfach erfunden.«

In Ermangelung einer passenden Antwort ging Boris zum Gegenangriff über. »Das ist eine Ihrer Maschen, damit versuchen Sie nur, mich einzuschüchtern. Ich habe Ella nichts getan. Ich war es, der ihr Verschwinden gemeldet hat.«

»So konnten Sie den Verdacht von sich ablenken!« Leonhard drehte die Schraube zwischen Daumen und Zeigefinger.

Boris' Miene nahm einen entrückten Ausdruck an. Diese Gefühlsregung verriet seine innere Unruhe. »Sie sind ein noch schlechterer Polizist als meine Halbschwester.«

»Hängen Sie Ihre Jacke auf«, forderte Leonhard den Mann auf.

»Hä?« Boris kräuselte die Stirn.

»Machen Sie es einfach.«

Boris schnaubte, folgte aber der Anweisung. Er trug eine schwere Lederjacke, die keine Schlaufe zum Aufhängen hatte. Das nicht sonderlich stabil wirkende Möbelstück gab unter dem Gewicht sofort nach.

»Hm«, machte Leonhard.

»Was ist?«, wollte Boris wissen.

Die gelbe Regenjacke war auch so aufgehängt worden. Obwohl sie einen Aufhänger hatte, hing sie am Kragen. Macht der Gewohnheit? Leonhard verzog keine Miene. Er wartete stumm. Löste sich da etwa die Vorrichtung von der Wand ab? Leonhard warf einen kurzen Blick hinter die Jacken. Oben wurde der Spalt deutlich größer. Seinem ersten Verdacht folgend, packte er mit der linken Hand den Ärmel der schweren Lederjacke und zog einmal fest daran.

Es krachte. Die Jacken fielen zu Boden. Das dazugehörige Inventar folgte. »Da hat jemand wohl gepfuscht, weil er in Eile war«, bemerkte Leonhard ruhig.

»Warum haben Sie so fest daran gezogen?« Boris warf Leonhard einen fragenden Blick zu.

Leonhard widerstrebte es, jemandem einfach so böse Absicht zu unterstellen. Er wollte nichts überstürzen, auch wenn Boris nicht gerade den Eindruck eines ehrbaren Menschen erweckte. »Tut mir leid, war so nicht beabsichtigt«, murmelte der Kommissar eine ausbaufähige Entschuldigung in Boris' Richtung und machte sich daran, alles aufzuheben.

»Geben Sie schon her!« Boris riss Leonhard die Jacke aus den Händen.

»Schsch ...«, ermahnte Leonhard den Mann und zwang ihn mit erhobener Hand zum Innehalten, während er mit der linken Ellas dünne Jacke vom Boden hob. Ein Rascheln drang an seine Ohren. Seine Finger kneteten den dünnen Stoff. Da war es wieder, dieses Geräusch.

»Was ist los?«, flüsterte Boris mit betretener Miene.

Leonhard breitete die Jacke auf der Kommode aus und strich mit der rechten Hand darüber. Hastig tauchten die Finger seiner rechten Hand in die Innentasche der gelben Regenjacke. Ein Blatt Papier, zu einem Viereck gefaltet, steckte darin.

Leonhard faltete es auseinander. Es war die Kinderzeichnung aus Alina Kraftschuks Wohnung. Ein Sportwagen.

Ein lautes Klingeln ließ den grüblerisch dreinschauenden Polizisten zusammenzucken. Leonhard fischte sein Handy aus der Hosentasche und ging dran. Es war Reinhold Stettel. »Ist Herr Greenwood noch bei dir?«, kam der Leiter der Mordkommission ohne Umschweife gleich zur Sache.

»Ja«, knurrte Leonhard in den Hörer, weil er den Anlass dieses Telefonats erahnen konnte.

»Er hat einen reichen Vater, wie du weißt. Und reiche Menschen pflegen die besten Anwälte um sich zu scharen.«

»Verstanden«, sagte Leonhard müde und legte auf.

»Was ist los?« Boris grinste breit und klopfte Leonhard einmal fest auf die Schulter.

»Sie können gehen«, blaffte dieser den Mann an, der ihn mit einem schiefen Grinsen musterte. »Sehen Sie zu, dass Sie schleunigst Land gewinnen, sonst …«

»Sonst was?« Boris ließ die Schultern mit dem Gebaren eines Schlägers kreisen und machte einen Schritt auf Leonhard zu.

Leonhard zögerte nicht. Seine Hand schoss nach vorn und packte den Mann am Adamsapfel. »Ein falscher Mucks und du bist Frischfleisch für Leute, die auf behaarte Ärsche stehen, Kumpel. Wenn du deiner Schwester auch nur ein Haar gekrümmt hast, werde ich dir deinen Bart mit einem stumpfen Messer abrasieren. Hast du mich verstanden?«

Boris wollte nicken, entschied sich aber anders. »Ja«, krächzte er kaum hörbar.

Leonhard wurde bewusst, dass sie nicht allein waren.

Ein Klopfen an der Tür zwang ihn dazu, von Boris abzulassen.

»Ich bin hier, um Herrn Greenwood abzuholen. Ich bin sein Anwalt.« Die Stimme klang gleichermaßen sachlich wie auch fordernd.

»Wo ist Ella?«, presste Leonhard hervor. »Wenn Sie mir verraten, wo Sie Ihre Schwester versteckt halten, werde ich Sie nicht zur Rechenschaft ziehen, versprochen.« Leonhard hielt dem Mann sein rechtes Ohr dicht vor die Lippen.

»Verpiss dich«, fauchte Boris.

Leonhard lockerte seinen Griff und schaute Boris wieder fordernd an.

Boris schlug dessen Hand grob weg und riss die Tür auf. »Gehen wir«, sagte er hüstelnd an den Anwalt gewandt, den Leonhard von hier aus nicht sehen konnte. »Wir müssen nach Ella suchen«, warf Boris schnell hinterher und musste erneut laut husten.

»Ihr Vater hat mich geschickt«, hallten die Worte des Neuankömmlings im Treppenhaus wider.

»Das ist mir scheißegal. Meine Schwester wurde gekidnappt. Ich habe sie damals gerettet und ich werde auch dieses Mal alles daransetzen, um sie zu finden.«

»Was ist mit Ihrer Stimme?«

»Das geht Sie einen feuchten Kehricht an«, beschied ihn Boris knapp. Weil er sich keine Blöße geben wollte, zog er schnell seine Jacke an, strich sie glatt, streckte den Rücken durch und warf Leonhard einen warnenden Blick über die Schulter zu. Ohne ein Wort zu verlieren, lief er nach unten, dicht gefolgt von einem älteren Herrn im blau-weiß gestreiften Anzug.

Leonhards Telefon klingelte erneut. »Ja?«

Es war wieder sein Boss. Reinhold Stettel klang leicht gereizt. »Tom erwartet dich in seinem Reich der Toten. Und noch etwas.«

»Und das wäre?«

»Ich bestimme, wann ein Gespräch zu Ende ist«, sagte Reinhold Stettel streng.

»Verstanden«, erwiderte Leonhard müde und drückte auf die rote Taste. »Scheiße«, fluchte er, nachdem ihm sein erneuter Fauxpas bewusst wurde.

52

Ein penetranter, kühler Luftzug schlug Leonhard entgegen, als er den weiß gekachelten und antiseptisch riechenden Raum betrat.

Wie ein Patient nach einer misslungenen Operation lag die Leiche auf dem Seziertisch und wartete darauf, dass die Untersuchung abgeschlossen wurde.

Die Luft war feucht. Leonhard atmete durch den Mund. Langsam bewegte er sich auf die Leiche zu. Als fiele ihm jeder bevorstehende Schritt schwerer als der vorangegangene, kam er dem hell erleuchteten Tisch näher. Der bläulich schimmernde Körper lag unter einer Plane, nur der stark deformierte Kopf ragte heraus. Hier roch die Luft nicht mehr so stark nach Spiritus, sondern nach einem speziellen Desinfektionsmittel, das in dieser Abteilung der Rechtsmedizin üblich war.

Die Leiche war bisher nur äußerlich untersucht worden. Der Frost hatte das Gewebe an manchen Stellen zum Platzen gebracht. Ein schwarzer, zackiger Einschnitt am Hals der Toten hatte die Haut gespalten. Leonhard konnte das aufgerissene Fleisch und die Sehnen darunter deutlich erkennen.

Noch immer gab es keine Zeugen oder Hinweise auf den Täter, wie auch bei den anderen Toten. Leonhard fühlte sich wie gerädert. Der Misserfolg der laufenden Ermittlungen brachte die gesamte Abteilung zum Verzweifeln. Überstunden wurden gemacht. Jeder versuchte, seinen Teil der Arbeit auf die nächste Schicht zu schieben, was die sowieso schon aufgeladene Atmosphäre noch mehr anheizte.

Die angespannte Lage war selbst hier spürbar und brachte die Luft zum Schwingen. Oder waren es die Kühlaggregate, die Leonhards Magen zum Vibrieren brachten?

»Sie entspricht nicht dem Typus Frau, den unser Mann bevorzugt. Die beiden anderen waren groß und nicht wirklich dünn.« Leonhard stand dem jüngeren Rechtsmediziner gegenüber und war bemüht, wieder durch die Nase einzuatmen, weil er sich einbildete, dass er kleine Partikel der Toten auf seiner Zunge schmecken konnte, wenn er die Luft durch den Mund einsog.

Tom sortierte die funkelnden Instrumente auf einem metallisch glänzenden Tablett. Als er mit seiner Arbeit fertig war, hob er kurz den Kopf. »Der Täter hat bei der Frau ganze Arbeit geleistet. Armes Mädchen. Sie musste viel durchmachen, bis sie von ihren Qualen erlöst wurde. Was könnte ihn dazu veranlasst haben, sie so zu verunstalten? Ich werde nicht schlau aus der Sache. Ein signifikantes Merkmal ist mir dennoch aufgefallen.«

Leonhard wartete gespannt auf Toms Ausführungen.

»Hier spielten Gefühle mit, auch, wenn es nicht unbedingt danach aussieht. Ich zweifle daran, dass hier ebenfalls der Totentänzer am Werk war. Der Täter wollte die Frau versachlichen, er hat sie entmenschlicht.«

»Weil er ihr Gesicht bis zur Unkenntlichkeit zu Brei geschlagen hat?«

Tom nickte. »Haben wir schon eine Identität?«, erkundigte er sich und schob eine Zange ganz nach links.

»Ihr Name ist Andrea Moser. Neunundzwanzig Jahre. Krankenschwester«, las Leonhard die Personendaten von seinem

Smartphone ab. Diese waren ihm gerade übermittelt worden. »Was hast du noch für mich, Tom?«

Der Rechtsmediziner nahm den Mundschutz ab und schwieg einen Moment, als wäre ihm etwas Wichtiges eingefallen, das er nicht in Worte zu fassen vermochte.

Leonhard fiel auf, dass sein Kollege nicht rasiert war – ein seltener Makel. Er ließ seine Feststellung jedoch bei einem stummen Blick bewenden. *Wir alle haben unsere schlechten Tage,* dachte er.

Die Halogenlampen über ihnen verpassten dem Raum eine düstere Note. Die Leiche auf dem glänzenden Tisch zog immer wieder Leonhards Blick auf sich. Nach einer gefühlten Ewigkeit des Schweigens regte sich der Kommissar vernehmlich und sah zu Tom.

Dieser nahm den Stoff weg, mit dem der Körper der Leiche bis zum Hals zugedeckt war, und faltete ihn zusammen. Im gleißenden Weiß der Lampen glänzte die bläuliche Haut der Toten leicht und ließ sie wie eine Wachsfigur aus einem Gruselkabinett erscheinen.

»Wir haben Impressionsfrakturen des Nasenbeins sowie des Jochbeins ausmachen können, aber auch an den Augenhöhlen waren welche zu finden. Entweder stammen diese Verletzungen von einer heftigen Auseinandersetzung oder von einem Sturz.«

»Oder von beidem«, vervollständigte der Kommissar die kurze Zusammenfassung und betrachtete das zu einer einheitlichen Masse zerschlagene Gesicht der Frau genauer. »Was noch?«

»Die Blutung in ihrem Kopf war massiv. Sie starb nicht an ihren äußeren Verletzungen, sondern an einem Hirninfarkt. Der deutlich sichtbare Bluterguss an ihrer linken Schläfe deutet auf einen präzise gesetzten Schlag hin, der mit einem heftigen und sehr gekonnt ausgeführten rechten Haken realisiert wurde. Die Frau wurde von der Faust eines Sportlers oder eines Schlägers getroffen, der sein Werk perfekt beherrscht. Dieser Schlag hat sie mit Sicherheit zumindest zeitweise das Bewusstsein gekostet.«

Tom entfernte sich von der Toten. Er merkte nicht sofort, dass Leonhard ihm nicht gefolgt war, und drehte sich verwundert zu ihm um. »Leonhard?«

»Ja?«

»Willst du es dir vielleicht anschauen?« Tom zeigte auf eine Leuchttafel, an der mehrere Röntgenbilder hingen.

Leonhard sah sich die Aufnahmen an. Seine Augen folgten einem dünnen Zeigestab, mit dessen Spitze Tom auf den Schädel der Frau deutete.

»Die Schädelbasis hat einen feinen Riss.« Der Zeigestock wanderte langsam von oben nach unten über das Schwarz-Weiß-Bild. Leonhard konnte einen feinen Strich erkennen.

»Die Nase wurde komplett zerquetscht, was auf große Gewalteinwirkung zurückzuführen ist«, fuhr Tom fort. »Das war kein Schlag mit der Faust, er hat hier einen stumpfen Gegenstand verwendet, vielleicht einen Baseballschläger oder ein Rohr. Der Anstieg des intrakraniellen Drucks führte schließlich zum Hirntod.« Beide Männer schauten auf den nächsten Abzug. Hier wurde der Kopf von der Seite durchleuchtet. Man erkannte auf der Röntgenaufnahme deutlich, wie der Nasenknorpel zerschmettert und von der brachialen Wucht in den Kopf hineingedrückt worden war. »Der Hirntod tritt ein, wenn die Hirnbasisarterien zu stark beschädigt werden. Wir sprechen hier von einer Ruptur, einer Kappung der Blutzufuhr. Nach dem Abreißen der feinen Blutgefäße kommt es zu einer Einblutung des mit Liquor gefüllten Subarachnoidalraums.«

Leonhard hörte Tom angestrengt zu. Die medizinischen Fachausdrücke brachten seinen Kopf zum Brummen, aber er tat dennoch interessiert, weil sein engagierter Freund sich wirklich Mühe gab, sich so verständlich wie nur möglich auszudrücken.

»Und sie war nackt?«

Tom drehte sich um. Der Blick strahlte einen Augenblick seine Verwirrung aus. »Ja«, nickte er schließlich und machte das Licht des Röntgenbildbetrachters aus. »Da ist noch etwas. Frau Moser wurde von ihrem Peiniger aufgeschlitzt. Der Grund dieser Handlung könnte folgender sein: Sie war schwanger. Der Embryo war noch winzig. Ich bin nur ein Leichendoktor, aber ich könnte mir vorstellen, dass hier ein Beziehungskonflikt Motor für diese grässliche Tat war.«

»Du meinst, dass die Tote von einem anderen Mann schwanger war und ihr Partner sie so zugerichtet hat, als er das herausfand?«

»Das wäre zumindest vorstellbar.« Tom wrang die Hände.

»Was ist mit ihrer Kleidung?«

»Ihre Kleidung haben die Jungs und Mädels von der Spurensicherung nicht gefunden. Auch keine Haarsträhne. Aber die Rasur wirkt nicht sehr professionell.«

»Sondern?« Leonhard folgte Tom zum Seziertisch.

»Die Schädelhaut weist an mehreren Stellen grobe Einschnitte auf, die nicht auf die Schläge zurückzuführen sind. Derjenige, der sie kahl geschoren hat, benutzte eine Machete oder ein großes Küchenmesser, und zwar noch zu Lebzeiten der Frau. Wir haben hier das Werk eines Sadisten, was wiederum gegen die These einer Beziehungseskalation spricht. Vielleicht wollte dieser Mann einem anderen Killer nacheifern.«

»Weißt du eigentlich, wer Ella vertreten soll?«, unterbrach Leonhard seinen Kollegen und sah zur Tür, die wie von Geisterhand aufging.

»Petrosch Kupasch, wenn ich mich nicht irre.« Tom folgte Leonhards Blick. »Da kommt er ja.«

Ein kleiner Mann mit Glatze, eine jüngere Version von Danny DeVito, tauchte in dem nur spärlich beleuchteten Vorraum auf.

»Guten Tag, die Herren«, begrüßte er die beiden und zupfte ein Paar Handschuhe aus der Box. »Ich wusste nicht, dass Oberkommissar Stegmayer mir bei meinen Recherchen zur Seite stehen wird.« Er lächelte süffisant.

Dieser schmierige Typ hat mir gerade noch gefehlt, dachte Leonhard und sagte laut: »Ich wollte Herrn Bär nur Hallo sagen. Ich brauchte den Rat eines Mannes, der etwas von Polizeiarbeit versteht. Habe ich Ihnen schon erzählt, dass ich Sie nicht leiden kann?«

»Tut mir leid, wenn ich nicht dem Idealbild eines Supercops entspreche, aber ich bin nicht weniger intelligent als die meisten hier. Ich würde Sie daher bitten, mir eine Chance zu geben. Leben und leben lassen, das ist mein Motto.« Er kam in einem Pinguinwatschelgang näher und stülpte sich umständlich die blauen Einmalhandschuhe über. »Sie sehen selbst, wie schnell das vorbei sein kann.« Mit einem schiefen Grinsen nickte er zu der toten Frau. »Schrecklich, einfach nur schrecklich, wozu ein Mensch imstande ist, wenn er in seinem Glauben betrogen wird.«

»Glauben?«, echote Leonhard.

»Ihr Partner hat an die Liebe geglaubt und wurde darin enttäuscht.«

»Wurde er schon dazu befragt?«

Kupaschs Mundwinkel sanken nach unten. Sein schmales Ziegenbärtchen verlieh seinem Gesicht eine lustig wirkende Asymmetrie, weil dieses schmale Haarbüschel das breite Kinn nicht ganz mittig teilte. »Nein. Er ist flüchtig. Die Nachbarn haben ihn seit Tagen nicht mehr gesehen. Es gab wohl einen heftigen Streit, so einer der Nachbarn. Sie sei ihrem Mann nicht treu gewesen, behauptet er. Ich habe meine Hausaufgaben gemacht. Ich war von jeher ein Streber. Musste mich ja schließlich irgendwie behaupten. Wenn ich schon im Sportunterricht nicht glänzen konnte, dann in anderen Fächern.«

»Ihre Einstellung könnte meinen Charakter dauerhaft verderben.« Leonhard streifte sich die Handschuhe von den Händen. Die Haut war darunter feucht.

Petrosch schwieg. Ein selbstgefälliges Grinsen teilte seine von winzigen Narben übersäten Lippen. »Ihr Sarkasmus tangiert mich peripher, Herr Oberkommissar.«

Beide Männer stierten sich schweigend an. Die Stille wurde nur vom leisen Surren der Kühlanlage unterlegt.

»Wie dem auch sei«, durchbrach der kleine Polizist das unangenehme Schweigen und verschränkte die Finger ineinander. »Wollen wir mit der inneren Leichenschau beginnen?«

Tom nickte und winkte seinem Assistenten.

»Wir sehen uns morgen, Tom«, verabschiedete sich Leonhard und verließ den Sezierraum. Ein kalter Schauer durchlief seinen Körper, als er in den etwas wärmeren Flur trat.

53

Ella kam wieder zu sich und hob die Lider, wobei sie diese scheinbar einfache Kontraktion der winzigen Muskeln viel Überwindung kostete. Ihre Kräfte schwanden dahin.

»Trink!«, befahl die mechanische Stimme.

Ellas aufgeplatzte Lippen waren staubtrocken. Ihr linkes Auge war zugeschwollen. Schwarzes, geronnenes Blut klebte an ihrer rechten Schläfe.

»Wer bist du?« Die Worte klangen wie ein kaum wahrnehmbares Wispern. Sie wusste nicht wirklich, wie lange sie schon gefangen gehalten wurde. Sie hatte jegliches Zeitgefühl verloren und konnte nicht sagen, ob sie Tage oder bereits Wochen in diesem Loch verbracht hatte.

»Trink!«, herrschte sie der Maskierte an und dimmte das Licht.

Ella gehorchte. Das kühle Wasser flößte ihr etwas Leben ein. Sie konnte wieder schlucken.

»Erkennst du ihn?« Die blecherne Stimme kam von oben, obwohl ihr Peiniger ganz dicht vor ihr saß.

Ella verstand nicht, was von ihr verlangt wurde. Ihr Verstand arbeitete mit Zeitverzögerung. Ein weiterer Schluck. Hatte der Arsch winzige Glasscherben ins Wasser getan? Ihr Hals brannte.

»Erkennst du ihn wieder?«

»Ich sehe nichts«, krächzte Ella.

Der Mann, der vor ihr hockte, drückte auf die Flasche, sodass Ellas Gesicht von einem Wasserschwall übergossen wurde. Sie schnappte nach Luft.

»Boris?« Ella traute ihren Augen nicht. Da lag ein Mann auf dem Boden. Er blutete aus der Nase und war gefesselt. »Das ist mein Bruder.« Ihre Stimme hatte plötzlich an Stärke gewonnen. Das Herz wummerte laut. Das Adrenalin in ihren Adern mobilisierte ihre Kräfte und klärte ihren vernebelten Verstand. Ihr Bruder lag auf der Seite und war bewusstlos.

»Echt?«, sagte der Mann mit gespieltem Erstaunen und schüttelte übertrieben den Kopf. »Nanu, wie kommt der denn hierher?« Er lachte und stand auf. Mit einem Fußtritt drehte er den leblosen Körper auf den Rücken. In Boris' Mund steckte ein schmutziges Lumpenknäuel.

»Jetzt seid ihr endlich wieder vereint. Wie in guten, so in schlechten Zeiten«, höhnte der Maskierte und trat Boris erneut in die Rippen.

»Bitte, tun Sie ihm nichts. Lassen Sie ihn gehen. Sagen Sie mir einfach, was Sie wollen, und ich leite alles Nötige in die Wege, damit Ihre Forderungen erfüllt werden«, stammelte Ella. Sie fühlte sich schuldig.

»Vielen Dank für das reizende Angebot, aber meine Anweisungen sehen vor, dass ich mich nur auf das konzentriere, was mir befohlen wurde. Nicht mehr, nicht weniger.«

Er ist also nicht der Strippenzieher, sondern eine Puppe. Er ist der verlängerte Arm seines Auftraggebers, der sich nicht die Hände schmutzig machen will. Ella versuchte, sich alles einzuprägen. Noch immer glomm ein winziger Funken Hoffnung in ihr, dieses Martyrium lebend durchzustehen, um sich später an diesem Mann, nein, an diesen beiden Männern zu rächen. Sie bezeichnete sie nicht als Monster, denn Monster konnte man nicht besiegen. Aber Männer schon. »Warum ausgerechnet wir und warum hier?« Ella behielt ihre stoische Haltung.

»Diskretion ist die wichtigste Prämisse meines Bosses.« Sein sardonisches Lachen hallte von dem morschen Gemäuer wider. »Endlich sind Bruder und Schwester in trauter Zweisamkeit vereint, können die vergangenen Tage Revue passieren und die Hoffnung auf eine bessere Zukunft aufleben lassen.«

»Hoffnung?«, hakte Ella nach, weil sie den Mann am Reden halten wollte.

»Hoffnung auf ein Leben danach.« Erneut lachte der Mann auf und trat wiederholt gegen Boris' Beine.

Ella verstand bislang nicht, was der Mann meinte.

»Einer von euch wird diesen Ort nicht lebend verlassen.« Die Stimme klang nun sehr kühl.

»Bitte.« Ella gab nicht auf.

Diesmal blieb der Mann ihr eine Antwort schuldig. Wortlos packte er Boris an den Armen und schleifte ihn über den Boden zu Ellas Füßen.

Der Maskierte griff hinter den Rücken an den Bund seiner Hose und zückte ein Messer.

Ella hielt den Atem an.

Die Klinge reflektierte das bisschen Licht, das durch die angelehnte Tür in die Schwärze drang. Erneutes Lachen, das nichts Gutes verhieß, kroch durch die Lautsprecher.

Ella schloss die Augen, als die scharfe Spitze vor ihrer Nase schwebte, und bemühte sich, das Schmerzgefühl zu unterdrücken. Ihre linke Gesichtshälfte brannte wie Hölle. Tränen kullerten über ihre Wangen. Ihre Arme wurden nach oben gezerrt. Der Schmerz in den Schultern trieb ihr kalten Schweiß auf die Stirn. Doch Ella schrie nicht, sie biss die Zähne zusammen und widerstand dem Drang, laut loszubrüllen. Das Blut rauschte durch ihre Gehörgänge, trotzdem vernahm sie ein leises Reißen. Ein kurzer Ruck durchfuhr sie. Sie konnte förmlich spüren, wie die Klinge zwischen ihren gefesselten Handgelenken hin- und herbewegt wurde.

»Hier.«

Ella hielt die Augen geschlossen, bevor eine Ohrfeige sie dazu zwang, die Lider zu öffnen. Alles um sie herum war lediglich schemenhaft zu sehen, dennoch erkannte sie eine Flasche. Es zischte. Kalte Tropfen trafen sie im Gesicht. Gierig schnappte sie danach und trank. Dabei verschluckte sie sich mehrmals und drohte zu ersticken.

Der Maskierte trat mit dem rechten Fuß auf Boris' Rücken und zog den Knebel aus seinem Mund. »Sorg dafür, dass er seine vorlaute Fresse hält, wenn er wieder zu sich kommt. Wenn ihr leise seid, gibt es keine Schläge mehr … vorerst«, korrigierte er sich. Schniefend lief er hinaus, kam aber kurz darauf wieder zurück. »Hier. Das könnte dir passen«, sagte der Mann und warf Ella eine Hose und einen Pullover zu. Beides landete auf ihren Beinen.

Unschlüssig griff sie zuerst nach dem Oberteil und bedeckte sich damit die Brust und die Scham. Der Stoff roch muffig und war klamm, trotzdem freute sich Ella darüber.

»Wenn wir nichts haben, freuen wir uns über jedes Geschenk, das wir bekommen. Habe ich recht?« Der Mann klang ein wenig sentimental.

Ella sagte nichts.

»Mit dem hier habe ich noch ein ernstes Wörtchen zu reden.« Um seinen Worten mehr Gewicht zu verleihen, trat er Boris gegen die Füße. »Für heute hat er aber genug«, knurrte der Mann, bedachte Ella mit einem prüfenden Blick und ließ die beiden allein.

Die Tür fiel krachend ins Schloss. Der Schlüssel wurde mehrmals umgedreht.

Ella massierte sich die Handgelenke. Zum ersten Mal konnte sie in diesem Raum etwas mehr erkennen, weil jetzt eine winzige Lampe in der Ecke schwach leuchtete. Sie zog den riesigen Pullover über und quälte ihre Beine in die Hose, die ihr ebenfalls viel zu groß war. Ihre Muskeln waren zu verkrampft, als dass sie sich hätte normal bewegen können. Jede Bewegung tat höllisch weh, besonders an den Schultern und den Knien. Obwohl die Klamotten etwas klamm waren, spürte sie fröstelnd eine wohltuende Wärme. Sie nahm erneut einen großen Schluck aus der Flasche und träufelte etwas davon in Boris' leicht geöffneten Mund.

Seine Lippen waren blutig. In seinem Bart hatten sich winzige Zweige und Staubkörnchen verfangen.

Ella drückte zwei Finger gegen den Hals ihres Bruders. Der Puls war stetig. Der Stofffetzen, der zuvor als Knebel gedient hatte, lag auf dem Boden. Ella feuchtete den Stoff mit Wasser an und fuhr ihrem Bruder, der für sie zu einem Fremden geworden war, damit sanft über Augen und Wangen.

Wo hatte er sie beide wieder hineingeritten, fragte sie sich. Boris hatte von jeher eine Gabe dafür gehabt, sich in die beschissensten Situationen hineinzumanövrieren. Auch jetzt wurde sie den Verdacht nicht los, dass er dafür verantwortlich war. *Vom Regen in die Traufe*, unkte ihr Vater jedes Mal, wenn Boris etwas angestellt hatte.

Boris' Augenlider flatterten. »Ella?« Sein Atem roch nach Alkohol.

»Ja?«

»Es tut mir leid. Ich hätte dich nicht in die Sache hineinziehen dürfen. Ich wusste nicht, an wen ich mich sonst hätte wenden können. Bitte, Schwesterherz«, krächzte er mit der belegten Stimme eines gebrochenen Mannes. »Vater hatte recht, ich bin ein Taugenichts. Weißt du noch, als wir klein waren, da habe ich dich immer beschützen wollen ...« Er fing an zu husten. »Ich habe Schulden. Hohe Schulden. Bin an die falschen Kerle geraten. Ich wollte Vater und dir beweisen, dass ich mein Leben im Griff habe. Ich will alles wiedergutmachen.« Erneut wurde er von einem heftigen Hustenanfall geschüttelt.

»Schone deine Kräfte.«

»Ich …« Er öffnete den Mund und schluckte. Ein leises Schmatzen war alles, wozu er imstande war. Seine Kräfte schwanden.

»Wir reden später darüber«, sprach Ella beruhigend auf ihn ein, obwohl sie am liebsten mit beiden Fäusten auf ihn eingeschlagen hätte.

»Trinken.«

Ella half ihm, sich aufzurichten.

Boris stemmte sich auf die Ellenbogen und verzog schmerzerfüllt die Augen. Er trank langsam und schien allmählich die Besinnung wiederzuerlangen. »Ich habe Bockmist gebaut. Aber das hast du bestimmt mitbekommen.«

Ella kämpfte gegen die Tränen.

Ein metallisches Kratzen zwang beide, zur Tür zu blicken.

Boris begann zu stöhnen. »Nein«, drang flehentlich aus seiner Kehle. Ella spürte, wie seine Hand sich an ihrem Unterarm festklammerte und zudrückte.

»Schön, dass du wieder wach bist«, zischte der Mann und kam langsam näher.

»Ich werde alles zurückzahlen«, stotterte Boris.

»Und ob du das wirst«, entgegnete der Mann lakonisch. Er ging in die Hocke. Das Messer hielt er noch in seiner Hand. Die Spitze kratzte über den Boden und hinterließ einen dünnen Strich. Zuerst ritzte er eine Eins hinein. Danach folgten unförmige Nullen, sechs an der Zahl.

»Eine Million?«, fragte Boris verwundert.

»So dumm, wie du aussiehst, bist du also doch nicht.« Er hob die Hand in die Luft und ließ sie schnell nach unten sausen.

Boris schrie, Ella hielt erneut den Atem an. Die Messerspitze traf Boris in die Brust.

Ella gab einen Laut des Entsetzens von sich und schlug sich die Hände vor den Mund.

Der Mann lachte.

Boris japste und rang nach Luft. Von Panik erfasst krabbelte er rückwärts von dem Mann weg.

»Das nächste Mal werde ich dich damit töten.«

Erleichtert stellte Ella fest, dass Boris unverletzt war.

»Ich habe mich anders entschieden«, erklärte der Mann ruhig. Seine linke Hand packte Ella unter der Achsel. Ella wurde auf die Füße gerissen. *Die Sturmhaube.* Ohne darüber nachzudenken, schnellte ihre rechte Hand nach oben. Ihre Finger bekamen den Stoff zu fassen. Zu ihrem Erstaunen war der Mann ebenso flink wie stark. Er duckte sich unter ihrer Hand weg, hob sie in die Luft und warf sie über seine Schulter. Beim harten Aufschlag auf dem Boden wurde Ella die Luft aus der Lunge herausgepresst. Mehrere Rippen knackten. Weiße Pünktchen begannen vor ihren Augen zu tanzen.

»Das hättest du nicht tun sollen«, knurrte der Mann erbost. Anschließend legte sich ein schwarzer Schleier über sie und begrub Ella unter sich. Den folgenden Schlag bekam sie nicht mehr mit. Auch hörte sie nicht, wie Boris wie ein Wahnsinniger zu lachen begann. Alles, was Ella wahrnahm, war ein dumpfer Schmerz in ihrem Kopf und die Stimme ihrer Mutter. Erneut wurde sie von dem Traum heimgesucht, in dem sie von ihrer Mama getröstet wurde.

54

Der Nebel bildete schillernde Spektralwolken um die Laternen und verwandelte Berlin in eine Geisterstadt, fand Jannik, während er durch die Gassen lief. Er hatte nur ein Ziel vor Augen – seine Frau.

Er passierte leere Vitrinen, die von zerfledderten Werbeplakaten zugepflastert oder von bunten Sprühfarben überdeckt waren. Die morgendliche Luft roch nach Winter, Zigarettenrauch, Ärger und Unrat.

Irgendwo erklang die Stimme einer Frau. Sie schrie um Hilfe. Doch Jannik kümmerte das nicht. Männer lachten. Sie unterhielten sich in einer Sprache, die er nicht verstand. Sie lachten dieses dreckige Lachen, bei dem man sich ungefähr vorstellen konnte, wie dicht sie waren. Sie hatten Spaß, denn sie stießen jubelnde Schreie aus.

»Hilfe!«, schrie die Frau erneut.

All das interessierte ihn nicht im Geringsten.

Graue Häuser flankierten die Straße, in die er nun einbog.

Hier wurden die schreiende Frau und die johlenden Männer vom Rauschen unzähliger Reifen überlagert. Jannik überquerte eine rote Ampel und kassierte dafür ein heftiges Hupkonzert. Auch jetzt blieb sein Kopf gesenkt. Das Gesicht hielt er hinter dem hoch aufgerichteten Kragen versteckt, die schwarze Mütze saß tief in seiner Stirn. Weiße Wolken stiegen aus seinem Mund und seiner Nase und benebelten sein ernst dreinschauendes Antlitz.

Erst nachdem er eine massive Holztür erreicht hatte, blieb er stehen und drückte einen Knopf, der an einer Ecke angeschmort war. Irgendwo oben schellte die Klingel.

»Ja?«, fragte seine Schwiegermutter. Linda hatte seinen Rat nicht ernst genug genommen. Aber sie hatte auch keine andere Möglichkeit, als bei ihrer Ersatzmutter Unterschlupf zu suchen. Das wusste er, weil sie immer dorthin flüchtete, nach jedem Streit. Dort fühlte sie sich sicher. Auch hatte sie keine Freundinnen, die ihr Unterschlupf gewähren würden.

»Wer ist da?« Die krächzende Stimme wurde etwas lauter.

»Post«, schnaubte Jannik.

Es schepperte.

Er warf sich mit der Schulter gegen das verschrammte Türblatt.

Im Treppenhaus war es nicht mehr so kalt. Aber der Gestank nach verbranntem Essen, Zigarettenrauch und Hundekot intensivierte sich. Jannik schob den Schal höher und nahm zwei Stufen auf einmal. Im dritten Stock blieb er stehen. Die Tür, die zur Wohnung seiner Schwiegermutter führte, stand einen Spaltbreit offen.

Die alte Schabracke war nicht Lindas leibliche Mutter. Sieglinde Meurer war Lindas Großtante und hatte Linda nach dem Tod ihrer Mutter bei sich aufgenommen.

Sieglinde verfolgte ihn durch den Spalt. Diese Hexe war nicht so leicht zu überlisten. Jannik marschierte scheinbar an der Tür vorbei, drehte sich dann aber um und riss die Tür schnell ganz auf.

Die Frau gab einen erstickten Schrei des Entsetzens von sich.

»Hallo, Sieglinde, ist Linda bei dir?«

»Nein, ist sie nicht«, schaltete die Frau schnell. Ihre silbern schimmernde Dauerwelle saß selbst zu solch früher Stunde perfekt. Sie trug ein Kleid, Schmuck und Schuhe mit einem kleinen Absatz.

»War sie denn hier?«, spielte Jannik den Ahnungslosen.

Sieglinde versperrte ihm mit ihrem schmächtigen Körper die Sicht in die Wohnung, aus der es angenehm nach frisch gebackenen Keksen roch. Sie überlegte kurz und schüttelte schließlich entschieden den Kopf. »Ich habe Linda nicht gesehen. Jetzt musst du mich entschuldigen.« Ihre verschrumpelte Hand griff nach der Türklinke.

Jannik blockierte die Tür mit dem Fuß und lächelte hämisch. »Dann ist sie wohl barfuß unterwegs und ohne Mantel? Ihre Schuhe stehen hier.« Er grinste wissend.

Das von unzähligen Falten durchzogene Gesicht der Frau wurde noch blasser, als es eh schon war. In Erklärungsnot geraten nestelte Sieglinde an ihrer großen Brille, die schief auf ihrer schmalen Nase saß. Ihre zu einem schmalen Strich zusammengepressten Lippen zitterten, der Mund klappte tonlos auf und wieder zu.

»Mutti, wo ist das Handtuch?« Lindas Rufen ertönte aus dem Bad.

»Hallo, Liebling«, rief Jannik seiner Frau in gespielter Freundlichkeit zu, schob die schmächtige Frau grob beiseite und schritt hinein.

Schockiert starrte Linda Jannik an. Sie war nackt und begehrenswert, stellte Jannik fest. Er konnte dem Gedanken nur schwer widerstehen, sie gleich hier und jetzt zu nehmen.

»Du hättest auf mich hören sollen«, sagte er ruhig, stieß Linda zurück ins Bad und schloss die Tür hinter sich. Das kleine Badezimmer beherbergte unzählige Fläschchen und anderen Firlefanz. Ein Sammelsurium an Zeug, das keiner brauchte.

Jannik öffnete seine Jacke. Die dampfgeschwängerte Luft roch süßlich nach Himbeeren und trieb ihm Schweißperlen auf die Stirn.

»Ich bin doch weg. Ich habe mich ja versteckt!«

Er lachte kopfschüttelnd auf. Sie war nicht naiv, sie war blöde. »Du bist wie ein dreijähriges Mädchen, das sich hinter einem durchsichtigen Vorhang versteckt und HIER schreit.«

»Ich wusste keinen Rat. Ich habe kein Geld. Jannik, lass mich und unsere Kinder ein neues Leben beginnen. Du kannst uns besuchen, wann immer du willst.«

Er lächelte und strich ihr eine feuchte Strähne aus dem Gesicht.

»Tut mir leid.« Sie schluckte schwer.

»Du musst mir bei einer Sache helfen, danach lasse ich dich gehen.«

Linda verstand den Sinn der Bitte nicht, darum sah sie Jannik Hilfe suchend in die Augen. Unter ihren Füßen bildete sich eine Pfütze.

Es klopfte. »Ich habe hier ein Handtuch«, rief Sieglinde und trommelte erneut mit ihren spitzen Knöcheln gegen das Holz.

Jannik öffnete die Tür und entriss ihr das weiche Frotteetuch.

»Soll ich die Polizei rufen?«, wollte Sieglinde wissen, nachdem die Tür wieder zugefallen war.

»Nein!«, antwortete Linda schnell und nahm das Badetuch entgegen. Noch immer waren dunkle Flecken auf ihrem Körper zu sehen.

»Wenn du die Bullen rufst, mache ich euch beide kalt«, drohte Jannik, auch wenn er wusste, dass Sieglinde mehr auf ihre Ziehtochter hörte als auf ihn. Diese alte Frau hatte keine Angst vor ihm. Einmal hatte sie ihm sogar mit einer Bratpfanne eine gescheuert, weil sie mitbekommen hatte, wie Jannik Linda eine Ohrfeige verpasst hatte. Und er ließ sie jedes Mal gewähren, ohne sie dafür zu bestrafen. Sie strahlte eine Autorität aus, der er sich nicht widersetzen konnte.

»Du machst mir Angst«, flüsterte Linda und wickelte sich das Tuch um den Kopf.

Jannik reichte ihr einen Morgenmantel, der an einer Ecke der Duschkabine hing.

Linda zögerte einen Moment.

»Wir müssen uns unterhalten.« Janniks Stimme bekam mit einem Mal eine melancholische Note. Vielleicht lag es daran, dass er so viele schöne Erinnerungen mit dieser alten Wohnung verband. Sein Blick wurde grüblerisch. Hier hatte er Linda zum ersten Mal geküsst und zum ersten Mal Sex mit ihr gehabt. »Jedenfalls habe ich mir vorgenommen, dich und die Kinder in Ruhe zu lassen.« Jannik sprach schnell, weil er befürchtete, seine Meinung sonst zu ändern.

Linda band den schmalen Riemen fester um ihre Taille und bedachte ihren Ehemann mit einem skeptischen Blick.

»Du musst zur Polizei gehen und ihnen folgende Geschichte auftischen«, fuhr Jannik nach einer Weile des Schweigens fort und wischte mit der Hand über den Spiegel, der von weißem Dampf beschlagen war.

Er sah Linda und sich darin.

»Zur Polizei?«

»Ja. Du musst dir alles ganz genau merken und die Geschichte exakt so wiedergeben, wie du sie von mir zu hören bekommst. Keine eigenen Ausschmückungen, keine Improvisationen. Hast du mich verstanden?«

Linda guckte ihn durch den Spiegel an und schüttelte verneinend den Kopf.

»Du ziehst dich an. Wir gehen nach Hause. Dort wirst du dir alles einprägen, danach machen wir einen Ausflug. Später marschierst du zur Polizei und schilderst ihnen alles so, wie ich es dir beibringen werde.« Er nahm sie an der Hand. Gemeinsam verließen sie das winzige Badezimmer. Sieglinde war nicht da.

Linda wehrte sich nicht und ließ sich von Jannik ins Schlafzimmer führen.

»Ich werde dich erneut schlagen müssen.«

Linda riss sich los und taumelte rückwärts. Dabei verfehlte sie die Tür und krachte mit dem Rücken gegen die Wand, an der sie langsam zu Boden glitt.

»Ich verspreche dir, dass du mich danach nie wieder zu sehen bekommst.«

»Und die Kinder?«, winselte Linda und biss sich dabei in die Faust. Sie konnte die Tränen nicht mehr zurückhalten.

»Die bekommst du jedes zweite Wochenende zu sehen. Oder wir machen es so: Du bekommst Sonja und ich behalte Kevin.«

»Nein«, schluchzte Linda und bewegte den Kopf mechanisch hin und her. »Ich will beide«, bot sie ihrem Mann zum ersten Mal die Stirn. Sie schniefte. »Beide und jeden Tag. Oder ich rufe die Polizei.« Plötzlich hielt sie ein Telefon in der Hand. Erst jetzt begriff Jannik, wie gewieft die alte Schabracke war. Sie hatte das Telefon in das Handtuch eingewickelt. Mit so viel Widerstand hatte Jannik nicht gerechnet.

Ein Scheppern durchzuckte die Stille.

»Okay!« Jannik hob beschwichtigend die Hände und ging in die Knie, als wollte er seine Frau um Vergebung bitten, aber er führte etwas anderes im Schilde. Aus dieser Position konnte er den Flur besser im Auge behalten. Er wagte einen kurzen Blick durch die Tür. Sieglinde kam in Begleitung eines großen Mannes zurück. Er war noch größer als Jannik, hatte eine Glatze, einen dichten Bart und ein Tattoo am Hals. Sein Blick und der Baseballschläger verrieten Jannik, dass er sich nicht zum Kekse-Essen herbewegt hatte.

Jannik schloss die Tür und sprach schnell: »Die Kinder bekommst du unversehrt zurück – wenn du alles so machst, wie ich es verlange. Auch werde ich mich bemühen, dich nicht mehr als nötig zu verletzen. Okay?«

Die Tür flog beinahe aus den Angeln. Ein schwerer Stiefel traf Jannik am Kopf. Er wurde zu Boden geworfen. Der Schläger sauste durch die Luft und streifte den am Boden liegenden Jannik am Kinn. Er hörte, wie sein Unterkiefer knackte.

»Bitte nicht«, warf sich Linda schützend dazwischen. »Wir haben nur etwas geregelt. Es ist alles wieder gut. Danke, Jeremy, du bist mein Held.«

»Ich kann ihn für dich kaltmachen, Schätzchen.« Die Stimme des Riesen war genauso furchteinflößend wie sein äußeres Erscheinungsbild. Er schniefte und hob die buschigen Brauen. »Ein Nicken und der Drecksack wird in die Windeln scheißen. Ein Wort von dir und ich breche ihm die Wirbelsäule.«

Daran zweifelte Jannik nicht. Sein Kiefermuskel schwoll an. Er wagte nicht, sich zu rühren. Selbst das Schlucken fiel ihm schwer.

»Es ist alles wieder gut«, wiederholte Linda, stand auf und drückte dem Glatzkopf einen Kuss auf die Wange.

Sieglinde betrachtete die ganze Szenerie aus sicherer Entfernung. In ihrer linken Hand leuchtete das Display eines Smartphones. »Die Polizei ist in Nullkommanix da«, warnte sie Jannik.

»Ich bin schon weg. Wollte nur einige familiäre Ungereimtheiten klären. Wir beide lassen uns scheiden, darum wollte ich Linda fragen, ob sie die Kinder nehmen kann, weil ich wegen meiner neuen Arbeit nach Ungarn umziehen werde.«

Linda verstand die versteckte Drohung.

Alle Anwesenden schienen sich zu entspannen. Der Baseballschläger drückte nicht mehr gegen Janniks Stirn.

»Und nun?«, wollte der Riese von seiner Auftraggeberin wissen.

»Ich packe dir ein Paar Kekse ein, Jeremy. Holst du mich heute Abend aus der Kirche ab? Wir singen im Chor, das kann dauern.«

Der Mann nickte und folgte der Frau in die Küche.

»Zieh dich an, wir hauen ab«, sagte Jannik in einem gedämpften Befehlston und quälte sich hoch auf die Füße. Er bewegte den Unterkiefer hin und her. Es tat weh, es schien aber nichts gebrochen zu sein.

»Du kannst unten auf mich warten. Ich bin in zehn Minuten da«, flüsterte Linda und stolperte zum Schrank.

Jannik verließ die Wohnung, ohne sich zu verabschieden. Auf einen Small Talk mit Jeremy hatte er wahrlich keine Lust.

55

Leonhard konnte sich nicht mit der Vorstellung abfinden, mit einem neuen Kollegen zusammenarbeiten zu müssen. In Gedanken versunken stapfte er durch den Gang, die Grüße und skeptischen Blicke seiner Kollegen ignorierend. Mit verdrießlicher Miene stieß er die Tür zu seinem Büro auf und wurde unangenehm überrascht. *Manche Albträume werden wahr, man muss nur fest genug daran glauben. Der Tag kann nicht schlimmer werden.*

Petrosch saß an Ellas Tisch und blätterte geschäftig in einer Akte. Er war gerade dabei, sich über den Finger zu lecken, als er Leonhard erblickte. Seine Zungenspitze hing heraus und blieb so für eine Sekunde.

»Was machen Sie hier?«, wollte Leonhard von dem Störenfried wissen. Für eine nette Begrüßung war er nicht in Stimmung. »Dieser Platz ist schon besetzt, falls es Ihnen noch nicht aufgefallen ist. Und hören Sie gefälligst auf, so dämlich mit den Füßen zu baumeln.« Leonhard dachte gar nicht daran, sich zurückzuhalten, er mochte diesen Mann einfach nicht.

Petroschs Füße baumelten nicht in der Luft, so klein war er nun auch wieder nicht. Seine Schuhe berührten sehr wohl den Boden. Aber Leonhard wollte diesen Mann so schmerzlich wie nur möglich treffen. Petroschs Gesichtsausdruck verriet ihm, dass er den wunden Punkt erwischt hatte. Alle kleinen Männer hatten ein Problem mit ihrer Größe und versuchten, diesen Makel mit Geld oder einem übertrieben männlichen Gebaren zu kompensieren. Petrosch war nicht muskulös und nicht wirklich wohlhabend, aber er war geschickt darin, seine männlichen Kollegen in Anwesenheit von Frauen durch seine Wortgewandtheit wie kleine dumme Jungen aussehen zu lassen. Nur bei Leonhard traute er sich nicht, sich in ein Wortgefecht verwickeln zu lassen.

»Wir können nicht zusammen an einem Fall arbeiten. Ich mag Sie nicht und das ist auch der Grund, warum ich mich nicht auf das Wesentliche konzentrieren kann.« Leonhard entledigte sich seines Mantels, der an den Schultern feucht geworden war, weil es draußen wieder zu regnen begonnen hatte, und hängte diesen neben der Tür auf. Dabei durchzuckte ihn ein Gedanke, der ihn sein Gegenüber komplett vergessen ließ. Er begutachtete den leeren Haken an der Wand. Jetzt wusste er, warum ihm die gelbe Jacke in Ellas Wohnung so vertraut erschienen war. Sie hatte genau hier gehangen, den ganzen Herbst über – bis Leonhard Ella vor ein paar Tagen darauf angesprochen hatte. Daraufhin hatte sie die Jacke mit nach Hause genommen. Die Zeichnung, die er in der Tasche dieser Jacke gefunden hatte, hatte Ella eingesteckt, nachdem sie Tage damit verbracht hatte, sie zu studieren. Weil sie fest davon überzeugt gewesen war, auf etwas gestoßen zu sein.

Leonhard lief zu seinem Platz und riss die oberste Schublade auf. Der Schubkasten, der auf kleinen Rädern neben seinem Tisch stand, flog dabei beinahe auseinander.

Leonhard entnahm ihm mehrere Blätter, unter denen sich auch die Zeichnung befand, und breitete sie auf seinem Tisch aus. Schnell glättete er das Blatt mit beiden Händen und scannte jeden Zentimeter mit zusammengekniffenen Augen ab. In der oberen linken Ecke stand in Ellas Handschrift geschrieben: *Kopie Nr. 2.*

Der Wagen war in Rot ausgemalt worden.

Ellas Porsche war rot. Und das Männchen auf dem Bild hatte lange Haare.

»Ich werde mich beschweren«, beklagte sich Petrosch, der von Leonhard geflissentlich ignoriert wurde.

Leonhard vernahm ein enervierendes Kratzen von Stuhlbeinen auf hartem Bodenbelag. Er drehte sich um und starrte Petrosch fragend an.

»Ihr Benehmen kann so nicht akzeptiert werden!«, beschwerte sich der kleine Mann und schob sämtliche Blätter in seine braune Ledermappe.

Leonhard richtete sich auf und war mit zwei Schritten an Ellas Schreibtisch, der nun von Petrosch belagert wurde. Ohne ein Wort zu verlieren, schnappte er nach dem kleinen Bilderrahmen und hielt sich das Bild vor die Augen. Eine recht attraktive Frau mit pechschwarzen Haaren und genauso dunklen Augen lächelte ihn an.

»Ihre Frau?« Leonhard legte das eingerahmte Foto flach auf den Tisch.

»Das geht Sie nichts an.«

»Ich habe keine feste Freundin.« Leonhard lächelte süffisant. »Sie sind ein sehr beschäftigter Mann mit den Ambitionen eines Individuums, das nach Höherem strebt. Sie ist oft allein, nehme ich an. Sie sehnt sich nach der starken Schulter eines starken Mannes. Ich kann auch sehr gut zuhören, wenn ich das will.«

»Das reicht jetzt«, schnaubte Petrosch mit puterroter Miene und wandte sich zum Gehen. Er schnappte sich das Bild, das kurzerhand ebenfalls in der Aktentasche verschwand, und stürmte zur Tür. »Ich habe jetzt eine Befragung, aber auf Ihre Unterstützung verzichte ich gern.«

»Es ist schön, dass wir beide uns auf Anhieb so gut verstanden haben«, warf Leonhard dem Mann hinterher. Gerade da tauchte Marina mit einem überraschten »Huch« in der Tür auf und hob irritiert die Brauen. Petrosch zwängte sich an der attraktiven Forensikerin vorbei, ohne sie zu begrüßen.

»Ihr Männer führt auch Zickenkriege?«, zog Marina Leonhard auf und grinste ihn breit an.

»Ich verteidige bloß mein Revier«, gab Leonhard sich gleichgültig und wandte sich der Wand mit den Fotos zu, auf denen die Opfer abgebildet waren. Zwei der Getöteten gingen auf das Konto des Totentänzers. Der Mann aus dem See höchstwahrscheinlich auch. Sie alle waren ein Teil des Ganzen, allerdings fehlte Leonhard immer noch der rote Faden. Das letzte Opfer passte nicht in das Bild, das Leonhard sich von dem Serienmörder gemacht hatte.

Marina stellte sich neben ihn und schwieg einen Moment.

»Wollen wir uns heute Abend treffen?«, fragte Leonhard, ohne seinen Blick von den Gesichtern mit den toten Augen abzuwenden. Einer der Frauen waren die Augen herausgeschnitten worden. So wirkte ihr Gesicht total unrealistisch.

»Ich habe jemanden kennengelernt. Da könnte sich mehr draus entwickeln. Daher können wir uns in der nächsten Zeit nicht mehr treffen.« Sie lächelte matt. »Der Sex mit ihm ist auch schön.«

»Eine sehr lobenswerte Einstellung. Ich gebe euch beiden drei Wochen«, zog Leonhard seine Kollegin auf und schenkte ihr ein knappes Lächeln.

»Sehr lustig. Hier, du kannst gern einen Blick darauf werfen – und damit meine ich nicht meinen Busen.« Sie klopfte Leonhard mit einer Zeitung, die sie in der Rechten hielt, leicht auf die Schulter. »Dein höhnisches Grinsen wird danach ganz schnell aus deiner selbstgefälligen Visage verschwinden. Ich habe sie schon auf der richtigen Seite aufgeschlagen, dein neuer Kollege bevorzugt andere Methoden. Er hat der Presse einige Informationen zugeschoben, die vielleicht hätten unter Verschluss bleiben sollen«, sagte sie ernst und folgte Leonhard.

Der Kommissar blickte mürrisch auf die Zeitung, die Marina auf seinem Tisch ausgebreitet hatte. Schnell überflog er den Text. Die Falten auf seiner Stirn wurden mit jeder Zeile tiefer. »Was hat sich dieser Idiot jetzt dabei gedacht?«, murmelte er und las den Text erneut.

Der Verfasser des Textes hatte viele Details in seinen Bericht eingeflochten, die nur aus internen Quellen stammen konnten. Die erhängte Frau war kahl geschoren. Sie war nackt. Ihre Bauchhöhle war aufgeschlitzt. All das stand in der Zeitung, die in Leonhards Händen raschelte, weil er vor Zorn bebte. Er starrte auf das schwarz-weiße Bild. Er sah den Baum, an dem Andrea aufgehängt worden war, und das Mahnmal. Auf dem Bild war die Leiche nicht zu erkennen, auch sonst keine Person und kein Absperrband oder Ähnliches.

»Das Foto stammt nicht aus dem Archiv.« Leonhard atmete erleichtert auf. »Kupasch hat der Presse nur Unwesentliches erzählt«, sagte er, als wollte er sich beruhigen.

»Ich glaube, dass seine Saat Früchte getragen hat. So dumm war die Idee gar nicht. Und diese Infos werden die Ermittlungen nicht ins Stolpern bringen.«

»Was?« Leonhard drehte sich zu seiner Kollegin um.

»Redet ihr nicht miteinander?« Marina verschränkte die Arme vor der Brust.

»Ich kann diesen Kerl nicht ausstehen. Kaum habe ich mich halbwegs an Greenwoods Eigenarten gewöhnt und sie als meine Partnerin akzeptiert, bekomme ich diesen Gnom zugeteilt.«

»Kommissar Kupasch kann ja nichts dafür. Genauso wenig wie die anderen Kollegen.«

Leonhard hob die Zeitung auf und wies auf das abgedruckte Bild. »An diesem Ort da wurde Andrea gefunden, und dieser Zwerg hat nichts Besseres zu tun, als interne Informationen zu verwenden, um diese von einer Lokalzeitung drucken zu lassen?«

Sie nickte.

»Wo ist er jetzt, dieser Arsch?«, knurrte er verärgert. Etwas Dumpfes, Schweres legte sich um seine Brust, als er tief Luft holen wollte. »Komm mit«, befahl er in demselben verdrossenen Ton und stürmte hinaus. »Warte«, knurrte er dann und blieb in der Tür stehen, weil ihm etwas Wichtiges eingefallen war. Er machte auf dem Absatz kehrt und lief zurück zum Tisch.

Marina wich schnell zur Seite.

»Du hast doch einen Neffen?« Leonhard zeigte der Polizistin das Kinderbild. »Was siehst du?«

»Das ist eindeutig ein Sportwagen. Sieht nach einem Porsche aus. Könnte von mir stammen, ich male auch so.«

Die Verblüffung stand Leonhard ins Gesicht geschrieben. »An diesem Gekritzel erkennst du, dass es ein Porsche ist?«

»An dem Pferd auf den Felgen kann man es gut erkennen.« Ihr rot lackierter Fingernagel deutete auf etwas, das Leonhard nie im Leben als ein Pferd identifiziert hätte.

»Kein Ferrari oder Lamborghini?«, hakte er nach und legte skeptisch die Stirn in Falten.

»Lamborghini …«

»Hat einen Stier«, unterbrach er sie schnell und hielt sich das Bild direkt vor die Nase.

»Kinder sind detailfixiert, auch wenn sie beim Malen nicht sehr geschickt sind. Dieses Pferd ist eindeutig ein Porsche-Hengst«, entschied Marina. »Außerdem hat er hier oben …«, sie verengte die Augen, »… er hat tatsächlich POSCHE geschrieben, ohne R, und es wieder wegradiert. Und Ella hat ähnliche Felgen.«

»Und so etwas fällt dir als Frau …«

»Sei schön vorsichtig, mein Lieber. Das kann schnell politisch unkorrekt werden«, neckte sie ihn. »Und diese Frau auf dem Bild trägt Ellas Outfit. Einen Rock und Stiefeletten mit hohen Absätzen. Die sind nun wirklich nicht zu übersehen, so malen wirklich nur Jungs.« Ihr Finger klopfte auf zwei Striche, die ziemlich lang geworden waren. »Und bei so etwas kenne ich mich als Frau besser aus als jeder Mann.«

»Dieser Junge kannte Ella!«

»Er hat sie vielleicht irgendwo gesehen. In erster Linie fiel ihm der Wagen auf, die Frau war lediglich ein dazu gehörendes Attribut.«

»Komm. Ich will meinem Kollegen Kupasch über die Schulter schauen. Er hat etwas von einer Befragung geschwafelt.« Schon stürmte er hinaus.

Marina folgte ihm. »Du musst dir noch mal diesen Emil Grau vornehmen. Wir haben in den Kippen weiteres Zeug gefunden. Synthetische Substanzen. Er ist kein kleiner Fisch. Er ist ein Dealer und seine Oma hilft ihm dabei, wenn auch unbewusst.«

Leonhard rannte einfach weiter. Marina hielt nur mit Mühe Schritt. Vor dem Aufzug blieb der Kommissar schließlich stehen. »Du meinst also, dass dieser Kerl etwas mit Josephine Bruckners Tod zu tun haben könnte?«

Sie zuckte die Schultern und atmete einmal tief durch. »Hast du schon diesen Sixten vorgeladen?«

»Der Typ ist unauffindbar. Ich kenne bloß seinen Vornamen.«

»Ich weiß nur, dass er gut aussieht.« Marina senkte kurz den Blick.

Leonhard drückte mehrmals auf den Rufknopf und fluchte leise. Die Türen glitten auf. Beide traten ein und sortierten ihre Gedanken.

»Kam er dir jemals verdächtig vor, dieser Sixten?« Marina sah Leonhard nicht an. Beide starrten zu den metallisch glänzenden Türen.

»Ich kannte ihn doch gar nicht, hab ihn nur ein- oder zweimal mit Ella zusammen gesehen. Sie schien glücklich.«

»Nicht jeder Killer sieht aus wie dieser Emil Grau oder dein Kollege Kupasch.«

»Das weiß ich auch.« Leonhard ballte die Hand zur Faust. »Das weiß ich auch«, wiederholte er und wurde zunehmend ungeduldiger, weil der Lift sich heute viel zu langsam bewegte.

56

Die abgestandene Luft schien verseucht, jedes kurze Durchatmen tat Ella weh. Ihr war kotzübel. Das bisschen Sauerstoff, das merklich stetig weniger wurde, stank mit jeder verstrichenen Sekunde immer intensiver nach Tod. Jeder Atemzug barg die Gefahr in sich, ihr letzter zu sein. Sie hing mit hinter dem Rücken gefesselten Händen an einem Holzbalken. Das Klebeband drückte ihren Brustkorb zusammen. Die Beine waren angeschwollen.

Ella keuchte. Vor ihr auf dem staubigen Boden lagen Bilder verstreut. Einige waren ausgeblichen, doch hatten sie nach all den Jahren nicht den Schrecken, der sich darin versteckte, verloren. Sie sah ihre tote Mutter, sich selbst und eine fremde Frau, die auf dieselbe Art verstümmelt und umgebracht worden war wie ihre Mutter.

»Kannst du dich an sie erinnern? An diesen Tag? Weißt du auch, warum sie gestorben ist und du nicht?« Die Stimme aus den Lautsprechern klang kratzig, als wäre sie auf einem Tonbandgerät aufgenommen worden.

Ella holte Luft. Von spasmischen Würgereflexen erfasst, erzitterte ihr Körper. Die Schnur fraß sich noch tiefer in ihre Haut. Ella schluckte. Ihr Hals zog sich erneut zusammen. *Jetzt werde ich mir die Seele aus dem Leib kotzen*, fuhr ihr durch den Kopf.

»Alle Engel können fliegen«, sagte die Stimme und lachte.

Boris lag wie ein Embryo zusammengerollt in einer Ecke auf dem kalten Boden.

»Alles, was ich von dir will, ist das Geld deines Papis!«

Sie hörte die blechernen Worte wie von Weitem, sie fraßen sich in ihr Bewusstsein und zerstörten sie von innen – wie ein tödlicher Virus, den man einatmet, mit dem Wissen, daran zu sterben.

»Wusstest du, dass Sex und Liebe unzä…«

Ein mechanisches Klacken ertönte. Die Stimme wurde mitten im Wort unterbrochen.

»Boris«, flüsterte Ella und verzog schmerzhaft das Gesicht. »Boris!« Doch ihr Bruder regte sich nicht. Er war wie tot.

Ella merkte auf, als sich das metallische Kratzen an der Tür wiederholte. Die Angeln knarzten. Das Quietschen klang wie von tausend Mäusen. Etwas mehr Licht drang in den Raum. Sie hörte Schritte.

Mit dem letzten Rest der ihr verbliebenen Kraft hob sie ihren kahl geschorenen Kopf und schaute zu dem Mann, der den Kerker betrat. Ungeachtet aller Misshandlungen, die Ella über sich hatte ergehen lassen müssen, wollte sie hart und unnahbar erscheinen. Selbst in diesem Zustand würde sie sich ihrem Schicksal nicht kampflos ergeben. Schon einmal war es ihr gelungen, ihren Peiniger zu überraschen. »Was ist mit dir los?!«, schleuderte sie ihm entgegen.

Der Hass und die Wut, die mit ihren Worten mitschwangen, brachten den Redefluss des Mannes ins Stocken. Er klang verzweifelt. »Du musst nur deinen Daddy anrufen.«

»Ich habe doch schon eingewilligt«, spie Ella aus.

»Aber du willst deinen Vater nicht dazu überreden, sich das Leben zu nehmen«, gab der Maskierte zurück und kam näher.

»Was soll der Tod meines Vaters dir bringen?«

»Das geht dich nichts an«, erwiderte er unwillig und knipste die große Taschenlampe an, die er in seiner linken Hand hielt, den Strahl direkt auf Ellas Augen gerichtet.

Dabei ging Ella im wahrsten Sinne des Wortes ein Licht auf. In einer anderen Lage hätte sie über dieses Wortspiel gelacht. Sixten war Rechtshänder. Auch hatte dieser Typ nicht dieselbe Statur wie Sixten. *Aber er ist ja auch nur einer, der die Befehle ausführt.* Das bisschen Hoffnung erlosch wieder.

»Deine Mutter war eine Hure. Weißt du, was sie damals alles hinter dem Rücken deines Vaters gemacht hat?«

Ellas schlimmste Erinnerungen aus ihrer Kindheit wurden erneut wachgerufen.

Boris stöhnte.

»Also. Wir beide, du und ich, bewegen uns jetzt nach draußen. Du rufst deinen Papi an und liest ihm diesen Text vor. So am Marterpfahl zu hängen ist doch sicher ermüdend, oder nicht?«

»Binde meine Schwester los, du Arschloch.« Boris lallte wie ein Betrunkener. Er drückte seinen Oberkörper in die Höhe. Seine Arme knickten unter dem Gewicht dauernd wieder ein.

»Nein, du bleibst hier liegen.« Der Mann holte aus und trat Boris in die Rippen.

Ella hörte, wie die Luft pfeifend aus Boris' Mund entwich.

Schnell kam der Maskierte auf sie zu und schnitt mit einiger Anstrengung das Klebeband durch. Ella sah die Erde auf sich zukommen und verlor für eine Sekunde das Bewusstsein, als ihr Gesicht auf der kalten, staubigen Erde aufschlug.

»Sie bleibt hier.« Boris quälte sich auf die Füße und holte zu einem Schlag aus. Der Maskierte tänzelte leichtfüßig und verpasste Boris einen Fausthieb in die Magengrube. Boris krümmte sich und wurde sogleich in den Schwitzkasten genommen.

»Du kommst mit mir. Ich stecke dich zu den Ratten«, flüsterte der Maskierte drohend und zerrte Boris zur Tür.

»Nein!« Ellas Auflehnen klang wie ein Würgen. Ihre Fingerkuppen, die bis aufs Fleisch abgeschabt waren, kratzten über den dreckigen Untergrund.

Die Tür fiel ins Schloss. Sie war wieder allein. Das Licht an der Decke flackerte und wurde heller. Die Bilder fraßen sich in ihren Verstand. Sie hörte erneut die Schreie ihrer Mutter. »Mama«, hörte sie sich nach ihrer Mutter rufen. In einem ungeschickten Versuch, die Gedanken aus ihrem Kopf zu löschen, manövrierte sich Ella noch tiefer hinein. »Boris.«

Ella befand sich nicht mehr in dem modrigen Verlies. Die Luft roch nach welkem Laub. Sie war wieder elf Jahre alt. Sie sah ihre Mutter. Wie sie strampelte. Blut strömte aus ihrem Körper. Etwas zappelte in ihren Händen, die sie sich fest gegen den Bauch hielt.

»Boris. Warum?«

Ella bemühte sich, sie wollte ihrer Mutter helfen. Ihre Mama hing an einem Seil. Im Angesicht des Todes galten die letzten Gedanken ihres Lebens nicht Ella. Das dunkel angelaufene Gesicht ihrer Mutter war zum Wald gerichtet. Sie suchte nach Ellas Bruder.

»Boris. Boris … Boris«, wiederholte ihre Mutter.

Bildete Ella sich das bloß ein oder sprach ihre Mutter tatsächlich mit ihrem großen Bruder?

»Muss ich alles zweimal wiederholen? Bist du begriffsstutzig oder einfach nur dämlich?« Die Bilder in Ellas Kopf verschwanden, denn die Stimme hinter der Tür gehörte eindeutig Sixten.

Ella stieß einen erstickten Schrei aus und sah sich hastig um. »Sixten?«, rief sie, den Blick zum blinkenden Lämpchen der Kamera gewandt. »Sixten, bist du das?« Sie kroch zur Tür. Die Fesseln an ihren Händen hatten sich gelöst.

»Ich brauche Geld.«

»Sixten«, wisperte Ella und brach in Tränen aus. »Warum tust du mir das an?« Diese Frage blieb ihr im Hals stecken.

»Das ist mir scheißegal!«, brüllte Sixten aus den Lautsprechern. Seinem Wutausbruch folgte ein Donnern. So, als schlüge jemand mit einem Hammer gegen eine Metallplatte.

Ellas Kopf drohte zu explodieren. *Ich werde meinen Vater anrufen, wie der Kerl es von mir verlangt*, schwor sie sich. *Hoffentlich merkt er, dass etwas nicht stimmt, und wendet sich an Leonhard. Diesem Sturkopf wird schon etwas Passendes einfallen.* Leonhard war ihre letzte Hoffnung.

Die Tür schwang auf und traf dabei Ellas Kopf. Aus der tiefen Platzwunde sickerte schwarzes Blut, das auf dem feuchten Boden eine Lache bildete.

»Sie darf nicht sterben«, schrie Boris, doch Ella bekam von alldem nichts mehr mit.

57

Jannik holte tief Luft, bevor er die Tür zum Polizeipräsidium öffnete.

Der Pförtner bat ihn, sich auszuweisen und den Grund seines Erscheinens zu nennen. »Wir sind hier schließlich kein Museum«, grummelte der Mann, der sicher längst das Pensionsalter überschritten hatte.

»Ich bin mit einem Polizisten verabredet«, erwiderte Jannik und zog seinen Sohn näher an sich heran.

Der Mann hinter der Scheibe stand auf und bedachte Kevin mit einem freundlichen Blick. Die Augen des Greises leuchteten. »Wie alt bist du, mein Junge?«

Kevin hob den Kopf und spähte zu Jannik, als fragte er stumm um Erlaubnis.

Jannik nickte unmerklich und hob die Mundwinkel an.

»Ich bin acht.«

»Mein Enkelsohn ist neun. Womöglich geht ihr in dieselbe Klasse. Er heißt Sören. Sören Michelbach.«

Erneut legte Kevin den Kopf in den Nacken. Jannik hob lediglich die Schultern, dieses Mal rutschten seine Mundwinkel nach unten, weil er mit dieser Frage nichts anfangen konnte.

»Jedenfalls seid ihr beide schon zu zwei richtigen Männern herangewachsen«, beeilte sich der Pförtner zu sagen und setzte sich wieder auf seinen Stuhl. Seufzend schlug er ein dickes Buch auf und griff beinahe gleichzeitig nach seiner Maus.

»Wie war Ihr Name noch mal?«, wollte er von Jannik wissen und scrollte mit seinem knorpeligen Finger mit dem kleinen Rädchen über den Bildschirm. Eine Zeit lang starrte er auf den Flachbildschirm und suchte angestrengt nach einem Eintrag.

»Ich habe keinen Termin. Ich möchte einfach mit dem netten Mann von der Mordkommission sprechen.«

Der Pförtner beäugte Jannik kritisch. »Zu wem wollen Sie denn genau?«

»Ich kenne den Mann nicht beim Namen. Er hat schlohweiße Haare, obwohl er keine zehn Jahre älter ist als ich.«

»Sie meinen Oberkommissar Stegmayer?« Der Pförtner schmunzelte. »Da wollen Sie freiwillig hin? Und nennen ihn auch noch einen netten Mann?« Die buschigen Augenbrauen des Mannes zogen sich zusammen.

Jannik nickte. Er wusste nicht, wie der Bulle hieß. »Arbeitet nicht eine kleine, braunhaarige Ermittlerin an seiner Seite?«, gab er sich naiv.

»Dazu darf ich Ihnen keine Informationen erteilen.« Der Mann griff zum Hörer und wählte eine Nummer. Er tat wieder geschäftig und lehnte sich weit nach hinten.

Jannik klopfte seinem Sohn beruhigend auf die Schulter. »Wir sind gleich wieder draußen, mein Sohn. Danach fahren wir ins Krankenhaus zu deiner Mutter. Sie wird wieder gesund. Du brauchst keine Angst zu haben.«

Kevin presste seinen Schreibblock fester gegen die Brust und strich sich mit einer Hand über die Augen.

»Wieso können wir nicht mehr alle zusammenwohnen, Papa?« Die verweinten Augen des Jungen starrten Jannik flehend an.

»Weil deine Mama mich nicht mehr lieb hat.«

»Aber ich hab dich lieb, Papa.« Der Junge drehte sich um und umarmte seinen Vater.

»Darum musst du der Polizei alles so erzählen, wie ich dir …«

»Sie gehen jetzt in den zweiten Stock, dort melden Sie sich erneut an.« Der Pförtner erhob sich und kramte in einer Schublade. Sein faltiges Gesicht hellte sich auf, nachdem er fündig geworden war. »Hier, mein Junge.« Er legte einen Lutscher in die kleine Mulde und drehte den Teller so herum, dass Jannik danach greifen konnte.

»Sag Danke«, forderte Jannik seinen Sohn auf.

»Danke«, flüsterte Kevin mit zu Boden gerichtetem Blick.

»Am besten, Sie nehmen diese Treppe da!« Der Mann zeigte nach links.

Jannik nickte und ergriff Kevins Hand. Gemeinsam marschierten sie in die ihnen zugewiesene Richtung.

»Hast du dir alles gemerkt?«, vergewisserte sich Jannik.

»Der Mann kam in der Nacht. Wir waren allein. Du warst nicht zu Hause«, gab Kevin den Text wieder, den er auswendig gelernt hatte. »Er hatte blond gefärbtes Haar und war so groß wie Mama. Er sprach undeutlich.«

»Das machst du sehr gut«, lobte Jannik seinen Sohn und griff in die Tasche seiner Jacke. Das Medaillon, das er seiner Frau wieder abgenommen hatte, weil er sich dieses Beweismittels schnellstmöglich entledigen musste, fühlte sich glatt zwischen seinen Fingern an. Auf die Frage, warum er ihr das schöne Geschenk wegnahm, hatte er geantwortet, er würde es verkaufen, damit sie etwas mehr Geld hätten.

»Mama hat nicht geschrien, weil sie uns nicht wecken wollte. Ich bin aufgewacht, weil ich aufs Klo wollte.«

»Und wo war ich in dieser Zeit?«

»Joggen?« Kevins ängstliche Stimme klang unsicher.

»Ganz genau. Und warum gehe ich so spät joggen?«

»Weil du nicht schlafen kannst?«

»Und warum nicht?«

»Weil du eine Schlafstörung hast?« Wieder klang die Antwort wie eine Frage.

»Ganz genau.« Jannik strich seinem Sohn über die Haare.

58

Leonhard betrat den kleinen Vernehmungsraum und nahm schweigend neben seinem neuen Kollegen Platz.

Kupaschs Unmut war deutlich zu spüren. Er hatte den Mann offensichtlich im Alleingang befragen wollen. Leonhards Anwesenheit ging ihm deutlich gegen den Strich. Der kleine Polizist räusperte sich, ohne von seinem Blatt hochzuschauen, das mit Vermerken vollgekritzelt war.

Auf der anderen Seite des Tisches saß ein Mann, dessen blonde Dreadlocks über die schmalen Schultern hingen. Leonhard kämpfte das Verlangen nieder, den Mann mit den stahlgrauen Augen direkt anzuschauen.

»Das kommt mir gelinde gesagt etwas seltsam vor, bitte klären Sie mich auf, was Sie damit sagen wollen, ich bin ganz Ohr. Mein Kollege leistet uns Gesellschaft, so wollen es die Vorschriften.« Petrosch legte seine Hände flach auf den Tisch, um sein Geschreibsel vor Leonhards Augen zu verdecken.

Leonhard rutschte samt dem Stuhl demonstrativ zur Seite und schlug lässig die Beine übereinander. »Ich bin neu hier, müssen Sie wissen, und habe von der Materie nicht viel Ahnung.« Leonhard grinste dümmlich und hob die Arme, um seine ausweglose Situation zu verdeutlichen.

Der Mann nahm eine entspanntere Haltung an und verlagerte sein Gewicht auf die rechte Armlehne. Ein genüssliches Lächeln umspielte sein kantiges Gesicht.

Keiner sagte etwas. Auch Kupasch schien sich zu entspannen und nahm die Hände wieder von seinen Unterlagen. »Wir fahren fort, wenn Sie nichts dagegen haben?«

Der Befragte schüttelte den Kopf.

Petrosch Kupasch griff nach dem Kugelschreiber und knipste mehrere Sekunden lang damit herum, den Blick auf die Zeilen geheftet.

Leonhard hielt seinen Blick gesenkt, als läse er ein Buch oder hielte ein kleines Nickerchen, ohne dabei die Augen geschlossen zu haben.

Dem Befragten schien die angespannte Atmosphäre nichts auszumachen. Er wirkte abgebrüht. Petrosch hüstelte in die Faust. Auch jetzt blieb der Mann ungerührt. Auf seinem Gesicht zeichnete sich keine erkennbare Reaktion ab, auch nicht, als Petrosch ihn ermahnte, bei der Wahrheit zu bleiben. Mit unbekümmerter Miene wartete er auf die nächste Frage.

Petrosch klopfte nervös mit dem Schuh gegen den Boden. Das unruhige Klackern hallte leise von den weiß getünchten Wänden wider. Schließlich atmete er tief durch und richtete sich auf. »Dann wollen wir mal.« Die Stimme des Polizisten klang jetzt ruhig und streng, er strahlte Autorität und Professionalität aus, die Nervosität war verschwunden. Anscheinend war die zeitweilige Aufgeregtheit nur Leonhards Auftauchen geschuldet gewesen. Mit aufgesetzter Freundlichkeit fuhr Petrosch mit seiner Befragung fort.

Leonhard hörte stumm zu und mischte sich nicht ein. Petrosch Kupasch machte sich keine Mühe, den Mann irgendwie einzuschüchtern. Der Befragte blieb regungslos und schwieg.

»Ich bin der leitende Ermittler, Ihre letzte Hoffnung sozusagen«, log Petrosch. »Wenn Sie sich weiterhin weigern, mit mir zu kommunizieren, wird es keine zweite Chance geben. Verstehen Sie?«, ließ Petrosch nicht locker.

Der Blick des Mannes ging durch den kleinen Kommissar hindurch. Er wirkte gelangweilt. »Kann ich einen Kaffee haben?«, fragte er und wechselte seine Sitzposition.

»Nachdem Sie uns Ihren Namen genannt haben, gern.« Die Freude in Petroschs Stimme war nicht zu überhören.

Doch Leonhard erkannte anhand der Körpersprache des Mannes, dass dieser nicht bereit war zu kooperieren.

Ein tiefes Einatmen – mehr bekam Petrosch nicht zu hören.

Petrosch faltete die Hände auf dem Tisch. Sein Gegenüber saß wieder reglos da und starrte auf einen imaginären Punkt, der sich auf Petroschs Stirn zu befinden schien.

»Was sind Sie von Beruf?«, bohrte Kommissar Kupasch weiter nach und wollte die Sache so von einer anderen Seite anpacken.

Der Mann räusperte sich, seine Augen wirkten nicht mehr so gelangweilt. »Was glauben Sie?« Seine Stimme klang angenehm. *Wie die eines professionellen Synchronsprechers*, überlegte Leonhard, ohne den Mann direkt anzusehen.

»Ihrer Statur nach zu urteilen könnte ich Sie mir sehr gut als Tanzlehrer vorstellen oder Tänzer?«

Nein, schrie Leonhard beinahe auf. Petrosch versuchte, dem Mann etwas unterzujubeln. Dabei verriet er dem Befragten indirekt interne Informationen.

Als hätte der Mann nur darauf gewartet, beugte er sich leicht nach vorn. Ein winziger Muskel oberhalb seines linken Mundwinkels zuckte einmal. »Möglich«, flüsterte dieser und lehnte sich wieder zurück.

»Friseur?«

Der Mann blinzelte.

Petrosch machte sich Notizen. »Können Sie sich vorstellen, was Männer, also richtige Männer, die wir eingesperrt haben, mit einem anstellen, der schwangere Frauen … zuerst vergewaltigt«, Petrosch hob den Daumen und machte eine winzige Pause, »sie zusammenschlägt«, es folgte wieder ein kurzes Schweigen, »und während sie um ihr Leben flehen«, seine Stimme wurde mit jedem Wort lauter, »aufhängt, um ihnen dann die Bäuche aufzuschlitzen? Überlegen Sie es sich sehr genau!« Der letzte Satz kam einer Drohung gleich. »Entweder Sie kooperieren oder Sie landen noch heute bei einem dunkelhäutigen Kerl, dessen Schwester von einem Weißen vergewaltigt und getötet wurde.«

»Das glaube ich nicht«, erwiderte der Mann ruhig und kniff die Augen zusammen. Er gähnte und hielt sich die Hand vor den Mund. »Warum Friseur?«

Petrosch ging seine Liste durch und ignorierte die Zwischenfrage. »Sie wurden beobachtet. Was hatten Sie da zu suchen? Hat Ihr Opa im Krieg gedient oder wollten Sie nachsehen, ob wir die Frau schnell genug entdeckt haben?« Es folgte erneut eine Pause.

Ein zynisches Lächeln zupfte an den Mundwinkeln des Mannes. »Jemand von der Polizei hat diesen Ort erwähnt und es stand ein Artikel darüber in einer Zeitung.« In keinster Weise machte er den Eindruck, als befände er sich in einer für ihn unangenehmen Situation, im Gegenteil – er genoss dieses Spiel, in dem er die Hauptrolle spielte.

»Haben Sie nicht behauptet, Sie hätten die Frau dort platziert?«

Der Mann schüttelte den Kopf. »Da muss ich Sie leider enttäuschen. Die genaue Wortwahl lautete: ›Dieser Ort ist wie geschaffen für den Tod.‹ Mehr sage ich dazu nicht.«

Auch Petrosch entschied sich zu schweigen, wohl um den Mann mürbe zu machen.

Leonhard schaute auf seine Rolex.

Nach genau fünf Minuten unterbrach der Mann die Stille. »Wie viele tote Frauen wollen Sie mir denn anhängen?«

»Ich weiß es nicht. Zwei, drei – oder waren es doch mehr? Wie alt waren Sie bei Ihrem ersten Mord? Zwanzig?«

Erneutes Zucken der knochigen Schultern.

Petrosch zog das Aufnahmegerät näher an sich heran, warf einen prüfenden Blick auf das blinkende Lämpchen und schob es in die Mitte des Tisches.

Der Mann taxierte Petrosch Kupasch finster und fuhr sich mit der Zungenspitze über die Oberlippe. »Ich bin vierundvierzig, rechnen Sie doch selbst nach.«

Petrosch schrieb die Zahlen auf. »Ende zwanzig? Kommt das ungefähr hin? Oder schon früher?«

Der Mann beugte sich weit nach vorn. Seine Unterarme ruhten an der Kante. »Mathe war nicht Ihr Lieblingsfach.« Er entblößte seine makellos weißen Zähne.

»Siebenundzwanzig«, konterte Petrosch und hielt dem bohrenden Blick stand.

»Wieder falsch.«

Petroschs linke Hand zauberte ein Taschentuch hervor. Hastig tupfte er sich über die Stirn.

»Ich glaube, wir sollten das Gespräch an dieser Stelle unterbrechen«, meldete sich Leonhard zu Wort. »Kommissar Kupasch, möchten Sie mich bitte hinausbegleiten?« Leonhard erhob sich und schob den Stuhl näher an den Tisch.

Petrosch wirkte irritiert und weigerte sich, der Bitte nachzukommen. Er suchte nach Worten, war aber so durcheinander, dass ihm keine Erwiderung einfiel. Hastig sammelte er seine Unterlagen zusammen und stand abrupt auf. Der Stuhl kippte zur Seite, Leonhard fing ihn an der Lehne auf.

»Sie entschuldigen uns.« Leonhard schob den Stuhl an die Wand.

»Was zur Hölle sollte das?«, knurrte Petrosch Leonhard an, sobald sie den Korridor betreten hatten. »Wieso mischen Sie sich in meine Angelegenheiten ein?« Sein Blick war auf die Tür gerichtet, die von zwei Uniformierten bewacht wurde.

»Sagt Ihnen der Begriff ›Barnum-Effekt‹ etwas?«, fragte Leonhard gedämpft.

»Was?«

»Er hat Sie gelesen.«

Kommissar Kupasch tupfte sich schnell die Schweißperlen von der Stirn und starrte Leonhard entgeistert an.

»Die Amerikaner verwenden diese Verhörtechnik – sie bezeichnen diese Art der Befragung als …«

»Cold Reading«, vollendete Petrosch den Satz.

»Sie haben ihm so viel verraten, dass er sich alles zusammenreimen konnte, selbst den Tänzer haben Sie erwähnt. Und Friseur, wie einfallsreich!«

Petrosch schwieg.

»Wer ist dieser Mann wirklich?«

»Er hatte keine Papiere bei sich. Wir haben einen Hinweis bekommen.«

»Einen anonymen Anruf?«

Petrosch holte tief Luft und schüttelte den Kopf. »Eine Passantin, die am Fundort der letzten Leiche häufig mit ihrem Hund Gassi geht, hat uns auf den Mann aufmerksam gemacht. Ihrer Aussage nach tauchte dieser Herr dort seit mehreren Tagen regelmäßig auf und machte einen verdächtigen Eindruck. Er hat Fotos des Baumes gemacht und in der Erde gestochert. Auch hat er die Dame darauf angesprochen, ob sie etwas von einer toten Frau gehört hätte, die hier ermordet worden sei.«

»Haben Sie diese Dame«, Leonhard malte Gänsefüßchen in die Luft, »schon befragt?«

»Ja, natürlich. Ich bin ja kein Anfänger.«

Leonhard atmete entnervt aus. »Als die Kollegen ihn angesprochen haben, ist er freiwillig mit aufs Kommissariat gekommen? Er hat sich nicht gewehrt, stimmts?« Leonhards Kiefermuskeln traten unter der Haut hervor.

»Ja. Er kam einfach mit. Allerdings hatte er keinerlei Papiere bei sich. Nichts.«

»Und Sie liefern ihm genug Material, dass er daraus eine Story machen kann.« Leonhard lief es heiß den Rücken hinunter. »Er ist vielleicht ein Reporter oder ein Blogger oder einer dieser Typen. *Fuck*! Er hat nichts verbrochen, weiß jetzt aber so einiges von unseren internen Informationen. Und dieser anonyme Anrufer kann sein Komplize oder er selbst gewesen sein.« Leonhard bedeckte sein Gesicht mit beiden Händen und zog es in die Länge, als wollte er die Müdigkeit wegwischen. »Wir können ihn für einen Tag hierbehalten, danach wird er wahrscheinlich eine Story rausbringen. Ist Ihnen klar, was Sie mit Ihrem Alleingang angerichtet haben?«

Petrosch wurde noch kleiner, als er schon war. »Aber er hat Andeutungen gemacht …«

»Ja, genau, Andeutungen. Er ist sehr professionell vorgegangen. Er hat sich zu keinem Zeitpunkt mit seinen Andeutungen belastet. Er hat lediglich noch mehr Informationen aus Ihnen herausgekitzelt. Und Sie sind ihm auf den Leim gegangen.«

»Er benahm sich verdächtig und …«

»Die meisten Menschen, die einen Mord begehen, schleichen danach nicht mehr für alle sichtbar am Tatort herum. Warum, glauben Sie, ist der Serienmörder noch immer auf freiem Fuß? Weil er sich unsichtbar macht.«

»Was soll ich Ihrer Meinung nach jetzt tun?«

»Sich nicht in meinen Fall einmischen.«

»Ich werde zur Lachnummer des ganzen Präsidiums, wenn das hier durchsickert.«

»Ab jetzt rede ich.«

Petrosch nickte.

»Sie kommen mit.« Leonhard stürmte in den Raum. Zuerst schaltete er das Aufnahmegerät aus. »Kommen Sie mit.« Er zeigte mit dem Kopf zur Tür. »Sie sind vorläufig festgenommen. Eine der Frauen hat Sie auf dem Foto erkannt«, bluffte Leonhard. Er wollte dem Mann auf den Zahn fühlen.

Das selbstgefällige Grinsen gefror. »Sie lügen. Das ist ein schlechter Scherz.«

»Sehen Sie mich etwa lachen? Mein Kollege lacht auch nicht.«

»Was soll diese Show?«

»Wir haben bei Facebook eine Aktion gestartet und sehr viel Feedback erhalten. Ich habe Ihr Foto hochgeladen, das ich heimlich mit meinem Handy gemacht habe.« Demonstrativ fischte Leonhard sein Smartphone aus der Hosentasche und wedelte damit in der Luft. »Geht ganz schnell heutzutage. Schwupp, und der Ruf eines anständigen Bürgers ist im Nu ruiniert. Die nachfolgende Berichtigung liest danach kein Schwein mehr. Sie sind geliefert, mein Lieber. Entweder Sie gestehen alles, oder …« Leonhard ließ den Satz unvollendet. Die Einschüchterungstaktik zeigte Wirkung. Es gab deutliche Anzeichen von Nervosität. Sein Gegenüber klammerte sich mit beiden Händen an seinem Stuhl fest.

»Das dürfen Sie nicht. Diese Veröffentlichung verstößt gegen das Datenschutzgesetz.«

»Seis drum.« Leonhard stand nach vorn gebeugt, die Fäuste auf die verschrammte Tischplatte gestützt. »Wir spielen hier nicht das Spiel ›Guter Cop, böser Cop‹. Ich habe schon einmal einen Verdächtigen erschossen, weil er vor mir weglaufen wollte. Ich wurde nicht mal suspendiert. Die Zeiten haben sich geändert. Wollen wir eine Spritztour machen?«

Leonhard hörte den Mann schlucken.

»Entweder Sie sagen mir jetzt, was Sache ist, oder ich stecke Sie wirklich in die Zelle zu Viktor. Er ist kein Russe, aber genauso furchterregend wie einer dieser Bösewichte aus den amerikanischen Filmen. Also? Ich höre?«

Der Mann seufzte resigniert. »Na gut. Ich bin Tamir Bronzemann und betreibe mehrere Podcast-Kanäle. Einer davon ist ziemlich erfolgreich, so sehr, dass ich davon leben kann. Sie können mich googeln. *TaBro*.«

»Was?«

»So heißt der Kanal.«

»Okay, und wer war die Frau?«

Jetzt schaute Tamir verwirrt drein, dann klärte sich sein Blick. »Meine Putzfrau. Ich habe ihr einen Tag freigegeben unter der Bedingung, dass sie mir die Polizei auf den Hals schickt. Alles lief so gut, bis Sie aufgetaucht sind.«

»Wenn Sie etwas von dem hier Gesagten mit einem einzigen Sterbenswörtchen in Ihrem Podcast erwähnen, werde ich Ihnen persönlich eine Suite mit Viktor organisieren. Dieses Erlebnis wird unvergesslich für Sie sein, da können Sie Gift drauf nehmen. Mein Kollege begleitet Sie jetzt in ein anderes Zimmer, dort werden Sie alles zu Papier bringen und das Dokument über die Schweigepflicht unterschreiben.«

»Okay.« Er nickte heftig und schob seine Dreadlocks nach hinten.

»Und jetzt raus hier.« Leonhard glaubte, von Kupasch einen dankbaren Blick zugeworfen bekommen zu haben. Die Männer verließen schweigend den Raum.

»Sie können gehen«, teilte Leonhard den beiden Polizisten an der Tür mit.

Am Ende des Korridors erblickte er einen Mann, der einen Jungen an der Hand hielt. Zusammen steuerten sie seine Richtung an. Immer wieder blieben sie stehen, weil der Mann die Schilder in Augenschein nahm, die seitlich an den Türen angebracht waren.

59

Jannik hatte den silberhaarigen Polizisten sofort bemerkt. Vor ihm schritt ein kleiner Mann, offenbar ebenfalls ein Polizist, daneben ein billiger Abklatsch von Bob Marley. Nur war seine Haut nicht dunkel wie die des Sängers, sondern pergamentartig weiß, genauso wie sein verfilztes Haar. Eine Idee keimte in Jannik auf.

»Papa, warum fühlen sich deine Hände so komisch an?«, flüsterte Kevin. Derweil tat Jannik wieder so, als betrachtete er die Tafel an der Wand.

»Weil mir kalt ist«, log er seinen Sohn an. Bevor er sich dazu entschlossen hatte, die Höhle der Bullen zu betreten, hatte er seine Hände mit einem sehr feinen Schleifpapier bearbeitet und die Papillarleisten an den Fingerkuppen abgeschliffen, sodass er hier keine reellen Fingerabdrücke hinterlassen würde, die seine Identität verraten könnten. Seinem Sohn hatte er aufgetragen, die Handschuhe nicht auszuziehen.

Während er so dastand und an die Wand stierte, passte er den Moment seines Angriffs ab. In seiner linken Hand verbarg sich die Halskette mit dem Medaillon. Dieses Schmuckstück hatte er über Nacht in einer Lösung stehen lassen, die sämtliche Spuren weggeätzt hatte. Er hatte es loswerden wollen, doch da kam ihm die Idee, das belastende Schmuckstück irgendwo hier im Polizeipräsidium zu verstecken, sodass es auch gefunden werden würde. Ein Mörder unter den Polizisten? *Wäre doch eine gute Schlagzeile*, dachte er bei sich und grinste innerlich. Und jetzt spielte ihm Fortuna direkt in die Hände. Der Typ war perfekt für das, was er vorhatte. Im Augenwinkel sah er die beiden Männer auf sich zukommen.

Kurz bevor der Rastamann an ihm vorbeiging, richtete Jannik sich auf und wirbelte herum. Der Zusammenstoß brachte den großen, schlaksigen Mann aus dem Gleichgewicht. Die Kette wechselte schnell ihren Besitzer und landete geräuschlos auf dem Boden.

Die Männer blieben stehen.

Der silberhaarige Bulle betrachtete sie aus drei Metern Entfernung.

»Tut mir leid«, entschuldigte sich Jannik und starrte auf seine Füße. »Ich hätte meine Brille doch nicht im Auto liegen lassen sollen.« Er lächelte schief.

»Kein Ding«, wiegelte der große Kerl ab.

»Oh, gehört das Ihnen?« Jannik deutete unsicher auf den Boden. Dort lag das feingliedrige Kettchen. Er machte keine Anstalten, sich danach zu bücken, und zupfte an Kevins Jacke, damit sein Sohn die beiden nicht verriet. »Sei still, mein Kind«, flüsterte er dem Jungen ins Ohr und beobachtete, wie die Filzlocke nach dem Medaillon griff.

»*Merci.* Sehr aufmerksam von Ihnen«, bedankte der sich und steckte das Schmuckstück ein.

»Zeigen Sie mir das Kettchen!«, mischte sich der Bulle im teuren Anzug ein und trat näher. Er streckte die Hand aus und musterte die Filzlocke streng.

»Sie gehört mir nicht.«

»Warum haben Sie sie dann eingesteckt?«

»Weil ich nervös bin und mein Hirn gleich explodiert. Es war ein Reflex.« Er biss sich auf die Lippe.

Jannik wurde zum stummen Beobachter.

Stegmayer, fiel Jannik der Name des Polizisten ein. Er reichte dem Mann eine durchsichtige Tüte, die er aus dem maßgeschneiderten Jackett hervorgezaubert hatte. Das Medaillon landete samt Kette darin. Der Kommissar verengte die Augen. Sein Blick wechselte von Filzlocke zur Tüte und wieder zurück.

»Es tut mir wirklich leid. Ich sehe diese Kette zum ersten Mal, ganz bestimmt. Sie gehört mir nicht. Ich sage die Wahrheit«, plapperte der Mann weiter, dabei klang er mehr hysterisch als aufrichtig. Sein Gesicht lief rot an. Der linke Augenwinkel zuckte nervös.

»Kommissar Kupasch.«

»Ja?«

»Wir müssen Herrn Bronzemann vorläufig festnehmen. Es besteht ein Verdacht auf Vertuschung und Behinderung der Polizeiarbeit.«

»Das ist nicht wahr!«, echauffierte sich der Mann. Hilfe suchend warf er einen Blick auf Jannik. »Die Kette gehört dir. Du wolltest sie mir unterjubeln!«

»Dem werden wir noch nachgehen«, murmelte Stegmayer und griff in die Innentasche seines Jacketts. Nacheinander hielt er mehrere Fotos vor das Gesicht des großen blonden Mannes. »Schauen Sie genau hin!«

Dessen Gesichtsfarbe wurde immer blasser. »Ich will sie nicht sehen«, rief er, wobei er dem Polizisten die Fotos aus der Hand schlug. Sie fielen zu Boden.

Jannik bewegte sich nicht und warf einen Blick auf die Abzüge. Er erkannte die Frauen, denen er das Leben genommen hatte, und Lindas Liebhaber. Zumindest glaubte er, Moritz'

Antlitz vor seinen Füßen liegen zu haben, denn das, was von dem Mann übrig geblieben war, war eine aufgedunsene Masse.

Der kleinere Polizist machte sich hastig daran, die Bilder aufzuheben, um sie rasch seinem Partner zu überreichen.

Der silberhaarige Mann sortierte die Fotos neu und zeigte eines seinem Partner.

Dieser neigte den Kopf zur Seite und sagte nach kurzem Zögern zu Filzlocke: »Und wie erklären Sie das hier?«

Der Kerl stammelte und geriet immer tiefer in Erklärungsnot. »Ich habe es bloß aufgehoben. Ich schwöre.«

»Das, was Sie gerade aufgehoben haben, gehörte einer dieser toten Frauen«, knurrte der kleine Polizist. »Mitkommen! Das können Sie dem Haftrichter erklären. Und Sie bleiben auch hier.«

Jannik nickte.

Filzlocke leistete keinen Widerstand und folgte brav seinem Henker.

»Sind Sie Oberkommissar Stegmayer?« Janniks Augen brannten. Er hatte sie zuvor mit verdünnter Lauge beträufelt. Mit Daumen und Zeigefinger rieb er erneut darüber und schniefte. Die Salzkristalle in seiner Nasenhöhle verfehlten ihre Wirkung nicht.

»Ja, der bin ich. Und wer sind Sie, wenn ich fragen darf?«

Jannik spielte seine Rolle des verzweifelten Ehemannes souverän. Er war schon in der Schule ein sehr guter Schwindler gewesen.

»Meine Frau. Sie ist im Krankenhaus.« Jannik legte eine Pause ein, als müsste er sich sammeln. Dabei bewegte er den Unterkiefer hin und her.

»Sind Sie dann hier nicht im falschen Gebäude?« Kommissar Stegmayer lächelte zögernd.

»Sie müssen mich entschuldigen.« Schnappend holte Jannik Luft. »Meine Frau wurde überfallen und mein Sohn war Zeuge dessen, was in der Nacht geschah. Wir hatten uns entschieden, eine Beziehungspause einzulegen. Daher bin ich für einige Tage in ein Hotel gezogen und …« Seine Stimme brach.

»Lassen Sie uns das Gespräch in meinem Büro fortführen. Es ist gleich hier. Wir nehmen den Lift, okay?«

»Danke. Es tut mir wirklich sehr leid. Ich bin aufgebracht und komplett durcheinander.«

»Das verstehe ich. Und wie heißt du?«

Kevin blinzelte zu seinem Vater hoch. Sie standen vor dem Aufzug. Kurz darauf glitten die Türen auseinander und sie stiegen ein.

»Du darfst dem freundlichen Herrn ruhig deinen Namen verraten.« Jannik schenkte seinem Sohn ein Lächeln und tupfte sich die Nase mit einem Stofftaschentuch ab. *Alles wirkt bisher authentisch*, fand Jannik, und begutachtete flüchtig sein Spiegelbild. *Du bist echt gut*, freute er sich innerlich und strich seinem Sohn Mut zusprechend über das Haar.

»Ich heiße Kevin Steuber.«

»Wie alt bist du denn, Kevin?«

»Acht Jahre.« Kevins Stimme flatterte.

»Und was hast du da?«

»Einen Malblock«, wisperte das Kind.

Die Miene des Polizisten änderte sich. »Darf ich mir deine Bilder ansehen?«

»Ich verschenke meine Bilder immer.«

Der Lift hielt an. Sie liefen durch den breiten Flur und blieben vor einer der Türen stehen. *Stegmayer und Greenwood.* Die beiden Namen prangten in fetten Lettern auf weißem Hintergrund hinter einer durchsichtigen Kunststofftafel.

»Kannst du mir vielleicht auch ein Bild malen?«

Kevin nickte. »Aber ich habe keine Stifte dabei, nur den Malblock. Ich habe den Mann gesehen, der meine Mama geschlagen hat«, platzte es aus dem Jungen heraus. Seine kleine

Hand suchte nach Janniks Daumen. Der Druck war enorm. Sein Sohn hatte Angst. Hoffentlich war diese Idee so gut, wie Jannik es sich ausgemalt hatte. Aber wie sollte er sonst an die Frau herankommen? Sie war seit Tagen spurlos verschwunden. Jannik hatte auf sie vor der Bar gewartet, in der sie sich mit ihrem Lover des Öfteren getroffen hatte. Leider ohne Erfolg.

»Da war ein Mann in unserem Haus«, fuhr Kevin fort.

»Ein Mann?«

»Ja. Ich habe mich unter dem Bett versteckt. Mein Papa war nicht zu Hause. Meistens geht er um diese Zeit joggen, aber er und Mama lieben sich nicht mehr so doll.« Kevin schluchzte. Sein Kinn ruhte auf der Brust. Er weinte. Weil das, was er zuletzt gesagt hatte, der Wahrheit entsprach. Seine kleine Welt brach zusammen und hinterließ dabei tiefe Krater in seiner Seele.

Die Tür ging auf. In dem hellen Raum roch es nach herbem Männerparfüm und altem Papier.

»Einen Moment bitte.« Der Polizist versperrte den beiden den Zutritt. Er verschwand hinter der Tür. Jannik vernahm ein Rascheln.

»Du bist ein sehr tapferer Junge, mein Sohn. Wenn du dich an unsere Abmachung hältst, werde ich vielleicht deine Mama wieder lieb haben.«

Der sorgenvolle Blick seines Kindes war rührend. Janniks Augen füllten sich mit Tränen.

»So, bitte sehr.« Der große Polizist tauchte wieder auf und lud sie beide mit einer knappen Handbewegung ein.

Jannik war nicht entgangen, dass eine Wand behelfsmäßig mit großen Papierblättern überdeckt worden war. Darunter verbargen sich sicher unschöne Bilder der Toten, mutmaßte er, und nahm auf dem Stuhl Platz, der ihm angeboten wurde. Kevin krabbelte hoch auf seinen Schoß.

»So, Kevin. Du wolltest mir von einem Mann erzählen. Wie sah er denn aus?«

Der große Polizist saß den beiden gegenüber und lächelte den Jungen an.

»Er war nicht groß. Und er hatte gelbe Haare. Er hat geschrien und auf Mama eingeschlagen. Sie wollte mir nur eine Geschichte vorlesen. Sie hatte was gehört und ist raus aus meinem Zimmer. Ich bin unter das Bett gekrochen, weil mein Buch durch den Schlitz nach unten gerutscht war. Sie hat geschrien. Ich habe sie durch die Tür gesehen.« Kevin drehte sich um und vergrub seinen Kopf in Janniks Brust. Der spürte den warmen Atem seines Sohnes. Sein Sohn hatte sich nicht an die vereinbarte Geschichte gehalten.

»Später habe ich meine Frau blutüberströmt in unserem Ehebett gefunden«, beeilte Jannik sich zu berichten. »Sie meinte, er habe sie geschlagen und ins Schlafzimmer geschleift.«

»Wie geht es ihr?«

»Den Umständen entsprechend gut. Die Ärzte sagen, dass ihre körperlichen Wunden verheilen werden. Bei den seelischen bin ich mir da nicht so sicher.«

»Kevin?« Beinahe flüsternd sprach der Polizist den Namen des Jungen aus. »Kevin, wollen wir vielleicht ein Spiel spielen?«

Kevin schluchzte nur noch. Nach kurzem Zögern drehte er sich um. Mit dem Ärmel seiner Jacke wischte er sich die Augen trocken.

»Ich zeige dir jetzt einige Bilder von Männern und du sagst Stopp, wenn eines der Gesichter dem Mann entspricht, den du gesehen hast. Was meinst du, schaffst du das?«

Kevin nickte unentschlossen.

Der Polizist beugte sich tief nach unten und hielt kurz darauf einen Packen mit Fotos in der Hand.

»Bereit?« Er lächelte knapp.

Kevin nickte erneut, diesmal mit etwas mehr Überzeugung.

Jannik freute sich innerlich. Jedes Mal, wenn sein Sohn nicken oder Ja sagen sollte, würde Jannik seinen kleinen Finger sanft zusammendrücken. Wie bei einem Kuscheltier, bei dem ein Knopf in die Pfote eingenäht war, und das erst dann etwas von sich gab, wenn man diesen Knopf betätigte. Jannik nahm den kleinen Finger seines Sohnes zwischen Daumen und Zeigefinger und übte etwas Druck aus.

»Bereit«, sagte Kevin.

Der Kommissar breitete die Fotos der Reihe nach aus. *Wie beim Kartenlegen*, überlegte Jannik, und wartete auf das passende Gesicht.

Dieser Stegmayer sah nicht so aus, wie man sich gemeinhin einen knallharten Polizeikommissar vorstellte. Trotzdem war er von einer Aura umgeben, die einen Respekt verspüren ließ.

Jannik konzentrierte sich auf die Abzüge. Er hoffte, dass der junge Bekannte von Josephines Nachbarin unter all diesen Gesichtern wäre. Der Typ war sicher im Rahmen der Ermittlungen von der Polizei vernommen worden. Jannik hatte den Junkie oft bei Frau Blumthaler ein und ausgehen sehen. Er war das passende Opfer. Außerdem hatte er sich auch an Josephine herangemacht. Das hatte Jannik mitbekommen, während er Josephines Tagesablauf und ihre Gewohnheiten studierte.

Das nächste Bild ließ Janniks Herz höherschlagen. Der Druck war zu fest. Er spürte, wie Kevins Finger knackte.

»Ja«, schrie Kevin erschrocken auf und zuckte zusammen.

»Dieser Mann?« Kommissar Stegmayer klopfte auf Emils Gesicht.

Erneut presste Jannik den kleinen Finger seines Sohnes zusammen, diesmal nur halb so stark.

»Nicht dieser?« Der manikürte Finger des Polizisten klopfte sachte auf ein anderes Foto. »Oder vielleicht dieser?«

Jannik wechselte den Finger und drückte Kevins Daumen zusammen. Dies war ein Zeichen für Nein.

»Nein!« Die Antwort kam trotzig rüber. Kevin zog die Nase hoch.

Jannik reichte ihm ein frisches Taschentuch, welches sein Sohn zu einem Knäuel zusammenraffte, ohne sich den Rotz abzuwischen.

»Du bist dir ganz sicher?«

»Es war dieser Mann.« Kevin zog hastig seine Hand weg. Er warf sich nach vorn und schnappte nach dem Foto. »Stimmts, Papa? Dieser war es?« Der Junge hielt das Bild mit zwei Händen vor Janniks Nase.

Ich muss jetzt schnell schalten, beschwor Jannik sich selbst und versuchte, seine Verwirrung mit einem Lächeln zu kaschieren. »Wenn du das sagst.«

Der Polizist stutzte. »Kannst du mir jetzt vielleicht ein Bild malen, Kevin? Ich habe keine Bleistifte, aber einen Kugelschreiber. Er hat fünf verschiedene Farben.« Kommissar Stegmayer öffnete die obere Schublade und demonstrierte, wie man die Minen wechselte. Es klackte jedes Mal leise. »Gibst du mir bitte das Foto zurück?«

Kevin zögerte.

Jannik zog das Bild aus Kevins Händen und reichte es dem Polizisten.

»Ich mag jetzt aber nicht malen.«

»Okay«, gab der Kommissar klein bei. »Ich schenke dir den Kugelschreiber trotzdem.«

Ein zögerndes Dankeschön ertönte. Kevin zappelte nervös.

»Ist Ihre Frau ansprechbar?«

Jannik antwortete nicht sofort. »Warum tut man einem Menschen so etwas an, und warum hat er meiner Frau das weggenommen, was ihr am meisten am Herzen lag?«

»Was meinen Sie?«

»Er hat ihren Ehering mitgehen lassen. Wenn meine Tochter nicht aufgewacht wäre, wäre meine Frau jetzt tot. Er hat mit einem Korkenzieher auf sie eingestochen und sie gewürgt.«

Jannik glaubte, die Rädchen im Kopf des Polizisten rattern zu hören. Er hatte seinen Köder geschluckt.

»Das würde ich Ihre Frau gern persönlich fragen.«

»Sie kann sich nicht an alles erinnern. Vielleicht ist das auch gut so.«

»Darf ich Sie bitten, draußen Platz zu nehmen? Ich muss einige Anrufe tätigen, die sehr vertraulich sind.«

»Aber natürlich.« Jannik stellte seinen Sohn auf die Füße und erhob sich selbst.

»Ach, Kevin. Was meinst du? Welches Auto ist das?«

Der Polizist zeigte Kevin ein Bild.

»Das ist ein Porsche. Wer hat Ihnen das Bild gegeben? Ich habe es für Alina gemalt.«

Jannik spürte bittere Magensäure in sich aufsteigen. Damit hatte er überhaupt nicht gerechnet. »Wo hast du diesen Block her, Kevin?« Leonhard bemühte sich um einen festen und sicheren Ton. Die Blätter und der Umschlag waren mit dickem Garn vernäht. Es sah nicht nach Catgut aus, aber der Notizblock war anscheinend sehr alt.

»Dieser Mann hat ihn mir gegeben. Er kam in mein Zimmer und hat es mir unter das Kissen gelegt. Ich bin mir nicht sicher.« Kevin sah Hilfe suchend zu Jannik hoch. Er nickte seinem Sohn aufmunternd zu und strich ihm über den Kopf.

»Mein Kind ist durcheinander. Ich habe ihm das geschenkt, weil er gern malt.«

Kevin schniefte und senkte wieder den Blick. »Ich wusste nicht, dass er meiner Mama wehgetan hat. Aber ich habe ihn ganz deutlich gesehen, als er in mein Zimmer gekommen ist, glaube ich.«

»Du glaubst?«, setzte der Polizist nach.

Jannik drückte Kevins Hand zweimal zusammen.

»Ich möchte nicht mehr darüber reden«, stammelte der Junge.

Gut gemacht, mein Sohn, dachte Jannik mit rasendem Herzen.

»Wo ist eigentlich Ihre Kollegin? Kevin ist sehr schüchtern, er hat einen besseren Draht zu Frauen.«

»Sie hat Urlaub.«

»Wir warten draußen auf Sie.«

»Darf ich einen Kinderpsychologen hinzuziehen?«

»Wenn es sein muss.« Die Schlinge um Janniks Kehle zog sich immer mehr zusammen. Die Idee, hier aufzutauchen, war ganz blöd gewesen.

»Ich bin gleich bei Ihnen.«

Jannik zerrte Kevin mit sich. »Wir müssen hier verschwinden, Kevin«, raunte Jannik seinem Sohn ins Ohr, nachdem die Tür hinter ihm ins Schloss gefallen war.

»Aber?«

»Nichts aber. Wir sind geliefert«, knurrte er und lief schnellen Schrittes zu den Aufzügen.

»Papa, habe ich etwas falsch gemacht?«

»Nein, hast du nicht«, beruhigte Jannik seinen Sohn und entschied sich für die Treppe. »Und jetzt hör bitte auf zu flennen.« Vor dem Ausgang mahnte er sich zur Vorsicht und blickte sich verstohlen um. »Wir müssen zu deiner Mama«, sagte Jannik, hob seinen Sohn auf den Arm und eilte am Pförtner vorbei, ohne viel Aufsehen zu erregen. »Wir kaufen ihr unterwegs einen Blumenstrauß. Den Schreibblock wirfst du am besten weg. Ich kaufe dir einen neuen.«

»Okay.«

Jannik schleuderte das Ding in den Müllwagen, der neben dem rot-weiß gestreiften Poller geparkt stand.

Schweigend eilten sie zu den Parkplätzen.

»Ich sehe unser Auto«, freute sich Kevin.

»Sei leise, mein Sohn«, ermahnte er seinen Sohn und lief schneller.

60

Ein Schwall kaltes Wasser ergoss sich über Ellas Gesicht. Nach Luft schnappend wurde sie aus ihrem Albtraum gerissen. Sie brauchte einen Moment, um zu begreifen, wo sie sich befand. In der Welt, die nur in ihrem Kopf existierte, in der sich jedoch alles schrecklich real anfühlte, oder im tatsächlichen Leben, in dem der Schrecken schlimmer war als jede Fantasie.

»Guten Morgen, mein Engel.« Der Maskierte saß auf den Fersen vor ihr und stupste sie mit einem Stock an. Die Spitze bohrte sich in ihre Schulter.

Ella rieb sich mit der Handkante die Kruste von den Lippen. Ihr Atem ging flach und schnell. Ihr Unterarm war mit einem schmutzigen Stofffetzen verbunden, der sich im Schlaf wieder gelöst hatte und einen hässlichen Schnitt freigab.

»Wo ist Boris?« Ella musste sich wieder auf das Wesentliche konzentrieren. Die Worte zerfielen zu Buchstaben, wenn sie nicht aufpasste.

»Dein Bruderherz wirkte bedrückter, als die Situation es rechtfertigt.« Der Mann beugte seinen Kopf noch tiefer, damit er Ella in die Augen sehen konnte. Sie lag seitlich auf dem Boden. Ihre Finger schabten den Staub zu einem kleinen Haufen zusammen.

»Was hast du ihm angetan?« Ihr heißer Atem stank nach verwestem Kadaver. Grässliche Bilder krochen vor ihr inneres Auge. Sie sah tote Frauen. Wie sie auf dem Bett lagen. »Hast du die Frauen ermordet und ihnen die toten Nager in die Vagina geschoben?«

»Ich bin vielleicht brutal, aber nicht pervers«, lachte der Mann überrascht auf.

»Schwangeren Frauen den Bauch aufzuschlitzen ist pervers«, widersprach Ella und zerkleinerte die kleinen Erdklümpchen zwischen ihren Fingern zu feinen Körnchen.

»Vielleicht. Aber ich stopfe keiner Frau ein totes Tier in die Möse.«

»Wo ist Boris?«

»Wie du vielleicht mitbekommen hast, hat er in den letzten Tagen sehr wenig Schlaf bekommen, das schlägt natürlich aufs Gemüt. Auch dir ist es nicht viel besser ergangen, keine Frage. Dennoch möchte ich dir ein paar Fragen stellen und dir etwas über deine Mutter erzählen.« Er legte eine bedeutungsschwangere Pause ein. »Kennst du die Wahrheit?«

Ellas Fingerkuppen fingen wieder an zu bluten, darum hielt sie in ihrer Arbeit inne. Sie wollte die Erde nicht erneut verklumpen lassen, deswegen schloss sie die Finger und ballte sie zur Faust. »Ich kenne die Wahrheit«, flüsterte Ella und drückte sich in die Höhe. Damit lenkte sie die Aufmerksamkeit ihres Peinigers von dem winzigen Hügel auf ihr verunstaltetes Gesicht. Ihr linker Backenzahn eiterte. Das Zahnfleisch fühlte sich heiß an. Sie schob sich den Finger in den Mund und drückte dagegen. Etwas Warmes floss heraus. Der Unterkiefer pochte.

»Um anlässlich unseres letzten Gesprächs auf das Thema zurückzukommen, bei dem ich das Ableben deiner Mutter erwähnt habe, erbitte ich nun deine vollste Aufmerksamkeit, denn beim letzten Mal bist du einfach weggetreten, wobei ich nicht ganz unschuldig daran war. Dieses Mal werde ich mich zügeln. Aber mein aufbrausendes Gemüt geht manchmal mit mir durch. *Fuck.*«

Ella war sich nicht sicher, aber sie glaubte, ein Pfeifen aus dem Lautsprecher vernommen zu haben. Ein mechanisches Pfeifen, kurz und durchdringend. Der Mann hielt sich das linke Ohr. Die Bewegung war reflexartig.

»Du bist eine verdammte Marionette«, spie Ella ihm entgegen.

Er schien sie nicht gehört zu haben, denn er fuhr in seiner Erzählung fort. Der Stimmenverzerrer hatte auch einen Aussetzer.

Ella erhaschte ein halbes Wort in der Originalstimme des Mannes. Ihr Peiniger stand abrupt auf und verließ den Raum.

Ella kramte in ihrem Verstand nach dem zur Stimme gehörenden Gesicht, fand jedoch nichts. Stattdessen nahm sie gedämpfte Stimmen wahr. Es waren zwei. Sie stritten miteinander. Ella quälte sich in eine aufrechte Position und strengte sich an, aus den dumpfen Lauten etwas herauszuhören. Das Blutrauschen in ihren Ohren ließ es jedoch nicht zu.

Die Tür ging auf. »Hier, dein geliebter Bruder.« Boris stand gekrümmt da und taumelte vornüber vor Ellas Füße.

»Wieso hältst du uns gefangen?«

»Wieso hältst du uns gefangen?«, spottete der Maskierte mit der affektierten Stimme eines Kindes und wackelte dabei mit dem Kopf. Seine Sturmhaube saß schief.

»Ich habe mich doch schon bereit erklärt, mit meinem Vater über das Lösegeld zu reden.«

»Ach ja?« Sein Ton wurde wieder drohend. »Er soll nicht nur das Geld überweisen, sondern sich das Leben nehmen.«

»Mein Vater hat Krebs«, protestierte Ella und achtete darauf, sich nicht zu verhaspeln. Jedes Wort kostete sie zusätzliche Kraft. Ihre Zunge lag wie ein warmes Stück Fleisch in ihrem

Mund und bewegte sich unwillig. Der ausgedörrte Hals kratzte, als wäre er mit Sand bestreut.

»Wir reden morgen darüber.« Mit diesen Worten flog die Tür wieder zu.

Boris lag regungslos auf dem Bauch, das Gesicht von Ella abgewandt. Er trug ein Unterhemd und eine dünne Hose. Schartige rote Striemen zogen sich über die Haut, die mit einer schmutzigen Staubschicht paniert war. Seine Hände waren hinter dem Rücken mit einem groben Seil gefesselt. Die nackten Füße hatten eine dicke Kruste.

»Boris?« Ella schob sich zu ihrem Bruder. »Boris?«

»Lasst mich in Ruhe. Ich werde meine Schwester nicht umbringen«, brabbelte er abwesend.

Ella war verzweifelt. Doch nachdem sie längere Zeit allein gewesen war, linderte Boris' Anwesenheit das Gefühl der Hilflosigkeit und spendete ihr auf unerklärliche Weise Trost. Er konnte sie nicht vor dem Maskierten beschützen, dennoch redete sie sich ein, dass alles gut werden würde.

Das Licht wurde gedimmt. Das schwache Blinken des Kontrolllämpchens in der oberen Ecke nahm an Intensität zu.

Ella schaute auf. Das rot schimmernde Pulsieren machte sie schier wahnsinnig.

»Sixten! Ich habe mich noch nie einem Mann so geöffnet, wie ich es bei dir getan habe, und das war mein größter Fehler!« Ella spürte, wie sich Tränen der Verzweiflung in ihren Augen sammelten. »Lass mich frei und ich beschaffe dir das verdammte Geld.«

Entgegen ihren Erwartungen wurde die Stille von einem leisen Klacken gestört.

»Dein Vater muss sterben.« Die Roboterstimme hielt inne. Sie klang genauso gefühllos wie zuvor. »Du hast es immer noch nicht begriffen, Ella. Deine Mutter war nicht die, für die du sie all die Jahre gehalten hast. Sie war eine Fotze. Eine Nutte. Sie trug ein Kind in sich, das nicht durch den Samen deines Vaters zum Leben erweckt worden war. Sie hat ihn betrogen.«

Erneutes Klicken.

»Sixten! Sixten?« Ellas Kinn zitterte. Ella hatte Durst. Die Klappe in der Tür wurde aufgeschoben. Eine Flasche rollte über den Boden. Ella erkannte lediglich vage Umrisse. Mit den Händen tastend kroch sie auf allen vieren in die Richtung, in der sie die Flasche vermutete. Das rote Aufleuchten half ihr dabei. Jedes Mal, wenn sie von Finsternis umhüllt war, hielt sie inne und wartete auf das nächste Aufglimmen der kleinen Lampe.

Ella hatte den Verdacht, dass die Flasche nicht nur warmes Wasser beinhaltete, sondern auch eine üppige Portion Schlafmittel. Anders konnte sie sich ihren Zustand nicht erklären. Aber das war Ella egal. *Ich werde sie komplett leeren. Ich werde alles austrinken. Vielleicht werde ich danach nicht mehr aufwachen.* Noch bevor sie den letzten Satz zu Ende gedacht hatte, ertastete sie die warme glatte Oberfläche. Der Deckel war zu fest zugeschraubt worden. Ella schrie vor Anstrengung und drehte daran. Teile ihrer Haut lösten sich ab, doch Ella gab nicht auf. Endlich ließ sich das blöde Ding öffnen.

Sie warf den Deckel auf den Boden und presste sich den Flaschenhals an die Lippen. Die warme Flüssigkeit rann ihren Hals hinunter. Ella verschluckte sich mehrmals, doch hielt sie nicht inne. *Boris.* Siedend heiß fiel ihr ein, dass sie in diesem Moment nicht an ihren Bruder gedacht hatte. Sie schämte sich dafür, in ihrer Not so egoistisch gehandelt zu haben.

Erneut konzentrierte sie sich auf das schwache Aufleuchten und manövrierte ihren Körper nach links. »Boris. Du solltest etwas trinken.« Sie rüttelte an seiner Schulter und drehte ihren Bruder auf den Rücken. Er röchelte. Sein Mund stand offen. Sie hielt ihm die Flasche hin und benetzte zuerst seine Lippen. Sein Kopf war schwer, dennoch schaffte sie es, ihn sich auf den

Schoß zu hieven. Nun hielt sie ihm den Flaschenhals hin und träufelte ihm etwas von der Flüssigkeit in den Mund.

Boris zuckte und schlug um sich. Sein Arm traf Ella im Gesicht. Von der Wucht überrascht fiel sie seitlich zu Boden. Die Flasche entglitt ihren Fingern und rollte weg.

»Was hast du getan?«, nuschelte sie. Ihr Zahn meldete sich wieder und pochte im Rhythmus des Herzschlags. *Bumm. Bubumm. Bumm. Bubumm.* Ihr Kopf war mit Watte gefüllt, die Gedanken lösten sich in nichts auf. Sie spürte die Schwere, die durch ihre Hände und Füße floss. Ihre Muskeln entspannten sich.

Ella versank erneut in der Welt der Träume, in der sich die Vergangenheit mit der Gegenwart vermischte.

»Nichts liegt mir ferner als der Wunsch, dich unglücklich zu sehen, mein Engel.« Ihr Vater lächelte sie an. Sie war wieder ein kleines Mädchen, Papas Liebling, Papas Engel. Er stand in der Sonne, von der Ella geblendet wurde, weshalb sie nur die Umrisse seines Gesichtes sah.

»Juliane war gemein zu mir. Ich war die Einzige, die keine Karte bekommen hat.« Ella hörte sich weinen und erinnerte sich auch an den Grund. Eine ihrer Schulfreundinnen hatte sie nicht zu ihrer Geburtstagsparty eingeladen. Ihr Vater versuchte, sie zu trösten.

»Ich kann dich gut verstehen, mein Engel. Aber derlei Erfahrungen gehören zum Lauf der Dinge. Man wird im Leben oft enttäuscht, auch von Menschen, denen man zuvor seine ärgsten Geheimnisse anvertraut hat. Aber diese Art von Erfahrung tut nicht immer so weh wie eine gebrochene Nase. Ich weiß, wovon ich spreche, ich habe mich früher sehr oft geprügelt.« Er tippte ihr gegen die Nase und lächelte dabei.

Ihr Vater hatte sich sehr getäuscht. Von einem lieben Menschen hintergangen zu werden tat viel mehr weh als eine gebrochene Nase.

Jedoch genau diese Momente ihrer Kindheit waren es wert, sich an die Vergangenheit zu erinnern.

»Papa, hast du Mama lieb?«

»Ja, mehr als alles andere auf der Welt.« Ihr Papa lächelte weiterhin und hob sie hoch.

»Mehr als mich?«

»Nein. Dich mag ich am liebsten.« Er drückte ihr einen Kuss auf die Wange und begann sich zu drehen.

»Und Boris?«

Dieses Mal zögerte ihr Vater. »Boris mag ich auch. Er ist ein netter Junge.« Er drehte sich weiter im Kreis.

»Das sagt Mama auch.«

»Wirklich?« Das Lächeln auf dem Gesicht ihres Vaters wirkte aufgesetzt.

»Ja. Sie kuscheln manchmal miteinander.«

Ellas Vater drehte sich nicht mehr und stellte Ella auf die Füße. »Wie meinst du das, Kind?«

»Sie liegen manchmal zusammen auf dem Sofa und schauen fern, wenn du nicht da bist.«

Er atmete erleichtert aus. »Ach so. Magst du vielleicht ein Eis mit viel Sahne?«

Ella nickte und nahm ihren Vater bei der Hand. Hüpfend lief sie neben ihrem Papa her und freute sich auf das Eis.

61

Leonhard betrat das helle Zimmer, in dem es nach Desinfektionsmitteln, Leberwurst und Kräutertee roch.

Das große Fenster nahm den größten Teil der Wand ein und war vom Sonnenlicht überflutet. *Ein seltenes Phänomen für diese düstere Jahreszeit*, dachte er. Die angenehme Wärme streifte sein Gesicht.

In dem länglichen und sehr heimelig eingerichteten Raum standen zwei Betten leer. Im dritten, das sich gleich neben der Tür befand, lag eine Frau.

Auf dem Wagen stand noch das Tablett mit einer angebissenen Brotscheibe auf einem kleinen Teller, einer Tasse Tee und einem leeren Joghurtbecher darauf.

Leonhard klopfte erneut, nun gegen den Türrahmen.

Die Frau lag mit dem Rücken zu ihm. Er hatte sein Kommen angekündigt, auch hatte er den zuständigen Arzt konsultiert und sich nach Einwilligung der Patientin das Krankenbild erklären lassen. Er wollte für alle Eventualitäten gerüstet sein.

Frau Steuber war von ihrem Ehemann gestern zum letzten Mal besucht worden. Jetzt war der Mann abgetaucht, samt seinem Sohn. Die Tochter war gleich am Abend des Überfalls in die Obhut einer Bekannten übergeben worden, die rund um die Uhr von zwei Beamten überwacht wurde.

»Frau Steuber?« Leonhard trat näher. Vorsichtig schob er den Wagen mit dem restlichen Frühstück beiseite und nahm Platz auf einem Stuhl. Er ließ Linda Steuber Zeit. Selbst aus seiner Sitzposition konnte er blaue Flecken an den Unterarmen und im Halsbereich erkennen.

Er hörte sie husten. »Ich möchte Ihnen ein paar Fragen bezüglich Ihres Mannes stellen.«

Keine Regung.

»Wir wollen Ihnen helfen, Kevin zu finden.«

Wie er sich erhofft hatte, traf die Erwähnung ihres Sohnes den wunden Punkt in ihrer Seele. Linda begann zu weinen und drehte sich schwerfällig auf die andere Seite. Ihre Augen waren verquollen, die linke Gesichtshälfte war angeschwollen und dunkel.

»Erzählen Sie mir bitte etwas über sich und Ihren Mann«, bat er sie in einem sanften Ton.

»Was wollen Sie denn von mir wissen?«

»Wo wohnen Sie?«

So etwas wie ein trauriges Lächeln zupfte an ihren Mundwinkeln. Sie schluckte schwer. »Ich wohne in einem Viertel, von dem die Bewohner überzeugt sind, dass es nicht die schlimmste Gegend Berlins ist. Der Rest der Stadt ist da allerdings anderer Meinung. Aber mein Leben war schon immer ein Dreckloch.«

Leonhard schwieg.

»Unser aller Leben ist vorprogrammiert. Die, die in der Gosse zur Welt kommen, können nicht viel von ihrem Leben erwarten.«

Leonhard bewegte sich nicht. Er saß abwartend da und lauschte dem rasselnden Atem der Frau. Linda lag jetzt auf dem Rücken und starrte zur Decke.

»Was war Ihr schlimmstes Erlebnis?«, half ihr Leonhard auf die Sprünge.

Linda sagte nichts.

»Lassen Sie uns doch gemeinsam darüber sprechen. Ich möchte, dass Sie das alles so erzählen, als würden Sie sich dabei beobachten. Ich möchte nicht, dass Sie diesen Tag aufs Neue durchleben.«

Linda schluckte wieder.

Leonhard rückte seinen Stuhl etwas näher ans Bett.

»Ich war mein ganzes Leben allein. Ein kleines, unsichtbares Kind, das niemand haben wollte. Können Sie sich vorstellen, wie es ist, ständig übersehen zu werden?«

Leonhard wusste, dass diese Frage nicht ihm direkt galt. Linda sprach mit dem imaginären Punkt an der Decke.

»Ich war neun oder zehn. Es war einer dieser Tage, an denen mein Papa diesen trunkenen Blick hatte. Er schlief die meiste Zeit auf dem Sofa. Ich bin rüber zu den Nachbarn. Sie hatten gegrillt. Es waren viele Menschen da. Da fiel ich unter all den Menschen überhaupt nicht auf. Ich trug saubere Kleider und roch nach Shampoo. Es war ein schöner, sonniger Tag. Die Erde war warm. Ich lief barfuß wie die anderen Kinder auch. Sie spielten Verstecken. Ich wollte mitspielen und habe mich zuerst hinter einem Strauch verborgen. Ich hockte dort über eine Stunde, das weiß ich, weil die Mutter des Mädchens gerufen hat: ›Kinder, in fünf Minuten bitte Hände waschen gehen. Es gibt gleich Essen.‹ Alle grölten durcheinander, dass wir noch eine Runde spielen wollten. Ich sprang wie die anderen Kinder herum und klatschte in die Hände. Ein Junge schubste mich weg. Er sagte, ich gehöre nicht hierher. Aber ich bin trotzdem geblieben. Ich fiel auf den Po und habe mir wehgetan, doch der Junge hat laut gelacht. ›Schaut mal, eine Heulsuse.‹ Erst jetzt bemerkten mich die anderen Kinder. Sie zeigten alle auf mich und lachten mit. Der Junge, der mich geschubst hatte, war fett. Das Hemd an den Knöpfen spannte, auch sein Hosenstall stand offen, aber alle lachten über mich und nicht über ihn. Es wurde wieder gezählt. Ich schlich mich ins Haus und versteckte mich im Zimmer des Mädchens. Die Stimmen der Erwachsenen und das Kreischen der Kinder waren dort oben nicht mehr zu hören. Ich setzte mich zuerst auf das weiche Bett und betrachtete die Tapeten – bunte Einhörner auf gelbem Hintergrund. Die Möbel waren weiß, die Knäufe golden wie bei einer Prinzessin. Über dem Bett war ein Himmel aus rosa Tüll angebracht. Ich legte mich hin und schlief fast ein. Da hörte ich ein Fiepen. Ich richtete mich auf und lauschte angestrengt in die Stille. Das Fiepen kam aus dem Schrank. Ich sprang vom Bett und ging auf den Schrank zu. Dabei erblickte ich mich im Spiegel. Meine schönen Sachen waren schmutzig. Auch meine Sandalen sahen nicht mehr richtig hübsch aus. Die linke Socke hatte ein Loch, sodass mein großer Zeh hervorlugte. Ich sah ein trauriges Kind, das sich nach Zuwendung sehnte.«

Linda hielt inne. Sie musste sich sammeln.

Leonhard brannte eine Frage auf der Zunge. *Wen sehen Sie vor Ihrem geistigen Auge?* Aber anstatt die Frage laut auszusprechen, stand er auf, schlenderte schweigend zum Spülbecken und rupfte mehrere Papiertücher aus dem Spender. Diese bot er der Frau an, die sie dankend annahm.

Leonhard setzte sich wieder und wartete auf die Fortsetzung.

Linda holte schluchzend Luft.

»Ich lief dem Geräusch nach und öffnete zuerst bloß die linke Tür. Der Schrank beherbergte Unmengen von Kleidern.

Der Inhalt war bunt und teuer. Mit pochendem Herzen öffnete ich nach kurzem Zögern die zweite Tür. Der kleine Käfig mit einer Babyratte stand ganz hinten. Ich schlich mich zur Tür und lauschte in den Flur. Unten im Haus stritten zwei Mädchen. Eine Frau gab sich Mühe, sie zur Räson zu bringen, und drohte den beiden an, dass sie keinen Nachtisch bekämen. Ich drückte die Tür leise ins Schloss, nahm die kleine Ratte aus ihrem Gefängnis heraus und stahl mich nach unten. Das Elternschlafzimmer war leer. Durch die große Glastür, die auf eine Terrasse führte, konnte ich unser Haus sehen. Ich schlüpfte nach draußen und rannte zum Tor. Ich war viel zu aufgeregt und beinahe blind vor Panik. So geschah es, wie es kommen musste. Ich bog um die Ecke und prallte gegen den fetten Jungen.

›Hey. Warum bist du noch da? Was ist das denn?‹ Seine Pausbacken waren mit Schokolade beschmiert. Das von Sommersprossen besprenkelte Gesicht strahlte. ›Du hast eine Ratte. Gib sie her!‹, schrie er mich an.

›Sie gehört dir nicht. Das ist meine Ratte.‹ Ich zitterte am ganzen Körper, weil ich mich vor der Strafe fürchtete, wenn mich dieser Junge bei den Eltern des Mädchens verpetzen würde. An die Konsequenzen, die mir seitens meines Vaters drohten, mochte ich gar nicht erst denken.

Der Junge guckte sich um und suchte nach seinen Spielkameraden. Mit geschürzten Lippen krähte er laut: ›Ich habe den Dieb!‹ Und er griff mit seiner feisten Hand nach meiner. Seine klebrigen Finger drückten meine Faust fest zusammen. Die Ratte bewegte sich und biss mich. Ich zuckte zurück. Statt loszulassen, drückte der fette Junge aber nur noch fester zu. Ein leises Fiepen und ein trockenes Knacken war alles, was das kleine Tier von sich gab. Meine Hand wurde feucht. Der Junge rümpfte die Nase.

›Was stinkt hier so?‹, fragte er und schüttelte sich.

Braune Brühe quoll zwischen meinen Fingern heraus.

›Igitt‹, machte er und schubste mich von sich weg.

Ich rannte nach Hause und verkroch mich in meinem Bett unter der dicken Decke. Den ganzen restlichen Abend und den darauffolgenden Tag verbrachte ich in meinem Zimmer. Mit der toten Babyratte in meinen Händen. Ich kauerte wie eine Mumie in meinem Bett und wünschte mir nichts sehnlicher, als zu sterben.«

»Beschreiben Sie mir doch bitte dieses Kinderzimmer.«

»Es war, es war ein …« Linda stolperte über ihre eigenen Worte. Ihre Hände nestelten an der dünnen Bettdecke, die sie hoch bis ans Kinn zog. »Es war ein ganz normales Zimmer eben.« Sie stockte ganz und verzog den Mund, als würde sie sich an etwas erinnern, was nie existiert hatte.

Leonhard konnte an ihren Augen erkennen, wie sie nach den Schaltern in ihrem Kopf zu greifen versuchte, doch ihre Bemühungen blieben erfolglos. Ihre Schultern sackten nach unten, wie bei einer Holzpuppe, der die Fäden abgeschnitten wurden.

»Sie haben die ganze Zeit einen Jungen vor Augen, habe ich recht?«, tastete sich Leonhard vorsichtig an die Wahrheit heran.

»Wie kommen Sie darauf?«

»Ihre Erzählung trifft eher auf einen Jungen zu als auf ein schüchternes Mädchen.«

Sie schwieg einen Moment.

»Sie kennen diesen Jungen sehr gut. Da Sie keinen Bruder haben, gehe ich davon aus, dass dieser Junge Ihr Mann war. Sie haben seine Geschichte erzählt, nicht Ihre. Sie beide verbindet mehr miteinander als nur Liebe.«

Lindas Kopf bewegte sich in seine Richtung. »Wie kommen Sie darauf? Warum glauben Sie, dass ich Ihnen nicht die Wahrheit erzählt habe?« Ihre Augen füllten sich mit Tränen.

»Sie haben an einigen Stellen pausiert, weil Sie sich nicht an das Erlebnis, sondern an eine Erzählung erinnern mussten.«

Ihre Augen waren tieftraurig, jeglicher Glanz darin war erloschen.

»Wieso haben Sie mir von diesem einen Tag berichtet? Wieso dieses Erlebnis?«

»Ich war das Mädchen, das ihn nicht zur Party eingeladen hatte.«

»Und das erfüllt Sie mit solcher Trauer?«

Schweigen.

»Es gab keine Party«, stellte Leonhard fest.

Schweigen.

»Sie schützen Ihren Mann. Sie sind nie in Ihrem Leben wirklich glücklich gewesen. Lassen Sie sich doch helfen.«

Sie schüttelte den Kopf. »Sie können mir nicht helfen«, sagte sie tonlos.

»Verstehe.«

»Sie verstehen gar nichts. Welche Wahrheit wollen Sie denn hören? Die, in der ich von meinem Vater vergewaltigt wurde? Ich war noch ein Kind. Eine kleine Meerjungfrau. Ein unschuldiges Kind, das seinen Vater über alles geliebt hat. Er hat meine Liebe mit Füßen getreten. Ich höre jedes Mal, wenn ich mit meinem Mann schlafe, das Stöhnen meines Vaters und ekle mich davor. Ich durfte niemals Freunde mit nach Hause bringen. Sie haben recht: Das, was ich Ihnen geschildert habe, war mein Traum. Jedes Mal, wenn mein Vater auf mir lag, habe ich mich in meine Fantasiewelt geflüchtet. Ich habe mich hinter all diesen schönen, fröhlichen Bildern verbarrikadiert wie hinter einer unsichtbaren Mauer. Ich stellte mir vor, dass ich eine Geburtstagsparty feiere und von allen Nachbarskindern mit Geschenken überhäuft werde. So wie in diesen kitschigen US-Serien.

Eines Abends bekamen wir unangekündigten Besuch. Mama war an diesem Abend auf der Arbeit. Janniks Vater kam mit seiner Freundin vorbei und wollte bei uns zu Hause Fußball schauen, weil sein Fernseher kaputt war. Kurz zuvor hatte mich mein Vater grün und blau geprügelt, weil ich ihm gedroht hatte, meiner Mutter von unserem Geheimnis zu erzählen. Er sperrte mich deswegen im Keller ein. Ich hatte solche Angst. Dort allein zu sein war die Hölle für mich. Heimlich habe ich meine Ratte Susi mitgenommen. Auf einmal stand Jannik vor der Gittertür im Keller. Wir haben geredet und Jannik durfte Susi halten. An diesem Abend habe ich Jannik erzählt, dass mein Vater mich schlägt. ›Mein Vater schlägt mich auch‹, erwiderte er und fing an zu weinen. ›Weil meine Mama tot ist, ist alles scheiße.‹ Da hörten wir plötzlich polternde Schritte. Mein sturzbetrunkener Vater torkelte nach unten, um Bier zu holen. Jannik bekam es mit der Angst zu tun und lief weg. Susi nahm er mit und ich war ganz allein. Stunden später erschien mein Vater wieder. Er trug keine Hose, nur ein Unterhemd. Seine Mannschaft hatte das Spiel verloren. An den Rest kann ich mich nicht mehr erinnern.« Tränen mäanderten über ihre Wangen. »Verstehen Sie mich jetzt? Die Geburtstagsparty ist mein Schutzwall, hinter dem ich mich verstecke. Ich will mich an diese schreckliche Nacht nie wieder erinnern.« Sie schluchzte.

Leonhard wartete geduldig.

Linda kaute auf ihrer Unterlippe. »Du solltest es deiner Mama erzählen.«

»Wie bitte?«, fragte Leonhard verwirrt.

»Das hat Jannik zu mir gesagt, bevor er damals weggelaufen ist.«

Leonhard fühlte sich beschmutzt. So, als habe er bei etwas zugeschaut, was lieber im Verborgenen hätte bleiben sollen.

»Tut mir leid«, flüsterte er und meinte es ernst.

»Sie können ja nichts dafür.« Linda klang immer noch gereizt, doch der Zorn in ihrem Ton schwächte sich ab. »Irgendwann habe ich mir ein Herz gefasst und mich meiner Mama anvertraut. Am nächsten Tag schon verschwand mein

Vater aus meinem Leben – für immer. Ein paar Jahre später starb meine Mama an Krebs, da war ich aber schon älter. Ich hatte Glück im Unglück. Meine Großtante hat mich bei sich aufgenommen und sich liebevoll um mich gekümmert.«

Linda machte eine Pause, um Luft zu holen. Leonhard nahm die Karaffe, die auf dem Tisch stand, füllte das Glas halb voll und bot ihr etwas Wasser an. Sie nahm es dankend an und trank zwei winzige Schlucke.

»Nach dem Tod meiner Mutter habe ich nicht wie andere, die vom selben Schicksal betroffen waren, jeglichen Antrieb verloren. Natürlich hat mir meine Mutter gefehlt. Aber ihr Tod bedeutete für mich einen neuen Abschnitt in meinem Leben. Ich konnte endlich mit der Vergangenheit abschließen. Mit ihr starb auch die Erinnerung an meinen Vater. Zumindest tauchte er nicht mehr so oft in meinen Träumen und meinen Gedanken auf. Ich machte eine Ausbildung zur Krankenpflegerin und wie der Zufall es wollte, kreuzten sich unsere Wege erneut. Jannik tauchte mit einem gebrochenen Bein auf meiner Station auf. Ab da wurden die Grautöne meines Alltags von winzigen Farbtupfern verdrängt. Wir heirateten und bekamen zwei Kinder. Alles lief eine Zeit lang gut.«

Linda verstummte.

»Was hat einen Riss in ihr farbenfrohes Leben gemacht?«

»Mein Mann interessierte sich immer mehr für die Kinder. Ich meine: wie ein fürsorglicher Vater. Jannik hat sie nie angerührt. Es gab einfach keinen Platz mehr für mich. Ich nahm eine neue Arbeitsstelle an. Und traf einen Mann.«

»Eine Affäre hat alles zerstört?«

»Es war eigentlich keine richtige Affäre. Wir haben uns lediglich ein oder zwei Mal in einem Restaurant getroffen. Wir haben uns geküsst, ein einziges Mal. Ich habe mehr diesen Schriftverkehr genossen. Die netten Worte. Das Kribbeln im Bauch. All das, was ich in unserer Ehe vermisst habe. Jannik muss irgendwie dahintergekommen sein.« Sie hüllte sich erneut in Schweigen, weil ihr die Situation zunehmend unangenehm wurde. Zu viele Details, zu viel Intimität, vermutete Leonhard.

»Wie hieß der Mann, mit dem Sie sich getroffen haben?«

Linda rieb an der Decke und strich sie glatt.

»Moritz Bierstorfer?«

Ein unmerkliches Zucken durchfuhr Lindas Körper. »Ich weiß es nicht.«

Und ob Sie das tun. Visuelle Stimulationen können dem Gedächtnis einen Anstoß geben, sich an etwas zu erinnern, das man nicht wissentlich in seinem Kopf abgespeichert hat. Man durfte allerdings nicht zu viel Druck ausüben. Leonhard tastete sich vorsichtig heran. »Darf ich Ihnen ein Foto zeigen?« Derweil holte er sein Telefon heraus und suchte nach einem passenden Bild.

Linda bejahte nicht, sagte aber auch nicht Nein. Das ließ ihn auf einen Kompromiss hoffen, der beide Parteien zufriedenstellen könnte.

»Ist er das?« Er hielt ihr das Smartphone hin. Linda warf nur einen flüchtigen Blick drauf, um danach auf ihre nackten Füße zu starren, die unter der Decke hervorlugten.

»Wo haben Sie sich das letzte Mal getroffen?« Leonhard nahm das Handy an sich, wischte über das Display und hielt Linda das Foto eines Seeufers hin. »Hier?« Er achtete auf jede noch so winzige Regung in ihrem Gesicht. »Es wäre falsch, Ihren Mann zu schützen. Er hat Ihren Sohn und gehört zum Kreis der Verdächtigen«, drückte Leonhard sich so förmlich wie nur möglich aus. Er ließ der Frau noch etwas Platz für einen Rückzug.

Linda nickte.

Leonhard atmete erleichtert aus und betrachtete das Bild ebenfalls. Der See sah friedlich aus. Die grünen Blätter eines Kirschlorbeerbusches waren von Raureif überzogen. In der Nähe dieses Strauches war Leonhard auf die Fußspuren gestoßen. Er senkte kurz den Blick zu Boden. Dort standen Lindas Schuhe. »Welche Schuhgröße haben Sie?«

Linda wirkte verwirrt. »Achtunddreißig.«

Passt. Leonhard machte ein Häkchen auf seiner imaginären Liste. »Sie haben dort auf ihn gewartet?«

Linda nickte. »Aber er ist nicht erschienen. Ich hielt es für ein Zeichen. Mir wurden die Augen geöffnet.«

»Wollen Sie darüber reden?«

Sie schüttelte den Kopf.

Leonhard wischte erneut über den Bildschirm seines Handys.

»Schauen Sie sich bitte diese Gesichter genau an und sagen Sie Stopp, wenn einer der Männer Ihnen bekannt vorkommt.« Er strich mit dem Finger über den Bildschirm und ließ der Frau mehrere Sekunden zum Nachdenken.

»Ich weiß es nicht.«

»Hat der kleine Junge aus Ihrer Erzählung Sie so zugerichtet? Versuchen Sie, Ihren Mann aus kindlichen Schuldgefühlen heraus zu schützen?«

Linda biss die Zähne zusammen. Ihre linke Hand griff nach einem Schalter. Der Daumen drückte auf den roten Notknopf. »Ich bin müde.« Linda drehte sich wieder von Leonhard weg und kehrte ihm den Rücken zu.

Leonhard nickte verständnisvoll und stand auf. »Frau Steuber?«

»Verschwinden Sie einfach!«

Leonhard ignorierte die brüske Abweisung. »Was ist Ihnen wichtiger? Das Wohlergehen Ihrer Kinder oder …«

Linda warf mit der Wucht einer Wahnsinnigen die dünne Bettdecke beiseite. Sie stemmte sich auf die Ellenbogen und musterte Leonhard feindselig. »Und Sie? Wie würden Sie sich entscheiden?«

»Ich habe weder Frau noch Kinder.« Fast wäre es anders gekommen. Leonhard war verheiratet gewesen. Seine Frau war schwanger geworden, hatte das Kind aber ohne sein Wissen wegmachen lassen. »Wegmachen lassen«, genau diese zwei Worte hatte sie damals benutzt und ihn damit tiefer verletzt, als sie es vermutlich beabsichtigt hatte. Ihm fiel ein, dass er die Grabstelle seines Kindes schon seit Längerem nicht aufgesucht hatte. »Doch müsste ich mich entscheiden, würde ich mich für die Kinder entscheiden«, erklärte er und zog seinen Mantel an.

»Wie können Sie das sagen, wenn Sie keine haben?« Sie wischte die Tränen nicht weg, die ihr über die Wangen liefen. Lautlos sickerten die Tropfen in ihr Hemd.

»Mir wurde meine Tochter genommen. Ich hatte keine Wahl. Sie starb …« Er stockte. »Sie starb viel zu früh, ich hatte nicht das Glück, sie in den Armen zu halten. Alles, was ich von ihr habe, ist ein Gefühl, wie es wohl wäre, Vater zu sein.«

Etwas in Lindas Antlitz veränderte sich. Die scharfen Züge wurden weicher. So etwas wie Mitleid zeichnete sich auf ihrem Gesicht ab. »Bringen Sie mir meinen Sohn zurück. Ich werde alles gestehen. Alles erzählen. Aber nicht jetzt. Lassen Sie mich bitte allein.«

Leonhard verweilte bewegungslos auf der Stelle und schaute zu, wie Linda sich wieder hinlegte, ohne sich zuzudecken. »Auf Wiedersehen«, murmelte er, drehte sich um und wählte im Gehen die Nummer seiner Kollegin im Innendienst. »Machen Sie für mich einen Termin in einem Bestattungsinstitut aus. So bald als möglich«, bat er sie knapp, als er das Zimmer verlassen hatte.

Im Flur traf er Kupasch, der extrem nach Rauch stank.

»Was ist passiert? Ist bei Ihrer Grillparty etwas schiefgelaufen?«, neckte Leonhard den Mann, auch wenn ihm im Moment nicht nach Späßen zumute war.

»Er hat seine Wohnung verwüstet«, flüsterte der und zog Leonhard mit sich. Sein Gesicht war grau und von einer dünnen

Rußschicht bedeckt, die linke Gesichtshälfte schimmerte rot. »Ich wurde ins Krankenhaus eingeliefert, weil ich bei dem Brand zu viel giftige Gase eingeatmet habe«, erklärte er, als müsste er sich dafür entschuldigen. »Es gab eine Explosion. Er hat einen Zeitzünder oder Ähnliches benutzt. Wir waren gerade dabei, die Tür aufzubrechen.«

»Ganz langsam. Von welcher Explosion sprechen Sie?«

»Ich sollte doch die Wohnung von Familie Steuber untersuchen, weil wir den Verdacht hatten, dass Linda Steuber vom Totentänzer überfallen wurde.«

»Und?«

»Die Wohnung war verwüstet. Es gab eine gewaltige Explosion. Die Leute von der Feuerwehr haben das Feuer mittlerweile unter Kontrolle.« Er verzog schmerzhaft das Gesicht und betastete seinen kurzen Hals. Seine Atemwege waren angegriffen, Leonhard hörte das leise Pfeifen seiner Lungen. »Er hat wohl versucht, mit dem Brand alles zu beseitigen, was ihn verraten könnte. Was das Feuer nicht zerstört, erledigt das Löschwasser. Ich gehe stark davon aus, dass Jannik Steuber der gesuchte Mörder ist.«

»Das sehe ich genauso.«

»Er hat uns an der Nase herumgeführt. Er hat alles fingiert und wollte uns mit seinem Auftritt im Polizeipräsidium narren.« Petrosch klopfte sich mit der Hand auf die Brust und hustete.

»Kein Wunder bei all diesen Krimiserien«, murmelte Leonhard.

Petrosch griff zum Telefon. »Wir sind gleich da«, raunte er in den Hörer. »Es gibt eine außerordentliche Versammlung. Unser Boss ist nicht sehr glücklich darüber, dass der leitende Ermittler seine Anrufe ignoriert. Ich zitiere nur.«

Leonhard spähte auf sein Handy. Vier verpasste Anrufe. *Was solls.* »Ich kann Sie mitnehmen«, bot er Petrosch an und kassierte für sein unverhofftes Angebot einen Ausdruck positiven Erstaunens.

»Danke. Was glauben Sie? Werden wir ihn fassen, bevor ihm noch eine weitere Frau zum Opfer fällt?«

Irgendetwas stimmt hier ganz und gar nicht, überlegte Leonhard. *Warum hat er sich erst jetzt nach Ella erkundigt? Wollte er uns auf sich aufmerksam machen, weil ihm das Spiel zu langweilig geworden ist?* Sein Sohn war nur ein Vorwand gewesen. »Kevin ist schüchtern und kommt mit Frauen besser zurecht.« So oder so ähnlich hatte der Satz gelautet, mit dem Jannik Steuber sich nach Ella erkundigt hatte. Bei der Vorstellung grauste es Leonhard. Er schob den Gedanken beiseite.

»Der Totentänzer ist der Inbegriff des Bösen, das will ich nicht abstreiten, aber er ist ein Mensch, eine Person, ein denkendes Wesen. Unsere Aufgabe besteht darin, die Struktur seines Denkens in Einzelheiten zu zerlegen, seine Vorgehensweise zu begreifen, damit wir seine nächsten Schritte vorausahnen können. Hat die Befragung von Emil Grau etwas ergeben, was den Verdacht von ihm ablenkt?«

»Er hat für alle Tatzeitpunkte ein handfestes Alibi. Er ist ein gewöhnlicher Dealer. Er hat sich bereit erklärt, uns an die großen Fische zu bringen. Ich habe ihn ans Drogendezernat übergeben.«

»Gut!« Leonhard trat ins Freie. Auf dem Parkplatz steckte er seine Hand in die Manteltasche und drückte auf den kleinen Knopf des Funkschlüssels. Der BMW quakte und blinkte zweimal. Sie stiegen ein.

»Wenn wir dieses Mal versagen, werden Köpfe rollen.« Kupasch schlug die Tür zu. »Ich will meinen nicht verlieren. Ich hoffe, die Kollegen von der Feuerwehr waren nicht allzu gründlich und haben nicht alle Spuren weggespült.« Er legte die Fingerspitzen aneinander und hauchte etwas warme Luft in seine Hände.

62

Jannik saß in einem Auto, das er sich von einer Oma geliehen hatte – ohne ihr Wissen und Einverständnis natürlich. Er parkte hinter den Glascontainern wie schon die letzten Tage zuvor. Diese Bar war seine letzte Chance, Ella zu finden. Hier traf sie sich oft mit ihrem Typen.

Der Gang zum Polizeipräsidium war ein Reinfall gewesen. Statt auf Ella zu treffen und diesem Emil die Schlinge um den Hals zu werfen, steckte er nun selbst bis zum Hals in der Scheiße.

»Juhu!«, schrie sein Sohn jubelnd auf. Kevin saß hinten und spielte mit seinem neuen Geschenk.

Jannik wusste nicht, wie das Ding hieß. Eine Art Gameboy, nur in Farbe, hatte ihn der Verkäufer aufgeklärt.

»Papa, ich habe die Monster besiegt!«, frohlockte sein Sohn mit weit aufgerissenen Augen.

»Super«, lobte ihn Jannik.

Kevin ballte wie ein kleiner Sieger die Hand zur Faust und hob sie jubelnd in die Luft. Die großen Kopfhörer auf dem kleinen blond gelockten Kopf schirmten den Jungen komplett von der Außenwelt ab. Das Spiel war ein Garant dafür, dass Kevin nichts von dem mitbekam, was Jannik vorhatte.

Von hier aus konnte er den Pub sehr gut observieren. Er entdeckte auch diesen Hünen, mit dem sich Ella mehrmals genau in dieser Bar getroffen hatte. Er saß am Fenster. Aber von ihr fehlte jede Spur. Der Tag verabschiedete sich langsam. Der Himmel war purpurrot und warf rote Schatten auf das weiße Gebäude.

Jannik rümpfte die Nase. Der Geruch nach Benzin klebte nach wie vor an seinen Händen.

»Papa, ich bin in Level zwei!«, kreischte Kevin noch lauter als beim ersten Mal.

»Aha.« Jannik rutschte näher an die Windschutzscheibe. Er wischte mit der Hand die Sicht frei und spähte angestrengt hindurch.

Dieser Kerl war auch hier. Er und noch ein anderer hatten sich in der einen Nacht mit diesem Wikinger geprügelt und sich blutige Nasen geholt. Nun schienen die beiden aber miteinander zu diskutieren. War die Schlägerei bloß Show gewesen? Wollte dieser Wikinger der Polizistin an diesem Abend auf diese Weise imponieren?

Erst später war ihm eingefallen, wo er die attraktive Frau zum ersten Mal gesehen hatte, nämlich in der Apotheke bei Alina. Er war an jenem Abend auf der Suche nach einem neuen Opfer gewesen, aber der Muskelprotz hatte ihm einen dicken, fetten Strich durch die Rechnung gemacht.

Die beiden Männer stritten jetzt miteinander und gestikulierten wild mit den Händen. Der andere hatte ungefähr dieselbe Größe wie der Hüne, war jedoch etwas schmächtiger.

Jannik spürte erneut dieses Kribbeln in seiner Brust. Er kratzte sich mit den Fingern darüber. Aber das Gefühl ließ sich nicht vertreiben. Sein Herz raste. Diese Begierde ließ sich nur mit einer weiteren Leiche stillen, zumindest vorübergehend. Es war wie ein Tumor, ein Wirt, der in ihm wuchs und ständig größer und hungriger wurde. Das morbide Verlangen, neben einer toten Frau zu liegen, ließ sich durch nichts ersetzen.

Er öffnete sein Hemd. Die Fingernägel fuhren tiefer in seine Haut und hinterließen dabei blutige Spuren. Die aufgeschürften Wunden und schlecht verheilten Kratzspuren erzeugten einen Schmerz, der sich beinahe gut anfühlte. Das Herzrasen ebbte ab. Er sah wieder klarer.

Just in diesem Moment stieß sein Sohn erneut einen Jubelschrei aus. Jannik wollte sich gerade umdrehen, als er die Männer aus dem Pub kommen sah. »Scheiße«, fluchte Jannik.

»›Scheiße‹ sagt man nicht!«

Im Rückspiegel registrierte er das unschuldige Gesicht seines Kindes. Kevins Augen leuchteten. Die Ohrstöpsel hielt er in der Hand. »›Scheiße‹ ist ein Schimpfwort.«

»Da hast du recht«, knurrte Jannik, ohne näher darauf einzugehen, und startete den Wagen. Der Motor blubberte und keuchte. Es gab einen Knall. Der Auspuff spuckte eine schwarze Wolke aus.

Die Männer waren in ein Auto gestiegen und fuhren davon.

Jannik drehte erneut am Schlüssel. Seine Finger schwitzten und rutschten von dem Scheißding ab. Er schlug mit beiden Händen gegen das Lenkrad.

Dann stellte er irritiert fest, dass das hörbare Rauschen nicht vom Blut in seinem Kopf herrührte. *Der Motor war die ganze Zeit an*, schimpfte er sich einen Trottel und drückte das Gaspedal durch. Der Wagen machte einen Schlenker zur Seite. Die Reifen drehten mehrmals durch, schließlich nahmen sie und Jannik die Verfolgung auf.

63

Ella weigerte sich zu schlucken. Sie sammelte die Spucke in ihrem Mund. Die Flasche lag vor ihren Füßen, aber irgendetwas hielt sie davon ab, daraus zu trinken. Der Speichel war warm und klebrig. Sie konzentrierte sich auf ihre linke Hand, in der sich ein Häufchen Staub verbarg.

Boris lag mit dem Oberkörper an die Wand gelehnt neben der Tür. Er war wieder in einen Dämmerzustand verfallen und nicht mehr ansprechbar. Er weigerte sich vehement, sich das nach Medizin riechende Wasser einflößen zu lassen. Immer wieder wurde er aus dem Verlies gezerrt. Und jedes Mal verschlechterte sich sein Zustand mehr.

Hinter der Tür krachte etwas zu Boden. Männerstimmen. Sie schrien sich an. Eine davon gehörte Sixten. Die Lautsprecher erwachten zum Leben. Ein ohrenbetäubendes Pfeifen hallte von den modrigen Wänden und drohte Ellas Schädel zu sprengen.

Ella schluckte die warme Flüssigkeit hinunter. Der Speichel löste die Verklebungen auf. Sie konnte endlich wieder sprechen.

»Boris?« Sie rutschte näher zu ihrem Bruder. Der schrille Ton wich einem Poltern und blechernen Krachen. »Boris, wach auf! Hörst du das nicht? Komm schon, du musst aufwachen!«

Sixten schrie. Auch der andere Mann sagte etwas.

»Boris?« Sie zupfte an seinem Schuh. Ihr Bruder murmelte etwas Unverständliches.

Ein heftiges Donnern ließ die schwere Tür erzittern. Jemand brüllte vor Schmerz.

»Boris!« Sie packte ihn mit der rechten Hand am Ärmel und schüttelte heftig seinen Arm. Aus unerklärlichen Gründen war sie heute nicht gefesselt.

Boris trat nach ihr und traf sie gegen die Brust. Japsend fiel Ella rücklings gegen einen Pfosten und sackte in sich zusammen. Ihre Faust verkrampfte sich, ohne den kostbaren Inhalt loszulassen.

Die Schreie brachen abrupt ab. Eine Zeit lang herrschte absolute Stille.

Ella hörte eine Stimme in ihrem Kopf. *Du willst deine Peiniger mit ein bisschen Staub eliminieren?* Die Stimme lachte sie aus. *Alle beide?* Das hysterische Lachen wurde noch lauter. Auch Ellas Mund verzog sich zu einem verzweifelten Grinsen. Das Zwielicht, von dem sie umgeben war, und das stetige Aufleuchten des Kontrolllämpchens verhöhnten Ellas Vorhaben zusätzlich. Ihre Lider schoben sich bleiern über die Augen. Die reale Welt entschwand.

»Ella, atme. Ella, du musst atmen.« Sie blinzelte. Der Himmel über ihr sah aus wie eine schwarze Folie, die mit winzigen glänzenden Löchern gespickt war, hinter der sich die helle Sonne verbarg.

»Ella.« Es war Boris. Sein Gesicht tauchte vor ihren Augen auf. Er lächelte. »Du lebst«, freute er sich. Er war wieder achtzehn.

»Boris«, formte Ella mit den Lippen. Sie war wieder elf. »Mama?«

Boris' Lächeln löste sich auf. Er schüttelte den Kopf.

Ella versank wieder in der Schwärze.

»Stange, wenn sie stirbt, sind wir geliefert. Du hast alles vermasselt, du Wichser. Warum hast du sie mit dem Scheißrohr geschlagen!« Die kurze Sequenz aus der Vergangenheit durchzuckte Ellas zermartertes Hirn wie ein Blitz. Plötzlich schien alles anders. Boris war nicht wirklich ihr Retter gewesen. Es war noch jemand dabei gewesen, den Boris nie erwähnt hatte.

Ella kehrte langsam ins Hier und Jetzt zurück. Sie saß wieder in dem stinkenden Verlies. Ein Klappern im Türschloss riss sie vollends aus ihren Gedanken.

Boris erwachte zum Leben.

Die Scharniere knarrten protestierend und verursachten Zahnschmerzen. Eine große Gestalt tauchte im hell erleuchteten Viereck auf. Der Mann war maskiert und hielt ein Messer in der Hand. Er hatte breite Schultern und wankte wie ein Besoffener. Er stolperte auf Ella zu.

In diesem Moment sprang Boris flink auf die Füße und griff den großen Mann von hinten an. Behände umschlang er den Hals und nahm ihn in den Schwitzkasten.

Wie kann das sein, gerade eben hat Boris doch noch bewusstlos und halb tot auf dem Boden gelegen, schwirrte Ella durch den Kopf. Halluzinierte sie etwa?

»Ella, schnapp dir das Messer!«, schrie Boris und zwang den Maskierten auf die Knie.

Ella wurde von einem ihr sehr vertrauten Geruch eingehüllt. Ein Parfüm, das ihr die Sinne raubte …

»Ella!« Boris hatte Mühe, den Mann nicht loszulassen.

Sixten! Das war Sixten. Ella war sich sicher. Sie griff nach dem großen Messer, das ihr Bruder aus der Hand des Angreifers geschlagen hatte. Langsam kroch sie auf den Mann zu, dem sie ihre Seele anvertraut hatte, und holte aus. Sie wollte zustechen und Sixten das Leben aus der Brust herausschneiden für all das Leid, das er ihr zugefügt hatte.

»Er war es, der deine Mutter getötet hat«, knurrte Boris und erhöhte den Druck.

Sixten wehrte sich nicht wirklich. Er nuschelte irgendetwas.

»Er hat auch mich erpresst. Er wollte Geld. Viel Geld. Und das beste Druckmittel warst du. Du hättest unseren Vater dazu überreden müssen, einen Teil seines Vermögens auf mein Konto zu überschreiben. Ich schulde dem Typ, in den du dich über beide Ohren verknallt hast, eine Menge Kohle, verstehst du? Das alles hätte nicht passieren müssen. Wir beide wären schon längst wieder frei gewesen, hättest du unseren Vater angerufen und ihn davon überzeugt, die Kohle rauszurücken. Aber du hast dich geweigert, unseren Vater darum zu bitten, weil du genauso stur bist wie er. Stolz seid ihr.« Die letzte Bemerkung klang wie bitterer Hohn.

Ellas rechte Hand zitterte. Das Messer war auf einmal viel zu schwer. In der linken Hand hatte sie immer noch den Staub.

Bumm. Der kurze, aber ohrenbetäubende Laut schlug ihr das Messer aus der Hand. Draußen wurde geschossen.

Boris ließ Sixten los und hechtete nach dem Messer.

Ellas Ohren klingelten. Durch das Summen in ihrem Kopf hörte sie jemanden schreien.

Bumm … bumm. Zwei Schüsse.

Alles geschah wie in einem Zeitraffer.

Boris bäumte sich über Sixten auf, der mit dem Rücken auf dem Boden lag. In seiner Hand blitzte die Messerschneide auf. Boris hielt Sixten in der Armbeuge und drückte ihm die Kehle zu. Sixten gab röchelnde Laute von sich. Er wehrte sich kaum. Boris holte aus und warf Ella einen eisigen Blick zu.

Ellas linke Faust schoss nach vorn. Die Staubwolke traf ihren Bruder im Gesicht.

Sixten hob den Arm und konnte den tödlichen Schlag in allerletzter Sekunde von sich abwenden. Das Messer verfehlte sein Ziel nur um Haaresbreite. Die Klinge scharrte über den Boden.

Sixten schlug erneut gegen Boris' Hand. Klimpernd rutschte das Messer in Ellas Richtung.

»Bist du bescheuert?!«, schrie Boris und wischte sich hastig über die Augen. Das Messer lag wieder vor Ellas Füßen.

»Stange, was geht da vor sich?«, brüllte Boris mit Blick zur Tür. Er blinzelte heftig und rieb sich über die Augen.

Stange? Ein Schalter wurde in Ellas Kopf umgelegt. Plötzlich ergab alles einen Sinn. Wie bei einem Puzzlespiel. Die Steine fügten sich ineinander zu einem bizarren, hässlichen Bild. Die Wahrheit konnte viel schlimmer sein als eine Lüge. »Du hast meine Mama umgebracht.« Die Worte quollen nur stockend aus Ella heraus, als hätte sie das Sprechen neu erlernen müssen. »Du und dein Freund Stange.« Ella klammerte sich fest an den warmen Knauf, als wäre er ihr letzter Halt. »Ihr habt nicht miteinander gekuschelt. Ihr hattet Sex. Sie war von dir schwanger.«

»Ja, weil sie eine verdammte Hure war. Alles, was sie wollte, war Geld. Sie war ein Escort, eine verdammte *Pretty Woman*, in die sich unser Vater verliebt und meine Mama für sie verlassen hat. Meine Mama hat sich später das Leben genommen – aus Liebeskummer. Sie ist von einer Brücke gesprungen. Alles, was mir von ihr blieb, war ein Haufen Fleisch im roten Kleid. Ich saß an diesem Tag in ihrem Wagen, wir wollten zusammen essen gehen. Sie hielt an der Brücke an, an der sie und unser Vater sich zum ersten Mal geküsst hatten. Sie wollte das Schloss abmachen, welches sie dort als Zeichen ihrer Liebe befestigt hatten. Nachdem sie eine Ewigkeit lang nicht zurückkam, bin ich ausgestiegen und in dieselbe Richtung gelaufen wie sie. Ich sah Menschen. Alle schauten nach unten.« Er verstummte, um Luft zu holen. »Auch du warst ein Mittel zum Zweck.« Ein böses Grinsen spaltete seinen Mund. Speichel klebte an seinem Bart.

»Warum hast du das getan?«

»Aus zwei Gründen. Sie wollte sich von meinem Vater scheiden lassen und ihm reinen Wein einschenken.«

»Dafür hast du sie und das ungeborene Kind getötet?«

»Nein, ich habe nur dabei zugeschaut. Alles ist nach Plan gelaufen. Sie war tot und ich habe dich gerettet. Wie gesagt, es geschah aus zwei Gründen. Doch nicht alles verlief so, wie ich es mir erhofft hatte. Ich dachte, wenn ich dich rette, würde mein Vater mir mehr Beachtung schenken und mich so lieb haben wie dich. Aber das war Wunschdenken. Nach diesem Tag wurde seine Liebe zu dir noch viel größer, für mich blieb da kein Platz mehr.«

»Warum soll ich für all das bestraft werden? Warum wünschst du dir meinen Tod?«, fragte Ella verzweifelt.

Boris hielt die Klinge unter Sixtens Kinn und zog ihm die Sturmhaube ab. »Du solltest gar nicht dabei sterben, sondern er.« Das Messer machte eine kurze Bewegung.

Sixten war geknebelt. Ella sah Blut.

»Unser Vater hätte sich das Leben nehmen sollen und du das deines geliebten Freundes. Ich hätte dir so in Ruhe dabei zuschauen können, wie du an den Schuldgefühlen zugrunde gehst.«

»Dafür hast du eine weitere Frau getötet?«

»Alles sollte authentisch wirken. Und Stange brauchte eine Abwechslung. Das war mein Geschenk an ihn. Er hatte lange Zeit im Gefängnis gesessen. Ich habe eine Frau geschwängert, die sich nicht dazu überreden ließ, mein Balg abzutreiben. Sie hieß Andrea. Du hast sie auf den Fotos gesehen. Sah sie deiner Mutter nicht ähnlich, so ganz ohne Haare?« Er lachte, als hätte er einen Witz gemacht.

»Sixten hatte mit alldem nichts zu tun«, stellte Ella fest.

Boris lachte dreckig. »Nein, der arme Kerl war nur ein Werkzeug.«

»Aber ich habe seine Stimme gehört. Er war da. Und sein Gesicht an meiner Tür?« Ellas Stimme zitterte vor Bestürzung.

»Das ist schön, war ja auch unsere Absicht, dich in diesem Glauben zu lassen. Es gibt schließlich schier unendliche Möglichkeiten, die Stimme eines Menschen zu missbrauchen. Und ein guter Drucker kann wahre Wunder bewirken. Es war ein Foto, das ich an das Guckloch gehalten habe, du blöde Kuh.« Boris lachte abgehackt.

Ella weinte.

»Stange!«, schrie Boris erneut und blickte sich um. Die Messerspitze war in Sixtens Hals verschwunden.

Boris rappelte sich auf und taumelte rückwärts zur Tür, weil er Ella nicht aus den Augen lassen wollte. Das Messer ließ er fallen.

Sixten bewegte sich nicht mehr.

Ein Schatten tauchte hinter Boris auf. Die Umrisse wurden zu einer Silhouette, die eine Pistole auf Ella gerichtet hielt. Ella riss den Mund zu einem Schrei auf. Er blieb ihr im Halse stecken.

Boris fuhr erschrocken herum.

Bumm … Der Pistolenschuss ließ Ella taub werden. Boris zuckte zusammen.

Bumm … Die Luft roch nun nach einer abgefeuerten Waffe und nach etwas, das Ella nicht beschreiben konnte.

Ella bekam einen Stoß. Ein betäubender Schmerz ließ sie zur Seite sacken.

Blut und Hirnmasse liefen ihr über das Gesicht.

»Sixten«, wisperte sie und streckte ihre Hand nach ihm aus.

Bumm … Alles wurde schwarz.

64

»Wie konnte das passieren?«, brüllte Leonhard in sein Handy. »Ihr solltet Sixten nicht aus den Augen lassen!«

»Wir waren dicht an ihm dran, bis wir von einem Wahnsinnigen geschnitten wurden«, versuchte sich seine Kollegin rauszureden.

»Was zur Hölle soll das heißen, *geschnitten*?«, fluchte Leonhard und trat gegen einen leeren Karton. Der Geruch nach kalter Asche war selbst hier unten am Eingang beißend.

»Hätte Nikolai nicht gebremst, wäre unser Wagen in eine Menschenmenge gerast. Aber wir sind mit einem anderen Team in Verbindung und haben die Informationen weitergeleitet. Die Jungs sind erfahren und kennen sich in der Gegend bestens aus«, fügte sie zaghaft hinzu.

Leonhards Funkgerät gab einen leisen Ton von sich. »Wir haben die Zielperson«, meldete sich eine männliche Stimme. Das Rauschen des Gerätes wurde lauter. »Er ist am Leben. Eine Fleischwunde am Hals und eine Schusswunde im Brustbereich«, berichtete der Mann. Leonhard wusste, dass diese Information nicht wirklich ihm galt. Das Rauschen vermischte sich mit dem Heulen einer Sirene. »Die Rettungskräfte sind da.« Es gab eine Rückkoppelung. Mehrere Personen riefen durcheinander.

»Sehr gut. Sorgt dafür, dass er nicht abkratzt. Ist er allein?«

»Für zwei weitere Personen kommt leider jede Hilfe zu spät.«

»Ist Ella Greenwood …«

»Nein. Beide sind männlich.«

»Okay, sichert den Tatort ab, ohne ihn zu zertrampeln.«

»Verstanden.«

Leonhard sprintete die Stufen hinauf in die Wohnung, die er laut Feuerwehr nicht betreten sollte. Kupasch folgte ihm dichtauf.

»Herr Stegmayer. Hier kann gleich alles einstürzen.« Ein mittelgroßer Mann mit Helm und nasser Feuerwehrmontur versperrte ihm den Weg.

»Danke, aber ich muss da rein.«

»Aber nur auf eigene Gefahr, ich habe Sie gewarnt. Benutzen Sie wenigstens diese hier.« Der Feuerwehrmann reichte den beiden Kommissaren Mundschutzmasken.

Leonhard schob die Hand beiseite. Petrosch nahm das Angebot dankend an und ließ sich sogar von dem Mann helfen, den Mundschutz richtig aufzusetzen.

Voller Inbrunst räumte Leonhard alle Gegenstände aus dem Weg und kämpfte sich bis zum letzten Zimmer durch. Alles war schwarz oder grau. Hässliche Löcher klafften in den Wänden. Tapeten hingen an manchen Stellen wie Hautfetzen herunter. Der Boden unter seinen Füßen dampfte noch. Die Teppiche waren wie vollgesogene Schwämme. Jeder seiner Schritte verursachte ein lautes Schmatzen. Alles wirkte surreal, manche Gegenstände hatten futuristische Formen angenommen.

Leonhard suchte verzweifelt nach Hinweisen, die ihnen bei den Ermittlungen von Nutzen sein könnten.

»Kommissar Stegmayer.« Petroschs vom Atemschutz veränderte Stimme kam aus einem der Zimmer. Leonhard stolperte über ein Gerüst und rückte eine Tür zur Seite, die aus den Angeln hing.

Sein Partner kniete auf dem Boden. Er hielt eine Art Tagebuch in den Händen. »Die meisten Blätter hat er rausgerissen.«

»Er hat sicherlich all seine Gedanken und das Erlebte festgehalten. Das ist bei dieser Spezies Monster so üblich«, grummelte Leonhard.

Als hätte er Angst, dass sich das Beweismaterial in Asche auflösen könnte, hob Petrosch den ledergebundenen Umschlag an. »Der Rücken ist mit diesem Tierdarm vernäht.«

»Catgut«, murmelte Leonhard.

»Ja, genau.« Petrosch stand auf, ohne den Schmutz von den Knien abzuklopfen.

Leonhard ließ den Blick durch den Raum schweifen. Der massive Tisch hatte der Feuersbrunst getrotzt. Darauf ruhte ein Kasten. »Was ist das?« Er steuerte auf das Objekt zu, drückte auf einen Hebel und hob den Deckel an. »Eine Schreibmaschine.« Leonhard klang überrascht. Ohne viel Aufwand ließ sich der Deckel komplett abnehmen. »Das Tintenband ist fast neu. Wurde also nicht übertippt.« Leonhard verspürte einen Hauch von Freude.

»Wir nehmen das hier alles mit. Gute Arbeit, Kollege.«

»Sie können Petrosch zu mir sagen.«

»Gute Arbeit, Petrosch«, sagte Leonhard matt, ohne dem Mann dasselbe Angebot zu machen.

»Achtung!«, mahnte eine tiefe Stimme. Etwas löste sich von der Decke und krachte vor Leonhards Füße. »Raus hier!«, herrschte dieselbe Stimme die beiden an. Ein Feuerwehrmann schubste sie grob Richtung Tür.

Leonhard riss sich los und klemmte sich die Schreibmaschine unter die Achsel. »Das Scheißding ist aber schwer«, ächzte er, während er grob aus dem Zimmer gezerrt wurde.

Noch mehr Zeug fiel zu Boden. Staub und Rauchwolken vernebelten die Sicht. Leonhard war wie blind. Zum Glück spürte er die starke Faust des Feuerwehrmanns zwischen seinen Schulterblättern, die ihm den Weg wies. Leonhard hatte Mühe, das verdammte Ding nicht loszulassen. Seine Rippen taten weh. Als er mit voller Wucht gegen etwas Hartes gepresst wurde, stieß er einen Fluch aus.

»Hier bricht gleich alles zusammen!«, brüllte der Feuerwehrmann und verpasste Leonhard einen Hieb gegen den Nacken. Die Sicht war gleich null. Leonhard hustete, bekam keine Luft mehr. Petrosch kam ihm zu Hilfe und stützte ihn.

Irgendwann stand Leonhard endlich draußen. Sein Brustkorb füllte sich mit eisiger Luft, die nach Winter schmeckte. *Die Schreibmaschine*, erschrak er kurz und stieß einen Schrei aus. Das antike Stück rutschte aus seiner Umklammerung und verfehlte seinen Fuß nur um Haaresbreite. »Das Tintenband muss … muss untersucht werden, auf der Stelle. Hier geht es um Leben und Tod«, befahl er, sobald er wieder zu Atem gekommen war.

Petroschs Gesicht war rußschwarz bis auf die Mund- und Nasenpartie, die von der Maske bedeckt gewesen war. »Wird gemacht«, erklärte er sich bereit und hob die Maschine vom Boden auf.

»Danke, Petrosch.«

»Gern doch, Leonhard.«

Leonhard verkniff sich eine Bemerkung. Alles, wonach er sich jetzt sehnte, war ein Schluck Wasser, um das Knirschen von seinen Zähnen wegzuspülen.

»Ihr seid wahnsinnig!« – »Gute Arbeit.« – »Idioten«, ertönten aus allen Richtungen diverse Zurufe von den Kollegen, die in Leonhards Ohren wie Lobeshymnen klangen.

Leonhard erwiderte nichts darauf. Kommentarlos lief er auf einen Wagen zu, in dem ein junger Mann saß, der die ganze

Szenerie beobachtete. Doch Leonhards Aufmerksamkeit galt nicht ihm, sondern der Getränkedose in seiner Hand. Leonhard klopfte mit den Fingerknöcheln gegen die Scheibe. Diese fuhr surrend ein Stückchen nach unten.

»Her damit. Die Dose ist konfisziert«, blaffte der Polizist mit rußverschmiertem Gesicht und spie einen schwarzen Klumpen in den Schnee.

Verdattert ließ der Jugendliche die Scheibe komplett herunter und übergab Leonhard die Dose.

Leonhard nahm den Mund voll und spülte ihn sorgfältig aus. Der Energydrink war viel zu süß, verfehlte seine Wirkung jedoch nicht. Leonhard gurgelte noch einmal gründlich den Rachen und spuckte wieder. Den Rest trank er in einem Zug leer. Die leere Dose warf er einfach in den Schoß des Unbekannten und drohte ihm an, ihn zu verhaften, wenn er nicht sofort verschwände.

Der junge Kerl fackelte nicht lange und tat, wie ihm geheißen.

65

Jannik stand unter einer großen Eiche. Die dicken, knorrigen Äste ächzten. Der kalte Wind fegte den jungfräulichen Schnee von den glatten Granitsteinen.

In drei Tagen würde hier eine Begräbniszeremonie stattfinden.

Jannik warf wiederholt einen Blick in die Zeitung und las abermals die Beileidsbekundungen. Selbst das Bestattungsinstitut kondolierte dem hinterbliebenen Mann und den Kindern. Linda hatte sich das Leben genommen.

Es hätte nicht so enden dürfen. Aber das Schicksal ließ sich nicht in die Karten schauen. *Was solls, shit happens.*

Er rollte die Zeitung zusammen und verließ den Friedhof.

Jeremys schwere Pistole hatte noch sieben Schuss. Jannik hatte dem großen glatzköpfigen Kerl den verdammten Dickschädel mit einem Alubaseballschläger gespalten. Es hatte sich tatsächlich wie das Aufplatzen einer Kokosnuss angehört.

Jannik grüßte mit einem stummen Nicken einen ihm entgegenkommenden Mann, zog die Kapuze noch tiefer in die Stirn und erhöhte sein Schritttempo.

66

Ella befand sich in einem Zimmer, in dem es nach abgestandener Luft und nach Blut roch.

Ein toter Mann lag neben ihr. Alles, was von seinem Gesicht übrig geblieben war, war eine Fleischmasse. So, als hätte man ihm die Haut abgezogen, diese durch einen Fleischwolf gejagt und wieder auf den Schädel geklatscht.

Das kleine Fenster war gekippt. Einerseits fror Ella und ärgerte sich über die Kälte, doch andererseits war der Geruch dadurch etwas erträglicher. Außerdem lenkten sie die Geräusche des Alltags von der Vorstellung ab, dass der Horror, in dem sie die Hauptrolle spielte, nie zu Ende wäre.

Die Rumpelkammer, die Ella sich mit der männlichen Leiche teilte, war lang und schmal. Eine komplette Seite wurde von Holzlattenregalen beherrscht, in denen sich allerlei Habseligkeiten türmten – hauptsächlich Konservendosen.

Auf der anderen Seite lag Ella – daneben ein Alubaseballschläger und ein toter Kerl.

Ella war geknebelt und nackt. Aber sie roch nicht mehr streng. Ihr neuer Peiniger hatte sie gewaschen. Mit hinter dem Rücken gefesselten Händen lag sie auf der Seite. Ihr linkes Ohr drückte gegen das Laminat. Immer wieder vernahm sie

Stimmen von Nachbarn. Einmal lief ein Film, den Ella gut kannte. Sie konnte sich sogar einige Szenen vor Augen führen und sich vollkommen auf die Gesichter der Schauspieler konzentrieren. Diese kurze Auszeit hatte ihr geholfen, nicht komplett durchzudrehen. Um sie herum herrschte wie für alle anderen Bewohner des Hauses der langweilige Alltag. Wie gern würde Ella mit diesen Menschen tauschen. Jetzt weinte ein Kind. Die Mutter redete laut am Telefon und ignorierte das Plärren des Kindes. Eine Tür schepperte. Jemand schrie: »Stopft dem Balg endlich jemand das Maul?«

»Halt doch deine verdammte Fresse!«, kam es als Antwort von der Mutter.

Die rauchige Stimme, von der lediglich ein heiseres Rasseln geblieben war, krächzte zurück: »Ich hetze dir wieder das Sozialamt auf den Hals. Drei Kinder in allen möglichen Farben von vier verschiedenen Vätern. Du bist eine Schande für unser Haus!«

»Wenn du nicht das Maul hältst, frage ich Jeremy, ob er dir mit seinem Baseballschläger deinen gottverdammten Schädel zurechtrückt.«

»Der ist aber nicht da!«, lachte der Mann hustend.

»Ich gehe hoch und klingle mal.«

»Mach doch«, wurde die Mutter von ihrem Nachbarn dazu ermutigt.

Tatsächlich hörte Ella nach einigen Augenblicken das Klingeln an der Wohnungstür. *Bitte, tritt die Tür ein und schau in der Speisekammer nach*, flehte sie die Frau stumm an.

»Na? Ist Jeremy zu Hause?«, rief der Mann schadenfroh.

»Ja. Er kommt! Jeremy, Norbert sagt, dass die Jessika nicht von dir ist«, sagte die Frau mit gespielter Verletztheit.

Ein lautes Türenknallen ließ Ella hochschrecken. Ihr Ohr pfiff nun leise. Auch war ihr das schallende Gelächter der

Frau nicht entgangen, der es tatsächlich gelungen war, ihren Nachbarn mit dieser einfachen List zu überrumpeln.

Danach kehrte wieder Ruhe ein. Das Kind schrie nicht mehr. Die Frau telefonierte zwar weiter, aber Ella hörte nichts mehr, woraus sie sich etwas Sinnvolles hätte zusammenreimen können.

Klack. Jemand war zur Wohnungstür hereingekommen.

Wenn sie doch nicht gefesselt wäre! Es gab so viele Möglichkeiten, sich zu wehren. Ella hätte den Aluschläger nehmen und auf den Mann einschlagen können.

Die Tür zur Kammer ging einen Spaltbreit auf.

Das Scheppern der Wohnungsklingel durchbrach Ellas Gedanken.

»Verflucht«, schimpfte ein Mann hinter der Tür und drückte sie wieder zu. Wenn Ella sich nicht täuschte, war er nicht maskiert.

Das scheppernde Geräusch ahmte eine Melodie nach, die Ella jedoch nicht zuordnen konnte. Sie zog und zerrte an den Handfesseln. *Warum sagt man eigentlich Handfesseln und nicht Gelenkfesseln,* kam ihr in den Sinn. Sie keuchte und zerrte weiter. Ungeachtet der Schmerzen verdrehte sie die Arme und zog erneut.

Hinter der Tür wurde es wieder still.

Ein unbeschreibliches Glücksgefühl durchströmte Ellas Körper, als ihre Handgelenke nicht mehr aneinanderrieben. Sie hatte es tatsächlich geschafft.

Doch ihr blieb keine Zeit mehr. Die Türklinke wurde erneut leise quietschend nach unten gedrückt. Ella quälte sich auf die Knie und blickte sich um. Der Schläger befand sich in ihrer Reichweite.

Ein kühler Luftzug streifte ihren Rücken. In Gedanken hielt sie den Schläger in Händen und holte zum Schlag aus. Zuerst schlug sie ihrem Peiniger gegen das linke Knie. Während er schreiend zu Boden ging, holte sie zum zweiten Schlag aus und hörte, wie der Schläger durch die Luft sauste. Sie spürte förmlich, wie sie den Schädel des Mannes traf. Kaputtes Knie und zertrümmerter Schädel, somit wäre er außer Gefecht gesetzt. Dabei stellte sie sich vor, dass Ersteres aus dem Gelenk gesprungen und total zerschmettert war und Letzterer wie eine reife Melone zerplatzte. Doch in Wirklichkeit blieb ihr keine Zeit.

Sie nahm zuerst die Schuhe wahr. Langsam glitt ihr Blick an dem Mann empor. Er war tatsächlich nicht maskiert. Genau das machte ihr Angst. Eine unverkennbare Endgültigkeit verbarg sich hinter seinen Augen. Er sah ganz okay aus, eigentlich ein attraktiver Mann, wäre da nicht der Wahnsinn in seinen Augen gewesen.

Ella warf sich in einem letzten Versuch der Verzweiflung nach hinten. Ihre Fingerspitzen streiften das kalte Metall.

Mit einem lässigen Fußtritt kickte er ihr den Schläger aus den Händen und stand nun breitbeinig über ihr. Schweigend kniete er sich auf sie. Seine Knie drückten ihr gegen die Ellenbeugen.

Ella schrie in ihren Knebel hinein.

Ohne jegliche Hast griff der Mann nach hinten und zerrte eine Pistole aus dem Hosenbund.

»Die Pistole ist dafür da, um alle Eventualitäten zu kurieren, die unverhofft auf mich zukommen könnten. Ein kurzes Zucken meines Fingers und dein Hirn klebt an der Wand. Dass ich nicht nur Sprüche klopfe, hast du ja hautnah erlebt. Wenn nicht, kannst du Jeremy fragen, ob er noch Kopfschmerzen hat oder nicht.« Sein Kinn wies auf die Leiche.

Ella kaute unaufhörlich an dem Knebel, bis dieser sich endlich etwas gelockert hatte. Schnell schob sie ihn mit der Zunge so weit wie möglich aus dem Mund und nuschelte: »Waum tuss du mie dasch a…«

»Warum ich dir das antue?«

Er konnte ihr Gemurmel tatsächlich verstehen.

»Ich verfüge über genug Hintergrundwissen, um die Polizei zu narren. Ist das nicht wunderbar? Ich kann mich aus der Sache herauswinden, du nicht. Ich kann vielleicht ganz normal weiterleben. Wenn dein Partner den Köder schluckt, bin ich ein freier Mann und Emil Grau wird für meine Taten büßen müssen. Ich möchte mit meinem früheren Leben abschließen. Ich habe mich in dich verguckt. Aber dein jetziger Zustand ist erbärmlich. Du bist nicht nur ein Schatten deines Selbst geworden, du bist das genaue Gegenteil von dem, was ich mir in meinen Träumen ausgemalt habe. Selbst nachdem ich dich gewaschen habe, konntest du mich nicht vom Gegenteil überzeugen. Das hat mir die Augen geöffnet. Unsere Träume können nie erfüllt werden.«

»Bitte lasch mi mit die rede…«, stammelte Ella. Doch diesmal wurde ihr Genuschel komplett ignoriert.

»Sicher würde dein Haar wieder so lang und so schön werden wie zuvor. Auch würdest du nicht mehr nach Pisse stinken.« Er rümpfte die Nase. »Aber ich hätte dennoch ewig dieses Bild vor Augen, wie du tatsächlich aussiehst, ohne Schminke und die teuren Klamotten. Ich will meine Frau und meine Familie zurück. Aber auch das bleibt reines Wunschdenken. Ich habe alles verspielt. Ich werde mich nie ändern. Das Verlangen nach weiteren toten Frauen wird sich wahrscheinlich niemals stillen lassen. Aber ich werde mich zusammenreißen, für meine Familie. Du sollst mein letztes Kapitel werden.«

»Lasse Schi uns rede…«, gab Ella nicht auf.

Ohne ein weiteres Wort zu verlieren, holte der Mann mit der bewaffneten Hand aus und schlug Ella mit dem Knauf der Pistole gegen die Schläfe.

67

Leonhard schritt in seinem Büro auf und ab, dabei hielt er sich das Telefon ans Ohr. »Künstliches Koma? So ein Mist.« Er legte auf und spähte zu Petrosch.

»Er wurde zweimal in die Brust getroffen«, sagte dieser und kratzte mit der Gabel die Essensreste seines Nudelsalats aus der gelben Tupperdose.

Ellas Liebhaber hatte das Massaker überlebt. Sein Wissen oder Unwissen war von entscheidender Bedeutung, weil er nämlich dem Mann gegenübergestanden hatte, der Boris Greenwood und seinen Komplizen aus nächster Nähe erschossen hatte.

»Haben Sie schon mal darüber nachgedacht …«, wollte Petrosch von Leonhard wissen und schob sich genüsslich den letzten Happen in den Mund. Kauend sprach er weiter: »Wieso schmeckt uns etwas im Erwachsenenalter so gut, das wir als Kinder gehasst haben?«

»Das ist es! Petrosch, das ist es!« Leonhard hob anerkennend den Zeigefinger in die Luft und schnipste dann zweimal laut.

Petrosch runzelte die Stirn.

»Mit der Zeit vergessen wir das Schreckliche und behalten nur das Schöne.« Leonhard rieb sich das Kinn. »Wir müssen los, die Beisetzung von Frau Steuber findet in zwei Stunden statt. Kommen Sie. Und schließen Sie bitte die verdammte Dose luftdicht ab. Ich kann es nicht ertragen, wenn das ganze Zimmer nach Ihrem Nudelsalat stinkt.«

Petrosch verschloss die Dose, wickelte sie in eine Plastiktüte und verstaute sie in seiner Tasche. Danach folgte er Leonhard auf den Flur. Dort wurden sie von ihren Kollegen erwartet.

»Lasst uns bitte alle nach unten gehen. Der Chef wird alle Eckpunkte erneut erläutern wollen. Es darf nichts schieflaufen.«

Leonhard ließ sich etwas Zeit und wartete, bis die Gruppe, die aus einem Dutzend Frauen und Männern bestand, nach links abgebogen war. Er wollte einen Moment für sich allein sein.

Alle bisherigen Spuren endeten in einer Sackgasse. Emil Grau war ein kleiner Fisch und hatte für jede Tat ein Alibi. Dank seines Engagements war es den Kollegen aus dem Drogendezernat gelungen, einen größeren Ring zu sprengen, der seine Kasse auch noch mit Prostitution und Menschenschmuggel auffüllte. Aber auch sofern die Polizei es bewerkstelligen sollte, alle Mitglieder hinter Gitter zu bringen, würde diese Lücke von anderen, noch ehrgeizigeren Typen geschlossen werden, deren Positionen weit in die Politik reichten.

Ella. Leonhard hielt eine kleine Haarlocke zwischen den Fingern, die die Kollegen von der Spurensicherung in dem Haus gefunden hatten, in dem sie festgehalten worden war. Das Gebäude hatte viele Jahre leer gestanden, bis es dann aufgrund asbesthaltiger Baustoffe für einen mickrigen Preis verkauft worden war – und zwar an Vladislav Böhmer alias »Stange«. Er war der Besitzer, dessen Name in den Papieren stand. Dieser Mann war jedoch nur eine Puppe gewesen, deren Fäden sich in Boris' Händen befunden hatten.

Die Männer waren tot aufgefunden worden. Zwei präzise gesetzte Schüsse aus nächster Nähe hatten das Leben der beiden ausgelöscht.

Leonhards Handy summte. Er holte es aus der Hosentasche und las die Nachricht, während er die Bürotür des Besprechungsraumes anvisierte.

Die Expertise des Schreibmaschinenbandes hatte ergeben, dass der an Frau Blumthaler adressierte Brief von dieser Maschine stammte.

Jannik Steuber war der Mann, der von der Polizei als Totentänzer gejagt wurde. Aber er blieb spurlos verschwunden, genauso wie sein Sohn.

»Ich brauche eine begründete Aussage und nicht einen Haufen von Annahmen, die keinerlei Hintergrund haben.« Die Besprechung hatte bereits begonnen, die Tür stand offen. Reinhold Stettel war in seinem Element und verlangte von seinen Leuten mehr Herzblut.

Leonhard steckte das Telefon zurück und lief etwas schneller.

Die Gesichter von Kollegen, die sich durch besondere Leistungen das Privileg verdient hatten, in der *Hall of Fame* aufgehängt zu werden, verfolgten ihn von den Flurwänden mit ihren Blicken. Die meisten von ihnen lächelten Leonhard dabei dümmlich an.

Vor dem letzten Foto blieb er kurz stehen und nahm es ab. Es war sein Gesicht, und er wusste, wem er dies zu verdanken hatte. Ella. Sie hatte es nicht getan, weil sie es für richtig hielt, dass Leonhard zu den Helden dieses Dezernats gehörte, nein, der eigentliche Grund ihres Einsatzes war gewesen, ihn zu ärgern, denn sie wusste, wie sehr Leonhard es hasste, im Mittelpunkt zu stehen.

Er betrat den überfüllten Raum, schloss die Tür und warf das silbern eingerahmte Porträt in den Mülleimer.

»Schön, dass Sie uns die Ehre erweisen, hier zu erscheinen. Wir wissen es sehr zu schätzen, Oberkommissar Stegmayer.«

Reinhold Stettel trug einen seiner hässlichen Pullis. Dieser hatte jedoch keinen Ketchup- oder Senffleck.

»Tut mir leid. Wir alle haben unsere Pflichten.«

»Ruhe!«, brachte der Leiter der Mordkommission mit in die Luft erhobenen Händen die Menge zum Schweigen. »Bitte. Wer hat noch weitere Vorschläge?« Er deutete mit seiner linken Hand auf das Whiteboard, wo mehrere Punkte in krakeliger Schrift aufgelistet waren.

Leonhard verschränkte die Arme vor der Brust und lehnte sich mit dem Rücken gegen die Wand.

68

Ella erwachte mit pochendem Schädel und ausgetrockneter Kehle. Um sie herum war es stockdunkel und eng. *Bin ich etwa in einem Kofferraum?* Das würde auch die dumpfen Musikklänge erklären. Sie war geknebelt und gefesselt. *Ich bekomme keine Luft!* Panik stieg in ihr auf. Sie versuchte, sich zu drehen.

Doch Ella war schwach und der Kofferraum bot zu wenig Platz. Sie konnte ihre Beine nicht hochziehen.

Sie hörte Stimmen. »Hilfe!«, schrie sie und drückte mit der Zunge gegen den Knebel. »Hilfe!« Sie schwitzte. Es war heiß.

Hatte der Typ etwa den Wagen angezündet? Er hatte etwas vom letzten Kapitel geschwafelt. War sie die Figur, mit der er seine Taten abschließen wollte, oder wollte er mit ihrem Tod ein Exempel statuieren?

Ella spürte einen Ruck. Anscheinend hatte sich der Wagen in Bewegung gesetzt. »Hilfe! Hilfe!« Sie weinte. Von der Verzweiflung getrieben, gelang es ihr nun doch, ihre Position zu ändern. Sie lag auf der Seite. Aber was änderte sich dadurch an ihrer ausweglosen Situation? Nur, dass der Schmerz in ihrem Nacken noch intensiver wurde. Ella drehte sich wieder zurück und hob die Beine an. Der Kofferraumdeckel ließ sich nicht aufdrücken.

Der Sauerstoff wurde weniger. Erneut wurde sie durchgeschüttelt. Der Stoß ging ihr bis ins Mark. Leise prasselte Regen auf das Blech.

Ella starrte in die Finsternis.

»Ist er noch nicht aufgetaucht?«

War das etwa Leonhard? Ella traute ihren Ohren nicht. Sie schrie und schrie. Ihre Schreie wurden lauter, jedoch nur in ihrem Kopf.

69

Jannik saß in seinem Wagen. Er betrachtete die Polizisten, die vorgaben, keine zu sein. Lauter Komparsen mit bedrückten Gesichtern. Er konnte die aufgesetzte Lüge von ihren Mienen ablesen.

Sie hatten ihm eine Falle gestellt, ohne zu wissen, dass er dahintergekommen war. Jannik hatte es sich anders überlegt. Ihm war klar geworden, dass er das Verlangen niemals würde besiegen können. Zu mächtig war das Monster in ihm, das nach Fleischeslust lechzte. Er war ein Gefangener seiner Triebe, gegen die er nicht ankämpfen konnte. Eher würde er sterben. Er linste in den Spiegel zu seinem Sohn.

»Ich tue es für dich, mein Kind«, flüsterte er kaum hörbar. »Das ist das letzte Kapitel in meinem Leben.«

Kevin saß auf dem Rücksitz.

»Komm, mein Sohn, wir sagen der Frau, die beerdigt wird, auf Wiedersehen.« Jannik stieg aus und reichte Kevin die Hand.

Zusammen schritten sie zu der Grube, in die ein weißer Sarg abgelassen wurde. Einige der Gäste hatten Erdklumpen auf die weiße Oberfläche geworfen. So erwiesen sie der Toten die letzte Ehre.

»Ist er noch nicht aufgetaucht?« Der große Polizist mit den silbernen Haaren sah sich um. Jannik wartete darauf, dass sich ihre Blicke trafen. Mit dem selbstzufriedenen Lächeln eines Killers lupfte er seinen Mantel und ließ den Polizisten wissen, dass er bewaffnet war. Diesen kurzen Auftritt hatte er vor dem Spiegel mehrmals geübt. Er genoss diesen winzigen Augenblick der Ewigkeit in vollen Zügen. Jannik spürte, wie Unmengen von Adrenalin durch seinen Körper gepumpt wurden. Dieses Hochgefühl war berauschend und unbeschreiblich schön.

»Komm, Kevin«, sagte er laut genug, dass alle ihn hören konnten, »sie haben die falsche Frau beerdigt, wir fahren zu Mama.« Die Menge erstarrte.

Niemand rührte sich. Jannik hörte das leise Pfeifen des Windes, der seine Haare zerzauste. Auch glaubte er, irgendwo in der Ferne Ellas Hilferufe ausmachen zu können. Aber das hatte er sich sicherlich bloß eingebildet. Er lief zurück zu seinem Wagen.

»Halt, er ist bewaffnet!«, ermahnte der Polizist seine Kollegen. Erneut geriet alles ins Stocken, nur Jannik und sein Sohn setzten ihren Weg fort. Zwei Polizisten, die ihm den Weg versperrten, wurden von einer rauschenden Stimme aus den Funkgeräten aufgefordert, zur Seite zu gehen.

Jannik warf sich hinter das Steuer und platzierte Kevin auf seinem Schoß. »Heute kannst du vorn sitzen und mitlenken.«

»Aber das darf ich nicht«, stammelte Kevin mit verdutzter Miene und schaute aus dem Seitenfenster.

Personen in dunklen Gewändern huschten an ihnen vorbei.

»Doch, heute darfst du es. Guck mal. Wink dem Mann zu und lächle dabei. Wenn er zurückwinkt, fahren wir los.«

»Und wenn nicht?« Kevin klang ängstlich und suchte im Rückspiegel Augenkontakt zu seinem Vater.

»In dem Fall steigen wir aus.«

Zögernd hob Kevin die Hand und begann zu winken.

Der große Mann sah sich um. Kevin winkte nicht mehr.

»Papa, wir müssen aussteigen.«

»Nein, noch nicht, du musst lächeln, wenn du dem Mann zuwinkst.« Kevin tat es wieder, dieses Mal mit einem flackernden Lächeln auf den Lippen und einem Pistolenlauf an der Schläfe.

»Papa?«, schrie der Junge auf.

»Einfach nur winken. Das ist alles ein Spiel. Wir spielen Räuber und Indianer.«

Der Polizist winkte zurück.

»Na, siehst du? Ich habe es dir doch gesagt. Es wird alles gut.« Er startete den Motor und fuhr langsam aus der Parklücke. Der blonde Kopf seines Sohnes verdeckte ihm die Sicht.

»Papa, ich will nicht«, quengelte Kevin.

»Dann klettere auf den Beifahrersitz«, sagte Jannik etwas barscher als beabsichtigt und half seinem Kind, ohne dabei anzuhalten.

Er behielt die Wagen, die ihm folgten, die ganze Zeit im Auge. Keiner der Bullen würde sich für einen bewaffneten Übergriff entscheiden, solange sich ein Kind in unmittelbarer Gefahr befand. Die Möglichkeit, das unschuldige Kind bei dem Versuch zu töten, war einfach zu groß.

Jannik gab Gas und riss den Wagen nach rechts. Die kleine Gasse war ein zugewucherter Gehweg. Der Wagen schrammte einen Pfosten und kratzte beidseitig am dornigen Gestrüpp. Der erste Polizeiwagen blieb in der schmalen Gasse stecken, weil der schwarze Mercedes viel zu breit war. Jannik konnte sich ein Lachen nicht verkneifen. Er fuhr weiter, dabei nutzte er das Gewirr der Straßen zu seinen Gunsten, um unbemerkt darin zu verschwinden.

70

Linda schreckte zusammen. Ein lauter Knall brachte die Wände zum Vibrieren. Die Tür zu ihrem Zimmer flog auf. Sie sah einen Mann auf dem Boden liegen. Es war der Polizist, den man für ihre Sicherheit abgestellt hatte. Nun lag er da und blutete aus einem Loch, wo einst sein Auge gewesen war. Die Pfütze war dunkelrot, wie auf dem Boden verschütteter Wein, aber dicker.

Linda erstarrte und wagte nicht, sich zu rühren.

Kevin, ihr Sohn, stand keine zwei Meter von ihr entfernt. Seine Augen waren mit einer schwarzen Binde verbunden. Über den Ohren trug er Kopfhörer.

»Der große Bulle glaubt, mit seinem Verstand zu brillieren, aber ich habe sie alle überlistet, meine Liebe. Tut mir leid, dass ich unsere Wohnung in die Luft gesprengt habe. Aber du weißt ja, ich habe schon immer gern mit dem Feuer gespielt. Das war auch der Grund, warum ich den Job als Hausmeister verloren habe. Die Versuchung war einfach zu groß, dafür kann ich jetzt aber jedes Schloss knacken.« Janniks Gesicht war bleich, abgemagert und glich einer Maske. Der Wahnsinn hatte sich mit Panik vermischt und ließ seine glänzenden Augen matt werden.

Die aufgesetzte Heiterkeit machte Linda Angst. »Bitte, tu unserem Kind nichts!« Linda hörte sich weinen und flehte ihren Mann an: »Nimm mich als Geisel, aber lass Kevin laufen!«

Die Reaktion ihres Ehegatten bestürzte sie. Er fing ebenfalls an zu weinen. »Ich will keine Geiseln.«

Lindas Aufmerksamkeit galt Kevin. Wie klein und unschuldig er doch war. Hatte seine Seele schon einen Knacks bekommen?

Jannik fasste den Jungen am Handgelenk und wandte sich zum Fenster.

Kevin stolperte hinterher. »Papa, ich mag dieses Spiel nicht mehr!« Kevin wollte die Binde abnehmen.

Jannik wischte das kleine Händchen beiseite und taxierte seine Frau.

»Wo ist sie? Wo ist Mama?« Kevin sprach viel zu laut, das kam aber daher, weil er nichts hören konnte.

»Ich bin hier, mein Schatz.«

Janniks blutunterlaufene Augen schimmerten. »Wenn du alles schnell machst und mir keine dummen Fragen stellst, werde ich dich und die Kinder für immer in Ruhe lassen. Wir haben keine Zeit zu verlieren.«

Linda ignorierte die Schreie im Flur und konzentrierte sich auf ihren Mann, ohne ihren Sohn dabei aus den Augen zu lassen.

Jannik setzte Kevin auf einen Stuhl, hob den Kopfhörer an einem Ohr an und presste seinen Mund dicht daneben. »Ich hab dich lieb, mein Sohn. Heute muss ich aus deinem Leben verschwinden, weil wir das Spiel verloren haben. Aber nur, weil ich das wollte. Der Klügere gibt nach, musst du wissen.« Jannik hob die Augenbinde an und küsste seinen Sohn auf die Wange.

Kevin blinzelte heftig. »Aber Papa, wir waren doch so gut!«, empörte sich der Junge und schlang seine Arme um Janniks Hals.

Jannik zog den schwarzen Stoffstreifen wieder über Kevins Augen. »Du gehst jetzt mit Mama. Dieses Spiel hat ein zweites Level.« Jannik hielt erneut seinen Mund dicht an Kevins Ohr.

Der Junge wollte etwas erwidern, doch Jannik ließ ihm keine Zeit. Er hob den Jungen in die Luft und setzte ihn neben Linda aufs Bett. »Hier.« Er reichte ihr eine Mülltüte und eine Klebebandrolle. Alles lag in einer handelsüblichen Stofftasche.

»Was soll ich damit?« Panik ließ ihre Stimme erzittern.

Jannik zerrte an dem grauen Klebeband und riss mit den Zähnen einen Streifen ab. »Das müsste reichen.« Das graue Band war ungefähr einen halben Meter lang.

Jannik stand auf. Er zog den schweren Mantel aus und stand in einem schicken Anzug vor seiner Frau. Schwarzer Zweiteiler, ein weißes Hemd und eine blutrote Krawatte. Er hatte sich sogar rasiert und etwas Parfüm aufgetragen. Entschieden, den letzten Schritt zu tun, stülpte er sich die Tüte über den Kopf und herrschte Linda an: »Du musst mir dieses Band um den Hals wickeln, schnell!« Er wusste, seine Frau funktionierte unter Druck am besten. Er durfte ihr bloß keinen Freiraum für Fragen lassen.

Das Klebeband drückte nicht wirklich gegen seine Haut. »Fester!«, keifte er Linda an, »oder ich knall dich ab.« Die Pistole hatte keine Kugeln mehr, aber das wusste Linda nicht.

Sein nächster Versuch, Luft zu holen, erwies sich als schwierig. Die Luft in der Tüte kondensierte auf der dünnen Folie, sodass er die Umgebung jetzt nur noch erahnen konnte. »Nimm den Jungen und verschwinde!« Die Tüte klebte an seinen Augen und raschelte bei jedem Atemzug heftiger. Ihm blieb keine Zeit mehr. Wie durch eine trübe Scheibe sah er seine Frau und seinen Sohn. Sie liefen in den Flur. Kevin stolperte, weil er immer noch die Augenbinde trug.

Jannik war endlich allein. Seine Hände ertasteten den Ausgang. Er stellte sich mit dem Rücken zur Tür. Die Krawatte hatte heute einen speziellen Knoten, weil sie einem besonderen Zweck diente. Jannik nahm das längere Ende und öffnete kurz die Tür. Er klemmte den festen Seidenstoff oben ein, drückte den Spalt wieder zu und ließ sich fallen.

Seine Atemwege wurden blockiert. Zappelnd wollte er im letzten Moment den Knoten doch noch lösen. Das hier tat mehr weh, als er gedacht hatte, und er hatte eine Heidenangst davor, was ihn auf der anderen Seite erwartete. Aber es war zu spät. Seine Beine schlugen unkontrolliert auf den Krankenhausboden. Er wollte aufstehen. Das Rascheln der Tüte erfüllte die Stille.

Jannik zerrte mit den Fingern an der Plastikhülle. Er kämpfte, bis alles um ihn herum wie in Watte getaucht war, Geräusche wie Empfindungen. Irgendwann bewegte er sich nicht mehr.

71

Leonhard rannte durch den Korridor. Er zählte vier tote Polizisten. *Was für ein beschissener Tag*, fluchte er innerlich und bemühte sich, alles um ihn herum auszublenden.

Linda kam ihm entgegen. Sie weinte und schrie. »Er hat sich umgebracht, glaube ich!« Mit diesen Worten brach sie vor seinen Füßen zusammen.

Der kleine Junge blickte irritiert zu ihm auf. Um seinen Hals hing ein schwarzer Stoffstreifen, die kleinen Ohren verdeckte ein Kopfhörer. »Ich will dieses Spiel nicht mehr spielen! Ich will zu meinem Papa!«, brüllte er Leonhard mit verweinten Augen an.

»Wer hat sich umgebracht?« Leonhard ging in die Hocke. Zwei Schwestern eilten zu ihm. »Nehmt den Jungen, nehmt den Jungen!«, wies er sie an und wandte sich wieder der Frau zu. Er stoppte Linda und legte beruhigend eine kühle Hand auf ihr glühend heißes Gesicht.

»Mein Mann.« Sie blickte zurück. Am Ende des Korridors erkannte Leonhard einen Mann, der reglos auf dem Boden lag. Das war allerdings ein Polizist und gewiss nicht Lindas Mann.

Leonhard stand wieder auf und eilte auf den Toten zu, der mit der rechten Hand eine Pistole umklammerte. Als er an der Tür angelangt war, fiel ihm der Stoffzipfel einer Krawatte auf, der oben eingeklemmt war. »Herr Steuber, machen Sie die Tür auf!«, schrie Leonhard die Tür an. Mit dem Rücken zur Wand, das Gesicht zur Tür gerichtet, wartete er einen Moment. Die schusssichere Weste drückte unangenehm gegen seinen Brustkorb.

»Beiseitetreten!«, kommandierte eine tiefe Stimme. Mehrere Männer in schwarzer Uniform drängten Leonhard von der Tür weg.

Alles ging sehr schnell und dennoch wie in Zeitlupe. Einige Fragmente sah Leonhard in all ihren schrecklichen Facetten, andere rauschten wie eine Pistolenkugel an ihm vorbei. Als sie es endlich geschafft hatten, die Türe zu öffnen, hinter der Jannik saß, zerriss Leonhard sofort die Tüte und löste mit Mühe den Krawattenknoten. Der ätzende Geruch nach Erbrochenem schlug ihm entgegen. Jannik hatte sich übergeben.

»Er ist tot!«, brüllte eine Frau. Mehrere Hände zogen Leonhard von der Leiche weg. Aber der Kommissar riss sich los und drückte ohne Unterlass gegen die Rippen des Mannes. Er wollte das Herz wieder zum Schlagen bringen, auch wenn ihm klar war, dass das alles nichts mehr nützte.

»Nein. Er muss uns verraten, wo er Ella versteckt hat!«

»Bitte. Hören Sie auf. Er ist tot.« Ein Mann im weißen Kittel legte seine warmen Hände auf die von Leonhard. »Er ist tot«, wiederholte der Arzt und half Leonhard auf die Beine.

Leonhard kämpfte das Verlangen nieder, dem Mann, der ihn zu beruhigen versuchte, ins Gesicht zu schlagen.

»Sie sollten sich hinsetzen.« Der Mann zeigte auf das Bett.

Leonhard holte tief Luft, blieb jedoch stehen.

»Bitte, setzen Sie sich.«

Leonhard tat wie geheißen. In seinem Kopf wütete es wie in einem Bienenstock. Er fühlte sich hilflos.

***

Leonhard hatte jegliches Gefühl für Zeit und Raum verloren. Das kleine Zimmer war leer. Nur der beißende Geruch nach Urin und Desinfektionsmittel schwirrte in der Luft. Das Kinn gegen die Fäuste gestemmt, starrte er auf den Boden. In einer Ecke neben dem Mülleimer lag eine rote Krawatte. Jannik Steuber hatte sich das Leben genommen, auf dem Weg in die Hölle gleich vier Polizisten mit in den Tod gerissen – und auch Ella. Leonhard ging alle Möglichkeiten durch, ohne den Hauch einer Ahnung zu verspüren, wo er weitergraben sollte.

Im Flur klackerten die Absätze eines Mannes, der in Eile war. Petrosch tauchte in der Tür auf, hastete herein und reichte Leonhard ein DIN-A4-Blatt. »Kam gerade per Fax rein. Ich dachte, Sie sollten es als Erster erfahren.« Er schwitzte und tupfte sich die Stirn mit einem Papiertaschentuch ab. Sein Atem ging rasselnd, als hätte er den ganzen Weg vom Polizeipräsidium bis zum Krankenhaus zu Fuß zurückgelegt.

Leonhard überflog die Zeilen. Das Schreiben stammte vom Bestatter. Dem kurzen Text konnte Leonhard entnehmen, dass in dem Bestattungsinstitut, das sich dazu bereit erklärt hatte, bei der Inszenierung der fingierten Beisetzung mitzumachen, eingebrochen worden war.

»Was soll die Scheiße?« Leonhard schwenkte das Blatt vor Petroschs Nase.

»Die wollen uns das in Rechnung stellen. Bei denen wurde eingebrochen.«

»Das habe ich verstanden. Warum sollen wir dafür geradestehen?«

»Weil Herr Dvorak glaubt, dass dieser Einbruch das Handwerk unseres Mörders war«, erwiderte Petrosch.

Leonhard riss das Blatt wieder an sich und überflog die Zahlen. Er konnte, nein, er wollte nicht begreifen, wie dreist manche Leute sein konnten. Die horrende Summe überstieg das Budget, welches ihm für diese Aktion zur Verfügung gestellt worden war, um einige Hundert Euro. Sein Hirn tuckerte wie ein kaputter Motor und drohte komplett den Geist aufzugeben. Leonhard stand auf und taumelte zurück auf den Flur. In seinem überstrapazierten Geist flackerte eine Idee auf. »Was wurde denn genau beschädigt?« Leonhard stapfte zu den Aufzügen.

Petrosch schielte auf das Blatt, welches Leonhard in seiner Rechten hielt, und bemühte sich um einen sachlichen Ton. »Ein Fenster mit hochwertigen Glasbausteinen wurde eingeschlagen und einige Urnen sind zu Bruch gegangen. Aber ich frage mich: Was kann man dort schon mitnehmen? Leichen? Oder einen Sarg? Die Videoaufnahmen werden gerade ausgewertet.«

»Wie hat Jannik Steuber davon erfahren, dass seine Frau noch am Leben ist?«

»Er hat im Krankenhaus angerufen und sich als Oberkommissar Stegmayer ausgegeben. Es war purer Zufall, dass genau in diesem Moment eine Azubine ans Telefon gegangen ist, die nichts von den Sicherheitsmaßnahmen um Linda Steuber wusste. Was meinen Sie, ist Frau Greenwood noch am Leben?«

»Natürlich«, blaffte Leonhard. »Meine Kollegin ist irgendwo da draußen und braucht unsere Hilfe. Wir dürfen uns keine Fehler mehr erlauben.« Leonhard betrachtete seine Hände. Sie zitterten heftig, er befand sich nach wie vor im Jagdmodus. Das Adrenalin floss ununterbrochen durch seine Adern.

»Soll ich jemanden zum Beerdigungsinstitut schicken? Dieser Einbruch erscheint mir nicht ganz geheuer. Es wurde eingebrochen, aber anscheinend nichts entwendet.«

»Ja, warum bricht man in ein Haus ein, wenn man nichts stehlen will?«, sprach Leonhard zu sich selbst. Da war es wieder, dieses kurze Aufflackern einer Ahnung. Endlich bekam Leonhard die Idee zu fassen. Die Erkenntnis traf ihn hart. Sein Zwerchfell spannte sich an wie kurz vor einem heftigen Faustschlag in die Magengrube.

»Keine Ahnung? Um dort etwas zu deponieren?«

»Ganz genau, mein Freund. Etwas oder jemanden«, murmelte Leonhard und rannte los.

***

Ellas Atem ging röchelnd. Sie schwitzte und sah bunte Bilder.

Die Schwärze hüllte sie ein und schnürte ihr die Luft ab. Genauso stellte sie sich den Tod eines Ertrinkenden vor, der in einen Müllsack eingepackt über Bord eines Schiffes ins Wasser geworfen wurde.

Aber sie lag in keinem Sack.

Ella schloss die Augen. Sie atmete noch einmal aus. Der Druck auf ihrer Brust wurde weniger. Auch die Angst wich von ihr.

Sie schwebte. Ja. Sie schwebte tatsächlich. »Du stirbst, Ella, wie deine Mutter auch«, hörte sie ihren Bruder lachen.

Ella wollte schreien. Aber sie war nicht mehr in ihrem Körper. Sie war tot.

***

»Holt den verdammten Sarg nach oben«, brüllte Leonhard den Baggerführer an und blickte in die Grube. »Gib Gas!«, schrie er dem alten Mann zu und suchte nach weiteren Opfern, die er in der Zwischenzeit anbrüllen konnte.

»Gehen Sie beiseite!«, rief der Mann aus dem Führerhaus und stellte den Sarg auf dem durchgefrorenen Boden ab.

Schnell machten sich vier Männer daran, die Verschraubungen zu lösen.

Leonhard half ihnen dabei, die golden glänzenden Beschläge aufzuklappen. Der Deckel war schwer, trotzdem warf Leonhard ihn beiseite, ohne die Hilfe der anderen abzuwarten.

Der Anblick der nackten Frau, die in den weichen Polstern lag, raubte ihm für einen Augenblick die Kraft zum Weitermachen. Das war nicht Ella. Das konnte einfach nicht sein! Der misshandelte Körper, der von unzähligen blauen Flecken übersät war, war noch warm. Leonhard hob die Frau in die Höhe und legte sein Ohr an ihre Lippen. Sie atmete nicht mehr.

Leonhard zog seinen Mantel aus und deckte sie zu. Anschließend presste er seinen Mund auf die leblosen Lippen und schob mit der rechten Hand den Unterkiefer nach unten. Er unterdrückte den Ekel. Sie roch nach diesen toten Tieren. Leonhard legte den Kopf der Frau in den Nacken, drückte ihr die Nase zu und versuchte, ihr Leben einzuhauchen.

»Stegmayer, machen Sie Platz.«

Leonhard drückte der Frau mit beiden Händen gegen die Brust und blies ihr unentwegt Luft in den Mund. Dann machte er mit der Herzmassage weiter – so lange, bis er aus dem Sarg gezogen wurde.

Zwei Rettungssanitäter übernahmen die lebensrettenden Maßnahmen und zwangen Leonhard zum Zuschauen.

»Greenwood, halte durch, du darfst nicht sterben«, wimmerte Leonhard, auch wenn er nicht wahrhaben wollte, dass die blasse Frau mit dem rasierten Schädel Ella war. Zum ersten Mal seit Langem vergoss er wieder Tränen, echte Tränen der Trauer.

Epilog

Leonhard saß auf den Fersen neben einem Baum und wischte das feine Schneepulver von einem Stück Rinde. Darunter befand sich ein Schild aus rostfreiem Stahl, auf dem der Name seiner ungeborenen Tochter eingraviert war.

Ihm wurde bewusst, dass er nicht mehr allein war. Ein leises Knistern von Rädern auf gefrorenem Schnee zerstörte die absolute Stille. Leonhard richtete sich langsam auf und drehte sich um.

Petrosch grinste ihn dümmlich an. Er hielt sich an einem Rollstuhl fest. »Ich lasse Sie lieber allein.« Er hüstelte, drehte sich um und ging zu einer Bank.

»Danke.« Ella blickte zu ihm auf. Ihr Gesicht hatte immer noch dunkle Flecken und ein Auge war geschwollen, aber sie lebte.

»Sie sehen ziemlich beschissen aus, Greenwood«, sagte er.

»Danke fürs Kompliment.«

»Das war kein Kompliment, sondern …«

»Eine Feststellung von Tatsachen, ich weiß.« Ella lächelte lediglich mit einem Mundwinkel. »Sie haben mir das Leben gerettet.« Sie wurde wieder ernst und blickte auf das raue Stück

Holz, welches Leonhard vom Schnee befreit hatte. »Hätten Sie für mich auch so ein Plätzchen arrangiert, falls …«

»Bilden Sie sich nicht zu viel ein, Greenwood«, unterbrach er sie. »Wie geht es Sixten?«, wechselte er das Thema.

»Er wird wieder, aber wir haben uns getrennt. Meine Arbeit entspricht nicht seiner Vorstellung, was das Zusammenleben und die Zukunft einer Familie betrifft.« Sie starrte ins Leere. Beide schwiegen eine Weile.

»Und Sie? Haben Sie in meiner Abwesenheit eine neue Freundin gefunden?«

Leonhard schaute etwas verlegen vor sich hin. »Wenn Sie es nicht geschafft hätten, kann ich mir durchaus vorstellen, dass ich Ihnen so ein Plätzchen arrangiert hätte.«

Ella schluckte. Sie wusste, dass diese Worte aus dem Mund ihres sonst so schroffen Kollegen fast einer Liebeserklärung gleichkamen.

»Aber da Sie nicht tot sind, müssen Sie sich mit einer Einladung zum Essen zufriedengeben.«

»Ist das eine Einladung zu einem Candle-Light-Dinner oder wieder einer Ihrer Witze?«

»Machen Sie keine so große Sache draus, Greenwood. Wir gehen zusammen etwas essen.« Leonhards Stimme bekam plötzlich einen anderen Ton. »Sie können Leonhard zu mir sagen«, bot er leise an und senkte den Kopf.

»Okay.« Ella schmunzelte, weil Leonhard sich eine ganz andere Antwort erhofft hatte, wie sie beide wussten. »Sie können Ella zu mir sagen«, fügte sie dann hinzu.

Leonhards Körperhaltung entspannte sich. »Wissen Sie, Greenwood …«

»Ich dachte, wir sind per Du.«

»Noch bin ich im Dienst, Greenwood, und Sie tragen kein Cocktailkleid …«

Ella hob ihren rechten Arm und packte Leonhard am Revers seines Trenchcoats. Leonhard gab ihrem leichten Ziehen nach.

»Wir sollten langsam los, es wird sonst zu kalt«, rief Petrosch von seiner Bank und zerstörte damit das leise Knistern, das Ella zu spüren glaubte.

»Warum sind Sie überhaupt hier?«

»Ich brauchte frische Luft und Ruhe und wollte mich bei Ihnen bedanken.«

Leonhard richtete sich abrupt auf und packte die Griffe des Rollstuhls. »Kommen Sie, Greenwood, ich bringe Sie zurück ins Krankenhaus. Sie, Petrosch, laufen vor und wärmen solange den Wagen vor. Wir sind gleich da. Ich will Kommissarin Greenwood nur auf den neuesten Stand unserer Ermittlungen bringen.«

»Das bedeutet, Sie sind wieder an Bord und ich muss nicht mehr mit Ihnen zusammenarbeiten?« Der Mann versuchte gar nicht erst, die hoffnungsvolle Freude zu verbergen.

»Geben Sie mir noch drei Wochen, dann bin ich wieder voll da«, erwiderte Ella lächelnd.

Petrosch beeilte sich zu verschwinden.

»Ich habe das Leben vermisst.« Ella holte tief Luft und legte den Kopf in den Nacken.

»Jetzt hast du Zeit, es zu genießen. Du musst ja keine Protokolle schreiben. Ich werde Petrosch darum bitten, diese verantwortungsvolle Aufgabe für dich zu übernehmen. Er wird sich bestimmt darüber freuen.«

»Schön, dass du nicht ganz aus Stein bist, Stegmayer. Aus dir lässt sich vielleicht doch etwas machen.«

Die Räder hinterließen auf der weißen Pulverschicht zwei Schlangenlinien, die von zwei Fußspuren begleitet wurden.

Ella senkte die Augen und ließ sich einfach treiben. Leonhard schwieg.

»Schlaf nicht ein, sonst erfrierst du noch, Greenwood.«

Ella musste schmunzeln.

»Halt einfach die Klappe. Ich möchte diese eine Minute für mich allein sein.«

»Willkommen zurück im Leben, Greenwood. Wenn du wieder so frech bist, bedeutet es, du bist auf dem Weg der Besserung.«

Leonhard begann zu rennen.

»Nicht so schnell!« Ella lachte. »Du bist verrückt geworden!«

»Ja, das bin ich schon immer gewesen!«

Ende

Printed in Poland
by Amazon Fulfillment
Poland Sp. z o.o., Wrocław

58913260R00244